KB043514

윈터 블루스

2

윈터 블루스 2

서은수 장편소설

가하

원터 블루스 2

지은이 서은수
펴낸이 이형기
펴낸곳 도서출판 가하

초판인쇄 2016년 12월 9일
초판발행 2016년 12월 16일
출판등록 2008년 10월 15일 제 318-2008-00100호

주소 서울 영등포구 양평로 67, 1209 (당산동5가, 한강포스빌)
전화 02-2631-2846 **팩스** 02-2631-1846

www.ixbook.co.kr

ISBN 979-11-300-1246-9 04810
979-11-300-1244-5 04810(세트)

값 11,000원

11
전조

아침부터 두 팔에 넘치도록 붉은 장미를 선사받는 삶은 생각보다 훨씬 달콤했다. 해나는 요즘 책 속의 주인공이 연인에게서 선물받은 꽃을 온종일 바라보는 이유를 알 것 같았다. 그것은 비단 꽃이 아름다워서만이 아니다. 꽃을 보내준 연인과의 감미로웠던 순간들, 그 감격스러운 환희를 몇 번이고 떠올리다 시간의 흐름조차 잊어버리기 때문일 것이다.

약 보름, 늦어도 꼬박꼬박 밤마다 해나를 찾았던 프레데릭은 행정과 외교 문제로 일이 겹치며 눈코 뜰 새 없이 바빠졌다. 저녁을 같이한다거나 초저녁부터 다음 날 새벽까지 둘만의 시간을 보내는 건 꿈도 꾸지 못했다. 그래도 시간이 날 때면 잠깐이라도 얼굴을 보기 위해 프레데릭은 기꺼이 수고로움을 감당했다.

어느 날은 밤늦게 찾아와 잠깐 얼굴만 마주 보고, 어느 날은 일거리를 싸들고 와 해나의 침실을 집무실처럼 이용하기도 하였다. 상해 있는 얼굴이 안쓰러워 무리하지 마시라 말려보아도 소용없었다. 그는 끝끝내 찾아와 물끄러미 얼굴만 바라보거나, 문서를 들여다보다 한 번씩 흘끔거리곤 바쁘게 돌아섰다. 그럴 때면 해나는 그에게 안길 때보다 더 설레고 더 가슴이 뛰었다.

때때로 퍼붓는 애정 표현도 아찔할 만큼 뜨거웠다. 어제 새벽만 해도 그랬다. 급하게 찾아와 반 시간가량 머물다 돌아가던 그는 아쉬운 마음을 누르지 못하고 해나의 입술을 허겁지겁 탐했다. 배웅을 위해 따라나선 그녀를 붙잡고 깃털같이 가벼운 입맞춤을 해오다 불이 붙은 것이다. 서로에게 매달려 정신없이 입술을 머금고, 숨결을 나누고, 온기를 공유하며 한참을 꿈속에서 헤맨 듯하였다.

마치 작정이라도 한 듯 두 사람은 머뭇거림이 없었다. 헤어질 때가 두려워 선을 긋거나 최소한의 방어막도 쌓지 않았다. 그저 원 없이 애정을 받아들였고, 남김없이 마음을 내어주었다.

"……그런 일이 있었군요."

장미꽃의 향기가 그윽하게 퍼져 있는 응접실, 해나는 세라믹 화병에 왕궁에서 보내온 붉은 장미를 꽂꽂이하며 피아의 수다를 듣고 있었다. 피아는 항상 미주알고주알 여러 가지 이야기를 해주곤 하는데 해나는 그럴 때마다 재미가 있건 없건 성심껏 반응을 보였다. 하지만 이번에 듣고 있는 이야기는 진심으로 충격적이었다.

"그 영애가 정말로 그랬던 겁니까? 오해일 수도 있었을 텐데."

"제가 말씀드릴 수 있는 건 카셀 영애야말로 손꼽히는 진짜 레이디 중 한 분이셨다는 겁니다. 그게 다 몹쓸 놈의 인쇄물 때문이라니까요!"

왕자비로 거론되던 공녀의 추락. 듣기만 해도 굵직한 사건이었으나 당시 해나의 나이 겨우 열둘, 몸도 마음도 아프고 언어 실력도 부족해 바깥세상에서 어떠한 일이 벌어지고 있는지 알지 못했다. 얘기를 들어보니 얼굴도 모르는 공녀의 사연은 심히 안타까웠다. 그렇지만 어디까지나 그건 돌이킬 수 없는 과거의 일, 해나는 현재 흥분해 있는 피아를 달래고자 농을 섞어 분위기의 전환을 꾀했다.

"얼마 전까지 인쇄물은 지식을 공유하고 신문물을 알리는 고마운 매개체라 하지 않았나요? 상황에 따라 말을 바꾸면 곤란합니다."

"좋은 데 쓰라고 만든 건데 사람들이 자꾸 나쁘게만 이용하니까 속상해서 그런 거죠."

"본디 순기능과 역기능은 동시에 존재하기 마련입니다."

수많은 사상가가 출현하고 있는 요즘, 유럽에는 사회, 과학, 철학 등의 합리적인 이론을 바탕으로 진보적인 사상운동이 퍼져 나가고 있었다. 그들은 전통적인 관습보다 실제적인 윤리를 지향했고, 절대왕정과 귀족들의 권위주의를 비판하며 개인의 자유와 평등한 권리를 강조했다. 그러나 아무리 부르짖어도 낡은 관습에 젖어 왕족과 귀족의 피를 고귀하다 믿는 백성들의 사고를 바꾸기에는 역부족이었다.

효과적인 사고의 전환을 위해 일부 극단적 성향의 사상가들은 꾀를 내기 시작했다. 평소 범접할 수 없는 왕족과 귀족들의 방탕한 생활을 적나라하게, 혹은 허위적으로 부풀린 내용을 인쇄물의 형식으로 퍼트린 것이다. 문자를 모르는 이들을 위해 그림으로 귀족들을 우스꽝스럽게 표현하고 간단한 문장으로 이해력을 높이는 게 핵심이었다.

꼼수는 성공적이었다. 백성들은 점차 저들도 우리와 같은 인간이라는 생각을 하게 되었고, 사상 운동은 더욱 탄력을 받게 되었다. 그 틈을 타 개인적 영달을 위해 인쇄물을 악용하는 무리도 속출했다. 마파엘의 교육 덕에 커다란 흐름을 알고 있던 해나는 공녀가 그런 자들에게 희생된 게 아닐까 추측해보았다.

"참, 내 정신 좀 봐."

한참 열을 내던 피아가 느닷없이 뜨개질감을 팽개치고 자리에서 일어났다. 가위로 잎사귀를 자르던 해나는 무슨 일인가 하여 그녀를 돌아보았다.

"조금 있다 루카스가 병사들을 데리고 올 거거든요. 추위에 그냥 보낼 수 없어 다과와 따뜻한 와인을 준비한다는 걸 깜박하였습니다. 주방에 좀 다녀오겠습니다."

"루카스가 병사들을 데리고 온다고요?"

저택을 호위하는 인원은 따로 있었다. 그런데 근위병인

그가 다른 병사들을 데리고 온다니. 자세한 사정을 몰라 해나가 어리둥절해하는데 피아가 조심스럽게 입을 떼었다.

"그동안 신경 쓰실까 봐 따로 말씀을 못 드렸습니다. 실은 얼마 전부터 어떤 사내가 이 근처를 서성거리고 있었답니다."

"사내라니요?"

"자세한 건 모르겠고 언뜻 듣기로 그 사내, 대비 전하께서 지난가을 해나 님과 혼인시키려 했던 슐레이튼 가의 백작님이었다네요. 귀족 나리 중에 이상한 취미를 가진 분이 많으시다더니 저는 정말 그 얘기를 듣고 소름이 돋았습니다."

대비나 대귀족들이 보낸 감시가 아닐까 생각하던 해나는 뜻밖에 잊고 있던 인물이 튀어나오자 눈앞이 캄캄해지는 것 같았다.

"걱정하지 마십시오. 마파엘이 왕궁에 보고를 올렸고, 전하께서 진노하시어 루카스를 보내시는 겁니다. 신분이 높아 오래 잡혀 있진 않겠지만, 전하께서 귀족들을 봐주시는 분도 아니시고, 가문에 누가 되는 소문이 퍼진다면 대비 전하께서도 분노하시어 그자를 공국으로 쫓아버리실 겁니다. 생긴 건 훤칠하던데 왜 품행이 그 정도밖에 안 되시는 건지, 참 유감입니다."

"피아."

"많이 놀라셨지요? 안색이 안 좋으십니다. 차를 준비해 올 테니 잠시만 계십시오."

"아니요, 피아. 그런 게 아닙니다!"

저도 모르게 목소리를 높였던 해나는 피아가 눈을 휘둥그렇게 뜨자 놀랐던 가슴을 최대한 누르며 물었다.

"루카스는 언제쯤 오기로 하였습니까?"

"정오가 지나서야 올 겁니다. 왜 그러십니까?"

모를 일이었다. 다시는 보고 싶지 않은 사람이었는데 변을 당한다 생각하니 또 모르는 척 내버려둘 수도 없으니. 상관하지 말자, 안차게 외면했다가도 어린 시절 고향에서 사람들의 시선을 피해 고개를 숙이고 걷던 그가, 누군가에게서 돌팔매질을 당하고 머리에서 피를 흘리며 집으로 돌아왔던 그가 자꾸만 눈앞에 아른거렸다.

"해나 님, 괜찮으세요?"

감정이 차올라 크게 심호흡하던 해나는 결국 과거의 기억을 저버리지 못하고 피아를 보았다.

"조용한 곳에서 긴히 드릴 말씀이 있습니다."

뺨도, 귀도, 손가락도 매서운 추위에 얼어붙었다. 신발 속 발가락도 추위에 곱아들어 펴지지가 않았다. 그런데도 얀은 돌아갈 기미 없이 언 손에 하얀 입김을 불어가며 아무것도 보이지 않는 높은 담벼락만 쳐다보았다.

자신과는 절대 함께 가지 않겠다던 해나가 어느 날 이곳으로 거처를 옮겼다. 소문은 야릇했고 설마 하는 생각으로 달려왔던 얀은 밤마다 드나드는 왕을 목격하고 맥없이 주저앉았다.

하필이면 왜!

괴로운 마음에 얼마간 술독에 빠져 있던 그는 다시 정신을 차리고 이 근방을 배회하기 시작했다. 해나가 저렇게까지 하고 있다면 마음까지 전부 주었다는 뜻이었다. 당장에야 행복하겠지만, 왕의 혼사 이야기가 절정에 달하고 있는 요즘, 두 사람의 관계에서 가장 상처받을 사람은 그녀가 될 터였다.

얀은 왕에게 분노가 일었다. 알아서 지키고 보호한다더니 기껏 한다는 짓이 이런 곳에 해나를 데려다놓고 정부로 삼는 것이었다니. 왕이 진정으로 그녀를 아낀다면 품에 안을 게 아니라 안전하게 이 나라에서 떠나보냈어야 했다.

얀은 매일 밤 화기가 치밀어 잠을 이룰 수 없었다. 해나가 저리 된 게 근본적으로 저의 탓인 것 같아 죄책감에 속을 끓였다.

앞일은 불 보듯 뻔했다. 왕은 지위에 맞는 여인을 왕비로 맞이할 것이고 해나와의 관계는 차츰 식어갈 것이다. 그쯤에서 또 새로운 여인이 나타나면 그녀를 정부로 삼아 동양인 정부 같은 건 까맣게 잊어갈 것이다. 그래서 얀은 떠날 수 없었다. 종국엔 홀로 남게 될 해나, 그녀가 원할 때 언제라도 청국행 길잡이가 되어주기 위해 그는 악착같이 주변에서 대기하고 있어야 했다.

"보십시오."

왕에 대한 원망이 극에 달해 감정이 점차 격해지고 있을 때였다. 기척도 없이 들려온 목소리에 뒤를 돌아본 얀은 큰 키에 후드를 눌러쓴 여인을 보고 흠칫하였다. 왕궁에서 지내며 해나를 틈틈이 지켜보았기에 그녀 곁에 늘 붙어 있던 여인의 얼굴을 알고 있었다.

아기씨께서 보낸 것인가?

혹시라도 전하라는 말씀이 있나 싶어 얀이 긴장하는데 들려오는 말은 몹시도 살벌했다.

"곧 있으면 근위병들이 들이닥칠 겁니다. 현장에서 체포되면 바로 왕궁으로 이송될 것이니 즉시 몸을 피해 두 번 다시 이곳을 서성대지 마십시오."

갑작스러운 상황에 얀이 선뜻 받아들이지 못하자 피아는 약간의 경멸과 경계를 띤 얼굴로 재촉하였다.

"……뭐하십니까! 어서 가십시오! 해나 님이 기회를 드릴 때 썩 물러가 다시는 이곳을 찾지 말란 말입니다!"

얀은 주춤주춤 뒤로 물러나다 몸을 돌려 달리기 시작했다. 몰래 지켜보다 눈에 띄면 신분에 상관없이 엄벌을 내리겠다던 왕의 말이 빠르게 머릿속을 스쳐 지났다. 당시의 그 경고는 단순한 위협이 아니었던 것이다. 급한 대로 몸을 피하면서도 얀의 고개는 자꾸만 뒤로 향했다. 마구 엉켜버린 실타래를 어디서부터 풀어야 할지 까마득하기만 하였다.

선택의 여지는 없었다. 근위대장에게 서신을 써볼까 생각도 했지만, 그것이 왕명이라면 헨리크도 어쩔 수 없는 문제였다. 그렇다고 이미 보고가 들어간 마당에 별일 아니니 신경 쓰지 마시라 서신을 보낼 수도 없었다. 핑계를 댈 만한 말도 없었고, 왕명을 두고 왈가왈부할 처지도 아니었다. 결정적으로 얀과의 인연과 그를 향한 복잡한 심경을 설명할 시간이 부족했다.

그래서 해나는 피아를 설득하기로 하였다.

「소문의 중심에 서는 게 부담스럽습니다. 그자가 체포되면 알게 모르게 소문이 날 테고, 어딘가에서 제가 거론되면서 전하와의 일까지 마구 떠들어대겠지요. 만인의 입에 오르내릴까 저는 두렵습니다. 피아, 이번 한 번만 제 선에서 조용히 해결하게 해주세요. 이렇게까지 했는데 다음에 또 나타나면 그때 가서 전하의 처분에 따라도 늦지 않을 것입니다.」

피아는 망설이면서도 해나를 이해해주었다. 한 번만이라는 조건으로 루카스가 당도하기 전 몰래 빠져나가 얀에게 경고를 하였다.

임기응변으로 당장의 화를 피하긴 했지만 해나는 프레데릭을 속일 수 있을 거라 생각지 않았다. 루카스가 빈손으로 돌아갔으니 그는 무슨 수를 쓰든 샅샅이 조사하여 사건의 경위를 알아낼 것이다. 어쩌면 왕명을 받드는 병사들 외에 따로 사람을 붙여 피아와 대화하는 모습을 목격했을 수도 있었다. 그에게 해명해야 한다고 생각하면서도 해나는 머리가 깨질 듯 아팠다. 거짓을 고할 수도 없고, 진실을 말하자니 막막하기만 하였다.

내 부모님을 죽음으로 모는 데 일조하고 나를 머나먼 이곳까지 끌고 왔던 사람, 원수나 다름없는 자이지만 그가 화를 당하는 건 차마 볼 수가 없었다고. 옛일만 생각하면 억울하고 가슴이 아픈데 막상 끌려간다는 얘기를 들으니 자꾸만 아팠던 그가 떠올라 모르는 척할 수 없었다고. 스스로도 이해되지 않는 이 감정을 그에게 어떻게 설명해야 하는 것일까.

어두운 하늘, 또다시 백설이 날리기 시작한 정원을 내다보며 해나의 고민은 깊어지고 있었다.

한 폭의 수채화처럼 국경의 부대에 여명이 밝았다. 동이 트기 전 대부분의 병사가 산악 행군을 나가고 부대 안이 한산해진 시각, 두 명의 장교가 은밀하게 움직이고 있었다. 이들은 아프다는 핑계로 병가를 내고 지난 며칠 개인 숙소에서 꼼짝도 하지 않았던 귀족 장교들. 도저히 침대에서 일어날 수 없다며 앓는 소리를 내더니 현재 지극히 말짱한 얼굴로 일반 병사들의 공동 숙소를 뒤지는 중이었다.

표가 나지 않도록 조심조심 각각의 서랍장을 뒤지고 선반을 살폈다. 이리저리 한참을 움직이던 그들이 손동작을 멈춘 곳은 병사들의 소지품 보관함. 애타게 찾던 목표물을 손에 쥐고서 입꼬리가 한없이 솟구쳐 올랐다.

그들은 흐트러진 공간을 잘 정리하고 누군가에게 들킬세라 서둘러 그곳을 빠져나갔다. 뒤꿈치를 들고 소리 나지 않게 뛰쳐나와 미리 빼돌린 열쇠로 문을 잠근 뒤 근처에서 망을 보고 있던 또 다른 친우 니클라스에게 달려갔다. 실실 웃으며 가까이 다가가 방금 훔쳐낸 통행증 두 개를 자랑스럽게 내보이기까지 하였다.

"어때? 이만하면 완벽하지?"

"……어. 쥐새끼 한 마리만 없었다면."

"뭐?"

헤헤거리던 두 사람은 웃음을 멈추고 숨을 죽였다. 그러고 보면 니클라스는 처음부터 그들을 거들떠도 보지 않고 어딘가를 계속 주시하고 있었다. 재빨리 그가 보고 있는 방향으로 고개를 돌리자 막 모퉁이를 돌아 몸을 숨기고 있는 한 병사의 뒷모습이 보였다. 자그마한 체구에 앞치마를 두르고 바구니 하나를 들고 있는 모습이 누가 봐도 취사병 모리츠였다.

"뭐야, 설마 저놈이 다 보고 있었던 거야?"

언제부터 모리츠가 지켜보고 있었는지 니클라스도 알지

못했다. 친우들이 문을 잠그고 있을 때 꺼림칙한 기분에 주위를 크게 둘러보니 저 멀리 그가 있었다. 눈이 마주치기 직전 그는 아무것도 못 보고 그저 길을 지나던 중인 척 어설픈 흉내를 내었지만 니클리스는 확신했다. 모리츠는 친우들이 숙소에서 나오는 것을 보았고, 이곳에서 통행증이 사라진 게 알려지면 가장 먼저 저희를 의심하게 될 거라는 사실을.

"본 거야? 정말 저 자식이 다 보고 있었던 거야?"

"일단 돌아가자. 우리가 여기에 있는 게 더 이상 눈에 띄어서 좋을 거 없어."

"봤다면 없애버려야지! 당장 본가에 급신을 보낼까? 니클라스, 잘못하다간 우리가 반역을 저지른 것으로 몰릴 수도 있어!"

대담하게 통행증을 훔쳐 올 땐 언제고 두 사람은 퍼렇게 질린 얼굴로 이미 멀어지고 있는 니클라스를 부랴부랴 따랐다.

통행증이 무엇인가. 국경 지역의 거주자나 근무자들이 그 지역을 빠져나올 때 제시해야 하는 것으로 베르덴의 백성들에게만 주어지는 것이었다. 이는 적국의 암살범이나 간자들의 접근을 차단하기 위해 배포된 것이었는데 그것을 넘긴다는 건 일종의 매국이나 다름없었다. 자칫하다간 가문의 존립까지 흔들 수 있는 심각한 범법 행위인 것이다. 그 범죄의 시초라 할 수 있는 결정적인 장면을 다른 사람도 아닌, 저희가 매일 밤 숙소로 불러들여 괴롭히고 있는 모리츠에게 들켜버렸으니.

두 사람은 니클라스의 개인 숙소에 들어서자마자 문을 닫고 결심을 굳힌 듯 심각하게 말했다.

"그냥 우리가 없애버리자. ……오늘 밤에 어때? 까짓것 우리, 처음도 아니잖아!"

실내에 침묵이 흘렀다. 세 사람은 서로를 번갈아 응시하며 마른침만 꼴깍꼴깍 삼켰다. 터질 것같이 팽팽히 당겨지는 긴장감. 심각한 기운이 절정을 향해 치닫는데 니클라스가 피식, 싱겁게 웃으며 분위기를 맥없이 꺾었다.

"니클라스!"

"웃기는 소리 그만하고 오늘 밤 그놈한테 이거나 갖다줘."

뿐만 아니라 심각해하는 친우들을 무시하고 근처 서랍에서 금괴 두 개를 꺼내 그들에게 던져주었다.

"이걸로 입막음하라고?"

"우발적 살인과 고의적 살인은 본질부터가 달라."

"반역자로 몰리는 것보단 낫잖아. 이걸로는 안 통해. 그 자식, 우리한테 이를 갈고 있을 거라고!"

당하초를 빼앗은 뒤 그들은 불법 거래를 꼬투리 삼아 매일 밤 모리츠를 개인 숙소로 불러들였다. 작은 체구에 고아나 다름없는 처지, 군대 내에서 주방 보조나 하는 하잘것없는 위치, 모리츠는 심심할 때마다 놀잇감 삼아 괴롭히기에 안성맞춤이었다.

몸이 근질거릴 땐 겉으로 안 보이는 곳 위주로 때려주었고, 다트 게임을 할 땐 직접 원판을 들고 서 있으라 명했다. 군대에서 나오는 주급을 수시로 빼앗기도 하였다. 동생들에게 보내야 할 돈이라고 매달리는 그를 흠씬 두들겨 패주고 보란 듯이 주점으로 들고 가 술값으로 탕진해버렸다. 힘이 없어 당하고는 있지만, 그가 속으로 단단히 벼르고 있을 건 자명한 일이었다.

"니클라스, 다시 생각해봐. 이런 일은 언제나 깔끔해야 하는 법이야."

"그러니까 갖다주라고. 그 자식 지금 우리한테 주급 다 털려서 고향에 보낼 돈도 없을 거야. 그거 받으면 양심상 한동안은 입 다물고 있겠지."

"그게 얼마나 가겠어? 곧 불어버릴 거라니까!"

"불어버리기 전에 대가를 치르게 하면 돼."

"뭐?"

울상이 되어 징징거리던 두 사람은 의미심장한 친우의 말에 반응을 멈추고 멍한 얼굴을 하였다.

"부대에서 통행증이 두 개나 사라졌어. 무사히 넘어가면 다행이지만 그렇지 않다면 한 명 정도 훔친 도둑이 나와줘야 가라앉겠지. 우리가 이실직고할 수는 없고, 적당한 희생양 하나가 필요하지 않겠어?"

"너 그럼?"

"만약 이 사태가 조용히 넘어가면 그때 가서 처리해도 늦지 않아."

말귀를 알아들은 두 사람은 그제야 안도감을 내비쳤다. 비실비실 웃음도 지었다.

"아, 역시 넌……. 걱정하지 마. 당분간은 입 여는 게 황송할 정도로 우리도 보태서 두둑하게 챙겨줄게. 따지고 보면 그놈이 무슨 잘못이겠어. 우리를 이렇게 만든 건 귀족의 권익을 무시한 왕궁에 계시는 그분인데."

"그분은 무슨 얼어 죽을……."

니클라스의 빈정거림에 숙소 안의 분위기는 다시 싸늘히 가라앉았다.

왕에 대한 복수심으로 여기까지 왔지만, 국경에서의 생활은 지옥과도 같았다. 신분을 고려해 편의를 제공받고 있어도 혹독한 추위와 불편한 잠자리, 매시간 불어대는 고동소리에 거의 미칠 지경이었다. 그들에게는 현실을 잊을 만한 도피처가 필요했고, 얼마 안 가 베르덴에서는 국법으로 금지된 당하초를 피우기 시작했다.

처음 한 모금 빨았을 땐 눈과 목이 따끔거려 눈물까지 터트렸으나 그것은 곧 신세계를 선사해주었다. 온몸이 나른하게 이완되며 달게 쏟아지는 수면. 정신을 잃었다 깨었을 때 개운하게 느껴지는 여운. 당하초는 그들을 열광케 하였다. 힘들 때마다 한두 개비씩 말아서 피우던 것이 이제는 그것 없이 잠들 수도 없을 만큼 중독된 상태였다.

그들은 부대 내에서의 거래는 물론이고 나아가 주점 주인과의 거래량에도 만족하지 못했다. 그래서 신분을 이용해 주점 주인을 겁박했고, 국경과 맞닿아 있는 라인트 제국의 군인과 직접적인 거래를 트게 되었다.

처음에는 순순히 낮은 가격에 당하초를 가져다주었던 그들이었지만, 어느 순간 거래하는 자의 얼굴이 바뀌더니 얼마 못 가 돈이 아닌 다른 것을 요구하고 나섰다. 그들이 원한 건 다름 아닌 베르덴의 국경 지역을 벗어날 수 있는 통행증. 혹여 저희의 신분을 알고 무리한 요구를 하는가 싶어 거래를 틀어버렸던 이들은 약기운이 떨어지자 미칠 것만 같았다. 다른 곳에서 구입하고자 백방으로 수소문을 해봐도 주점 주인까지 저들과의 거래가 끊겨 당하초는 구경조차 할 수 없었다.

별수 없이 술로 근근이 버텨오던 세 사람은 끝내 참지 못하고 오늘 통행증을 훔쳐내기에 이르렀다. 왕이라는 작자가 상황을 이렇게 몰아간 것이다, 자신들의 불법 행위를 애써 정당화시키며.

"이봐, 니클라스. 조금만 참아봐. 슬슬 시작되었다고 본가에서 연락이 왔잖아. 로젠 공이 움직이기 시작했으니 반은 성공한 거나 다름없어. 이번 당하초 거래만 성사되면 우리도 몸과 마음을 추스르고 생각을 모아보자고. 노인네들이 진행하는 거 외에 우리는 또 우리대로 왕궁에 있는 새끼한테 따로 갚아줘야 할 게 있으니까."

친우들의 말에 니클라스는 대답 대신 보드카가 들어 있는 플라스크(flask)를 통째로 들이켰다. 그러고는 비척비척 소파로 가 다리를 쭉 펴고 누웠다. 나머지 두 사람도 술이 든 플라스크를 나누어 들고 적당히 구석진 곳으로 가 각각 자리를 잡았다. 떨어진 약기운을 술기운으로 채워야 할 시간, 세 사람은 공공의 적을 향해 저주를 퍼붓고 증오를 드러내며 점점 강력한 알코올에 젖어들었다. 닫혀 있는 커튼 사이로 눈부신 아침 해가 막 떠오르고 있었다.

침의로 갈아입고도 밤늦게까지 번역 작업을 하던 해나는 비어버린 포트를 들고 아래층으로 향했다. 한 시간가량 더 작업을 하려면 목을 축일 차가 필요했다. 생각이 많아지며 쉽게 잠들지 못하는 요즘, 해나는 침대에 누워 뒤척이기보다 늦게까지 일에 몰두하는 쪽을 택하고 있었다.

모두가 잠들어 있을 거라 생각한 시각, 계단을 내려와 주방으로 걸음을 떼는데 불빛이 새어 나오고 있었다. 살짝 열린 주방문 사이로 도란도란 여인들의 말소리도 들려왔다. 이 시간까지 웬일인가 하여 해나가 다가가보는데 난데없이 그 안에서 포탄 같은 소리가 쏟아져 나왔다.

"어머, 그럼 전하께서 곧 혼인하신단 말이야?"

뒤이어 들려오는 말들이 희미하게 흩어지며 해나의 가

슴이 미친 듯이 뛰었다. 급격히 가팔라진 호흡을 가다듬고 몇 발짝 더 다가가 안쪽을 들여다보았다. 손가락 한 마디 정도가 열려 있는 문틈 사이로 주방의 광경이 한눈에 들어왔다. 피아와 요리사의 일을 돕고 있는 세 하녀가 촛불을 밝혀 놓고 테이블 주위에 옹기종기 모여 앉아 파이를 곁들인 차를 들고 있었다.

“레이튼 가의 공녀랑 혼인하실 줄 알았더니 덴마크의 공주님이시라니……. 확실한 거야? 그냥 뜬소문 아니야?”

“정말이라니까. 오늘 해나 님 진료 받으시는 날이었잖아. 왕궁 의원님이 여기 앉아서 요리사님이랑 한참 얘기하다 가셨어. 덴마크의 높은 왕족이 에리카에 와 있는 이유가 바로 전하와 공주님의 혼인 문제를 상의하기 위해서라고. 그 왕족이 공주의 숙부가 되신다나 봐.”

“그랬구나.”

두 동료가 놀란 눈을 하고 동조하자 하녀는 탄력을 받아 들은 말을 주절주절 늘어놓았다.

“그뿐인 줄 알아?”

“또 뭐가 있어?”

“내일 아침, 전하께서 공주의 숙부랑 유론으로 떠나신다네. 왜 굳이 거기까지 가실까. 사람들이 궁금해했는데 알고 보니 덴마크의 공주께서 러시아 여행을 끝내고 유론에 잠깐 들르기로 하셨대. 거기서 전하도 뵙고 숙부님이랑 같이 덴마크로 돌아가신다고. 어린 시절 이후로 오랜만에 만난다며 전하께서도 아주 유쾌해하신대. 공주님도 들떠서 몇 달 전부터 서신으로 이거 해달라 저거 해달라 아주 난리가 나신 모양이더라고.”

“하긴, 전하께서도 이제 왕비 전하를 맞으실 때가 되었지. 하루빨리 후계자도 보셔야 하고. 외국인이라 좀 서운하지만 그래도 잘되셨으면 좋겠다.”

어깨를 들썩이며 차를 홀짝이던 하녀는 갑자기 고개를 갸웃하였다. 찻잔을 내려놓고 동료들을 바라보며 약간은 아리송하다는 표정을 지었다.

“그럼 이제 해나 님은 어떻게 되는 거야?”

“어떻게 되긴, 혼인은 혼인이고 이건 이거지. 혼인하시게 되면 한동안은 뜸하시겠지만, 시간이 지나면 또 들르시겠지. 어차피 전하께서 질리실 때까지 관계는 계속되는 거니까.”

“아닌 게 아니라 요즘 많이 뜸해지신 거 같지 않아? 생각해봐, 안 오신 지 벌써 꽤 되셨어. 초반에만 열심히 오시더니, 바쁘다고 잠깐씩만 오시다가 요즘에는 아예 안 오시잖아.”

“듣고 보니 정말 그러네.”

눈을 동그랗게 뜨고 수긍하던 이들은 이내 다시 표정을 누그러트렸다.

“에이, 설마. 얼마 되지도 않았는데 벌써 식었을라고. 여인을 곁에 두는 건 이번이 처음이시라며. 원래 첫정이 무서운 거야."

"맞아. 다른 귀족 영애들은 아예 가까이 오지도 못하게 하셨다더라."

해나는 그쯤에서 살그머니 걸음을 돌려 다시 2층으로 향했다. 고요히 계단을 올라 복도를 걸어 침실로 들어섰다. 테이블 위에 포트를 내려놓고 걸치고 있던 숄을 잘 개어놓은 다음 불을 끄고 차분히 잠자리에 누웠다.

입안이 마르고 속이 쓰렸다. 약간은 허무하고 우울한 기분도 들었다.

사실 새로울 건 없었다. 공녀가 아닌 공주의 등장이 의외였으나 그의 혼인이야 이미 예상하고 있었다. 처음부터 각오했던 일이기에 해나는 있고 싶을 만큼 머물다 그가 왕비를 맞이하기 직전 조용히 떠나면 그만이었다.

하지만 아직 그의 마음이 식은 건 아니었다. 그는 바쁜 거고, 또 화가 난 거였다. 얀을 놓치고 돌아섰던 루카스가 다시 돌아와 이곳에 상주하기 시작했던 날, 해나는 단번에 파악할 수 있었다. 왕에게 모든 것이 발각되었고 자신은 지금 벌을 받고 있는 중이라는 것을.

예전 같으면 진즉에 달려와 다그쳤을 사람인데 그는 무슨 생각으로 이토록 침묵하고 있는 것일까. 아직까지 그에게 해명할 말조차 정리하지 못했으면서, 이러다가 내일 당장 눈앞에 나타나면 어디서부터 설명해야 하나 속으로 많이 난감해하면서, 그럼에도 해나는 바라고 있다. 하루라도 빨리 그가 눈앞에 나타나 마음껏 화를 터트려주기를.

음울한 바람 소리를 들으며 수면에 빠졌던 해나는 어스름한 새벽, 가벼운 인기척을 느끼며 잠에서 깨어났다. 묵직한 적막이 내려앉은 따스한 실내, 말끔한 실루엣 하나가 반쯤 감긴 두 눈에 흐릿하게 잡혔다. 두어 번 눈을 깜박여 시야를 맑게 한 해나는 가슴이 더럭 내려앉아 얼굴에 홍조가 피었다.

이제는 제법 익숙해졌다고 생각했는데…….

지금처럼 흐트러진 몰골로 잠에서 막 깨어났을 때. 단정한 차림의 프레데릭이 침대 가에 걸터앉아 말끄러미 들여다보고 있으면 해나는 떨림과 민망함이 밀려와 몸 둘 바를 몰랐다.

급한 대로 마음을 다스리며 상체를 일으켜 앉았다. 까맣고 윤기 나는 머리칼이 새하얀 침구 위로 풍성하게 쏟아져 물결치듯 굽이쳤다. 그가 손을 뻗어 헝클어진 머리를 정리하듯 쓸어주자 해나는 말 잘 듣는 아이처럼 얌전하게 그의 손길을 받았다.

"언제 오셨습니까?"

"조금 전에."

"오랜만에 오셨습니다."

조심스레 다가가고자 해나가 말을 이어보았으나 그는 첫마디 이후로 이렇다 할 반응을 보이지 않았다. 가만히 해나를 내려다보며 머리를 쓸다가 발그레한 뺨을 타고 천천히 손을 미끄러트려 새하얀 목으로 내려와 어루만졌다. 설렘이 가라앉고 해나의 가슴속에 선득한 바람이 인 건 그즈음이었다.

더없이 다정한 손길에 저토록 차가운 눈빛이라니.

화가 많이 나셨구나. 해나는 저릿한 눈으로 그를 보았다.

"왕명을 우습게 여기는 무엄한 자가 하나 있는데, 내가 어떡해야 할까?"

한참의 침묵 후 들려온 그의 목소리는 가을에 불어오는 소슬바람처럼 서늘한 울림이었다.

"다시 한 번 눈에 띄면 가만두지 않겠다 직접 경고까지 하였거늘, 보란 듯이 나타나 나를 기만하였더군. 못된 버르장머리를 고쳐주려 병사들을 보냈더니 흔적도 없이 사라졌어. 내가 병사들을 보낼 건 또 어찌 알고."

하얀 목을 쓰다듬던 그의 손가락이 팔딱팔딱 뛰고 있는 경동맥 위에서 움직임을 멈췄다.

"왜 이렇게 맥이 빨리 뛰는 거지? 갑자기 찾아온 내가 반가웠나?"

"저는……."

둘러댈 말을 찾던 해나는 이내 얕은 숨을 내쉬며 솔직한 심정을 토로했다.

"……전하께서 화가 나신 것 같아 긴장하였습니다."

상대의 정직한 답변에 프레데릭은 해나의 몸에서 깔끔히 손을 떼어내고 직접적으로 물었다.

“그자를 감싸는 이유가 뭐야?”

“그 사람을 감싸는 게 아닙니다.”

“하면?”

해나는 당장에라도 대답할 기세로 그와 눈을 맞추더니 갑자기 눈동자에 생기를 잃고 시선을 떨어트렸다. 얀에 대한 설명만 하려니 아득하고 막막해 처음부터 끝까지 있는 그대로를 말씀드리자 작정하고 있었다. 그런데 과거의 이야기를 꺼내려는 순간, 얄궂게도 오늘 아침 전하께서 유론으로 떠나셔야 한다는 어젯밤 하녀들의 수다가 또렷하게 떠올랐다.

길고 긴 이야기가 될 텐데 이렇게 쫓기듯 말을 꺼내도 괜찮은 것인지. 시간을 맞추려면 이해하기 쉽게 핵심만 간단히 말씀드려야 하는데 얀과의 첫 만남, 가문의 몰락, 부모님의 죽음, 결정적 배신. 한 번도 입 밖에 내어본 적 없는 얘기를, 그 엄청나고도 무거운 과거를 어떤 식으로 요약해야 할지 너무나 막연했다.

삽시간에 여러 생각이 하나로 뒤엉켜 입을 떼기가 쉽지 않았다. 특히 부모님에 관한 비극은 함부로 입에 올리는 게 엄두도 나지 않을 만큼 버겁고 힘에 겨웠다. 그렇다고 혼인 문제를 상의하러 간다는 그에게 먼저 아는 척하며 시간이 촉박함을 지적할 수도 없었다.

짧은 시간, 수만 가지 생각에 고민하던 해나는 먼저 수동적인 다른 답을 꺼내놓기로 하였다. 한 치의 거짓 없는 진실이지만 문제의 핵심에선 한 발짝 비켜나 있는 다른 대답을.

"……일이 커지는 게 싫었습니다. 특별히 해를 끼친 사람도 아닌데 주변을 서성인다는 이유로 연행까지 하는 건 과하다고 생각하였습니다. 전하께서 이미 경고까지 하신 줄도 모르고 경거망동하여 송구합니다."

"말하기가 싫은 것이군."

해나가 무슨 말을 해줄까, 신경을 기울이던 프레데릭에게서 조용하면서도 실망 어린 기색이 퍼졌다. 뒤이어 군더더기 없는 동작으로 자리에서 일어나 걸음을 돌려 문 쪽으로 향했다. 뭐하시는 거냐고 물어볼 틈도 없이 단호하고 빠른 움직임이었다.

부지불식간 벌어진 상황에 잠시 얼이 빠졌던 해나는 그가 떠나려 한다는 사실을 깨닫고 당황하였다. 급하게 쫓아가 앞을 가로막고 믿을 수 없다는 얼굴로 그를 올려다보았다.

"이대로 가시는 겁니까?"

"쉬어."

"전하!"

"시간을 충분히 줬다고 생각했는데 다 헛짓이었어. 네 생각은 잘 알았으니 이다음부터는 내가 알아서 하도록 하지.”

무표정한 얼굴에 평온함과 살벌함이 교차하는 목소리. 해나는 척추를 타고 찬 기운이 주룩 흐르는 것을 느꼈다.

그는 얀이 어디에 있는지 몰라서 못 잡고 있는 게 아니다. 그저 잠시 보류한 채 사태를 관망하고 있는 거였다. 대답 여하에 따라 상황이 달라질 수도 있었지만 해나가 했던 말들은 그가 원하는 대답일 수 없었다.

“무슨 생각을 하고 계십니까?”

“왜? 그자를 죽이기라도 할까 봐 겁이 나는 것이냐?”

“그런 게 아닙니다. 그자는…….”

“그자는, 너를 이 나라까지 끌고 왔던 놈이다!”

해나의 얼굴에 놀라움이 번졌다. 말문이 막히고 큰 죄를 지은 사람처럼 손바닥에 식은땀이 솟았다. 그런 것까지 알고 있으리라고는 꿈에도 생각지 못했다. 언제부터 어떻게 알게 되었는지 짐작조차 할 수 없어 입안이 바짝 타올랐다.

“그놈과 혼인하기 싫다고 도망까지 쳐놓고 결정적인 순간에 빼돌리면 내가 무슨 생각을 할 것 같으냐? 보호하고 싶었나? 애증의 관계, 그런 거라도 된다는 것인가?”

“아니요, 그자는…….”

“그만!”

프레데릭은 해명하려던 해나를 냉랭하게 묵살했다.

“말하고 싶지 않다면 억지로 그럴 것 없다.”

그런 다음 미세하게 떨고 있는 그녀를 손쉽게 옆으로 밀쳐내고 멈췄던 걸음을 떼었다.

가차 없이 떠밀려 두 걸음 정도 이동하였던 해나는 그의 차가움에 설움이 솟았다. 감정이 격해져 가슴을 들썩이다 급하게 몸을 돌려 다시 그에게로 달려갔다. 그가 손잡이를 향해 손을 뻗었을 때 비어 있는 공간으로 파고들어 문 앞에 등을 붙이고 앞길을 완전히 막아버렸다.

시간이 필요했습니다. 쫓기듯 말할 수 있는 이야기가 아니었습니다!

애원을 해보려 다급히 그를 올려다보는데 애써 화를 삭이던 그가 벌컥 짜증을 내었다.

"이 무슨 버르장머리 없는 행동이더냐!"

그가 충분히 화낼 만한 상황이었다. 경고까지 하였는데 얀이 보란 듯이 나타나 주변을 얼쩡거리고, 자신이 나서서 중간에 그를 피신까지 시켰으니 얼마나 괘씸하고 화가 났을까. 서운했을 것이다. 배신감도 느꼈을 것이다. 그를 이해하면서도 묘하게 어긋나는 이 상황이 답답해 해나는 속이 상했다. 궁상맞게 울어버릴 것 같아 고개가 옆으로 힘없이 돌아갔다.

"……그렇군요."

어느 순간 흘러나온, 이제는 어찌 되어도 상관없다는 해나의 지친 목소리가 그의 귓가에 울림이 되어 끝도 없이 퍼져 나갔다.

공중으로 흩어져 잡을 수도 없는데 내지르자마자 후회가 되는 말, 그런 말을 도로 삼켜버리고 싶을 땐 해서는 안 될 말을 뱉어냈기 때문에 그렇다는데. 프레데릭은 조금 전 자신이 하였던, 평소 귀족들에게도 거침없이 해대었던 그 말을 전부 삼켜버리고 싶었다.

묻지도 궁금해하지도 않겠다, 다짐하였다. '왜'라는 질문에서 그도 자유로울 수 없기에 상대의 '왜' 또한 묻어두기로 하였다.

그의 품에 안겨 잠이 들어서도 때때로 악몽을 꾸며 신음하고 있는 해나. 다음 날 아침이면 아무 일도 없었던 듯 희게 웃는 얼굴이 안쓰러워 그는 몇 번이고 물을 뻔하였다. 고향에서 무슨 일을 겪었던 거냐고, 누가 너를 그렇게 아프게 했던 거냐고. 하지만 그럴 때마다 맨 처음 세웠던 원칙을 떠올리며 프레데릭은 가까스로 입을 닫았다.

한동안 정신을 잃고 어둠 속을 떠돌았을 정도로, 지금까지도 시달리고 있을 정도로 아팠던 기억이라면 건드리고 싶지 않았다. 그와 해나는 현재를 살아가기에도 버거웠으니까. 그런 가운데 등장한 얀 슐레이튼이란 존재는 단단했던 그의 가슴에 돌을 던지고 거대한 파문을 만들어내었다.

「그녀에 대해서 무엇을 알고 계십니까?」

네가 모르는 것을 나는 안다는 얼굴로 교만하게 따져 물었던 사내. 자신은 짐작조차 되지 않는 해나의 과거에 그가 존재하는 게 싫었다. 그가 해나를 생각하는 것도, 그렇게 싫어하면서 모질게 끊어내지 못하는 해나의 감정도.

사연이 있겠거니 생각을 하다가도 애초에 자신과 해나가 아닌, 얀과 그녀가 묶여 있는 것 같아 기분이 상했다. 과거의 연이 그리도 중요하다면 그자가 알고 있다는 해나의 아픔을 자신도 전부 알고 싶었다. 문제는 거기서부터 비롯되었다. 차마 직접 물어보지 못하고 해나가 말하지 않고는 배길 수 없게끔 비겁하게 뒤에서 무언의 압력을 가하기 시작했을 때부터. 돌이켜보면 나한테는 왜 말해주지 않는 거냐고 징징대는 어린아이의 행동과 다를 바 없었다.

평소와 다르게 감정 조절에 실패하고 말았음을 인정하자 그의 얼굴 위로 낭패감이 떠올랐다. 상황 자체가 당혹스러워 어쩔 줄을 몰라 하는데 해나에게서 물기 어린 목소리가 새어 나왔다.

"말씀드리기 싫은 게 아니었습니다."

고개를 바로 하고 그를 올려다보더니 어떻게든 자신의 마음을 보여주고자 노력하였다.

"다만 과거의 사연이 무거워 쉬이 입이 떨어지지 않았을 뿐입니다. 그자에 대해 설명하려면 부모님에 관한 말씀도 올려야 하는데……. 다그치지 말고 조금만 기다려주십시오. 전하께는 한 번쯤 말씀드리려 하였습니다."

해나는 감정을 억지로 누르면서도 이따금 복받치는 감정에 어깨를 떨었다. 안타까움과 속상함이 복합된 작은 얼굴이 애잔해 프레데릭은 더 화를 낼 수도 없었다.

소중하게 지켜온 아이였다. 그 옛날, 혹시라도 어둠 속에서 다치기라도 할까 봐 언제부터인가 잠도 자지 못하고 뒤를 쫓아다닌 아이였다. 악몽을 꾸다 그대로 숨이 멎지 않을까 밤새 아이 곁을 떠나지 못했고, 제 폭력에 바스러지지 않을까 밤마다 신께 기도하게 한 아이였다.

네가 견뎌내주길, 네가 지치지 않길, 네가 안전해질 수 있길.

그렇게 지켜온 아이를 다른 사람도 아닌 자신이, 교묘하게 뒤에서 그런 식으로 몰아쳤다니. 과거의 상처를 입에 올리는 게 얼마나 힘든 일인지 누구보다 잘 알고 있는 그이기에 더 속이 쓰렸다.

실컷 속을 뒤집고 미안하다고 하는 것도 염치없어 프레데릭은 조심조심 손을 뻗었다. 눈물을 닦아주고 싶었다. 뺨을 어루만졌고 머리를 쓸어주었다. 그런데도 주체할 수 없는 애틋함에 프레데릭은 해나의 얼굴 위로 다급히 고개를 숙였다. 해나 역시 눈썹 끝에 촉촉한 눈물을 매달고 발끝을 세워 그의 목에 두 팔을 감았다.

단숨에 서로의 입술을 삼키고 하나로 뒤얽혀 열성적으로 숨결을 주고받았다.

평소와 같은 농밀함에 미처 풀지 못한 오늘의 응어리와 설움까지 더해져 열기는 어느 때보다 급속도로 가열되었다. 상대를 향한 서러움은 애정과 비례하기에. 서운한 만큼 열망하고, 속상한 만큼 사모하고, 화가 난 만큼 서로를 갈구하기에.

까마득하게 매달려 있다 떨어진 두 사람은 가쁜 숨을 몰아쉬며 서로를 보았다. 마구 흐트러져 새뽀얀 젖무덤이 드러난 여인. 그녀의 얇은 자리옷을 금방이라도 찢어버릴 듯 짙은 욕망을 숨기지 못하는 사내. 미친 듯이 달라붙어 팔다리를 얽어도 이상할 게 없는 분위기임에도 두 사람은 유론으로 가야 하는 그의 다음 일정을 잊지 않았다.

해나도, 프레데릭도 더는 가까이 다가가지 못하고 말없이 상대를 직시하며 터질 듯한 감정을 꾹꾹 눌렀다. 해나는 차림새부터 수습하였다. 그의 손에 마구 헤쳐진 가슴께를 가리고 흐트러진 머리도 정리했다. 조금 전 열렬하게 붙어 있던 사람들이 맞나 싶을 정도로 데면데면한 대화도 시도하였다.

"얀 슐레이트에 대한 감정을 오해하지 마십시오."

"너를 의심하는 게 아니다."

"그를 어찌하실 겁니까?"

"알아서 할 것이니 앞으로는 나서는 일이 없도록 하라."

이제 대놓고 얀의 이름까지 부르는 해나가 못마땅해 프레데릭은 빠르게 잘라 말했다.

"그리고 나는 당분간 에리카를 떠나 있을 것이다."

"예."

조금은 신경질적으로 말했던 그는 해나의 순순한 대답

에 또다시 두 눈에서 서늘한 빛을 발했다. 어디로 가는지, 무엇 때문에 떠나는지 이미 알고 있는 것 같은 저 표정. 해나가 세상에 떠도는 소문을, 유론에서 벌어질 일들을 어딘가에서 들어 알고 있다는 확신이 들었다. 살짝 가늘어진 그의 눈매가 탐색하듯 해나를 살피다 약간의 시간을 두고 물었다.

"……묻고 싶은 말은?"

"볼일 잘 보시고, 얀 슐레이트은 그냥 두십시오."

해나는 질문 대신 제가 하고 싶은 말만 마치고 간결하게 문 앞에서 떨어져 길을 비켜주었다.

서로를 이해하고 상대에게 미안해하면서도 어쩔 수 없이 발생하는 미묘한 엇박자.

"바람이 차가우니 나올 것 없다."

잠시 그 자리에서 움직이지 못했던 프레데릭은 그대로 문을 밀고 밖으로 나왔다. 볼일도 잘 보고, 얀 슐레이트도 그냥 두라니. 어느 쪽도 마음이 상하고 신경을 건드리는 말이었다. 왜 화를 내지 않는 거냐고, 어째서 조목조목 캐묻지도 않느냐고 이쪽에서 되레 따지고 들 뻔하였다.

조금만 삐끗해도 떠날 것처럼 그놈의 번역 일을 끈덕지게 하고 있을 때부터 이미 알아보았다. 이렇게라도 해나와 함께 지내면 상황이 안정될 때까지 잡아둘 수 있을 거란 생각은 우둔한 착각에 지나지 않는다는 것을.

화를 삼키며 밖으로 나온 프레데릭은 곧장 마차에 올랐

다. 문이 닫히기 전 득달같이 따라붙은 근위대장이 얀과 관련한 최종 의견을 물었다.

"슐레이트 백을 어찌하시겠습니까? 현재 저택을 따로 구입해 레이튼 가에서는 완전히 나와 있는 상태였습니다."

"일단은 놔둬. 접근하지 못하게 잘 감시하고, 루카스는 당분간 여기에 상주시킨다."

"예, 전하."

문이 닫히고 마차가 움직이자 프레데릭은 지친 듯 머리를 완전히 뒤로 기댔다.

얀이 집 주변을 서성거린다는 말을 처음 들었을 때, 그는 순식간에 분기가 솟구쳐 대신들과의 외교 회의도 팽개치고 직접 뛰어올 뻔하였다. 말 못 할 오해가 쌓여 미움을 받고 있지만 머지않아 해나가 진심을 알아줄 거라던 그의 말이 머릿속을 빙빙 돌아 미칠 것 같았다. 그런 마음도 모르고 해나는 얀을 피신시킨 것도 모자라 그냥 두라는 말까지 저리 당당하게 하고 있으니.

미워하면서도 이렇게까지 싸고도는데 오해라는 게 풀리면 또 어떠한 상황이 펼쳐질지 생각만으로도 아찔하였다. 당장에 그놈을 잡아들여 어딘가에 은밀히 가둬두는 게 낫지 않을까, 별의별 생각이 다 떠오르지만 어디까지나 그건 혼자만의 망상에 지나지 않았다. 벌써 해나가 시키는 대로 얀의 문제를 착실하게 처리하였음을 상기하며 프레데릭은 기나긴 탄식을 터트렸다.

……내가 너를 어찌 이길까.

반 시간가량 얼굴을 맞대고 있었던 듯한데 미련 없이 길을 터주는 해나의 마지막 모습만이 눈앞에서 아른아른, 오래도록 그를 씁쓸하게 하였다.

화려한 빛으로 어둠을 흡수한 등불, 산뜻하게 흐르는 미뉴에트 곡조, 잘 숙성된 최고급의 와인, 더불어 곳곳에서 들려오는 흥겨운 웃음소리. 콜롬비나, 볼토, 모레타 등 각양각색의 가면을 쓴 사람들이 박자를 타고 웃음을 나누는 이곳은 알리시아 가의 대저택. 손자를 군대에 보내고 슬퍼하던 공작부인이 병석을 털고 일어나 처음으로 주최한 가장무도회였다.

얼굴과 신분을 완벽히 감추고 즐거움을 나누는 무도회의 특성상 마음 맞는 사람과 슬그머니 사라진다 해도 이상할 건 없었다. 이러한 환경을 이용해 하루 동안 폐쇄해놓은 알리시아 공작의 서재에서는 은밀한 모임이 열리고 있었다. 엄밀히 말하자면 오늘의 무도회는 이 비밀 회동을 위한 값비싼 포석에 지나지 않았다.

안쪽으로 위치한 서재의 밀실, 귀족파의 핵심 원로들이 한자리에 모여 누군가를 주시하고 있다. 의심과 놀라움이 교차하면서도 한편으로는 흥미와 호기심을 감추지 못하는 얼굴들이었다. 감정을 지우고 가장 먼저 입을 연 사람은 프란손 후였다.

“참으로 당황스러운 말씀이시군요. 공국파에서는 왕실과의 혼담을 포기하시겠다니요. 왕비 자리를 우리에게 넘기시겠다는 겁니까? 그건 누구의 의견입니까? 대비 전하께서도 오늘의 이 자리와 그 주제를 알고 계신 겁니까?”

“대비 전하께서 그 정도로 융통성이 있는 분이셨다면 제가 굳이 이런 자리까지 나올 필요는 없었을 것입니다.”

귀족파의 실세들만 자리한 가운데 공국파의 수장이 홀로 찾아온 것부터가 놀라운 일이었다. 그런데 대비의 수족이나 다름없는 그의 입에서 신랄한 비판까지 쏟아져 나오자 사람들은 저마다 야릇한 표정을 지었다. 혹시 야비한 계책을 펼치고 있는 것은 아닐까, 대비와 공국파의 수장이 무슨 갈등이라도 겪고 있는 것은 아닐까. 레오폴트와 알리시아 공을 제외한 모두의 눈가에 짙은 의혹이 어렸다.

“전하와 대비 전하와의 사이가 이전만 못하다는 것을 여기 계시는 분들은 눈치 채고 계실 겁니다. 실제로 두 분의 관계는 대외적으로 알려진 것보다 심각할 정도로 악화되어 있습니다. 전하께서 이국인을 본격적으로 곁에 두기 시작하고 타국 공주와의 혼인을 추진하시며 곪을 대로 곪은 상태이지요.”

그렇지 않아도 전하께서 유론으로 떠나시기 전날 대비와 큰 마찰이 있었다는 소문이 퍼져 있던 차였다. 소문의 진위를 파악하기 위해 나름대로 애를 쓰고 있던 귀족파의 원로들은 그것이 사실이었음을 깨닫고 저희끼리 은밀한 시선을 주고받았다.

"그동안 큰 소리가 나온 적은 없었으나 두 분의 갈등은 실상 오래전부터 시작되었습니다. 군대를 장악하여 독자적인 세력을 구축하신 전하를 대비께서 인정치 못하시고 우위에 서려 하신 게 문제였습니다. 대비궁을 향한 전하의 반발은 소리 없이 커졌고, 급기야 우리 공국파에 대한 반감으로까지 확대되고 있습니다. 까딱하다간 공국 전체로 그 여파가 퍼져 나갈 조짐이 있기에 저는 더 이상 대비 전하께만 모든 것을 맡겨둘 수 없다고 판단, 오늘 이렇게 중재에 나서게 된 겁니다."

"무엇을 어떻게 중재하실 요량이십니까? 왕비 자리를 양보하고자 하셨다면 진즉에 하셨어야지요. 전하께서 타국 공주와의 국혼을 진행하시는 마당에 이제 와 선심 쓰는 척 물러나신다는 건 지나치게 늦은 감이 있습니다."

"허면 이대로 타국의 공주를 왕비로 들이시겠습니까? 우리에게는 요만큼도 도움이 안 되는 전하의 육촌 누이가 베르덴의 왕비가 될 판입니다."

문제의 핵심을 찌르는 레이튼 공의 반박에 신경을 곤두세웠던 귀족파의 원로들은 몇 번의 헛기침으로 슬그머니 입을 닫았다.

"전하께서 타국의 공주를 맞으시려는 진짜 속내는 아마

도 대비궁과 공국파를 확실하게 견제하고자 함일 것입니다. 제 여식은 얼마 전 대비 전하의 명을 받들어 전하를 마중 나갔다 근신 처분까지 받고 말았습니다. 전하의 속마음을 어느 정도 추측할 수 있는 대목이지요. 하여 저는 불가능해진 왕비 자리를 포기하고 여러분을 물심양면으로 돕는 대신, 다른 실속을 챙기기로 결심하였습니다."

"원하는 게 따로 있다는 말씀이시군요. 정확히 무엇을 얻고자 이 자리에 나오신 겁니까?"

"죄수 번호 68호의 처형을 승인해주시고 앞으로 탄생하게 될 왕자 저하의 비를 공국파에서 들여주실 것을 요구합니다."

떨떠름해하던 귀족파의 원로들은 하나같이 똑같은 표정으로 얼굴을 굳혔다. 공식적인 재판을 받지 않아 아직까지 명목상의 지위를 유지하고 있지만, 지하 감옥에서는 이미 자격을 박탈당하고 번호로만 불리는 그녀. 선왕의 차비가 근 7년 만에 거론되자 분위기는 싸하게 돌변했다.

차비는 그들이 뽑아서 궁으로 들였다가 곤란한 일이 터지자 저희의 죄까지 떠넘기고 등을 돌려버린 여인이었다. 다급한 마음에 너도나도 비겁하게 행동하고 말았으나 이곳에 있는 누구도 양심에서 자유로울 수 없었다. 때문에 그들은 선왕을 시해했다는 죄명을 쓰고 있어도 여태껏 그녀의 처형에 동의하지 못한 채 차일피일 미뤄두고 있었다. 그나마 목숨이라도 보전케 해 양심의 가책을 덜어내고자 하였던 것이다. 그런데 이쯤에서 차비의 처형을 승인해달라니.

원로들은 누구도 입을 떼지 못하고 주변의 눈치를 살폈다.

"결정이 힘드신 건 이해하나 대비 전하를 포기시키려면 그에 상응하는 다른 하나는 내어주셔야 할 겁니다."

"……우리 쪽에서 그 두 가지 조건을 승인한다 해도 대비께서 왕비 자리를 포기하실지는 미지수가 아닙니까. 전하의 고집 또한 만만치가 않으시니 결정이 쉽지는 않습니다."

"죄수 번호 68호에 대한 대비궁의 분노는 굳이 말씀드리지 않겠습니다. 제가 확언할 수 있는 건 여러분이 결정만 해주시면 대비 전하는 이 사람이 책임지고 설득해드리겠다는 것입니다. 우리가 의견을 모으고 대비께서 지원만 해주시면 전하께서도 무조건 고집을 피우지는 못하실 테니까요."

"어찌 공의 말만 믿고 따라오라 하십니까. 대비 전하도 걱정이지만 공국파 자체에서도 반발이 이만저만이 아닐 텐데 말입니다."

"여러분의 의심은 당연한 것입니다. 공식적인 자리도 아니고 비밀리에 만나는 자리에 저 홀로 나와 제안을 드리고 있으니 선선히 믿기는 힘드실 테지요. 그래서 저는 얼마 전 로젠 공께 제 막내 여식과의 혼담을 정식으로 요청드렸습니다."

의심을 접지 못한 채 끝까지 물고 늘어지던 원로들은 뛸 듯이 놀라 일제히 로젠 공에게로 시선을 모았다.

레오폴트는 여느 때와 다름없이 이래도 저래도 상관없다는 태도로 한 발짝 떨어져 작금의 사태를 관망하는 중이었다. 원로들의 시선이 한꺼번에 쏟아져도 자신과는 관계없는 일인 양 두 어깨를 으쓱해 보이고 말 뿐이었다.

"로젠 공께서 이 혼담에 동의해주신다면 저는 68호의 처형이 거행되는 날, 만인의 앞에서 두 가문의 약혼을 발표하겠습니다."

"……!"

"선왕 전하를 시해한 대역 죄인이 처형되는 날이니 축하연이 열리는 건 자명한 일, 공국파와 귀족파가 빠짐없이 모이는 자리에서 여러분과의 약속을 공고히 해드리겠다는 뜻입니다. 철저히 함구하다 기습적으로 발표하면 반발은 있겠지만 공국파도 어찌할 수 없을 것입니다. 추후 그들 역시 제가 책임지고 설득하겠습니다."

대비와 공국파에서 밀고 있는 강력한 왕비감인 마벨 아우구스타 레이튼. 그녀가 로젠 공과 약혼하여 자발적으로 물러나준다면, 그리하여 대비와 공국파가 저희에게 힘을 실어준다면 이는 그야말로 희소식이 아닐 수 없었다. 원로들은 마음이 들뜨면서도 한 톨 남아 있는 의심을 저버리지 못했다. 레이튼 공은 어찌하여 여식의 장래까지 바꿔가며

이 일에 매달리는 것일까.

찜찜해하는 그들의 속마음을 다 안다는 듯 레이튼 공은 유여하게 제 입장을 전달했다.

"이미 말씀드렸듯이 제가 원하는 건 공국의 안정입니다. 전하께서 우리 공국파를 노골적으로 견제하시는 마당에 욕심을 부려봐야 무슨 소용이 있겠습니까. 저는 상황이 악화되는 것을 막고 차라리 다음 후계자의 비 자리를 약조받음으로써 여러분께 호소하고 있는 것입니다. 장차 전하께서 공국파에 등을 돌리신다 하여도 귀족파에서 우리의 안전을 보장해주십사 하고 말입니다."

원로들은 이미 레이튼 공에게 넘어간 지 오래였다. 공국의 핏줄을 타고 태어나 저희와의 혼맥마저 거부하고 등을 돌렸던 국왕. 역심이 솟구쳐 로젠 공에게 한눈을 팔기도 했지만, 왕비 자리에 대한 미련과 왕의 막강한 군사력 때문에 쉽게 움직이지 못하고 고민이 깊었다. 하지만 레이튼 공의 말대로 대비의 온전한 지지를 받으며 귀족파의 영애가 왕비 자리에 오른다면? 왕을 상대로 굳이 목숨을 걸지 않아도 모든 일은 순조롭게 해결될 터였다.

로젠가를 앞세워 왕과의 권력 암투를 고려하던 원로들은 이제 레오폴트가 마벨과 혼인해주었으면 하는 바람이 들었다. 그렇다고 곧바로 속마음을 내보일 수는 없어 짐짓 중립적인 척하며 모든 결정을 레오폴트에게로 넘겼다.

"그렇게까지 하신다면 서로에게 득이 될 듯합니다

만……, 혼인은 로젠 공께서 결정지을 사항이니 우리는 그저 따를 수밖에요."

레오폴트의 입가에 흐릿한 비소가 스쳤다. 말은 그럴싸하게 하면서도 저들의 눈에는 제발 그래주었으면 하는 갈망이 담겨 있었다.

참으로 지조 없는 것들.

그는 비웃음이 가득 찬 속마음을 숨기고 원만하게 마무리를 지었다.

"개인적으로 레이튼 영애의 아름다움을 늘 찬양해온 저입니다. 그러나 혼인 문제를 쉽게 결정지을 수는 없으니 우선 외조부님과 상의한 뒤 빠른 시일 내에 결정을 내리겠습니다."

원로들은 당연히 그래야 한다며 맞장구를 치면서도 이미 결정이라도 된 듯 은근한 기쁨을 드러냈다. 레오폴트가 긍정의 반응을 보이는 거라고 미리부터 속단하는 것이다. 더 나아가, 혹시 모를 일이니 일단 왕비로 올릴 만한 영애를 빨리 결정짓자며 서두르기까지 하였다. 레오폴트와 레이튼 공, 그리고 알리시아 공작의 비밀스러운 눈맞춤 같은 건 눈여겨볼 겨를조차 없었다.

유령이 곡이라도 하는 듯 을씨년스러운 바람 소리가 길게 꼬리를 물고 이어졌다. 국경의 밤, 사방이 눈으로 뒤덮인 깊은 산중에 베르덴의 장교복을 입은 청년 셋이 칼날 같은 바람을 피해 커다란 바위 사이에 몸을 숨겼다.

"믿어도 되는 건가?"

부대에서 몰래 빠져나온 이들은 빛이 새어 나갈까 불도 피우지 못하고 추위에 덜덜 떨며 본가에서 전해온 따끈따끈한 소식을 논하고 있었다.

"아무리 공국파의 수장이고 공국을 위해서라지만 대비의 뜻을 쉽게 거스르는 게 영 수상해. 그 노인네가 얼마나 꼬장꼬장한 분이신데. 까놓고 말해서 레이튼 공은 지금 공국파를 배신하고 있는 거라고. 영원히 배신자로 낙인찍힐 수도 있는 건데 행보가 너무 과감하단 생각 안 들어? 그렇게까지 대범한 성격은 아니었잖아."

"그건 모르는 거야. 원래 공국의 귀족들은 레이튼 공을 대공으로 받들고 싶어 했으니까. 그자도 이제 대비의 하수인 역할에서 벗어나고 싶을 때가 되긴 했잖아. 우리랑 합심해 계획이 성공하면 공국을 차지하겠다는 계산을 하고 있는 거겠지. 어쩌면 이미 공국파 전체를 요리해놓고 대비궁을 따돌리고 있는 것일 수도 있어."

"이번 기회를 통해 독립을 꿈꿔보시겠다? 가능성이 없는 건 아니지만 믿을 수도 없어. 대비와 짜고 로젠 공의 제안을 받아들이는 척 수작을 부리는 것일 수도 있는 거니까. 아무리 생각해도 나중에 뒤통수를 치려고 술수를 부리는 거 같단 말이지. 그게 꺼림칙해 각하께서도 공작부인 자리를 레이튼 가에 양보하신 거 아니야?"

두런두런 얘기를 나누던 두 사내는 알리시아 공작의 의중을 가장 잘 알고 있을 그의 손자, 니클라스에게 의견을 물었다. 이제껏 침묵을 지키던 니클라스는 입매를 비틀어 찬웃음을 그렸다. 왕과 관련된 이야기만 나오면 살벌해지고 마는 저 표정. 왼쪽 눈에서 콧등까지 사선으로 새겨진 검붉은 상처가 그의 웃음을 더욱 음산하게 하였다.

"레이튼 공이든, 로젠 공이든 믿을 수 없는 건 다 마찬가지야. 어차피 이번 싸움에서 로젠 공이 승자가 될 거란 장담도 할 수 없는 거니까. 당해봐서 알잖아, 우리의 왕이 얼마나 음흉한 작자인지. 저들이 무슨 꿍꿍이를 가지고 있든 우리는 그저 표 안 나게 지원만 하다가 목표점이 같다는 확신이 들었을 때 앞으로 나서면 되는 거야. 왕비 자리야 나중에 레이튼 가를 쳐내고 가져와도 되는 거고."

"맞아. 원하는 게 달라도 공공의 적을 쓰러트리려면 우선은 뭉치는 게 맞는 거지. 게다가 로젠 공이 어떤 사람인데. 확실한 약점 없이 무턱대고 레이튼 공을 끌어들이지는 않았을 거야."

로젠 공이 함구하고 있어 정확히는 알 수 없으나 한 가지 입수한 정보가 있었다. 그가 공국파에 접근하기 전 레이튼 가의 부녀를 수개월 동안 은밀히 미행했고, 치명적일 수 있는 공녀의 약점 하나를 증거와 함께 잡아냈다는 것이다. 왕에게 저지른 잘못이라 하여 그들도 눈에 불을 켜고 왕궁을 주시했지만 끝내 무엇인지는 밝혀낼 수 없었다. 다만 로젠 공이 공녀의 약점을 쥐고 있는 이상 레이튼 공이 함부로 행동하지 못할 거라는 건 틀림없는 사실이었다.

"대비궁과 레이튼 가에 각각 사람을 심어놨으니 곧 실체가 밝혀지겠지. 공국이 탐이 나 저러는 거라면 적당히 받아주고, 대비랑 짜고 우리에게 농간을 부리는 거라면 그 딸년이랑 같이 조용히 묻어버리면 끝나는 일이야."

"사방이 다 적이구만. 그러니까 믿을 건 우리 세 가문뿐이다, 뭐 이런 거잖아. 발 한 번 삐끗하면 저승행이니……. 아, 심장 조여."

니클라스의 냉조에 퀭한 눈을 한 친우들은 넌더리를 내며 낄낄거렸다. 에리카에서 처음 왔을 때와 달리 푸석푸석해진 피부, 붉게 충혈되어 조금은 풀려 있는 눈동자, 나른하고 힘없는 목소리. 세 사람은 산 아래 부대에서 취침 중인 여느 건강한 베르덴의 군인들과 확연히 다른 모습이었다. 당하초를 남용하고 술에 찌들었던 나날이 이제 겉으로도 선명하게 배어나고 있는 것이다.

"위험할 걸 뻔히 알면서 적일지도 모르는 자들이랑 일을 꾸며야 한다니. 왕궁에 있는 그 개새끼 때문에 우리가……."

"쉬잇."

불만이 가득해 입을 삐죽거리던 두 사내는 갑작스러운 니클라스의 제지에 일제히 말을 멈추고 숨을 죽였다. 침묵에 휩싸여 가만히 귀를 기울여보니 거칠게 불어오는 바람에 뒤섞여 누군가의 휘파람 소리가 규칙적인 리듬을 타고 들려오고 있었다. 인위적인 그 소리를 동시에 잡아낸 청년들은 기대감에 흥분했다.

"왔다!"

혹한의 겨울밤, 그들이 눈바람에 몸을 떨며 산중에 쪼그리고 앉아 있었던 이유. 기다리던 거래 상대가 신호를 보내오자 단번에 자리를 털고 일어났다. 통행증 두 개를 가져다주면 저들은 몇 달간 풍족히 피우고도 남을 만큼 당하초를 넘겨주기로 하였다. 한동안 피우지 못해 극도로 신경이 벼려져 있던 사내들은 기대감에 무릎이 후들거렸다.

"이거 정말 괜찮은 거겠지?"

"괜찮지 않으면? 통행증 두 개 들고 저들이 할 수 있는 게 뭐가 있다고. 왜? 라인트에서 첩자라도 보낼까 봐 걱정돼?"

"차라리 살수라도 보내 왕궁의 그 새끼를 죽여준다면 더 할 나위 없이 좋겠지만……, 그래도 신경이 쓰이네."

들뜬 마음에 싱글벙글하면서도 슬그머니 내보이는 친우의 염려에 니클라스는 걸음을 옮기며 실소를 터트렸다.

"하여간 겁은……. 걱정 마. 기껏해야 에리카로 들어가 당하초를 유통시켜볼 생각이겠지. 거지같은 것들한테 선심 쓰는 거라고 생각해."

그야말로 듣고 싶었던 대답.

"그렇겠지?"

니클라스의 말을 위로 삼아 그들은 마지막으로 남아 있던 한 가닥의 양심마저 지우고 어둠 속으로 향했다. 당하초가 가져다줄 쾌락과 안정감이 떠올라 벌써부터 찌릿찌릿 발끝부터 떨려오고 있었다.

뜨겁고도 어색하게 프레데릭을 보낸 뒤 해나는 고민도, 생각도, 마음도 전부 비우고 하루하루를 보냈다. 그를 떠올리며 그리워는 했지만 유론에서의 일들을 상상하며 괴로워하지는 않았다. 날마다 그를 기다리기는 하였지만 얀과 얽힌 문제를 회상하며 어떤 식으로 매듭지어야 할지 걱정하지도 않았다. 그저 정원을 산책하고, 피아와 수다를 떨고, 마파엘과 세상 사는 이야기를 나누며 웃다 보니 그가, 그녀에게로 돌아와 있었다.

수평선 너머 붉게 물드는 낙조가 아름다운 어느 저녁, 피아와 마파엘, 두 사람과 함께 응접실에 앉아 책장을 넘기던 해나는 삽화가 인쇄된 부분을 펼쳐놓고 한참을 들여다보았다. 백합꽃 한 송이를 처연히 손에 쥐고 있는 대천사 가브리엘. 거룩한 그 모습이 언젠가 눈밭에서 정신을 잃고 무의식 속에서 보았던, 이상하리만치 잊히지 않는 아리따운 한 여인을 떠올리게 하였다. 금빛의 머리칼과 깊은 에메랄드빛 눈동자가 숨이 막히도록 아름다웠던 그녀.

내가 정말, 천사를 만났던 것일까?

해나는 새삼 저승의 문턱에서 살아 돌아왔음을 실감하며 귓가의 솜털이 주뼛 솟는 것을 느꼈다.

하녀 하나가 허겁지겁 뛰어 들어와 그의 귀환을 알린 건 바로 그 순간이었다.

"전하께서 오십니다. 전하의 마차가 지금 정원으로 들어오고 있습니다!"

"아직 오실 때가 아니 되었는데."

피아가 반신반의하며 자리에서 일어났고, 해나는 거의 뛰듯이 걸음을 빨리하여 밖으로 나가보았다. 놀랍게도 하녀의 말은 사실이었다.

"오셨습니까!"

정말로 그였다. 그가 막 마차에서 내리고 있었다. 예고도 없이 들이닥친 그의 출현에 해나는 추위도 잊고 달려가 환히 웃으며 맞아주었다. 그들 사이에 어떠한 갈등도 없었던 듯 그저 맑고 순수한 기쁨을 드러내 보였다. 프레데릭 역시 아무렇지 않은 얼굴로 해나를 향해 반가운 미소를 지었다. 두 손에는 큼지막한 함 하나도 들려 있었다.

"그게 무엇입니까?"

"시간 날 때 한 번 열어봐."

프레데릭이 무언가를 직접 들고 온 건 이번이 처음이었다. 해나가 관심을 드러내며 함을 바라보자 그는 별거 아니라는 듯 피아에게 휙 넘기고 다른 말을 하였다.

"우선 저녁부터 먹어야겠다."

급하게 오느라 식사도 제대로 못 했는지 프레데릭은 지친 모습이었다. 마침 해나도 저녁을 들기 전이라 방긋 웃으며 고개를 끄덕였다. 두 사람이 사이좋게 손을 잡고 안으로 드는데, 베스티뷜 안으로 넘어가기 전 그의 시선이 마파엘에게로 고정되며 걸음을 멈췄다.

"……오랜만이군."

"강녕하셨사옵니까."

"다른 선약이 없다면 그대도 같이 들도록 하지."

저택으로 옮겨 온 뒤 그는 해나와 식사할 때 다른 이가 끼어드는 것을 극히 꺼려했다. 하지만 그가 한 말은 분명 디너에 초대한다는 의미였다. 마파엘이 당황하여 고개를 숙였고, 다른 이들도 눈이 휘둥그레져 슬금슬금 눈치를 살폈다. 해나는 이게 웬일인가 싶으면서도 기분이 좋아 입가에 미소가 그득하였다. 오랜만에 모여앉아 훈훈한 저녁 식사를 할 수 있을 것 같았다.

과묵한 세 사람이 한데 모이니 소소한 대화는 전부 해나가 이끌었다. 마파엘은 처음 갖는 왕과의 식사가 어려운지 먹는 것마저도 조심스러워 보였다. 프레데릭은 종알거리는 해나를 기특한 눈길로 응시하며 무슨 얘기를 꺼내도 관심 있게 들어주었다.

요리를 배우기 시작한 사실과 바느질이 적성에 맞지 않

는다는 것, 카이란을 키워보고 싶다는 개인적인 바람까지, 정말 시시콜콜한 얘기들을 국가 중대사라도 결정짓는 일인 양 진지하고 꼼꼼하게 경청하였다.

그 성의 있는 태도에 쓸데없는 책임감이 솟아난 해나는 이런저런 말들을 풀어내다가 기어이 속에 있는 말까지 털어놓고 말았다.

"밖에도 나가보고 싶습니다."

"……."

"숲 말고……."

"……."

"이 나라 사람들은 어떠한 모습으로 살고 있을지 전부터 궁금하였습니다."

시중을 들던 피아가 손놀림을 멈췄고, 마파엘의 시선이 슬그머니 왕에게로 향했다. 모두가 동작을 멈춘 다이닝 룸은 정적에 휩싸여 싸한 분위기로 급변했다.

과유불급이라더니.

소음이 사라지고 속으로 천천히 다섯까지 세었을 때, 그때까지 계속 침묵이 유지되자 해나는 어깨를 으쓱이며 대수롭지 않게 얼버무렸다.

"꼭 그러고 싶다는 건 아닙니다. 어쩌다 하고 싶은 걸 얘기하다 보니……."

"루카스에게 일러두도록 하지."

"예?"

포크로 후식을 뒤적이던 해나는 기습적으로 떨어진 허락에 고개를 들어 프레데릭을 보았다. 똑똑히 들어놓고도 그가 했던 허락의 말이 도저히 믿어지지 않았다.

"밖으로 나가는 일이니 준비는 철저히 하도록 하고."

프레데릭은 해나가 놀라서 입을 동그랗게 벌리는 모습을 구경한 뒤 마파엘에게 시선을 돌렸다.

"여행 준비는 잘되어가고 있는가?"

"……아, 예. 잘 진행되고 있습니다."

그의 외출 허락에 놀란 것은 해나만이 아니었다. 나머지 두 사람도 충격을 받아 완전히 얼어 있다가 뒤늦게 정신을 차린 마파엘이 얼른 대답을 올렸다. 그러고는 아차 싶은 얼굴로 서둘러 해나에게 설명을 덧붙였다.

"안 그래도 오늘쯤 말씀드리려 하였습니다. 저는 곧 여행을 떠납니다, 해나."

"여행이요? 갑자기 어디로……. 그동안 분주해 보이시더니 여행 준비 때문에 그러셨던 것입니까?"

여행이라는 말이 급작스러워 해나는 프레데릭과 피아, 마파엘을 번갈아 보면서 의아해하였다. 모두가 알고 있는데 자신만 모르고 있는 분위기가 상당히 낯설었다.

"프랑스 남부에서 잠시 머물다 베네치아로 내려갈 계획입니다."

"따뜻한 곳으로 가시는군요."

"요양하기에 적당한 곳이지요."

해나의 음성이 쓸쓸했다. 마파엘과의 정식 수업이 끝난 것은 한참 전이었으나 이후로도 그는 곁에 머물며 든든한 보호자 역할을 해주었다. 지적인 외모, 해박한 지식, 차분한 성정. 중년의 끝 무렵에 서 있는 그는 완벽한 스승이었고 조언자였으며 해나에게는 가족과도 같은 사람이었다. 그런 사람과 이렇게 갑자기 헤어져야 한다니…….

"그럼 언제 돌아오시는 겁니까?"

"금방은 돌아오지 못할 것입니다."

"오래 계실 건가요? 얼마나요?"

"해나가 서운한 모양이군."

몇 개월? 몇 년? 해나가 명확하게 기간까지 따지고 들자 프레데릭은 난처해하는 마파엘을 대신해 한마디 거들었다.

"예. 많이 서운합니다."

해나는 어깨가 처지고 목소리도 처졌다. 왕의 혼사 이야기가 본격적으로 오가는 지금, 얼마 뒤면 자신도 이곳을 떠나야 할지 모른다. 이대로 자칫 마파엘과 영영 작별하게 될 것 같은 불길함에 섭섭함이 들불처럼 번져나갔다. 그리고 그 아쉬움은 커다란 전조가 되어 해나의 가슴까지 뒤흔들었다.

아프고도 행복했던 겨울의 나라 베르덴. 그리고 칼 프레데릭. 짧고도 축복 같았던 그와의 시간이 마지막을 향해 치닫고 있는 듯한 이 먹먹함은 그저 착각이기를 바랐다.

함께할 수 있을 때 마음껏 정을 나누다 때가 되면 담담히 나의 길을 가자고 시작한 것이었는데. 이별이 차츰 구체적인 현실이 되어 다가오자 해나는 조금씩 무서워지기 시작했다.

프레데릭과 해나는 식사 후 간단히 차를 마시고 방으로 올라와 각자의 일에 매달렸다. 그는 소파와 테이블 전체를 차지하고서 일에 몰두하느라 여념이 없었다. 해나는 티 테이블 앞에 앉아 번역 작업을 하다가 언젠가부터 일을 멈추고 물끄러미 그를 들여다보았다.

저녁 내내 그는 해나를 바라보며 타는 듯한 갈증과 증폭되는 열기를 감추지 못했다. 당장에라도 품에 끌어안고서 달콤한 입술을 훔치고 싶어 조바심을 내는 눈빛이었다. 그런데도 그는 해나를 재촉하기보다 천천히 볼일을 다 보고 오라는 말까지 남기고 먼저 침실로 올라갔다. 간단히 뒷정리를 마치고 해나가 쫓아왔을 때 그는 저렇게 무아지경, 산더미 같은 문서에 뒤덮여 일에 열중하고 있었다.

늘 바빴던 사람이니 밀린 일이 많은가 보다, 해나는 그렇게 짐작하며 티 테이블 앞에 앉아 번역을 시작했다. 번역 일에 프레데릭이 관여되어 있음을 알게 된 건 오래지 않았다. 언젠가 피로에 지친 그가 깜박 잠이 들었을 때 널브러진 문서들을 정리하다 익숙한 상호와 인장이 찍힌 서류를 보게 되었다.

유렌시아 하우스.

마파엘이 지금까지 번역 일을 얻어다주고 있던 곳이었다. 해나는 호기심에 서류를 들여다보았고 헛웃음을 지었다. 그것은 상단의 작년 하반기 운영 보고서였다. 세세한 보고를 받고 있다는 건 프레데릭이 어떤 식으로든 상단과 연관되어 있다는 뜻이었다.

그렇다면 여태까지 마파엘이 가져다주었던 일감은…….

해나는 자연스레 진실을 알게 되었고 이후로 그가 일을 할 때면 테이블 위에 일감을 펼쳐놓고 당당히 번역 작업을 해왔다. 초반, 해나의 행동에 흠칫하였던 그는 고집스레 못 본 척을 해오다 최근 들어 한 번씩 이맛살을 찌푸리곤 하였다.

그러고 보면 칼 프레데릭이 이 방에서 온갖 서류를 펼쳐놓고 저러고 있는 게 얼마 만의 일인지. 해나는 감회가 새로우면서도 언제까지 이럴 수 있을까, 종잡을 수 없는 미래에 조급증이 일었다. 그래서 평소 그가 일을 하고 있으면 방해가 되지 않으려 노력했던 태도를 거두고 조용조용 말을 건넸다.

"알고 보면 세심한 분이십니다, 전하께서는."

"……."

"마파엘을 디너에 초대한 건 여행 준비가 잘되고 있는지 궁금하셨기 때문이겠지요."

특별히 돌아오는 대답은 없었지만 해나는 개의치 않았

다. 무슨 일을 하고 있어도 자신의 말을 흘려듣지 않는다는 걸 짧지 않은 시간을 함께하며 이제는 깨닫고 있다.

냉철한 것 같으면서도 정이 많은 사람. 국사 외에는 관심을 내보이지 않다가도 가끔 소소한 것까지 신경 쓰는 모습을 보면 참으로 뜻밖이었다. 아니, 뒤에서 몰래 자신을 챙겨주었던 과거를 돌이켜보면 아마도 그것이 천성일 수도 있었다. 해나는 문득 그와의 관계가 처음으로 시작되었던 어느 밤, 차마 묻지 못했던 자신의 병에 관해 떠올려보았다.

"혹시 예전에 제가 아팠던 것입니까?"

"……."

"수면 보행증, 수면 마비, 그런 증상이라도 있었던 것인지요?"

"쓸데없는 소리. 너는 누구보다도 건강해."

그는 문서에서 눈을 떼지 않고 확고히 답했다.

한때에는 몹쓸 병을 앓았는데 이제는 다 나았나 보다. 해나는 짤막한 그의 대답을 실마리 삼아 알아서 그 의미를 해석하고 받아들였다. 그날 밤 살뜰하게 체온을 확인하고 다정하게 말까지 붙여주었던 그를 또렷이 떠올리면서.

칼 프레데릭이 아니었다면 나는 지금쯤 어떠한 모습으로 살고 있었을까.

확신하건대 지금처럼 건강하고 행복한 모습은 아니었을 것이다. 이런저런 생각이 많아지며 감성이 이성을 지배하는 순간, 해나는 한 번쯤 묻고 싶었던, 감히 내어볼 수 없었던 질문 하나를 과감히 던져보았다.

"꼭 왕이어야 합니까?"

처음으로 그가 문서에서 눈을 떼었다. 하지만 시선을 돌려 해나를 바라보는 행동 따위는 하지 않았다.

"다른 꿈을 가진 적이 있으신지 궁금합니다."

"그런 적 없다."

"그래도 혹시……."

"왕이 되기 위해 살아온 나다. 혹시라는 건 없어."

일말의 망설임도 없이 프레데릭은 딱 잘라 답했다.

도대체 무슨 생각으로 그런 멍청한 질문을 하였는지, 해나는 자신을 비웃으면서도 스스럼없이 또 다른 질문을 건넸다. 약간의 심술이었는지, 아니면 정말 그의 야멸친 대답이 민망해 생각나는 대로 내던진 것인지 자신도 구분할 수 없었다.

"유론에 가신 일은 잘 진행된 것인지요?"

"너는……."

프레데릭은 해나가 방으로 들어온 이래 처음으로 고개를 돌려 그녀를 제대로 마주 보았다. 물기를 머금은 포도알처럼 새까맣고 촉촉한 눈동자가 그를 말갛게 주시하고 있었다.

"왜 나를 받아준 것이냐?"

"이렇게 될 거 뻔히 알고 있었으면서 왜 이제 와 심술이냐, 저를 혼내시는 거군요."
"그런 말을 참 산뜻하게도 하는군."
"좋아합니다."
"……."
"어느 날 저녁, 정신을 차려보니 하루 종일 한 사람의 얼굴만 떠올리고 있었습니다."
이런 식으로 급작스레 고백하고 고백을 받게 될 줄은 두 사람 다 예상치 못했다. 그런데도 해나는 태연했고, 그리하여 프레데릭은 숨을 쉬는 것조차 잊고 말았다. 강렬하게 맞물려 하나로 뒤엉키는 두 사람의 시선에서 뜨거운 열기가 아지랑이로 아물아물 피어올랐다. 프레데릭은 머릿속 생각들이 가루가 되어 흩어지는데 해나는 자리에서 일어나 한 발 한 발 그에게 다가가기까지 하였다.
"잠에서 깨어나 머리를 빗을 때, 식사를 할 때, 책을 읽을 때, 심지어 누군가와 대화를 나눌 때에도 저는 늘 전하와 함께하고 있었습니다. 언제부터인지도 모르게, 언제까지인지도 모르게."
코앞으로 다가온 해나는 소파 앞에 쪼그리고 앉아 두 손을 그의 무릎 위에 올리고 짙은 바닷빛의 눈동자를 올려다보았다. 다소 충동적이기는 하지만, 왠지 오늘이 아니면, 지금 이 순간이 아니면 진실한 마음을 내보일 기회가 다시는 없을 것 같았다.
"아마도 저는 평생 당신을 떠올리며 살아가게 되겠지요.

어디에서 어떠한 모습으로 살아가든 매순간 저는 당신과 함께하게 될 겁니다."

차마 꺼내놓지 못하고 응집된 감정이 시뻘건 불덩이가 되어 프레데릭의 심장에 사정없이 꽂혔다.

나는 왜, 내 미래조차 알 수 없어 이렇게나 소중한 너에게 약조 한 마디 건넬 수도 없는 것인지. 너는 왜, 이 순간조차 침묵하는 나에게 아무것도 바라지 않는 얼굴로 가슴 떨리는 고백을 하고 있는 것인지.

심장에서 뿜어 나와 목구멍으로 치미는 무수한 말들을 오늘도 그는 미처 쏟아내지 못하고 속으로 삼켜내었다. 저렇게라도 당당히 제 마음을 표현할 수 있는 해나가 그는 차라리 부럽기까지 하였다.

"부담스러워 마십시오. 무심히 한 번만 들으시고 내일이 오면 별일 아닌 듯 깨끗이 잊어주시기 바랍니다."

찰랑이던 눈물이 새까만 눈동자에서 흘러내리는 순간, 해나의 고개가 완전히 뒤로 젖혀졌다. 입술이 단번에 깨물리고, 위에서 격렬히 내리누르는 압박에 상체가 얕은 곡선을 이루며 뒤로 휘었다.

지금까지와는 비교도 안 될 정도로 깊이 파고드는 입맞춤. 이대로 활활 타올라 흐물흐물 녹아내릴 것 같은 기분인데 어느 순간, 해나의 몸이 번쩍 들리더니 소파 위로 거침없이 던져졌다.

정신을 차릴 새도 없이 그가 달려들어 슈미즈 드레스의

목 주변을 거의 찢듯이 아래로 당겨 내렸다. 우두둑, 이음새가 터지는 소리가 나면서 소담스러운 여인의 가슴이 그의 앞에 뽀얀 빛을 내며 드러났다. 가슴 위에서 적나라하게 전해지는 뜨거운 숨결과 누구의 것인지 모를 열에 달뜬 숨소리. 그가 다급하게 치맛자락을 위로 들치자 해나는 아찔함에 가슴이 떨렸다.

이러한 행위에 무지했던 초반, 해나는 그저 열정적인 그의 애정 표현을 좇아가기에 급급했다. 그러다가 어느 순간 높은 곳에서 뛰어내리는 꿈을 꾸고 있을 때처럼 정수리에서 발가락 끝까지 찌르르한 자극을 느꼈다.

바로 지금, 이 순간의 느낌처럼.

"하아……."

침대까지 옮겨 갈 정신도, 옷을 벗겨낼 여유도 없이 그가 꿈처럼 아득하게 들어차고 있었다. 두 사람의 마음이 두서없이 뒤섞여 평소 감춰두었던 열정이 동시에 폭발하는 시간.

해나는 그에게서 깊이를 가늠할 수 없는 뜨거운 애정을 느꼈다. 절박함, 소중함, 애틋함, 그리고 마음을 건드리는 터질 듯한 감동 같은 것도 전해졌다. 비록 직접적으로는 한 마디 말도 해주지 않지만, 그는 언제나 이렇듯 온몸을 던져 절절하게 고백을 해왔다. 이렇게밖에 표현할 수 없어 미안해하는 마음까지도 함께 담아서.

깊어가는 겨울밤, 그만의 안타까운 고백이 해나를 어지

럽게 하였다.

수분이 말라 입안이 퍼석하고 온몸이 빼근하게 욱신거렸다.

물…….

해나는 바짝 마른 입술을 오물거리다 타는 듯한 갈증에 무거운 눈꺼풀을 밀어 올렸다. 새벽녘에야 간신히 잠들 수 있었던 탓에 눈을 뜨기가 생각처럼 쉽지 않았다. 커튼 사이로 쏟아지는 햇살이 너무 밝았고, 전신을 죄어오는 어떤 무게에 갑갑증을 느꼈다.

"어?"

두 눈을 깜빡이다 멍멍하게 주변을 둘러보던 해나는 눈앞에 펼쳐진 광경에 자그마한 소리를 터뜨렸다. 가녀린 몸을 넝쿨처럼 휘감은 기다란 팔다리와 규칙적인 숨소리 아래 깊이 잠들어 있는 프레데릭. 언제나 새벽같이 일어나는 사람이라 아침에는 거의 볼 수 없는 그였는데, 이렇게 흐트러진 모습으로 곤히 자고 있는 모습이 해나로서는 놀랍기만 하였다.

반가움에 잠시 그를 응시하던 해나는 돌연 떠오르는 간밤의 기억에 얼굴이 붉어져 조심히 몸을 일으켰다. 삼켜버릴 듯 유난히도 끈질기게 불태우던 그의 열정과 투명한 피부에 고스란히 새겨진 알록달록한 흔적이 부끄러웠다. 심해지는 조갈도 해나의 움직임을 재촉하였다.

물부터 마시고 정신을 차리자.

대충 가운을 찾아 걸치고 평소라면 침대 맡에 있어야 할 포트를 찾아 힘겹게 발을 떼었다. 다행히도 소파 테이블 위에서 포트를 찾아낸 해나는 컵에 물을 그득히 따라 달게 마셨다. 한 잔을 전부 들이켜고 컵을 내려놓는데 포트 옆으로 큼지막한 함 하나가 눈에 띄었다.

「시간 날 때 열어봐.」

어제 저녁, 그가 두 손에 직접 들고 와 별거 아닌 듯 던져놓았던 바로 그것. 해나는 강한 호기심에 묵직한 함을 끌어당겨 뚜껑을 열었다. 곧바로 눈에 들어오는 건 어디선가 많이 본 듯한 금박을 입힌 비단 보자기. 매듭을 풀어 안에 든 단지까지 전부 열어본 해나는 내용물을 확인하는 순간 그대로 움직임을 멈추고 말았다. 시선이 고정되고, 사고가 정지되었다. 그저 하나의 감정만이 심장 위로 툭 떨어져 점점 더 커다란 동심원을 그리며 퍼져 나갔다.

감동.

칼 프레데릭, 그는 확실히 사람을 울리는 재주가 있었다.

이마 위에서 간지러운 바람이 일었다. 바람은 눈썹을 타고 유하게 흐르더니 깜박 사라졌다 다시 미간 위로 내려앉았다. 오뚝한 콧등을 따라 하늘하늘 미끄러져 콧날 위에서, 인중 위에서, 입술 위에서 차례로 간지럽게 굽이쳐 흘렸다.

바람이 닿는 곳마다 슬쩍슬쩍 인상을 쓰던 프레데릭은 귓가를 두들기는 여인의 숨죽인 웃음소리에 설핏 잠에서 깨었다. 천천히 눈을 뜨니 바람은 어느새 발목까지 흘러가 있었다. 부드러운 무언가가 오른쪽 복숭아뼈 아래를 살살 매만지는 느낌. 감촉이 느껴지는 대로 아래를 내려다보니 해나가 침대에 걸터앉아 그의 복숭아뼈 부근을 살금살금 더듬고 있었다.

가느다란 손가락을 조심스레 움직이던 해나, 갑자기 느껴지는 시선에 곁눈질을 하다가 그와 눈길이 닿자 움찔하여 손놀림을 멈췄다. 얼른 손을 내리고 웃음기를 가득 담아 씩씩한 아침 인사를 건넸다.

"깨신 겁니까?"

"사람을 깨워놓고 잘도 그런 소리를 하는군."

그가 싫지 않은 얼굴로 투덜거리자 해나는 테이블 쪽으로 걸음을 옮기며 신기한 듯 말했다.

"발목에 점이 있는 것을 처음 보았습니다."

"그 작은 게 보였을 리 있나."

"작은 점이 마치 왕관 모양처럼 생긴 것 같기도 하고……."

"그냥 의미 없는 모양의 점일 뿐이야."

프레데릭이 객관적으로 단정 짓는데 실내화를 벗고 옆자리로 올라온 해나가 눈앞에 불쑥 유리잔을 들이밀었다.

“드십시오.”

마침 목이 말랐던 프레데릭은 상체를 일으켜 해나가 주는 대로 순순히 받아 마셨다. 한 모금을 마시자 달곰씁쓸한 액체가 부드럽게 밀려들었다. 얼굴이 살짝 일그러진 그는 유리잔에 남아 있는 액체를 한 번에 머금고 꿀꺽 삼켰다.

워낙 단것을 좋아하지 않던 그였는지라 해나가 재미있다는 듯 배시시 웃음을 지었다.

골탕 먹이려던 거였나?

프레데릭은 기가 막혀 헛웃음이 비어져 나왔다.

“이게 뭐지?”

“가져오신 그것입니다.”

해나가 컵을 치우며 답하자 그도 무엇인지 알겠다는 얼굴로 침대 헤드에 베개를 대고 기대앉았다. 근육으로 이루어진, 조금은 마른 듯한 상체가 아침 햇살을 받아 부드럽게 이완되었다.

“많이 달았습니까?”

“마실 만해. 그게 차였던가?”

“꿀에 절인 건 주로 약차로 마시지요.”

“꿀 속에 들어 있던 정체 모를 그것이 약재였나 보군.”

“일종의 카이란 같은 것입니다. 약으로 달여 마시기도 하고, 음식에 넣어 먹기도 하고, 약주로 담가 마시기도 합니다. 청국의 황제도 즐겨 찾는 귀한 약재이니 싫다 마시고 조금씩이라도 드십시오.”

비단보에 싸여 있던 단지의 뚜껑을 열고, 어린 시절 맡았던 달콤 쌉싸름한 향이 후각을 자극하는 순간, 하얗게 희석되어가던 오래된 기억이 특유의 색깔을 되찾고 아련하게 피어올랐다. 먹먹함에 해나는 한동안 꼼짝도 할 수 없었다. 그가 가져온 약차는 단순한 선물이 아니었다. 무엇으로도 살 수 없는, 바래가던 과거의 추억이었다.

감정을 추스른 해나는 몸이 아픈 것도 잊고서 단지를 들고 주방으로 내려갔다. 물을 끓여달라 부탁한 뒤 차를 타서 얼른 맛을 보고는 또 한 잔을 만들어 그에게로 가져왔다.

“토질에 따라 그 품질이 달라지는 약재이기에 소인의 고향에서 나는 것을 제일로 치지요. 동그랗게 자른 크기와 생김새로 보았을 때 고향에서 나는 특산품이 맞는 듯한데……, 저걸 어디에서 구하셨습니까?”

“이번에 청국을 항해하고 돌아온 상선이 있다. 항해를 주도한 상단에서 저것을 진상하였기에 가져와본 것이다.”

괜한 쑥스러움에 프레데릭은 자세한 사정을 생략하기로 하였다. 해나의 고향과 관련된 깜짝 선물을 해주고 싶어 오래전부터 수소문해왔다는 것을 어떻게 자신의 입으로 밝힐 수 있단 말인가.

청국으로 항해하는 배 한 척을 띄우기 위해선 웬만한 투자자들은 감당도 할 수 없는 거대한 자금이 필요했다. 때문에 적게는 수십에서 많게는 백여 명의 투자자가 공동으로 자금을 출자하기 마련. 그렇게 십시일반해도 도중에 사고가 생겨 상선이 돌아오지 못할 경우, 상당수의 투자자가 파산할 정도로 투자 비용은 막대했다.

그런데도 사람들은 도산의 위험을 감수하고서라도 앞을 다투어 청국으로 상선을 띄우지 못해 안달복달이었다. 일단 한 번이라도 성공적으로 청국을 다녀오면 나라 경제가 들썩일 만큼 회수되는 금액이 어마어마한 까닭이었다. 무역선에 가득 싣고 돌아온 물건, 그 3분의 1 정도의 규모만으로도 이익은 천정부지로 뛰어올랐다.

누구보다 비밀 자금이 든든했던 프레데릭은 열다섯이 되던 해 은밀히 상단을 사들여 단독으로 청국행 상선을 띄웠다. 운이 따랐는지 그의 상선은 시일이 걸려도 꼬박꼬박 항구에 당도했다. 혼자서 벌어들이는 이익금은 그야말로 천문학적인 액수에 달했다. 그는 회수한 이익금으로 구멍 난 왕실의 재정을 메우고 전쟁을 치르는 동안 끝도 없이 요구되는 국방비에 쏟아부었다.

그리고 또 하나, 왕위에 올라 전장으로 떠나며 해나가 좋아할 만한, 그녀의 고향과 관련된 물품을 수소문하였다. 청국과 왜국의 물품은 넘쳐나는데 이상하게도 해나의 고국과 관련된 물품은 찾기가 어려웠다. 프레데릭은 포기하지 않았고, 이후로 상선을 세 번 더 띄웠을 때 달콤한 무언가가 들어 있는 그 단지를 회수할 수 있었다.

7년 만에 손에 넣어 안겨줄 수 있었던 귀한 선물. 본디 과묵한 성정인 그는 그동안의 노고와 비용을 전부 생략하고 간단하게만 물었다.

"마음에 드느냐?"

그가 듣고 싶고, 또 보고 싶은 것은 특별한 게 아니었으니까.

"더없이 값진 선물, 감사합니다."

그가 바라는 건 긍정의 대답과 저렇게 좋아하는 모습. 프레데릭은 7년간 들인 재물과 시간이 아깝지 않았다. 살짝 눈물까지 글썽이는 모습을 보니 더한 것도 무조건 해주고만 싶었다.

해나는 그의 팔 사이로 파고들어 근육이 발달된 가슴에 머리를 기대고 탄탄한 허리를 끌어안았다.

어제 저녁, 그가 마차에서 내리던 모습이 눈앞에 선연히 떠올랐다. 직접 함을 들고 와 쑥스러운 듯 피아에게 넘겨주면서도 어쩐지 기대감에 들떠 보이던 그 모습. 우연의 일치로 고향의 특산품이 그에게로 진상된 게 아니었음을 해나는 알 것 같았다.

"옛 생각도 많이 나고……, 내용물을 확인하자마자 놀랐습니다."

"약차를 한눈에 알아보다니. 어릴 때부터 몸이 약했던 것이냐?"

"그것만의 독특한 향기가 있어 금방 알아챌 수 있었습니다."

은은하게 퍼지는 그의 체취에 녹아들며 해나는 나직하게, 그리고 자연스럽게 옛날이야기를 풀어내었다.

"거의 잊고 지내왔는데 신기하게도 그 향을 맡는 순간 후각이 먼저 기억하여 알려주었습니다. 사실 그 약차는 몸이 약한 어머니를 위해 아버지께서 사시사철 준비해주셨던 것이지요."

"아버님께서 다정한 분이셨나 보군."

"살가우시기보다 강하고 인자한 분이셨습니다. 전하처럼……."

살벌했던 조정의 권력다툼과는 별개로 푸르른 산천이 소박하고 아름다웠던 나라. 이제는 꿈처럼 흐릿해진 아담한 뒷동산이, 그리운 고향 집의 처마가 신기루처럼 눈앞에서 드문드문 남실거렸다.

"봄과 여름이 가을과 겨울만큼 충분히 길었던 제 고향에는 유독 금슬이 좋은 한 부부가 살았습니다. 그들은 슬하에 마흔이 넘어 어렵사리 얻은 독녀가 있었고, 순박했던 하인도 여럿 거느렸지요. 어느 날부터인가는 바다를 표류하다 뭍으로 올라온 앳된 이양인 한 명도 집에 거두었습니다. 그 집의 어린 여식은 슬픈 눈을 하고 있던 이양인을 특히 안쓰러워하였는데……."

창을 통해 쏟아지는 금은빛 햇살과 살갗을 통해 전해지는 따스한 체온. 가만히 들어주는 그의 진중한 눈빛. 해나는 차근차근 말을 이으면서도 지금의 상황이 왠지 현실 같지가 않았다. 마치 삽화 속 한 장면을 보고 있는 듯한 괴리감을 느꼈다.

내가 꿈을 꾸고 있는 것은 아닐까.

해나는 낯설게 스며드는 감정이 기이하다 여기면서도 그런 생각을 하였다. 유난히도 하얗게 부서지는 오늘의 이 아침볕을, 이 평온함을, 이 환한 빛내림을 그의 온기와 함께 영원히 기억하게 될 것 같다고.

하고자 하였으나 이상하게 목에 걸려 쏟아내지 못했던 말들. 그 아픈 과거가 신기하리만치 조곤조곤, 막힘없이 흘러나오는 아침이었다.

"하여 이 사람은 죄수 번호 68호의 처형 집행을 주청드리는 바입니다."

동절기라 해가 늦게 떠 어둑어둑하지만, 지금은 엄연한 아침. 일찌감치 대회의장에 모인 각 부처의 귀족들은 막 발언을 마친 알리시아 공작을 주시하며 혼란에 빠졌다.

제대로 들은 게 맞는 것일까?

이제는 '죄수 번호 68호'라는 대명사로 완전히 굳어진 그녀, 선왕의 차비를 처형해야 한다니. 날벼락 같은 소리에 대회의장은 크게 술렁거렸다.

목숨만은 보전케 하자, 이미 오래전 저희끼리 결론을 내렸으면서 난데없이 저러는 이유가 무엇인지. 대원로의 뜻 모를 행보에 왕국의 귀족들은 어떠한 반응을 보여야 할지 몰라 이리저리 눈치를 살폈다.

까닭을 알 수 없어 황당해하는 것은 공국파도 마찬가지. 처형시켜야 한다고 그리 주장했어도 선두에 나서 안 된다며 핏대를 높이던 작자가 웬 변덕을 부리는 것인지. 꼼수를 부리는 게 아닐까 의심이 들어 덜컥 찬성하기에도 꺼림칙하였다.

곳곳에서 수런거림이 끊이지 않는 가운데 마침내 귀족파에서는 의문을 제기하는 자까지 등장하였다.

"이해할 수가 없습니다. 이제 와서 갑자기 왜 처형을 해야 한단 말입니까?"

"말씀을 삼가십시오. 이제 와서라니요? 허면 모든 정황과 증거가 충분한데 선왕 전하의 시해를 공모한 죄인을 계속 살려두어야 한단 말입니까?"

"그런 것은 아니지만……."

궁금한 건 왜 갑자기 마음을 바꾸었는지에 관한 것이었으나 알리시아 공의 엄중한 목소리에 백작은 자신감을 잃고 말끝을 흐렸다. 어찌해야 하나 주변을 둘러보던 그는 그제야 귀족파의 원로들이 하나같이 입을 닫고 있음을 깨닫고 정신이 바짝 들었다.

위에서는 모두 말을 맞추었구나!

한발 늦게 사태를 파악한 그는 자신의 어리석음을 탓하며 슬그머니 꼬리를 내리고 자리에 앉았다.

사실 차비의 처지만 놓고 보자면 빨리 죽여주는 게 차라리 인간적이었을 것이다. 그럼에도 원로들은 제 마음이 편하자고 끝까지 자애로운 척 야비한 태도로 그녀를 더욱 고되게 만들었다. 옆에서 보기로 저들은 그녀가 스스로 목숨을 거두어주길 기대하고 있는 것처럼 느껴지기도 하였다.

그런데 무슨 심경의 변화로 이제 와 하나같이 죽여야 한다며 대동단결한 것일까.

하나둘 상황을 인식한 왕국의 귀족들은 의문점을 떨치지 못하면서도 눈치껏 말을 삼가고 암묵적 동의를 표했다. 설사 미심쩍은 부분이 있다 해도 원로들에게 반기를 들 수 있는 사람은 아무도 없었다.

그러자 손해 날 게 없다고 판단한 공국파의 귀족들도 입을 다물고 시선을 국왕에게로 돌렸다.

장내를 정리한 알리시아 공작은 왕을 향해 최종적인 의견을 피력했다.

"진즉에 처리했어야 할 일이지만 예고도 없이 전쟁이 터져 지나쳤던 부분이옵니다. 이제 전쟁도 마무리가 되어가고 내정도 안정을 되찾고 있으니, 이쯤에서 선왕 전하의 일을 정리하고 왕실의 권위를 다시 세우심이 옳을 듯하옵니다."

"경의 말이 맞소. 오래 끌어오기는 하였지."

"이참에 아예 지하 감옥의 처형자 명단을 꾸리는 것도 방법일 것입니다."

"당시 선왕 전하의 사건을 지휘했던 책임자가 누구였소?"

"로젠 공입니다."

프레데릭은 앞줄에 앉아 있는 레오폴트에게로 시선을 옮겼다. 그는 약간의 지루함이 섞여 있는 얼굴로 얼른 이 시간이 지나갔으면 하는 기운을 폴폴 흘리고 있었다.

"시작을 했으면 끝을 맺어야지."

"모든 증거는 충분하게 수집된 상태입니다."

금세 표정을 바꾼 레오폴트는 공손하게 예를 갖춰 답했다.

"서명만 하면 된다 이 소리로군. 관련 서류들을 정리해 집무실로 가지고 오시오, 로젠 공."

"예, 전하."

레오폴트가 가볍게 고개를 숙였다 들자 그를 바라보고 있던 레이튼 공과 시선이 마주쳤다. 레이튼 공은 다른 이가 눈치 채지 못하게 표정 없는 얼굴로 고맙다는 눈인사를 보내왔다. 레오폴트는 보일 듯 말 듯 특유의 미소를 지어 보이고 발언을 시작한 프란손 후에게로 관심을 돌렸다.

12
전야제

겨울이라 시원하게 쏟아지는 분수의 물줄기는 볼 수 없었다. 그래도 멋스러운 건물과 아기자기한 점포가 모여 있는 대광장은 충분히 이색적이고 볼거리도 많았다.

루카스가 외출을 언제쯤 하시겠냐고 물어온 건 그제 아침이었다. 외출 허가를 받고도 좋아만 하다 넘겨버렸던 해나는 그에게 일러두겠다는 프레데릭의 말이 떠올라 기대에 부풀었다. 이 나라에 온 지 벌써 햇수로 10년, 늘 한정된 공간에 머물며 산책이나 하는 게 바깥 활동의 전부였다. 도심으로 나가 사람들 사이에서 진정한 의미의 구경을 하는 건 이번이 처음이기에 가슴이 설렜다.

피아, 요리사, 그리고 평복 차림의 루카스와 호위 두 명, 해나까지 여섯 명이 함께한 외출은 성공적이었다. 계절적 특성상 망토에 후드를 쓰고 보온용으로 얼굴을 반쯤 가리고 있는 사람은 의외로 많았다. 덕분에 해나는 거동이 자유로웠고 도심에서의 첫 번째 외출을 마음껏 즐길 수 있었다.

요리사가 식재료를 구입하는 걸 옆에서 구경하고, 말린

채소와 꿀에 절인 과일도 직접 구입해보았다. 이제 푸줏간에 간 피아와 요리사가 돌아오면 오늘의 외출도 끝. 해나는 행상하는 여인이 추워 보여 그녀가 팔고 있는 마멀레이드 한 병과 삶은 달걀 세 알을 사준 뒤 분수 끄트머리에 서서 그들을 기다렸다.

이것이 처음이자 마지막 외출이 될 수도 있다는 것을 해나는 잘 인지하고 있었다. 때문에 기다리는 잠깐의 시간일지라도 눈에 보이는 장면장면을 부지런히 머릿속에 새겨 넣었다.

뛰어노는 아이들, 베이커리에서 갖가지 빵을 구입해 나오는 여인들, 수다를 떨고 있는 노파들. 그리고 웬 종잇조각을 두고 사내 둘이서 실랑이를 벌이는 모습도 포착되었다. 상인으로 보이는 그들은 바로 앞을 지나며 종이 한 장을 빼앗았다 되찾았다, 서로 보고 싶어 성화를 부렸다.

"이리 줘봐. 나도 좀 보자고!"

"자네는 계속 보고 있었잖아, 잠깐만 보고 돌려준다니까 그러네."

"여기저기 뿌려져 있는 거 한 장 가져다 보면 되는 것을, 그게 귀찮아갖고, 쯧쯧."

사내가 아무리 핀잔을 줘도 종이에 시선을 고정한 다른 사내는 아무것도 들리지 않는 듯하였다. 민망해하면서도 호기심이 가득한 얼굴로 침까지 꼴깍 삼켰다.

"아이고, 망측스러워. 이번에는 또 어느 귀족 아가씨가 이런 짓을 하고 다니는 거야? 하여간 귀족들이 더 지저분하다니까. 낯부끄러운 줄도 모르고."

"귀족이 아니라 타국인이라잖아."

"그래도 신분이 높으니까 이렇게 귀족들과 어울려 놀아나는 거겠지."

"모르는 소리 하지도 마. 프랑스 같은 나라도 창녀가 왕의 정부 노릇을 하는 판에 요년의 신분이 무엇일지 누가 어떻게 알겠어. 귀족일지 천민일지 그건 아무도 모르는 거지. 하는 짓은 딱 매춘부구만."

"망조네, 망조야. 어디서 떨어진 계집인데 이렇게나 막돼먹었을꼬."

"참, 자네 그거 아나? 소문에는 말이지……."

해나는 어느새 그들의 대화에 빠져들고 있었다. 사내들이 앞을 지나 조금씩 멀어지고 있는데도 눈을 떼지 못하고 그들의 동선을 따라 고개가 돌아갔다. 무슨 소문인가 싶어 들려오는 말소리에 저절로 귀를 기울이는데 순간 루카스가 예고도 없이 끼어들었다.

"먼저 마차로 돌아가 기다리시는 게 어떻겠습니까?"

앞으로 불쑥 튀어나와 해나의 시야를 가리고 주의를 완전히 제 쪽으로 잡아끌었다.

"오늘은 광장에서 기념제가 열리는 날이라 조금 뒤면 마차들이 수도 없이 들어올 겁니다. 그러면 반대편 인도로 빙 돌아서 걸으셔야 하니 지금 가까운 길로 건너가시는 게 좋을 듯합니다."

어쩐지 그가 당황한 것 같다는 느낌이 들기도 했지만 해나는 대수롭지 않게 넘겼다. 뜬금없이 그가 당황할 일도 없거니와 광장에는 실제로 마차가 더욱 늘어나고 있었다.

마음 같아서는 더 있고 싶으나 앞쪽에서 두 명의 호위가 긴장을 풀지 못하고 경계하는 자세에 해나는 고집을 부리지 못했다. 자신이 이것저것 살펴보며 즐거워할 때 루카스와 저들은 내내 신경을 곤두세웠을 것이다. 덕분에 좋은 구경을 하였으니 이쯤에서 돌아가 고생을 덜어주자, 미련을 버리고 고개를 끄덕거렸다.

피아와 요리사를 데려올 호위 하나만 남겨두고 루카스와 나머지 한 명은 해나와 함께 움직였다.

광장을 가로질러 거의 끝부분에 다다랐을 때 해나는 아쉬운 마음에 주변을 한 번 크게 둘러보았다. 목적 없이 그저 둘러본 행동이었는데 우연이었는지 눈에 쏙 들어와 박히는 한 여인이 있었다. 하필이면 마차들이 꼬리를 물고 빠져나가는 길 건너편에 서서 광장으로 건너오지 못하고 발을 동동거리고 있는 중년의 여인. 애타는 시선이 광장 쪽으로 닿아 있어 해나는 그 시선을 따라가보았다.

여인이 애가 닳아 보고 있는 곳에서는 사람들이 모여 웅성거리고 있었다. 화려한 차림새의 덩치 큰 사내가 바닥에 엎드려 있는 누군가에게 마구 신경질을 내고 있던 차였다. 후드와 망토로 전신을 가리고 있어 연령대를 구분할 수 없으나 몸을 웅크리고 있는 사람은 누가 봐도 가냘픈 여인이었다.

"그게 죄송하다는 사람의 태도야? 부딪쳤으면 고개를 들고 사과를 해야지, 냅다 엎드려서 지금 뭐하는 거야! 이 옷 어떡할 거야! 이 옷 어떻게 배상할 거냐고!"

"……."

"뭐라고? 큰 소리로 말해. 무슨 사과를 그따위로 해? 야, 너 고개 들어봐. 너 도둑년이지? 너 죄짓고 도망치고 있는 년 맞지!"

사내는 아무리 봐도 멀쩡한 옷을 흔들어대며 목소리를 높였다. 구경꾼은 늘어갔고 그럴수록 엎드려 있는 여인은 바닥에 이마를 대고 눈에 띌 정도로 몸을 와들와들 떨었다. 사내가 일행과 함께 있었기 때문인지 여인을 위해 나서주는 사람은 아무도 없었다.

"해나 님, 왜 그러십니까?"

"……아닙니다."

솔직히 딱한 마음에 다가가보고 싶었다. 그렇지만 저 역시 보호를 받아야 하는 몸, 쓸데없는 호기심은 독이 된다는 판단에 해나는 괜한 생각을 끊어내고 몸을 돌렸다.

"마차들이 벌써 많아지기 시작했습니다. 길을 건널 것이니 떨어지지 마십시오."

루카스와 호위는 양쪽을 살피며 마차들로 붐비는 거리로 들어섰다. 뒤를 따라 걸으면서도 해나의 고개는 절로 뒤로 향했다. 바닥에 엎드려 떠는 여인이 자꾸 신경 쓰이고 어딘지 낯이 익었다. 마치 지난여름, 숲에서 만났던 데지레를 보고 있는 것처럼.

"데지레?"

길을 건너던 해나는 흠칫하여 걸음을 멈췄다. 황급히 돌아보니 여인은 얼굴을 보이지 않으려 기를 쓰고 후드를 붙잡고 있었다. 그로 인해 소매는 팔꿈치까지 내려가 있었고, 손등 위의 상처가 고스란히 드러나 보였다. 결정적으로 살짝 드러난 머리카락은 붉은빛이 감도는 금발이었다. 여인이 데지레임을 확신하는 순간,

"비켜!"

사나운 목소리가 공중으로 쩌렁쩌렁 울려 퍼졌다. 해나는 고개를 바로 했고, 루카스는 놀란 얼굴로 뒤를 돌아보았다. 잠시 한눈을 판 사이 그들 사이에 벌어진 거리는 약 대여섯 보. 그 비어 있는 공간을 향해 마차 한 대가 쏜살같이 달려오고 있었다. 해나는 얼른 광장 쪽으로, 루카스와 호위는 건너편으로 몸을 피했다.

"죄송합니다! 다시 이쪽으로 건너와주십시오!"

해나는 다급했다. 사람을 극히 꺼리는 데지레라면 저러고 있는 상황이 이해가 되었다. 누군가 나서지 않는다면 그녀는 말도 제대로 못 하고 언제까지나 저리 벌벌 떨고만 있을 것이다.

사내는 이제 발로 데지레의 어깨를 툭툭 차기 시작했다.

그럴 때마다 그녀는 몸을 떨면서 얼굴을 더욱 바닥에 묻었다. 해나는 속이 타들어가는 듯하였다. 루카스와 호위는 연이어 지나는 마차들로 건너편에 발이 묶여 있고, 광장에 남겨두었던 호위는 이미 푸줏간으로 이동하고 없었다.

어떡해야 할까.

행패를 부리던 사내는 아예 자리를 잡고 앉아 얼굴 좀 보자며 손으로 후드를 벗기려 하였다. 데지레는 까무러칠 듯 몸을 떨며 흐느끼기 시작했다. 초조해하며 사방을 살피던 해나는 사내가 데지레의 머리를 톡톡 치며 이죽거리자 머릿속에서 무언가가 탁, 끊기는 것 같았다. 여기서 눈에 띄면 큰일이라는 사실도, 오늘의 외출을 조용히 끝내고 싶다는 바람도 말끔히 지워지고 없었다. 해나는 오직 울고 있는 데지레만 주시하며 무작정 앞으로 걸었다.

"야, 너 왜 고개를 못 들어? 너 수배범이지? 내 돈주머니 채가려고 일부러 부딪친, 아악!"

막말을 해대던 사내는 느닷없이 들이닥친 통증에 손으로 눈을 감싸고 뒤로 벌렁 나뒹굴었다. 찬바람에 딱딱해진 달걀 뭉치를 해나가 있는 힘껏 그의 얼굴로 던져버린 것이다. 서너 명의 일행이 그에게로 달려들었고, 해나는 그 틈을 타 엎드려 있는 여인에게 다가가 귓속말로 소곤거렸다.

"데지레?"

눈물로 범벅이 된 그녀가 깜짝 놀라 고개를 들었다. 새까만 눈동자와 회녹색의 눈동자가 공중에서 만나 서로를 알아봤다. 지난여름, 숲에서 용기 내어 처음으로 시선을 마주쳤던 것처럼. 어느 겨울밤, 설원에서 사경을 헤맬 때 꿈속에서 서로의 눈을 마주했던 것처럼.

해나는 두려움에 떨고 있는 데지레의 손을 낚아채고 사내가 몸을 일으키기 직전 쏜살같이 앞을 향해 달려 나갔다.

"잡아! 저것들 잡아!"

사내의 고함이 광장을 울렸다. 해나와 데지레는 똑같이 후드를 목숨처럼 부여잡고 대광장을 질주했다. 쏟아지는 시선으로부터 몸을 피해야 한다는 생각에 한 번 돌아보지도 않고 뛰었다. 숨이 턱턱 막혔다. 한 발 뒤처져 달리는 데지레 역시 거친 숨을 토해냈다. 해나는 잡고 있는 그녀의 손을 조금 더 당기며 속도를 내었다.

두 사람은 크고 둥그런 광장을 빠져나와 인적이 드문 골목길로 뛰어들었다. 쫓아오는 무리를 교란하기 위해 해나는 좁은 골목으로 들어서서 이리저리 길을 꺾었다. 머리와 이마에 송골송골 땀이 차오르고 발바닥에 통증이 일며 열이 올랐다.

달리기를 시작하기 전 해나는 루카스가 길을 건너고 있음을 똑똑히 확인했다. 혹시 그가 추격하던 이들을 따돌리고 저희를 쫓아와주는 게 아닐까, 약간의 기대감에 슬쩍 뒤를 살펴보았다. 놀랍게도 헉헉거리며 쫓아오고 있는 사람은 길 건너에서 안타까운 얼굴로 데지레를 보고 있던 중년의 여인이었다. 그 뒤로 쫓아오는 사람이 없어 달리기를 멈춰야겠다고 생각하는데,

"윽!"

해나는 단단한 무언가와 정면으로 세차게 부딪쳤다. 데지레의 손을 놓치고, 팔에 끼고 있던 작은 마멀레이드 병이 돌바닥으로 떨어져 와장창 부서졌다. 부딪친 반동으로 후드와 숄이 벗겨지고 몸도 뒤로 휘어지며 완전히 넘어가는데 강한 팔이 해나의 허리를 감싸며 끌어당겼다.

회색 구름이 덮여 있는 하늘 대신, 공중 위로 낯선 사내의 얼굴이 들어왔다. 은발에 가까운 짧은 머리카락, 회색의 눈동자, 찬바람에 그을린 갈색 톤의 피부. 처음 보는 사내는 눈밭에서 무리를 이끄는 야생 늑대를 연상케 하였다. 그에게서 풍겨 나오는 체취 역시 예사롭지 않았다. 마치 덜 마른 장작을 피울 때 솟아나는 연기 냄새와 같은. 그보다 더 강하고 눈이 매워지는 느낌. 눈앞에 아린 연기가 자욱하게 껴있는 기분에 해나는 거칠게 토해내던 숨까지 멈추었다.

사내는 후드가 벗겨진 해나를 신기한 듯 위아래로 훑더니 곧 시선을 거두고 몸을 똑바로 세워주었다. 얼굴을 내보인 게 마음에 걸려 해나는 긴장하였으나 다행히도 더 이상의 관심은 없어 보였다. 사내는 그저 씩 웃더니,

"Извините, ле́ди."

실례한다는 말을 남기고 뒤에 있던 동료와 몇 마디를 주고받으며 길을 지나쳤다.

해나의 시선이 그들의 뒤를 따랐다. 저들의 러시아 어 발음이 상당히 독특했다. 외국인이 러시아 어를 하고 있는 듯한. 혹은 사투리일까? 점점 멀어지는 두 사내를 주시하는 해나의 얼굴에서 의문의 빛이 짙어지는데 뒤에서 상냥한 음성이 들려왔다.

"당하초 냄새랍니다."

목소리의 주인은 어느새 달려와 데지레를 부축하고 있는 중년의 여인이었다. 당황한 해나가 후드를 덮어쓰자 여인은 안심하라는 듯 공손하게 감사부터 표했다.

"이렇게 뵙게 되어 영광입니다. 지난여름, 딸아이에게서 아가씨의 얘기를 전해 들었습니다."

"아……, 어머니셨군요."

"광장에서 그 사람들, 이 일대에서도 사납기로 유명한 밀매업자의 아들이지요. 하마터면 큰일 날 뻔하였는데 매번 신세를 지게 되어 죄송스럽고 또 감사합니다."

부인은 눈물을 글썽이며 고개를 조아렸다. 거친 숨을 고르고 눈물을 닦아내느라 말할 기력도 없어 보이는 데지레 또한 마음이 담긴 눈인사를 보내왔다.

가볍게 목례를 나눈 해나는 데지레에게 쉴 틈도 줄 겸 부인에게 궁금한 점을 물었다.

"헌데 당하초가 무엇입니까?"

“라인트 제국에서만 나는 약초로 환각제의 일종입니다.”

“환각제요?”

“우리나라에서는 금지되는 것인데 가끔 밀무역을 통해 들어오기도 한다 들었습니다. 국경 근처에서 군인들이 유통시킨다는 소문이지요. 그런데 저들은 러시아인 같은데…….”

그 의견에 동의할 수 없어 해나의 눈가가 의문으로 깊어졌다. 짧은 머리카락과 독특한 억양의 러시아 어, 그을린 피부가 라인트 제국의 군인이 맞는 듯싶었다.

“아무튼, 크게 문제 될 수 있으니 저런 냄새를 풍기는 약초도, 사람도 조심해야 합니다. 거의 볼 일도 없으실 테지만 말입니다. 이렇게 강한 향은 저도 몇 년 만에 처음입니다. 아마도 저들은 당하초를 피운 지 얼마 되지 않았을 겁니다. 아, 오해는 마십시오. 저는 의술에 종사하는 사람입니다.”

“의원이십니까?”

해나가 덤덤하게 되묻자 시선이 아래쪽으로 가 있던 부인이 얼른 눈을 맞추며 고개를 끄덕였다. 여인은 대화를 나누면서도 눈을 거의 마주 보지 않고 해나의 머리끝부터 얼굴, 목 안쪽, 손에 이르기까지 곳곳을 뜯어보고 있었다.

색다른 외모가 신기한 것인가.

해나는 그녀의 호기심을 이해하면서도 괜스레 몸을 주뼛거렸다.

“저 때문에 아까운 것을 버리게 되었습니다. 죄송합니다.”

그사이 호흡이 한결 안정된 데지레는 바닥에 퍼져 있는 마멀레이드를 내려다보며 한숨을 쉬었다.

“이런 식으로 다시 뵙게 될 줄은 몰랐습니다. 어떻게 감사 인사를 드려야 할지……. 만날 때마다 바보 같은 모습을 보여 면구스럽습니다.”

“아닙니다. 사람이란 원래 조심하고 무서워해야 하는 존재이지요. 데지레의 잘못이 아닙니다.”

해나의 말에 눈물이 말라가던 그녀는 또다시 울컥하였다. 서글픔이, 그보다 더 진한 상처가 배어 나오는 듯하였다.

“정말……, 제 잘못이 아닌 걸까요?”

작은 속삭임은 해나에게 하는 반문 같기도 하였고, 그녀 자신에게 향하는 자문 같기도 하였다. 세상으로부터 버림받고 혼자만의 세계에 웅크리고 있는 것 같은 느낌. 저 알싸한 분위기 때문인지, 한 번뿐인 만남이었지만 해나에게 데지레는 왠지 마음이 가고 돌아보게 하는 사람이었다. 이곳에 처음 와 막막했던 시절의 저를 보는 것 같은, 상처받은 눈으로 입을 굳게 다물고 있던 얀을 봤을 때와도 같은, 그런 애잔함이 들었다.

“미안합니다. 괜히 저 때문에……. 다른 분은 괜찮으시겠지요?"

대광장 근처의 골목, 데지레와 헤어진 해나는 용케도 자신을 찾아온 루카스와 마차로 향하고 있었다. 잘 쫓아와준 게 고맙기도 하였고, 사고를 친 게 미안하기도 하였다. 그런 마음을 아는지 루카스는 서글서글한 목소리로 해나를 안심시켜주었다.

"쫓아오던 무리를 적당히 따돌리고 마차로 돌아가 있을 겁니다. 그가 상대할 동안 저 역시 계속 해나 님의 뒤를 따랐었기에 마지막에 길을 조금 헷갈렸을 뿐 많이 헤매지도 않았습니다. 저는 오히려 데지레 양을 도울 수 있어 다행이라고 생각합니다."

해나는 설핏 미소를 짓다가 다시 진지해진 얼굴로 물었다.

"데지레의 어머니 말입니다. 루카스가 보기에는 어떠하셨습니까?"

"겉모습을 물으시는 거라면 활달하고 상냥해 보이셨습니다."

"예. 그래 보이더군요."

그 말을 끝으로 해나는 입을 다물고 생각에 잠겼다. 부러 아닌 척하였지만 사실 해나는 건강해 보이는 부인이 데지레의 모친이라는 말에 무척 의아했다. 데지레는 분명 마음의 병이 깊어 보였다. 그런 그녀가 위험을 무릅쓰고 북쪽 숲까지 숨어들었다면 모친의 병세가 필시 심각했을 것이라 여기고 있었다.

시간이 흘러 중독이 완치된 것이라 가정해도 이상한 것은 마찬가지였다. 약초에 대해 그리 소상히 알고 있는 의원이 대체 무슨 음식을 어떻게 잘못 먹었기에 중독이 되었던 것인지. 게다가 모녀지간이라고 보기에 두 사람의 관계는 무언가 과한 느낌이었다. 부인은 데지레를 구석구석 살피고 또 살피는 것이, 마치 피아가 해나를 돌보듯 옆에서 끊임없이 시중을 들고 있는 모습이었다. 데지레 또한 그것을 당연시하는 분위기였고.

의심이 꼬리를 물고 끝도 없이 늘어나자 해나는 황급히 고개를 저어 모든 생각을 한꺼번에 떨쳐내었다. 사람이란 누구나 각자의 사연을 품고 살아가기 마련이었다. 멀리 찾아볼 것도 없이 해나 자신부터가 사연 많은 인생을 살고 있었다. 설사 엄청난 비밀을 가지고 있다 한들 그건 그녀만의 인생이었다. 해나는 그저 어머니를 구하기 위해 위험을 무릅쓴 효녀로만 데지레를 기억하기로 하였다.

이런저런 생각을 하다 보니 두 사람은 어느새 마차가 대기하고 있는 곳까지 다다랐다. 저 앞으로 피아와 요리사, 그리고 호위들이 보였다. 그들은 사람이 오고 있는지도 모르고 둥그렇게 머리를 맞댄 채 무언가를 심각하게 두런거리고 있었다.

"대체 누가 이런 몹쓸 짓을 벌이고 있는 것인지……. 지난번보다 더 노골적이고 선정적이지 않은가. 이제는 푸줏간에서 마구 쓰일 정도로 인쇄물이 퍼져 나가고 있으니. 이러다 정말 큰일 치르는 거 아닌지 모르겠네."

"이리 주십시오. 일단 안 보이는 곳으로 치우는 게 좋겠습니다. 전하께서도 각별히 주의하라 신신당부하셨습니다."

피아는 요리사에게서 종이 같은 것을 급히 빼앗았고, 가까이 다가가던 루카스는 사색이 되었다. 기척을 주기 위해 헛기침을 하려는데 궁금증이 솟아난 해나는 이미 깡충깡충 뛰어 피아 곁으로 다가간 뒤였다.

"무슨 일입니까?"

갑자기 들려온 목소리에 피아는 자지러질 듯 놀라 손에 들고 있던 인쇄물을 떨어트렸다. 거친 재질의 종이가 공중에서 팔랑팔랑 돌바닥으로 내려앉았다. 피아가 다급히 허리를 숙여보았지만 해나가 한발 빨랐다.

종이를 주워 올린 해나는 자연스레 인쇄물 속 내용을 들여다보았다.

[공공의 노리개]

귀부인과 레이디를 울리는 그녀. 대체 어느 나라 사람?

인쇄물의 그림은 두 칸으로 나뉘어 있었다.

위 칸은 추하게 생긴 젊은 여인이 머리와 이가 다 빠진 귀족 영감과 침대에서 벌거벗고 뒹구는 그림이었다. 영감의 조강지처로 보이는 귀부인은 문틈으로 그들을 지켜보며 눈물을 지었다. 아래 칸은 결혼 피로연. 영감과 뒹굴었던 그 추한 여인이 청국풍의 옷을 입고 신랑과 함께 구석진 곳에서 키스를 나누고 있었다. 다리와 가슴을 내놓고 사내의 뜨거운 키스를 받으며 시선은 어깨 너머로 다른 사내와 주고받았다. 신부는 연회장에서 사람들의 축하를 받으며 홀로 울상을 지었다.

인쇄물을 들고 있는 해나의 손이 약하게 떨렸다. '대체 어느 나라 사람?'이라는 문구와 그림 속 여인이 입고 있는 청국풍의 옷으로 시선이 번갈아 오갔다.

"이 여인이 혹시……, 저입니까?"

피아는 차마 대답하지 못하고 눈물을 글썽였다.

"피아가 갑자기 인쇄물을 싫어하게 된 이유, 바로 이것 때문이었군요."

"그래도 이 정도까지는 아니었는데……."

"이런 게 언제부터 나돌았던 겁니까?"

해나가 요리사와 루카스를 보았으나 그들은 굳게 입을 닫고 고개를 숙였다. 사태가 심각하다는 방증이었다.

문득 광장에서 들었던 두 사내의 대화가 떠올랐다.

「귀족이 아니라 타국인이라잖아.」

「여기저기 뿌려져 있는 거 한 장 가져다 보면 되는 것을…….」

해나는 기가 막혀 실소가 터졌다. 당시 루카스가 당황하는 것처럼 느껴졌던 게 억측이 아니었다. 해나가 그들의 대화를 유심히 듣고 있자 혹시 몰라 주의를 차단하고 그 자리를 떠나려 했던 것이다. 얼마나 일파만파 퍼지고 있으면 길거리에서 사람들이 수시로 그런 대화를 나누고 있단 말인가.

피아의 말대로라면 프레데릭 또한 이러한 사태를 알고 있었다. 세상이 다 알고 있는데 정작 당사자인 자신만 모르고 있었다는 사실에 해나는 바보가 된 기분이었다. 몸에서 힘이 빠지고, 손에 쥐고 있던 인쇄물이 힘없이 아래로 펄럭펄럭 떨어져 내렸다.

피아의 말이 옳다. 좋은 데 쓰라고 만든 것을 사람들이 나쁘게만 이용하니 속이 상했다.

해나도 갑자기 인쇄물이 싫어져버렸다.

에리카의 항구에서 도심으로 이어지는 길은 계절에 따라 고유의 특색을 보이며 운치 있는 절경을 자랑했다. 크로커스가 흐드러지게 피어나는 봄, 하지 축제가 열리는 여름, 바닷빛이 짙어지는 가을, 눈꽃으로 뒤덮인 겨울. 그리고 섬세하게 붓을 놀린 듯 신비롭게 펼쳐지는 일출과 일몰까지. 날씨가 좋은 날 대광장이 혼잡스러울 때 귀족들은 마차를 타고 나와 하늘과 바다와 땅이 맞닿아 있는 그곳을 한가로이 걸었다.

"대체 어느 높은 분이 이런 요사스러운 계집을 끼고 있는 거야?"

"한두 명이 아니라잖아. 나이 구분 없이 돈 많은 귀족이라면 아무한테나 들러붙어 귀부인들을 지옥으로 보내버리고 있는 모양이더라고. 대체 그 얼굴 어디에 끌려서 야단법석들인지. 하여간 귀족들 취향은 알다가도 모르겠어."

"이 사람이 뭘 모르시네. 자고로 사내란 여인의 얼굴이 아닌 속맛에 미치는 법이거늘."

요즘 최고의 화제로 떠오른 타국 출신 여인에 관한 이야기가 곳곳에서 들려왔다. 느긋하게 걸으며 사람들의 반응을 듣고 있던 디아나 백작부인은 입가에 서릿발 같은 냉조를 띠었다.

요사스러운 계집. 이국인에게 딱 어울리는 말이었다. 감히 저에게 폭력을 행사하고 왕의 보호 아래로 숨어들어 용서조차 빌지 않는 천하의 몹쓸 것. 계집에게 맞아서 고생했던 때가 떠오르면 누웠다가도 열불이 치밀어 밤에 잠을 이루지 못했다. 억울한 마음은 그때그때 풀어줘야 하는데 그것의 머리카락조차 볼 수 없으니. 남세스러워 어디에다 하소연도 못 하고 표독스러운 독기만 끝 간 데 없이 쌓여가는 중이다.

백작부인의 싸늘한 기류를 아는지 모르는지 마벨의 유모는 그저 이 상황이 재미있어 신이 나 있었다.

"인쇄물의 반응이 정말이지 어마어마하네요. 이번에도 대성공인 듯합니다. 이제 어찌하실 겁니까? 이쯤에서 계집에 대한 정체를 밝히고 미리부터 분노를 끌어내시겠습니까, 아니면 조금 더 기다렸다 마지막에 확 터트리시겠습니까? 내일까지는 답변을 줘야 시간에 맞춰 인쇄물을 제작할 수 있을 겁니다."

"글쎄……."

마벨은 아직도 결정을 내리지 못하고 애매한 어조로 말꼬리를 흐렸다.

백작부인은 그런 마벨을 흘끗 보다가 유모를 향해 찬웃음을 지었다.

"참으로 별일이네. 이전에는 숙녀답지 못한 행동이라며 펄펄 뛰더니 어째 이번에는 유모 자네가 되레 즐기는 분위기야."

"꼴같잖은 이국인이 우리 아가씨의 속을 썩였으니 응당 대가를 치러야지요. 무슨 수로 전하를 꼬였는지 모르지만 천벌을 받아 마땅한 년입니다. 전하께서도 크게 후회하셔야 하고요. 그런데 저기, 로젠 공 아니십니까?"

세 여인의 시선이 일제히 말을 타고 달려오고 있는 네 명의 사내에게로 향했다.

수행원 셋을 대동하고 오던 레오폴트도 마벨을 발견했는지 말을 멈추고 안장에서 내려 일행 앞으로 다가왔다. 여인들이 일제히 무릎을 굽혀 예를 올리자 레오폴트는 환하게 웃으며 친근하게 인사를 건넸다.

"오랜만이오, 마벨. 바람을 쐬러 나왔나?"

"잠시 여유가 생겨 백작부인과 거닐고 있었습니다."

"대비 전하의 동태를 듣고 있었던 모양이군."

정체를 노골적으로 지적해내는 그의 말에 백작부인의 얼굴이 선홍색으로 달아올랐다.

"기분 나쁘게 들을 것 없소, 백작부인. 대비는 지는 해, 공녀는 곧 떠오를 해, 적당히 오가다 유리한 곳에 정착하는 건 지극히 당연한 일이지. 한데 마벨, 그대는 무슨 일이 있는 건가? 고민이 깊어 보이는군."

"언니의 일로 쓸데없는 고민을 조금 하고 있었습니다."

"언니?"

"오래전부터 둘째 언니가 제 루비 목걸이를 탐내곤 하였지요. 하도 갖고 싶어 하기에 이번 생일에 선물할 계획이었는데 그것을 모르는 언니가 자꾸 서신을 보내와 채근하지 뭐겠습니까. 하여 고민 중에 있습니다. 계속 모르는 척하다 생일 파티가 열리는 날 선물로 줘야 할지, 아니면 선물로 줄 계획이니 고대하며 기다리라고 미리 알려주어야 할지."

"정말 쓸데없는 고민을 하던 중이었군."

레오폴트는 고개를 절레절레 저었다. 그러면서도 친절한 귀띔을 잊지 않았다.

"그런 거라면 당연히 파티에서 터트려야지. 조마조마하게 애를 태웠다 마지막에 빵. 파급력이 엄청날 테니까."

"그렇군요. 조언 감사합니다. 유모, 들었지?"

이국인의 정체는 마지막에 터트리는 것으로.

상전의 의미심장한 눈빛을 이해한 유모가 알아들었다는 얼굴로 고개를 크게 끄덕거렸다.

고민거리를 해결한 마벨은 그제야 레오폴트의 수행원들에게 관심을 보였다.

“한겨울에 마차도 아니 타시고 항구에는 어쩐 일이십니까?”

“오늘 혼내줘야 할 놈이 배편으로 도착하는 날이거든. 타지를 떠돌며 여행할 때 날 병신으로 만들고 도망쳤던 놈이지.”

“그렇다고 기어이 찾아서 잡아오셨단 말입니까?”

“당했으니 갚아줘야지.”

로젠 공의 집요함에 마벨의 한쪽 눈썹이 산처럼 뾰족하게 높아졌다. 누가 알 수 있을까, 아름다운 얼굴과 완벽한 매너로 사교계에서 추앙받고 있는 그가 기실 이렇게 독특하다는 것을. 마벨은 여상하게 어깨를 들썩이면서도 상식적인 조언을 아끼지 않았다.

“적당히 하십시오. 복수를 생각하는 자의 상처는 아물지 않는다 하였습니다.”

“그래서 나도 빨리 갚아주고 상처를 봉합하려고.”

“그걸 그렇게 받아들이신 겁니까?”

“나도 베이컨을 좋아해. 복수는 일종의 야만스러운 정의라며 말도 안 되는 소리를 지껄여놓은 게 상당히 인상적이

더군. 하지만 그건 어디까지나 그자의 생각이고, 나에게 있어 복수란 병들었던 자들도 회생시킬 수 있는 삶의 미덕이라고 생각해. 물론 은혜 또한 철저히 갚아야겠지. 그러니 그대도 나에게 복수의 대상이 되기보다 보은이 대상이 되도록 노력해야 할 거야. 그럼, 나는 해야 할 일이 있어서 이만."

다시 안장에 올라탄 레오폴트는 수행원들을 이끌고 항구 쪽으로 말을 몰았다.

오늘은 드물게 볕이 좋은 화창한 날이었다. 바람은 적당했고 오가는 사람들의 얼굴에서는 넉넉한 여유로움이 묻어 나왔다. 특히 멀어지는 레오폴트를 지켜보는 세 여인은 입가에 뜻 모를 미소까지 머금고 있었다.

"자네, 로젠가와 알리시아 가에서 보낸 밀정들과는 잘 지내고 있는가?"

"물론입죠, 백작부인. 소인이 자신들을 철석같이 믿고 있다 착각에 빠져 있을 것입니다."

유모의 대답에 마벨의 입꼬리가 호선을 그리며 올라갔다.

"헛똑똑이."

비웃음이 한껏 담긴 혼잣말은 바닷바람과 뒤섞여 레오폴트가 말을 달리는 항구 쪽으로 작은 울림이 되어 퍼져 나갔다.

광포하게 몰아치는 밤바람이 허공에서 맞부딪쳐 음산한 소리를 내었다. 창가의 커튼을 닫던 해나는 문득 움직임을 멈추고 아무것도 보이지 않는 새까만 어둠 속 저 너머를 응시했다.

며칠 전, 우여곡절 끝에 외출을 마치고 돌아오면서 망연자실 창 밖을 내다보다 대문 근처에서 얀과 눈이 마주쳤다. 그는 급하게 몸을 피했고 해나를 태운 마차는 빠르게 지나쳤다. 아주 잠깐이었으나 파랗게 얼어 있는 그의 얼굴을 확인하기에는 충분했던 시간.

얀을 그냥 두어달라, 프레데릭에게 부탁한 이후 해나는 뒤처리가 어떻게 되었는지 궁금해하지 않았다. 아무것도 묻지 않고 그가 알아서 잘 처리했겠거니 미루어 짐작만 하였다. 그날의 얀을 보니 프레데릭이 자신의 부탁을 확실히 수용했음을 알 것 같았다.

다음 날 해나는 조용히 루카스를 불러 상황에 대해 자세히 물었다.

「전하께서는 그저 지켜보라고만 하셨습니다. 슐레이튼 백작은 한동안 저택에서 칩거하다 얼마 전부터 다시 나타나 이 근처를 배회하는 중입니다.」

전하께서 그렇게까지 양보해주셨는데 얀을 저대로 두는 것은 아닌 것 같아 해나는 그날부터 매일같이 바깥 동향을 보고받기 시작했다. 며칠 더 지켜보다 그가 계속해서 근처를 배회하면 직접 나가서 얘기를 나눠볼 참이다.

바람이 점점 강해지고 있었다. 이 시린 겨울, 밤늦게까지 밖에 서 있곤 한다는 얀이 떠올라 해나는 마음이 좋지 않았다. 데지레를 만났기 때문인지 최근 고향에서 힘들어하던 시절의 그가 떠올라 신경이 쓰였다.

해나는 얕게 한숨을 쉬며 커튼을 닫는데,

"무슨 생각을 하느냐?"

"전하!"

낮고도 듣기 좋은 목소리가 근심의 끄트머리를 날렸다. 단숨에 가슴이 뛰어오르고 열기가 화르르 얼굴을 달궜다.

내일은 왕궁에서 반역자들의 처형식과 큰 규모의 무도회가 동시에 진행될 예정이었다. 원체 일이 많은데다 그 일까지 겹치며 프레데릭은 요 며칠 저택에 들를 겨를이 없었다. 내내 소식이 없던 그는 사흘 전 조그마한 화분에 카이란을 심어서 보내왔다. 바쁜 시기가 지나면 이 집에도 카이란을 심어 함께 키워보자는 짤막한 내용의 카드도 동봉되어 있었다. 세심히 배려해주는 그가 고마우면서도 다음 주에나 볼 수 있겠구나 내심 섭섭해하였는데, 이렇게 깊은 밤 예고도 없이 눈앞에 나타날 줄이야.

바지에 셔츠 차림인 그는 문가에 한쪽 어깨를 기대고 서서 느긋하게 해나를 바라보고 있었다.

"왜 한숨을 쉬고 있었지?"

"바람 소리가 하도 강해 저도 모르게 한숨을 짓고 말았나 봅니다. ……며칠 후에나 오실 줄 알았습니다."

"너를 봐야겠기에."

하루하루 힘겨운 나날이었다. 이유도 모른 채 희대의 창녀가 되어 사람들의 입방아에 오르내린다는 게, 그것을 견딘다는 게 결코 쉬운 일은 아니었다. 마음이 약해지니 현재의 모든 것이 불안하게 느껴졌다. 이대로 귀를 막고 그의 곁에 있는 게 과연 옳은 일인지, 그와의 관계가 언제까지 지속될 수 있을지. 하지만 진심이 담긴 한마디의 말에, 애정이 가득 담긴 그의 정성스러운 눈빛에 며칠간의 마음고생이 스르르 녹아내리는 것 같았다.

문을 닫고 안으로 들어선 프레데릭은 들고 있던 프록코트를 소파 위로 던지고 해나에게 다가왔다. 상한 곳은 없을까, 불편한 데는 없었나, 자리옷에 숄을 걸친 해나를 머리부터 발끝까지 꼼꼼히 뜯어보았다. 알 수 없는 일이다. 이리도 가까이서 그녀를 보고 있는데 어찌하여 마음속 불안감은 늘 가시지를 않는 것인지.

가까이 다가온 프레데릭이 커다란 손으로 해나의 턱을 부드럽게 감싸며 들어 올렸다. 그만의 기분 좋은 체취와 해나의 그윽한 향이 가까이서 만나 두 사람을 설레게 하였다.

"말해봐. 오늘은 뭘 하고 지냈지?"

"마파엘이 왔었습니다."

"마파엘?"

"그가 내일 여행을 떠나기에 다 같이 모여서 오찬을……."

그는 질문을 던졌고, 해나는 대답을 마치지 못했다. 이어지는 말들은 뜨거운 입술을 머금은 프레데릭의 입속으로 전부 사라져버렸다. 머릿속이 하얗게 부서져 해나는 아무런 생각도 할 수 없었다. 그의 팔에 매달려 입속에서 전해지는 부드러운 움직임을 느끼는 것 외에는.

한참 뒤에 고개를 든 그가 해나의 입술 위로 자잘한 키스를 퍼부으며 질문을 이었다. 눈길은 나른했고 목소리는 탁하게 흐려져 있었다.

"점심을 먹은 뒤엔? ……저건 뭐지? 젠장, 저걸 또 하고 있었나?"

티 테이블 위에 어지럽게 펼쳐져 있는 문서들로 슬쩍 시선을 던지던 프레데릭이 숫제 얼굴을 찡그리며 못마땅함을 드러냈다.

"보기 싫으시면 일을 안 주시면 될 터인데."

"네가 불안해하니까."

"……."

"생활이 안정되면 그만할 줄 알았더니 나는 결국 너를 안정시키는 데 실패하였나 보군."

해나는 할 말을 잃었다. 그의 말대로 번역은 불안감에서 시작한 일이었다. 세상에 홀로 던져졌을 때 흔들리지 않고 살아가기 위해 선택한 방어 수단. 그런데 그는 처음부터 그러한 마음을 알고 있었다 말한다. 속이라도 편하게 해주기 위해 일거리를 제공했고 아무것도 모르는 척 오랜 세월 그만의 방법으로 불안감을 달래주었던 거라고.

왜 일을 하게 해준 것일까, 그동안 궁금해했던 해나는 이제야 프레데릭의 의도를 알고 코끝이 시큰했다. 다 알았나 싶으면 하나씩 튀어나오는 그의 새로운 비밀. 이런 사람을 너무 늦게 알아본 것 같아 미안해지기까지 하는데 그가 해나를 번쩍 들어 올렸다.

순간 당황한 해나는 프레데릭이 들어 올리는 대로 두 다리를 벌려 그의 허리를 감쌌다. 매끈한 그의 목에 가는 팔을 두르자 두 사람의 얼굴은 정면으로 더욱 가까이 다가섰다. 자리옷이 허벅지까지 말려 올라가 해나의 우윳빛 다리가 공중에서 흔들거렸다. 어깨에 걸치고 있던 숄도, 신고 있던 실내화도 모조리 바닥으로 떨어져 내렸다.

"작업은 그만하겠습니다. 꼭 해야 하는 것은 아니었습니다."

"그럴 거 없어."

"……."

"하고 싶은 대로 하도록 해."

곧 자연스럽게 그만두게 될 테니까.

뒷말을 삼킨 프레데릭은 느긋하게 움직였다. 침대까지 걸어가 안고 있는 자세 그대로 헤드에 등을 기대고 앉았다.

그의 허벅지에 올라타게 된 해나는 부끄러움 반, 설렘 반으로 발그스름 두 뺨에 물이 든 얼굴로 그를 마주 보았다.

"오늘은 잠들고 싶어서 온 것이다. 네가 재워줬으면 해서."

"내일 처형이 집행된다 들었습니다. 그 문제로 계속 편치 못하셨던 것입니까?"

"수많은 죽음을 목격하고 이 손에 직접 피를 묻혔으면서 무슨 엄살이냐고 생각할 수도 있겠지."

"아니요. 그런 생각은 하지 않았습니다."

"이번 건 특별해. 선왕 전하와 관련된 문제를 한꺼번에 매듭짓고 과거를 깨끗하게 정리할 계획이다."

프레데릭의 피곤해하는 모습에 해나는 짠한 마음이 들었다. 안아주고 싶었고, 위로해주고 싶었다. 손을 들어 까칠해진 그의 뺨을 조심스레 어루만졌다. 그의 얼굴 근육이 긴장으로 팽팽하게 굳어지자 해나는 그대로 프레데릭을 끌어안으며 몸을 기댔다. 이 순간이 좋다. 가슴과 가슴이 맞닿아 그의 마음을 느끼고, 불어오는 숨결을 느끼고.

이렇듯 가끔씩 보여주는 해나의 서툰 애정 표현은 프레데릭을 들뜨게 하였다. 지금도 마찬가지다. 말도 안 되는 여론몰이로 누구보다 속상할 텐데 조용히 그의 말을 들어주고 오히려 위로를 해온다. 미안함과 사랑스러움이 동시에 치밀어 프레데릭은 손으로 해나의 뒷목을 감싸고 옆자리에 눕혔다. 갑자기 눕게 된 해나가 긴장할 새도 없이 그가 상체를 겹쳐와 위에서 똑바로 마주 보았다.

윤기가 흐르는 까만 머리카락이 기다란 그의 손가락 사이로 향긋한 내음을 퍼트리며 너울거렸다.

"내가 어떠하냐?"

"무슨 말씀이십니까?"

"오래도록 함께 살기에 내가 어떠한지 묻고 있는 것이다."

위험한 말, 설레게 하는 말, 진지하게 받아들여서는 안 되지만 어떠한 의미일까 자꾸 곱씹고 싶은 말. 해나는 요동치는 마음을 표현할 길 없어 잔잔히 미소 짓는 것으로 대답을 대신했다.

"선뜻 대답하지 못하는 걸 보니 내가 별로였던 것인가? 하긴, 그럴 만도 하지."

"무슨 일이 있으신 겁니까?"

"모든 일이 정리되면……."

프레데릭은 말하고 싶었다. 우리는 안정을 찾게 될 거라고. 너는 더 이상 일에 집착하지 않아도 될 것이고, 나는 하고 싶은 말을 참지 않아도 될 거라고.

늘 꿈꿔왔던 일이지만 아직은 확정된 게 아무것도 없기에 프레데릭은 끝끝내 신중함을 잃지 않았다.

"……나는 밤낮으로 네 옆에만 붙어 있을 생각이다."

"휴식…… 같은 것입니까?"

“같이 여행도 갈 계획이다.”

“같이…….”

“되도록 멀리 가는 것이 좋겠지. 꽃이 많이 피는, 따뜻한 곳으로…….”

이쯤에서 진정이냐 물을 만도 하건만 해나는 입을 떼지 못하고 그를 올려다보기만 하였다. 입술 위로 내려앉는 그의 숨결을 받아들이고 품속으로 파고드는 그를 안아주었다.

몸과 마음을 전부 열어주면서도 아무것도 바라는 게 없었던 아이. 연심을 고백하는 순간조차 네 미래의 나는 과거의 사람으로 규정되어 있었다. 줄 만큼 다 내어주다 어느 날 소리도 없이 사라져버릴까 불안했던 이 마음을 알기나 하는지.

그 모든 게 나의 침묵 탓임을 잘 알면서 한 번쯤은 욕심을 내어주기를, 한 번쯤은 억지를 부려주기를 설레는 마음으로 바라고 기다렸다. 종내 원망 한 자락 받아보지 못하였지만, 왕궁에서의 이번 과제를 마지막으로 나는 더 이상 침묵하지 않을 것이다. 너도 알고 나도 알지만, 미처 꺼내놓을 수 없었던 이 속마음을 고백하고서 잘못 그려진 우리의 앞날을 바로잡아 가야지. 너와 내가 함께 있어 행복해지는 삶. 내가 꿈꾸는 우리의 미래를 너도 받아들여주었으면…….

따뜻하고 말랑한 여체에 얼굴을 묻자 아늑한 향기가 쏟

아져 지친 몸과 마음을 보듬어주었다. 프레데릭은 편안하게 눈을 감고 화사한 꽃이 만발한, 어느 따뜻한 곳에 가 있는 상상을 하였다. 식물을 보며 한 번도 감흥 같은 것을 느낀 적이 없었던 그가 꽃이 더 탐스럽게 핀 곳이면 좋겠다는 생각을 하였다.

아침에는 느지막이 일어나 여유를 부리고, 연둣빛이 푸르른 산책로를 느리게 걷는다. 한가한 오후에 즐기는 차 한 잔과 깨끗한 밤하늘에 펼쳐진 은하수, 시원하게 불어오는 밤바람. 그리고 옆에서는 어디에서 무엇을 하든 항상 그와 함께하는 해나가 말간 웃음을 짓는다.

설핏 잠이 든 프레데릭의 입가에 평온한 미소가 떠올랐다.

새벽녘 프레데릭을 보낸 해나는 또 다른 사람을 보내기 위해 정원을 가로질러 거대한 철문을 나섰다. 아침부터 늦은 밤까지 하루도 빠짐없이 이곳으로 와 서성거리는 얀 슐레이튼.

일전에 피아를 통해 한 차례 의견을 전달했기에 원래는 생각할 시간을 조금 더 주고 싶었다. 하지만 오늘 아침, 그의 상황을 전해들은 해나는 도저히 가만있을 수 없었다.

「누구와 싸우기라도 하였는지 얼굴이 온통 멍들고 퉁퉁 부어 다리까지 절뚝이고 있었습니다.」

해나는 두툼한 숄을 머리 위로 두르고 얀이 서성대고 있는 쪽으로 걸음을 옮겼다. 루카스와 두 명의 호위는 대문 앞에서 대기하며 두 사람을 지켜보기로 하였다.

문이 열릴 때부터 그쪽을 주시하고 있던 얀은 생각지도 못한 해나의 등장에 심장이 아래로 툭 떨어지고 말았다. 피해버릴까 잠시 허둥대다가 그래도 보고 싶다는 생각에 움직임을 멈추고 해나가 다가오기를 기다렸다. 호위들에게 멀어져 그에게로 가까워질수록 새까만 눈동자가 붓고 멍이 든 그의 얼굴을 세심히 살폈다.

배신감에 치가 떨려야 정상인 것을.

어찌하여 너는 나를 보는 눈빛에 아직까지 그런 안쓰러움을 담고 있는 것인지…….

얀이 울컥하여 고개를 숙이는데 천둥이 치는 듯 엄청난 소음이 들려왔다. 사나운 말의 울음소리, 거칠게 마차를 달리는 소리, 그러다가 위태롭게 급정거하는 소리. 시끄러운 울림에 고개를 들어본 얀은 눈앞에 펼쳐진 광경에 숨이 막혔다.

상상도 할 수 없었다. 이 나라에서 왕의 병사들이 지켜보는 가운데 해나를 납치할 수 있는 사람이 있다는 것을. 쫓아올 테면 와보라는 듯 저들은 왕을 놀리고 있는 것 같기도 하였다. 눈 깜짝할 새 나타나 순식간에 해나를 마차 안으로 끌어올린 사내들. 문이 닫히기 직전 그들 중 하나와 눈이 마주친 얀은 경악하여 목덜미의 솜털이 주뼛 돋는 것을 느꼈다.

그들이었다.

어젯밤, 그의 앞에 나타나 시비를 걸고 다짜고짜 주먹질을 하여 얼굴과 다리를 이 지경으로 만들었던 자들. 그들은 거세게 말을 몰아 마차가 부서져라 달렸다. 시간차를 두고 말에 올라탄 병사들도 재빨리 그들 뒤를 따랐다.

얀도 다친 다리를 절뚝이며 저택을 향해 죽을힘을 다해 내달렸다. 병사들이 마차를 쫓고 있는 지금, 조금 전 상황을 목격한 사람은 그밖에 없었다.

"간 떨리네, 이거 진짜……."

풍랑을 만난 배처럼 출렁이는 마차 속, 두 명의 사내가 긴장된 얼굴로 쫓아오는 무리를 틈틈이 확인했다. 최고의 훈련을 받은 저들을 따돌릴 필요도 없었고, 그럴 수 있는 능력도 없었다. 이들의 목표는 그저 잡히지 않고 무사히 레이튼 가의 성문으로 들어가는 것이었다.

"형님, 이러다 잡히는 거 아니오? 처음부터 이건 무리였소!"

"시끄러. 이제 와서 그게 무슨 소리야!"

겁에 질린 아우의 말에도 사내는 흔들림이 없었다. 한 달 전 '유모님'이라 불리던 어느 노파의 방문을 받은 뒤 사내는 이것이 하늘에서 내려준 기회임을 확신하였다.

「말, 마차, 경비, 모든 것을 지원해줄 겁니다. 성공만 한다면 제시한 금액도 한 번에 내어드리지요. 지키고 있는 것을 뻔히 알면서 어찌 사람을 잡아오냐고요? 그러니까 제시하는 금액이 큰 것입니다. 따지고 보면 어렵지도 않은 일이에요. 수단과 방법을 가리지 말고 왕궁 무도회가 열리는 날 아침, 이국인을 레이튼 가로 데려오기만 하면 되는 겁니다. 필요하다면 화약도 내어드리지요. 호위들이 쫓아오든 말든, 이국인을 싣고 레이튼 가의 성문을 넘는 순간 당신들의 임무는 끝나게 되는 것입니다.」

사람을 죽이는 일도 아니고, 싸울 필요도 없었다. 더군다나 쥐도 새도 모르게 처리하는 일도 아니었다. 이국인 하나를 납치해 아슬아슬한 경주만 벌이면 되는 일. 경호가 하도 철저해 마지막까지 가슴을 졸인 것 빼고는 모든 것이 순조로웠다.

사실 여인의 경호 문제로 지난 한 달 골치가 조금 아프기는 하였다. 이국인은 안에서 꼼짝도 하지 않았고 누구의 비호 아래 있는 것인지 지키고 있는 자들도 예사롭지 않았다. 들락거리는 마차가 한 대 있었으나 딱히 관심을 두지는 않았다. 그들은 오직 목표에만 충실했다.

이국인을 어떻게 끌어내야 할까 밤낮으로 고민하던 그들의 눈에 우연히 목격된 한 남자가 있었다. 귀족으로 보이는 그는 멀찌감치 마차를 세워놓고 근처까지 걸어와 은밀히 저택의 동태를 살피곤 하였다. 자연스레 그를 지켜보게 된 이들은 얼마 전 흥미로운 광경도 목격하게 되었다. 말로만 듣던 이국인을 두 눈으로 직접 확인하던 날, 마차

안에서 그녀는 서성이는 남자를 발견하고 놀라는 얼굴이었다. 다음 날부터는 호위 중 하나가 그의 동태를 아침마다 확인하기까지 하였다.

그날 이국인은 분명 남자를 경계하거나 무서워하는 얼굴이 아니었다. 그렇다면 저 둘은 사연 깊은 관계일 수 있었다. 멋대로 추측한 그는 어젯밤, 남자가 마차로 돌아가기 전 아우들과 함께 중간에서 시비를 걸어 얼굴을 엉망으로 만들었다. 동정심이 일어 이국인이 나와보지 않을까, 상황이 막막해 뭐라도 해봐야겠다는 심정이었다. 정 안 되면 화약이라도 터트릴 작정으로 대기하고 있는데 조금 전 기적 같은 상황이 벌어졌다. 이국인이 밖으로 나와주었고 호위들과 적당히 떨어져주기까지 하였다.

레이튼 가에 가까워질수록 사내의 가슴은 희열로 벅차올랐다. 이대로 성문을 통과하는 순간 앞으로는 돈 걱정 없이 마음 편히 먹고살 수 있을 것이다. 지질했던 인생에 서서히 서광이 비치기 시작했다. 마차는 위험할 정도로 난폭하게 거리를 질주하고 있었다.

급작스레 가격을 당한 뒷목이 뻐근했다. 잠깐 혼절했던 해나는 눈이 가려지고 양손목이 뒤로 묶인 채 흔들리는 마차 안에서 정신이 들었다. 설마하니 집 앞에서, 병사들이 지켜보는 앞에서 대놓고 이런 일이 일어날 기라곤 생각지 못했다. 이는 칼 프레데릭과 정면 대결을 펼치겠다는 행위와 다름없다. 대비의 명령일까 싶어 귀를 쫑긋거렸던 해나는 '레이튼 가'라는 말에 혼란에 빠졌다. 레이튼 가가 대비의 명을 받들고 이러는 것인가? 단독으로 이런 일을 벌이기에는 너무나 무모한 상황이었다.

"형님, 저 이국인 말이요, 요즘 인쇄물에서 떠도는 그 타국인 요부랑 관계가 있는 거요?"

어쨌든 마차는 무사히 레이튼 가에 입성했고 지금은 마차에서 내려 어딘가로 향하는 중이었다. 눅눅한 공기와 오래된 곰팡내, 말할 때마다 퍼지는 울림 현상은 이곳이 지하에 있는 통로임을 가리키고 있었다. 게다가 눈이 가려진 상태에서도 느껴지는 이 끈끈한 눈길. 막내라는 사내가 자꾸 곁으로 다가와 코를 킁킁대며 관심을 보여 해나는 불쾌감에 피부 위로 소름이 돋았다.

"처음에 슬쩍 보기로는 얼굴에 색기가 흐르거나 그런 거는 없어 보였는데 말이오, 귀족들이 혈안이 돼서 지키고 잡아가고 이러는 거 보면 맞는 거 같기도 하고. 그러지 말고 일도 성공시켰는데 여기서 잠깐 눈가리개 좀 풀고 얼굴이나 보고 가면 안 되겠소? 난 청국인은 처음이라 암만 봐도 신기하단 말이오."

"너 이쪽으로 와."

"형님!"

"우리는 오늘 아무것도 안 하고, 아무것도 안 본 거다. 저 이국인 역시 우리에 대해선 아무것도 몰라야 돼. 대가를 받는 즉시 이 성을 떠나 항구로 가야 하니 노닥거릴 생각 말고 조용히 따라오기나 해."

레이튼 가에 입성하기 전까지 무섭다며 아우성을 쳐댔던 사내는 상황이 여유롭게 변하자 형님이라는 자의 따끔한 충고에도 미련을 버리지 못하고 계속 툴툴거렸다. 귀가 예민해진 해나는 그들의 대화에 귀를 기울이면서도 멀리서 들려오는 또 다른 사내들의 목소리에 몸을 떨었다. 정확치는 않으나 두 명 정도의 사내가 다가오고 있었다. 그들이 구사하는 언어는 베르덴 어도 아니었다. 굉장히 낯설고 생소한 언어. 그런데도 어찌 된 일인지 그들의 대화 중 일부를 이해할 수 있었다.

뭐지, 이건?

독특한 상황에 해나가 신경을 더욱 집중하는데 모퉁이를 도는 지점에서,

"으윽!"

투덜거리던 사내가 신음을 내었다. 동시에 해나가 무언가에 떠밀려 앞으로 고꾸라지듯 쓰러지자 강인한 팔이 허리에 감기며 그녀를 똑바로 붙잡아주었다. 균형을 잡음과 동시에 코끝에 감겨드는 이 독특한 체취. 얼마 전 맡았을 때처럼 강하지는 않았으나 절대로 잊을 수 없는, 연기를 들이마시는 듯한 내음이 훅 풍겨들었다.

"Извините, лéди."

'실례합니다, 마담.' 해나를 잡아준 사내는 귓가에 대고

들릴 듯 말 듯 소곤거렸다. 짧은 머리카락, 은회색의 눈동자, 그을린 피부. 저절로 연상되는 낯선 사내의 얼굴에 해나는 펄쩍 놀라 어깨를 떨었다.

"아, 깜짝이야. 저 사람들은 누구래?"

"관심 갖지 말고 똑바로 걸어라."

"예, 예. 돌부리가 거기 있을 줄 내 어찌 알았겠소."

잠깐의 충돌이 정리되고 사내들은 해나의 걸음을 재촉했다. 낯선 사내들의 발걸음 소리 또한 점차 멀어지고 있었다.

해나는 그제야 생소한 언어를 이해할 수 있었던 까닭을 알 것 같았다. 마파엘의 수업에는 베르덴 어뿐 아니라 프랑스 어와 러시아 어까지도 포함되어 있었다. 프랑스 어만큼은 아니지만 해나는 러시아 어도 열심히 배워서 듣고 이해하는 정도는 얼마든지 가능했다. 다만 해나가 배운 것은 표준어. 저들은 독특한 억양으로 러시아 어를 구사하고 있었기에 언어가 생소하게 들리면서도 몇몇 익숙한 단어가 들려온 것이다.

'저들이 왜 여기에…….'

정신없는 상황에서 마주한 뜻밖의 만남. 폭풍처럼 전개되는 일련의 사건이 해나를 두렵고 불안하게 하였다.

해나는 어느덧 다른 이에게 인계되어 지상으로 올라왔다. 긴 계단과 복도를 지나쳐 어딘가로 들어서자 누군가

의자로 데려다 앉혀주었다. 향긋한 꽃향기와 따스한 기운이 기분 좋게 날아드는 곳. 보지 않아도 이곳이 어디인지 짐작할 수 있었다.

손목을 묶은 끈과 눈가리개가 풀려나갔다. 눈을 깜빡여 이지러져 보이는 시야를 바로잡자 독특하고도 화려한 장식의 벽난로가 제일 먼저 눈에 띄었다. 테두리를 따라 큼직하고 정교하게 양각된 수백 송이의 꽃들이 실물처럼 피어난 특색 있는 벽난로였다.

벽난로의 장식을 자세히 뜯어본 해나는 천천히 눈동자를 움직여 실내를 둘러보았다. 꽃문양이 가득한 직물 벽지, 아름드리나무보다 더 풍성한 생화, 그리고 여신상처럼 완벽한 모습으로 서 있는 마벨 아우구스타 레이튼. 크림색 바탕에 금사로 수놓인 로브가 황금빛의 머리와 어우러져 기막힌 조합을 만들어내었다. 아마도 이곳은 그녀의 개인 응접실일 것이다.

옷매무새를 다듬어주던 세 명의 하녀가 물러가고 유모라 불리던 노인이 혼자 남아 치장의 마무리를 도왔다. 마벨은 느긋하게 귀걸이를 착용하다가 해나를 힐끔 돌아보았다.

"놀라지도 않는군."

"놀라야 하는 겁니까?"

"말대꾸도 제법 늘고. 뒷배가 든든하다 이건가?"

거울을 통해 제 모습을 꼼꼼히 확인한 마벨은 테이블로

걸어와 해나의 맞은편에 자리를 잡았다. 유모가 채워준 찻잔을 들어 향기로운 허브차를 입으로 가져갔다. 대담한 일을 벌여놓고 긴장하는 기색 하나 없이 여유로움이 넘쳐났다.

"경호를 받고 있다는 걸 알고 있었고, 전하의 병사들이 곧 레이튼 가를 포위할 거라는 사실 또한 예상을 하셨겠지요. 그런데도 이렇게 과감한 일을 벌였으니……, 전하의 약점을 잡고 있는 겁니까?"

"다행히 머리는 나쁘지 않은 거 같고."

"그 약점에 저는 포함시키지 말아야 할 겁니다."

해나의 경고에 마벨의 유모가 가소롭다는 듯 픽, 비웃음을 머금었다.

"털끝 하나 건드리지 않을 테니 너는 그냥 여기서 기다리면 될 것이다."

"무엇을 기다려야 하는 겁니까?"

"내 약혼식이 끝나기를."

"약혼을 하십니까?"

금시초문이었다. 그러고 보니 마벨이 입고 있는 크림색 의상은 예복 같아 보이기도 하였다. 다이아몬드와 진주가 박힌 티아라 또한 그녀의 머리 위에서 햇살을 받아 유난히도 반짝거렸다.

예복과 티아라를 오가는 해나의 시선을 마벨은 충분히 받아주었다. 그런 다음 금장미가 새겨진 찻잔을 손끝으로 살살 문지르며 파격적인 소식을 직접 알렸다.

"왕궁에서는 오늘 전하와 나의 공식적인 약혼이 발표될 것이다. 물론 그 발표는 전하께서 직접 하시게 되겠지."

"혼자만의 계획이실 테지요."

"전하께서는 나를 선택하실 수밖에 없을 것이다."

그가 약점을 잡혀 이리저리 흔들리는 모습은 도저히 상상되지 않았다. 그러나 자신감 넘치는 마벨의 행보가 해나의 불안감을 자아냈다.

의연한 척하면서도 흔들리고 있는 까만색의 눈동자를 마벨은 표정 없이 마주 보았다. 아무것도 모르는 귀족파는 지금쯤 왕궁에서 그녀와 레오폴트의 약혼을 준비하고 있을 것이다. 말도 안 되는 소리. 그저 반역으로 몰 수 있는 증거를 확보하고 싶었을 뿐 마벨은 처음부터 로젠 공과의 약혼 따위 고려한 적도 없었다. 그녀는 칼 프레데릭의 왕비가 되어 로젠 공과 귀족파를 한 번에 제압하고 이국인 또한 성난 백성들 앞에 내어줄 생각이다.

"유모."

"예, 아가씨."

마벨의 신호에 유모는 인쇄물 하나를 해나에게 내밀었다.

"마지막 편이니 읽어나 보시오. 오늘 새벽에 따끈따끈하게 뽑혀서 아마도 지금쯤 에리카 전역으로 퍼져 있을 것이오."

얼마 전 해나가 외출을 나갔다 발견한 인쇄물과 같은 그림체의 것이었다. 다만 이번에는 낱장이 아닌 세 장에 걸쳐 하나의 이야기로 구성되어 있었다.

[왕비가 되고 싶었던 청국 계집]
전쟁 영웅도 무너트린 무서운 집념.
우리의 왕을 욕보이고 왕궁을 교란하다.

추악한 여인은 왕에게 미약을 섞은 음료를 마시게 하고 동침에 성공한다. 이후 그녀는 누구인지도 모를 아이를 수태했다며 차비 자리를 요구했고, 저택을 얻어내 왕의 비처럼 살고 있다. 뿐만 아니라 수태를 빌미로 공녀에게 되도 않는 텃세를 부려 심한 모욕감을 안긴다. 그녀의 등쌀에 시달리던 공녀는 약혼 발표를 며칠 앞두고 왕과의 이별을 택한다. 상심에 빠져 있던 왕과 공녀 두 사람은 기나긴 방황 끝에 재결합하게 되었고 오늘 깜짝 약혼을 발표한다는 이야기였다.

더 가관인 것은 마지막 그림. 두 사람의 약혼 소식을 들은 천박한 요부는 거울 앞에 서서 평평한 배 위에 바구니 같은 것을 대고 있었다. 약혼식장에 부른 배를 내밀고 참석하겠다며 집념을 내보이고 있는 것이다.

차근차근 세 장 분량의 인쇄물을 읽어본 해나는 기가 막혀 실소를 하였다. 작은 헛웃음은 분노로 바뀌었고 벌에

쏘인 듯 얼굴 전체가 따끔따끔 열이 올랐다.

"처음부터 끝까지 당신이 계획한 것이었군. 카셀 가의 영애 일도 당신이었습니까?"

"남 걱정 할 때가 아닐 텐데. 인정 많은 백성들이 지금쯤 그걸 보고 격분해 있을 것이다."

"그들 앞에 저를 내세울 생각이시군요."

"약혼식이 끝나면 나는 전하와 함께 밖으로 나가 백성들에게 손을 흔들 예정이다. 내 수하들은 시간에 맞춰 너를 그 자리에 데려다놓겠지. 그리고 큰 소리로 외칠 것이다. '여기 그 교활한 청국 계집이 있다.' 그게 무슨 의미인 줄 아느냐?"

"……."

"내가 가만있어도 너는 백성들에게 철저한 응징을 당하게 될 거라는 뜻이다. 수도 없이 몰매를 맞고, 머리카락이 잘려나가고, 옷이 벗겨져 수치심을 느끼게 되겠지. 운이 없으면 뼈가 부러지기도 할 것이다. 처참하게 망가져 울부짖겠지만, 그 누가 나서서 너를 도와주겠느냐. 하물며 전하께서도 너를 무력하게 바라보는 것 외에 아무것도 할 수 없으실 것이다. 너를 맞아 죽게 할 생각은 없으니 두려워할 것 없다. 마지막 순간 나는 백성들 앞에서 너를 구하고 상선에 태워줄 계획이다. 약혼 기념으로 이번에는 제대로 된 배에 태워주도록 하지. 배가 침몰하지 않는 이상 너는 고향으로 돌아가게 될 것이다. 밤마다 뱃놈들을 상대하느라 고되기는 할 테지만."

마벨의 마지막 말에 옆자리에 앉아 있던 유모가 고소하다는 얼굴로 킥킥거렸다.

오금이 저리는 엄청난 이야기를 어쩌면 저리 아무렇지 않게 할 수 있는 것인지, 또 웃으며 들을 수 있는 것인지. 해나는 테이블 아래로 떨리는 주먹을 지그시 말아 쥐었다.

"노예선도 당신이었습니까?"

"대비께서 너를 멀리 치우라 명하셨고, 아버지께서는 나의 조언을 기꺼워하시지. 어찌해야 할까 고민하시기에 재미있는 방법을 알려드린 것이다."

"맹견도 당신이겠군요."

마벨은 차갑게 한쪽 입꼬리를 비틀어 올렸다. 레오폴트가 그녀를 끌어들이며 안전장치로 내세운 게 바로 그 맹견에 관한 것이었다. 그가 지켜보고 있는지도 모르고 일을 벌인 건 엄연한 실수였다. 없애버린 줄 알았던 한스를 그가 데리고 있을 줄은 꿈에도 생각지 못했다.

레오폴트는 자신을 배신하면 그 일을 폭로하겠다, 그녀를 겁박하는 중이었다. 목표가 무엇이었든 결과적으로 전하께 상해를 입혔으니 반역죄를 씌울 수 있다는 게 그의 주장이었다. 아마 레오폴트는 생각도 못 하고 있을 것이다. 그런 실수까지도 전하께서는 너그러이 품어주실 수밖에 없게 되었다는 것을.

마벨은 충격으로 파들거리는 해나를 흡족하게 지켜보았

다. 말라비틀어진 저 몸으로 백성들에게 얻어맞는 모습을 지켜보며 과연 칼 프레데릭은 어떠한 반응을 보일까. 마벨은 그가 많이 아프기를 바랐다. 피가 흐르고 무참히 짓밟히는 그녀를 힘없이 바라보며 죄책감에 괴로워했으면 좋겠다.

처음에는 이해할 수 없었다. 최고의 혈통, 아름다운 외모, 빼어난 교양, 무엇 하나 빠지는 것 없이 완벽한 모습인데 그는 왜 나를 좋아하지 않는 것일까. 아직은 부족한가 싶어 미친 듯이 노력도 해보았다. 더 예뻐지려 하였고, 더 교양을 쌓았고, 더 완벽해지려고 스스로를 채찍질하였다. 이를 악물고 노력하였으나 이상하게도 그의 앞에만 서면 모든 것은 물거품처럼 내려앉았다. 그리고 깨달았다. 문제는 처음이었다는 것을.

「공국에서는 그대를 리틀 조피라 부른다지?」

어린 시절, 약혼 얘기가 오간 뒤 대비궁에서의 공식 만남을 이틀 앞두고 있을 때였다. 왕궁의 후원을 거닐고 있던 그녀 앞에 어린 프레데릭은 예고도 없이 나타나 사람을 놀라게 하였다. 눈부실 정도로 반짝이는 백금발에 명화 속에서 튀어나온 작품처럼 반듯한 외모. 마벨은 그에게 잘 보이고 싶었다. 하여 질문의 의도가 무엇일까 눈동자와 머리를 동시에 굴리며 최고의 대답을 찾아보았다.

「사실인가?」

「예. 그리 불리고 있다 들었사옵니다.」

「그래서?」

「예?」

「그 별칭이 마음에 드는지 묻고 있는 것이다.」

당시 프레데릭의 눈가에 떠오른 건 경계의 빛이었다. 대비의 치마폭에 싸여 있으면서도 조모님을 별로 좋아하시지 않는구나, 직감적으로 알 수 있었다. 그래서 마벨은 다른 말을 해버리고 말았다. 자신은 증조모님을 더 존경하고 있다고.

「아, 대비 전하의 고모님.」

그 한마디로 마벨은 자신이 실수했음을 깨달았다. 그의 눈빛은 전보다 더 식어버렸고,

「그럼.」

인사말 같지도 않은 짤막한 단어 하나로 그녀와의 사적인 첫 만남을 끝내버렸다.

이틀 뒤 이루어진 대비궁에서의 공식 자리. 그곳에서 마벨은 지독히도 무감하게 저를 바라보는 그와 마주해야 했다. 부친인 레이튼 공에게 대공 자리를 주기 위해 대비와 권력다툼을 벌였던 증조모. 프레데릭에게 대비와 자신의 증조모는 동급이었다는 것을 마벨은 나중에야 알게 되었다.

속상했고, 서러웠고, 그다음은 화가 났다. 어린아이가 한 말이었을 뿐인데 왜 그 뒤로는 기회조차 주지 않았던 것인지. 자존심이 상했지만 괜찮다고도 생각했다. 어차피 목

표는 왕비라는 자리 하나였으니까. 그런데 아무것도 아닌 이국인에게 목을 매는 그를 보니 아니꼬움과 분노가 동시에 치밀어 올랐다. 겨우 저런 것한테 빠질 거면서 왜 자신을 밀어내고 곁을 주지 않았는지 도저히 용납할 수 없었다.

"헌데 말입니다."

과거를 떠올리며 맵찬 기운을 발하던 마벨은 해나의 물음에 회상을 끊고 현재로 돌아왔다.

"잡았다는 전하의 그 약점, 제대로 된 것 맞습니까? 무슨 약점을 잡고 있는지 알 수 없으나 어설픈 것으로 그분을 겁박할 생각은 마십시오."

"대체 무슨 약점을 잡고 저러는 것일까, 궁금한 것이로군."

마벨은 얼굴을 마주한 뒤 처음으로 야릇한 미소를 보였다. 그 미소는 지나치게 아름다워 선득하기도 하였고 무섭기도 하였다.

24년 전.

짧지만 강렬했던 여름이 끝나고 옷깃 사이로 서늘한 바람이 스며드는 9월 초, 베르덴의 웅장한 왕궁. 한낮임에도 제법 소슬한 음풍이 불어오는 계절이지만 계단 위에 늘어선 근위대와 귀족들은 일말의 흐트러짐 없이 숨을 죽이고 있었다. 그들을 긴장시키는 왕궁의 거대한 존재, 국왕과 대비가 모습을 드러냈기 때문이다.

먼저 모습을 드러낸 이는 국왕 칼 필립스. 그는 어둡고 경직된 얼굴로 걸어 나와 마차가 대기하고 있는 곳으로 향했다. 귀족들을 향한 여유로운 눈맞춤이나 미소 같은 건 볼 수 없었다. 삶에 대한 염증과 사람에 대한 불신으로 얼굴 근육 하나 쓰지 않고 해야 할 일을 마지못해 하고 있을 따름이었다.

그 뒤로 레이튼 공의 에스코트를 받으며 나타난 대비는 언제나처럼 여유로운 모습이었다. 왕이 지날 때보다 자신이 등장할 때 귀족들이 더 긴장하는 모습에 만족스러워했고 자신만만해하였다.

병을 핑계로 생일 축하연을 미뤄왔던 대비는 두 달이란 시간이 흐르고 나서야 바람도 쐴 겸 사냥으로 축하연을 대신하겠다 공표하였다. 예고도 없이 발표한 모후의 변덕에 왕은 내켜 하지 않으면서도 실권을 쥐고 있는 그녀의 명을 거부하지 못했다. 그리하여 대비는 지금, 왕궁의 모든 귀족과 인력을 대대적으로 이끌고 유론의 별궁으로 향하는 길이었다. 현재 배가 불러 있는 두 며느리, 왕비와 차비만을 남겨놓고서. 태교에 좋지 않다는 게 이유였지만 그 이면에 깔린 추악한 의도는 따로 있었다.

"준비는 완벽히 되었겠지?"

귀족들을 향해 적당한 미소를 보내며 대비가 작게 물었다. 대비의 오촌 조카이자 공국파의 실세로 떠오르고 있는 레이튼 공작이 그녀와 보조를 맞춰 걸으며 조용히 아뢰었다.

"늦어도 내일 저녁, 차비의 진통이 시작될 것입니다."

"어떠한 실수도 용납지 않을 것이다."

"소신의 모든 것을 걸겠사옵니다."

"그 정도로 되겠느냐?"

비장한 각오로 올린 말이었지만 돌아오는 건 냉기 어린 비웃음이었다. 마차 앞까지 당도한 대비는 안으로 오르기 전 레이튼 공을 돌아보며 부드럽고 나지막한 목소리로 경고했다.

"너와 네 가문 전부의 목숨을 걸어야 할 것이다."

레이튼 공은 묵묵히 고개를 숙였다. 한 번 한다면 끝까지 하고야 마시는 분. 최측근 핏줄이라 하나 자비는 없을 것이다. 대비의 성정을 누구보다 잘 알고 있기에 그가 할 수 있는 일은 하나밖에 없었다.

"명심하겠습니다."

고개를 숙이고 그녀의 말에 순순히 수긍하는 것. 레이튼 가의 존립 여부가 내일 밤, 그의 손에 달려 있었다.

깊은 밤, 불을 최소한으로만 밝히고 있는 왕궁에는 팽팽한 긴장감이 은밀하게 퍼져 나갔다. 평소 사람과 음악과 빛으로 가득 찼던 이곳은 한꺼번에 모든 것이 썰물처럼 빠져나가고 적요한 기운만이 감돌고 있었다.

"차비궁에서 진통이 시작되었습니다."

"후우……."

급히 들어온 시녀의 보고에 왕비 엘리자베트는 긴 숨을 내쉬며 스르륵 소파에 주저앉았다. 일이 계획대로 진행되고 있다는 안도감에 무릎에서 힘이 풀려 서 있기가 힘들었다.

"괜찮으십니까?"

"예, 그런 것 같습니다."

마찬가지로 초조해하고 있던 레이튼 공은 사촌 누이를 향해 걱정 어린 시선을 보냈다. 왕비는 8개월째로 접어든 부푼 배를 쓰다듬으며 마지막까지 긴장의 끈을 놓지 않았다.

"산파와 궁의들은 정말 아무 문제가 없겠지요?"

"차비의 주변을 전부 우리 쪽 사람들로 채워두었습니다."

그것도 최소한의 인원으로만. 진실을 알고 있는 자들이 많아질수록 비밀이 새어나갈 확률도 높아지는 법이었다. 자신들을 위해 일하는 자들이라 할지라도 이번 일이 마무리되는 대로 그들 역시 영면에 들어가게 될 것이다.

"그럼 이제 진짜 기다리기만 하면 되겠군요. 미켈슨 부인, 차비궁으로 가 옆에 붙어 있도록 하세요. 새로운 소식이 생기면 곧장 알려야 합니다."

"예, 왕비 전하."

왕비는 이번 일을 위해 대비가 남겨놓고 간 그녀의 충직한 시녀, 미켈슨 자작부인에게 차비궁의 지휘를 맡겼다. 그녀가 물러가자 엘리자베트는 체면도 잊고 손톱을 잘근잘근 물어뜯었다. 극도의 불안감이 유아기적 행동을 유발하고 있는 것이다.

"마음을 편히 가지십시오."

"아니요, 오라버니."

오늘 밤 그들이 벌이고 있는 일은 목숨을 건 전쟁이었다.

"모든 일이 마무리가 될 때까지 나는 마음을 놓을 수가 없습니다."

차비의 예정일은 원래 한 달도 넘게 남아 있었다. 그런 그녀의 분만을 때에 맞춰 유도하기 위해 지난 몇 개월간 얼마나 많은 공을 들여왔는지. 차비에게 은밀히 약을 먹이고, 대비가 꾀병까지 부리며 사시사철 사람들로 넘쳐나는 왕궁을 최대한 비우도록 하였다. 유론에서 귀족들이 환궁하고 나면 귀족파와 차비의 친정 식구들이 차비궁에 머물며 한시도 떨어지지 않을 터.

"오늘 밤, 기필코 분만이 이루어져야 합니다."

수태를 하지 못해 진전긍긍하던 중 갑자기 들려온 매르타의 회임 소식. 엘리자베트는 나락으로 처참히 떨어지는 순간을 경험했다. 왕국의 귀족들은 오랫동안 태기가 없던 과거 대비의 일을 들먹이며 집안 내력이 아니냐며 비웃기까지 하였다. 대비는 분기탱천하였고 모든 화를 며느리인 왕비에게로 쏟아부었다.

「내가 석녀를 며느리로 들였다는 것인가! 혼인한 지 벌써 10년이 다 되어가거늘 어찌 태기 한 번 보이지 않는단 말이냐!」

그 악몽 같던 지옥에서 벗어날 수 있었던 건 역설적이게도 매르타의 차비 예식이 거행되던 날이었다. 화병이 나 쓰러졌다는 사람들의 수군거림을 뚫고 궁의에게서 흘러나온 기적적인 단어, 회임. 엘리자베트는 단번에 천상으로 날아올랐다. 그로부터 얼마 뒤 다시 시궁창으로 처박히고 말았지만.

"차비에게서 왕자가 태어나면 절대로 살려두지 않을 것입니다. 베르덴의 차기 국왕은 나, 엘리자베트의 아들이어야 하니까요! 그리고 이 모든 비극은, 전하께서 자초하신 것입니다."

차비의 예정일이 그녀보다 빠르다는 것을 알면서도 왕은 무조건 장자에게 왕위를 넘긴다 공언하였다. 그는 진실로 바라고 있는 듯 보였다. 왕비가 아닌 차비에게서 장자가 태어나기를. 그리하여 공국이 왕국을 병합해야 한다는 모후의 집착으로부터 완전히 벗어날 수 있게 되기를. 하지만 그것은 자신과 배 속의 아기 모두를 모욕하는 것이었다. 단숨에 분노가 치솟은 엘리자베트는 얼굴이 벌겋게 달아올라 외쳤다.

“내 무슨 일이 있어도 이 아이를! ……전하의 장자로 만들 것입니다.”

감정이 격해져 잠시 흥분하였던 왕비는 미간에 살짝 주름이 잡혔다. 갑자기 아랫배에서 찌릿, 통증이 일었던 것이다. 지나치게 격앙된 탓이었을까. 실은 오늘 아침부터 이러한 증상이 시작되었지만 신경을 곤두세웠기 때문이라 여기며 가벼이 지나쳤다. 그러고는 분이 풀리지 않은 듯 부푼 배를 움켜잡고 한 자 한 자 힘주어 말했다.

“이 아이가, 아들이어야 합니다. 나는……, 허억!”

그러나 통증은 더 심해졌고 왕비는 얼굴을 처참하게 일그러트리며 식은땀을 흘렸다.

누이를 지켜보고 있던 레이튼 공의 눈 또한 점점 더 크게 팽창했다.

……아닐 것이다.

“곧 있으면 태어날 내 아기를 위해……, 살인만은 삼가고 싶었습니다, 오라버니.”

왕비의 예정일은 아직 두 달이나 남아 있지 않았던가.

“전하께서 그리 매정하게 몰아붙이지만 않으셨어도…….”

하지만 이 징후는 분명.

“아아악!”

진통이었다.

매르타는 기진맥진 온몸의 기가 다 빨려나간 듯하였다. 손가락 하나 까딱할 수 없을 만큼 탈진해 있었다. 그 와중에서도 혹시 유모가 돌아왔을까, 흐릿해진 시선으로 주위를 훑었다. 침대 주변에서 창가에 이르기까지, 두꺼운 커튼이 흔들거리는 것 같아 눈을 깜빡이며 확인해보아도.

'없다.'

대비가 보낸 시녀들 틈에서 유일하게 믿고 의지한 존재였는데 대체 어디로 가버린 것인지. 어찌하여 아는 얼굴은 하나도 보이지 않는 것인지.

낯선 이들의 시선에 서러움이 솟은 매르타는 눈을 감고 그리운 이의 얼굴을 떠올려보았다. 아버지와 이복아우들에게 끌려가 1년이 넘도록 생사조차 확인할 수 없었던 그녀의 정인.

'막스…….'

부친은 그녀와 굳게 약조했다. 국왕을 모시면 그의 목숨만은 보전하여줄 것이라고. 순진하게도 그 말을 믿어 의심치 않았으나 언젠가부터 그녀도 깨닫고 있었다. 막스는 이미 이 세상 사람이 아니라는 것을. 매르타의 눈에 뜨거운 눈물이 괴어올랐다.

진실을 알면서도 지금까지 목숨을 부지할 수밖에 없었던 이유는 아기 때문이었다. 정인의 아이가 아닌 다른 이의 아이라 할지라도 배 속에서 움직이는 생명체를 차마 죽일 수는 없었다. 그것도 오늘로 마지막, 아기가 세상으로 나오면 치욕스러운 이 삶도 미련 없이 끊어버리자, 이미 오래전부터 결심하고 있었다. 그 계획을 달성하기 위해 매르타는 다시 힘을 주기 시작했다.

"아아아악!"

죽기 위해 힘을 내야 하는 모순적인 상황에 그녀는 기를 쓰며 힘을 주고 또 힘을 주었다. 그렇게 얼마나 시간이 흘렀을까, 더 이상 견딜 수 없을 만큼 극한으로 내몰렸다 느꼈을 때 아기의 울음소리가 방 안에 우렁차게 울렸다.

"하아……."

기운을 전부 소진한 매르타는 침대 위로 맥없이 널브러지고 말았다. 정신은 몽롱했고 세상은 빙글빙글 어지럽게 돌았다. 갈수록 시야가 희미해지는 가운데 마지막으로 보이는 건, 건강한 사내아이의 하체와 오른쪽 발, 복숭아뼈 밑으로 선명하게 찍혀 있는 까만 점.

'왕관 모양이네…….'

덧없는 생각을 마지막으로 매르타는 정신을 놓고 암흑 속에 잠겼다.

"다시 한 번 말해보라. 뭐라 하였느냐!"

분명 왕비는 왕국의 후계자를 낳았다. 모두가 학수고대했던 영광의 순간, 그 잠깐의 기쁨은 온데간데없이 사라지고 왕비궁은 숨쉬기도 힘들 만큼 날카로운 정적에 휩싸였다. 레이튼 공에게 멱살을 잡힌 궁의는 땀을 삐질삐질 흘리며 간신히 입을 열었다.

"왕자님께서는 오래 살지 못하실 것입니다."

안색이 해쓱해진 레이튼 공은 천천히 시선을 돌려 침대 쪽을 보았다. 핏기 없는 얼굴로 늘어져 있는 왕비가 충격으로 굵은 눈물을 폭포수처럼 쏟아내고 있었다. 난산으로 인해 왕비는 조금 전 궁의로부터 더 이상의 회임이 어렵다는 진단을 받아놓은 상태다. 그나마 왕자가 태어나 다행이라 여겼는데 아기의 생식기는 한눈에 보기에도 비정상적으로 뭉쳐 있었다.

가능성은 전무했다. 운 좋게 살아난다 해도 저 아이는 절대로 후계자가 되지 못할 것이다. 어디서부터 어떻게 잘못된 것인지, 어떻게 바로잡아야 하는 것인지. 그의 머리가 부글부글 끓어오르는데 다급히 문이 열리고 미켈슨 자작부인이 들어섰다. 그녀가 가져온 소식은 최악이었다.

"차비께서 왕자님을 생산하셨습니다. 두 분 모두 건강하십니다."

……아니, 어쩌면 돌파구가 되어줄 수도 있을 것이다.

"아기님을 바로 없어놓을까요?"

자작부인이 다급하게 물었지만 돌아오는 대답은 없었다. 혼절한 차비가 깨어나기 전에 손을 써야 하는데 왜 저리 넋을 놓고 계신 것인지. 레이튼 공이 말없이 빤히 보기만 하자 조바심이 난 자작부인이 다시 한 번 그의 대답을 촉구했다.

그러자 가까이 다가온 그는 말없이 그녀의 손목을 붙잡고 밖으로 이끌었다. 아무도 없는 공간, 레이튼 공은 자작부인의 양어깨에 두 손을 얹고 작지만 명료한 목소리로 말했다.

"지금부터 내가 하는 말을 잘 새겨듣도록 하시게."

하얗게 질려 있던 그의 얼굴은 결심을 굳힌 듯 어느새 냉철함을 되찾아가고 있었다.

까맣게 타들어간 입술과 앙상하게 말라붙어 있는 몸. 서 있는 것조차 힘들어 보이는 차비가 넋이 나간 얼굴로 양팔을 대비의 시녀들에게 붙들려 차비궁을 나섰다. 오늘은 그녀가 여름 별궁으로 요양을 떠나기로 되어 있었다. 말이 좋아 요양이지 사실상 유폐나 다름없었다. 차비의 일가친척 또한 도성 내 재산을 몰수당하고 전부 변방으로 강제 이주를 당했다. 대귀족 브레이번트 가의 몰락에 사교계는 물론이요 에리카 전역이 크게 술렁였다.

"차비마마시다! 몸조리도 제대로 못 하신 것 같은데 너무하신다. 거기 정말 추운 곳인데."

차비궁을 지나던 하녀가 걸음을 멈추고 중얼거리자 금세 구경꾼들이 몰려들었다.

"뭐가 불쌍해? 간통을 저지른 게, 아니면 누구의 씨인지도 모르는 장애아를 낳은 게?"

"왜 안 죽고 저러고 있는지 몰라. 나 같으면 수치스러워서 콱 자결이라도 하겠구만."

사람들의 경멸 어린 시선과 수군거림이 곳곳에서 쏟아졌다. 며칠 새 매르타는 이보다 더 악화될 수 없을 정도로 바닥까지 추락해 있었다. 그런데도 삶에 대한 의지는 어느 때보다 강력하게 타오르는 중이었다.

한 번도 기꺼워하지 않았던 아기. 정을 주거나 태어나길 고대한 적은 없지만, 혼절 직전 건강했던 모습이 눈에 밟혀 도저히 죽음을 받아들일 수 없었다. 멀쩡했던 아기가 어떻게 하룻밤 새 장애아가 되어버렸단 말인가. 믿을 수가 없어 아기의 장례를 하루 앞두고 한밤중에 몰래 차비궁을 빠져나갔다. 직접 확인하고 싶은 마음에 몸을 숨기며 이동을 하는데 때마침 왕비궁에서 아기의 힘찬 울음소리가 들렸다.

당시 그곳은 왕비의 건강이 악화되어 발칵 뒤집혀 있었다. 매르타는 울음소리를 따라 홀린 듯 걸음을 옮겨 왕비가 낳았다는 왕자의 방으로 숨어들었다. 아늑한 방 안에 덩그러니 놓여 있는 아기의 침대. 그 안에서 그녀는 자신의 아기를, 복숭아뼈 아래에 까만 점을 갖고 태어난 건강한 아기를 확인했다. 오물거리는 입술, 부드럽고 말랑한 피부, 따스하게 불어오는 젖내 섞인 숨결. 아기가 살아 있다는 사실에 감사하며 매르타는 쏟아지는 눈물을 멈출 수가 없었다.

조그마한 존재는 단번에 그녀를 사로잡았다. 정인을 따라 죽겠다는 생각이 일시에 지워졌을 정도로. 생사조차 모르는 막스, 그와 정을 통했다며 쫓겨나는 와중에도 아이를 떠올리면 빙긋 미소가 번져 나올 정도로.

'아가, 한 번만 크게 울어주지 않겠느냐? 왕비궁이 쩌렁쩌렁 울려 이 어미의 귀까지 네 울음소리가 들려오면 좋겠구나.'

아기의 힘찬 울음소리는 살아 있다는 증거, 잘 크고 있다는 증거. 배가 고플 때, 몸이 아플 때, 잠자리가 불편할 때 참지 말고 크게 울음을 터트려야 한다.

'누구에게서나 예쁨 받고 건강하게 자라야 하느니라.'

매르타는 마지막까지 두 귀를 기울여보았지만 결국 어떠한 소리도 듣지 못하고 어느 소박한 마차에 강제로 태워졌다. 그 안에서 그녀를 기다리고 있던 사람은,

"미켈슨 자작부인."

산실에서 건강한 아기를 보았음에도 국왕께 거짓을 고함으로써 그녀를 미치광이로 만드는 데 앞장선 인물이었다.

"별궁에서 마마를 모시게 되었습니다."

그렇지만 이제 와 탓을 한다고 무슨 소용이 있을까. 이해도 할 수 없는 온갖 죄목을 뒤집어씌우고 세상은 이미 그녀에게 등을 돌렸다. 아무리 결백을 주장해도 돌아오는 것은

싸늘한 시선과 미치광이라는 질타가 전부였다. 지쳐버린 매르타는 고개를 돌려 창 너머 저 멀리 보이는 왕비궁을 바라보았다.

'아가야!'

너를 놓지 않을 것이다. 나를 포기하지도 않을 것이다. 네가 숨을 쉬고 살아 있는 한, 나는 그 어디에서도 기꺼이 숨을 쉬며 살아갈 것이다. 그러니까 우리 아가, 이다음에 다시 만나게 되면,

'부디 이 어미를 알아봐다오…….'

13
대축제

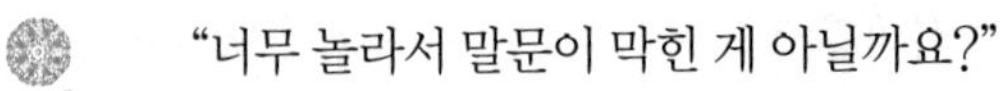

"너무 놀라서 말문이 막힌 게 아닐까요?"

엄청난 얘기가 쏟아져 나왔음에도 원하는 반응이 나오지 않자 마벨의 유모는 고개를 갸웃댔다. 이쯤 되면 흥분하여 소리를 지르거나 눈물이라도 훌쩍거려야 정상일 텐데, 해나는 예술품을 감상하듯 벽난로에 조각된 꽃송이만 주시하고 있었다.

"넋이 나간 것이요?"

"성이 참 근사합니다."

해나는 눈앞에 손을 대고서 휘휘 저어대는 유모를 무시하고 자리에서 일어났다. 담백한 목소리, 고요한 자태. 뭐 저런 게 다 있나, 노파는 뜨악한 표정을 지었다. 반응이 어떠하든 해나는 응접실을 전체적으로 둘러보며 특히나 시선을 사로잡는 화려한 벽난로의 끄트머리로 다가가 섰다.

"꽤 오래된 성 같은데……, 여기서 태어나신 겁니까?"

"이보오!"

"레이튼 공작께서 왕국으로 넘어오신 시기를 따져보면 중간에 이주해 오신 게 틀림없군요."

유모의 방정에도 해나가 반응을 보이지 않자 말없이 지켜보던 마벨이 흰서리처럼 사느란 눈빛을 보냈다.

"지금 나랑 소소한 대화나 나누자 이 말인 것이냐?"

그러나 해나는 마벨까지도 깔끔히 무시하고 손가락을 들어 만개한 꽃들이 입체적으로 조각된 벽난로의 장식을 쓸어보았다. 윤기가 반지르르 흐르는 꽃송이의 물결을 타고 겉으로는 보이지 않는 꽃잎의 아래쪽까지 손가락을 미끄러트렸다. 길고 가느다란 손가락이 미약하게 떨렸다.

"허면 진부한 옛날이야기에 놀라드려야 하겠습니까?"

"진부하다?"

"본래 가진 것이 많은 사람일수록 비밀도 넘쳐나는 법입니다. 지키기 위해 쳐내야 하고 은밀히 진행되어야 하기에 행위는 더욱 잔인해지지요. 그러다 보면 남는 것은 지저분한 잔해일 뿐입니다."

"저, 저 미친것 같으니라고! 아가씨, 더 듣고 계실 필요도 없습니다. 그냥 골방에 처넣었다 군중들에게 던져주도록 하십시오."

자리를 박차고 일어난 유모가 격분하여 길길이 뛰었으나 해나는 얼굴색 하나 변하지 않았다.

"달콤한 미약을 영원토록 빨기 위해 핏줄도, 친우도, 인간으로서의 기본적인 도리도 서슴없이 던져버리는 게 일상일 테지요. 머나먼 제 고향에서도 그런 일은 다반사로 일어나곤 하였습니다. 권력에 눈이 먼 후궁은 여아를 낳고도 남아와 바꾸려다 발각이 되었고, 왕이라는 작자는 재물에 눈이 멀어 생사고락을 함께한 친우를 하루아침에 죄인으로 몰아 처단하였습니다. 동서고금 어디에서나 똑같이 일어나는 지저분한 일에 소인이 일일이 놀라야 하는 것입니까?"

"오늘 차비의 처형이 진행될 것이다. 차비가 죄인으로 죽으면 전하께서는 사생아로 전락하시겠지. 왕위 계승권 같은 건 애초에 존재하지도 않는 것이다."

"그것을 약점 삼아 왕비가 되시겠다? 그런 다음에는 무엇입니까? 전하를 독살하고 여왕이라도 되시겠습니까!"

"유모!"

인내심이 바닥난 마벨이 테이블을 세차게 내리치며 자리에서 일어났다. 정성껏 화장한 얼굴이 붉으락푸르락, 보기에도 흉하게 일그러져 있었다. 경험에 의해 다음 순서를 알고 있는 해나는 사람들이 몰아닥치기 전에 선공에 들어갔다.

"뜻대로는 되지 않으실 겁니다. 인생에는 늘 대반전이라는 게 존재하고, 그것은 때와 장소를 가리지 않고 찾아오는 법이니까."

해나는 말을 끝냄과 동시에 그때까지 떼지 않고 있던 장미 덩굴 속의 손가락에 힘을 가했다. 관절이 하얘지도록 힘껏 눌렀을 때 장작불이 타오르던 벽난로가 부르르 진동하며 떨렸다. 사람을 부르러 나가려던 유모가 뒤를 돌아보았고, 불 앞쪽으로 서 있던 마벨은 약하게 미간을 일그러트렸다.

곧이어,

"허억!"

놀랍게도 벽난로가 문처럼 활짝 열리며 시뻘겋게 타오르던 숯의 파편이 마벨의 크림색 드레스 위로 한꺼번에 날아와 박혔다. 불씨가 살아 있는 파편은 마벨의 순결한 예복을 새까맣게 태우며 파고들었다. 보기 흉한 구멍이 숭숭 뚫렸고 벨벳을 태운 탁한 색의 연기는 치맛자락 위에서 모락모락, 마벨을 조롱하듯 피어올랐다.

유모가 괴성을 지르며 달려와 치맛자락을 탈탈 털었다. 좀처럼 당황하지 않는 마벨도 깡충거리며 파편을 수습하려 애썼다. 이미 망가져버린 예복을 붙잡고 어떻게든 정돈해보려 부산을 떠는 두 사람. 마침내 어디에선가 좌악, 거센 물벼락까지 날아들었다. 그로 인해 탁한 색의 물이 새하얀 예복 위로 꾀죄죄한 얼룩을 만들며 스며들었다. 그 물을 흡수하고 있던 꽃들이 마벨의 예복을 타고 바닥으로 떨어져 여기저기 어지럽게 흩어져 날렸다.

"좋은 가문에 아름다운 용모, 현명하기까지 했다면 전하께서는 당신께 마음을 주셨을 겁니다. 얼마나 다행인지 모르겠습니다. 그나마 제가 불이라도 꺼준 건 당신의 우둔함에 대한 감사의 표시라 생각해주십시오."

해나는 물을 뿌리고 비어 있는 화병을 앞으로 힘껏 던졌다. 화병은 묵직하게 날아가 그들의 코앞에서 무시무시한 굉음을 내며 깨져버렸다. 산산이 부서지며 튀어 오르는 조각들을 피하고자 두 사람은 기겁하여 뒷걸음질하였다.

난데없이 벌어진 상황에 패닉에 빠진 유모는 비명을 지르며 도움을 청했다. 벽난로가 저런 식으로 열린다는 것도 처음 알았고, 이국인이 그것을 알아냈다는 것 또한 상식적으로 이해할 수 없었다.

화병을 던져버린 해나는 이미 통로를 이용해 달리는 중이었다. 사시나무 떨듯 몸을 덜덜 떨면서도 머릿속으로는 도면을 떠올리려 안간힘을 써댔다.

'마파엘!'

이곳에 끌려와 눈가리개가 풀리는 순간, 시야에 들어온 사치스러운 벽난로를 해나는 첫눈에 알아볼 수 있었다. 몇 달간 달달 외울 듯 들여다보며 작업을 하였던 마파엘의 도면. 그 뒷면에 그려진 여러 가지 장치 중 가장 상세하게 설명되어 있던 그것과 동일한 것이었다.

「오래된 성이나 귀족들의 저택에는 가끔 비밀 통로를 만들어놓는 경우가 있다고 합니다. 마파엘이 사랑했던 여인의 저택에도 그런 곳이 있었고, 두 사람은 그곳을 밀회 장소로 사용하였지요. 누구도 비밀 방의 존재를 알지 못하였는데 마파엘이 우연히 발견한 것이라네요.」

피아의 목소리가 귓가를 맴돌며 해나에게 희망을 심어주었다. 물론 아닐 수도 있었다. 모양이 화려하고 독특하나 단순히 똑같은 형태의 것일 가능성도 배제할 수 없었다. 해나는 이야기를 들으며 자연스레 다가가보았고, 손가락을 집어넣어 장치를 확인했다. 얼마나 안도하고 감사하였는지. 어떻게 된 상황일까 신기해하면서도 깊게 생각할 여유는 없었다. 아무것도 모르는 채 이대로 그가 어머니를 죽음으로 내몰게 된다면 이후에 겪게 될 고통은 상상도 하고 싶지 않았다. 당장에 쫓아가 말려야 한다.

다행히 밀실까지 가는 길은 복잡하지 않았다. 어렵지 않게 목적지에 당도한 해나는 손을 더듬어 횃불 꽂는 부분을 힘껏 당겼다. 입구가 열리고 더 짙은 어둠이 눈앞에 펼쳐졌다. 해나는 망설임 없이 안으로 들어가 입구를 차단하고 두 걸음 옆으로 준비되어 있다는 초에 손을 뻗었다.

불을 밝히자 어둠이 가시고 수도사가 홀로 머물 만한 자그마한 밀실이 한눈에 들어왔다. 촛대를 움켜쥔 해나는 밖으로 빠져나가기 위해 다급히 돌아서던 중, 그대로 주춤, 발을 떼지 못하고 완전히 멈추었다. 정면을 바라보는 해나의 동공이 커지고 무언가를 떠올리는 듯 새까만 눈동자가 깊은 빛을 발했다.

대부분의 사형수는 지하 감옥과 북쪽 탑에 각각 마련되어 있는 처형장에서 생을 마감한다. 하지만 그들 중 죄질이 나쁘고 사회적으로 악영향을 미친 자들은 따로 분류되어 공개적으로 처형을 집행하고 있었다.

오늘은 선왕 전하의 시해를 공모한 죄로 지난 7년간 지하 감옥에 수감되어 있던 죄수 번호 68호가 처형되는 날이었다. 구경거리를 놓칠세라 성난 백성들은 아침부터 처형장으로 몰려나와 자리다툼을 벌였다.

해가 중천을 넘어가자 귀족들도 삼삼오오 모습을 드러냈다. 순식간에 빈자리가 빽빽이 채워지고 이제 왕과 대비만 입장하면 고대하던 순간이 찾아올 터, 관중들의 얼굴에서 흥미와 긴장감이 고조되었다.

그 시각, 대비가 탄 마차가 처형장의 일각으로 들어섰다. 마차가 멈추고 문이 열리자 안에서 먼저 내린 사람은 레이튼 공작이었다. 내리자마자 대비의 하차를 돕기 위해 몸을 돌리는데 시커먼 그림자 하나가 무시무시한 살기를 내뿜으며 그의 머리 위를 덮쳤다. 생과 사를 가른 건 찰나의 순간. 불길한 기운에 몸을 틀었던 레이튼 공은 아슬아슬, 콧등을 비껴간 검날에 혼비백산하였다.

챙!

시퍼런 검날이 마차에 부딪쳐 푸르르 진동하며 떨었다. 귓속을 관통하는 아찔한 마찰음. 그 떨림이 채 멎기도 전에 검날은 또다시 사나운 빛을 번뜩이며 하늘 높이 솟았다. 포효하듯 이글대는 눈빛, 기세, 표정. 검을 휘두르는 왕의 동작엔 오직 순수한 살심(殺心)만이 그득하였다. 그렇다면 도망칠 구멍은 없었다. 운이 좋아 한 번은 피할 수 있었어도 전장에서 잔뼈가 굵은 왕의 공격을 두 번은 피할 수 없을 것이다.

"저, 전하!"

두려움에 퍼렇게 질려버린 레이튼 공은 본능적으로 몸부터 굽혔다. 이대로 있다간 일을 벌이기도 전에 자신이 먼저 죽을 것 같았다. 무릎을 꿇고 왕의 다리에 매달려서라도 위기를 넘겨볼까 하는데, 퍽! 몸속 장기가 터져나갈 듯 복부에 강력한 통증이 휘몰아쳤다.

사정없는 발길질 아래 흙바닥 위로 처참하게 나가떨어진 레이튼 공. 검날이 스산하게 바람을 가르자 눈을 질끈 감고 마는데,

"프레데릭!"

비명과도 같은 대비의 외침이 사위를 삼켰다.

마지막 순간 힘을 조절한 프레데릭은 뾰족한 검날을 정확히 목의 급소에 가져다대었다. 외관상 대비의 뜻을 따르고 있는 듯 보이지만 웃기는 소리, 프레데릭은 뼈째 갈아도 시원찮을 마벨의 아비를 단칼에 죽일 생각이 없는 것뿐이었다.

식은땀에 절어 가쁜 숨을 헐떡대는 중년의 공작은 보기 안쓰러울 정도로 겁에 질려 있었다. 언제나 극진한 대접만 받아왔을 인생, 이런 식의 모진 수모는 처음일 것이나 프레데릭은 인정사정없었다. 공작을 쥐 잡듯 몰아세운 것도 모자라 존칭 역시 시원하게 무시해버렸다.

"너는 무슨 생각으로 살고 있는 것이냐?"

“저, 전하…….”

“자식이 아둔해 사고를 치면 아비로서 단속하고 철저히 막아야 하거늘, 외려 장단을 맞추고 나를 상대로 그따위 짓을 벌여? 건드리지 마라, 분명히 경고하였을 것인데!”

“무사합니다. 무사하십니다, 전하!”

검날이 급소에 닿을까 레이튼 공은 옴짝도 못 하고 프레데릭을 진정시키기 위해 울부짖었다.

“레이튼 가에서 털끝 하나 다칠 일은 없을 것이옵니다. 그러니 이만 진정하시고 제발 공무부터 집행을 하십시오!”

“당연히 그래야 할 것이다. 그 아이의 몸에 손톱만큼의 상처라도 생기는 날, 이 땅에서 레이튼 가는 영원히 사라지게 될 테니까.”

프레데릭은 위협적인 말을 끝으로 검자루를 아무렇게나 던져버렸다.

검이 쇳소리를 내며 땅 위로 떨어지자 레이튼 공은 그제야 안도의 숨을 쉬었다.

한심한 놈.

상대하고 있는 잠깐의 시간조차 아까운 작자였다. 프레데릭이 경멸을 드러내며 돌아서자 가시 돋친 눈빛 하나가 기다렸다는 듯 매섭게 날아와 꽂혔다. 흑적색의 로브 위로 소유자에게 사랑과 행복이 따른다는 화려한 핑크 다이아몬드를 목에 걸고 있는 대비. 프레데릭은 말없이 목걸이를 바라보다 찬바람에 얼어 있는 손을 앞으로 내밀었다.

"시간이 되었습니다."

대비는 목석같은 얼굴로 손자의 손을 잡고, 함께 걸음을 떼었다.

"레이튼 공은 전하의 재당숙이 되십니다."

"예, 압니다."

푸석푸석, 부서질 것같이 건조한 질책과 감정 없는 대답, 그리고 침묵하는 두 사람.

프레데릭이 감정을 분산시켜 차게 식어 내리고 있다면 조피는 풀어내지 못한 노기가 용암처럼 출렁이고 있었다.

미천한 이국인 따위가 무엇이기에 감히 내 앞에서 공국파의 수장에게 검을 겨눈단 말인가!

왕의 행위는 대비 자신을 조준한 것이나 다름없었다. 미치도록 화가 들끓었지만, 대업을 앞둔 지금 대비는 일단 인내하기로 하였다. 차비의 목을 베어버리고 손자의 완전한 굴복과 사죄를 받아내는 것 또한 나쁘지 않을 것이다. 모든 것이 끝나는 순간 조피는 프레데릭을 발밑에 무릎 꿇리고 똑똑히 보여줄 생각이었다. 그의 머리꼭대기에 누가 앉아 있는지, 왜 그가 처음부터 질 수밖에 없었는지.

왕과 대비가 처형장에 모습을 드러내자 수많은 관중이 일제히 기립해 두 사람을 맞았다. 준비된 자리에 대비를 모시고 프레데릭은 그 옆으로 자리를 잡았다. 두 사람의 착석으로 일제히 자리에 앉는 사람들.

원형 극장처럼 층층이 계단식으로 마련된 관중석은 빈

자리 없이 빼곡하게 들어차 있었다. 그중 평민들이 앉아 있는 곳에는 남녀 구분 없이 모두가 한데 섞여 앉아 있는 반면 귀족들의 자리는 대부분 사내들만이 지키고 있었다. 여인들과 마음이 여린 일부 사내들은 차라리 왕궁에 남아 축하연을 먼저 가볍게 시작하기로 한 것이다.

북소리가 울리자 군중의 시선이 한곳으로 집중되었다. 극도의 긴장이 감도는 가운데 철문이 열리고 앙상하게 말라버린 죄인이 고개를 푹 숙인 채 끌려 나왔다. 두 손은 뒤로 단단히 묶이고 짧게 깎인 머리는 하얗게 세어 있는 상태다. 죄인의 등장으로 일순 적막에 휩싸였던 처형장은,

"살인자!"

누군가의 외침을 시작으로 온갖 야유와 비난이 거세게 터져 나왔다. 여론에 도취돼 준비해 온 돌멩이나 먹거리를 던지는 자들도 속출했다. 일부는 엉뚱한 곳으로 날아갔고 일부는 죄인을 정확히 맞히기도 하였다. 그럴 때마다 죄인은 공포와 통증으로 더욱 고개를 숙이며 몸을 바르작거렸다. 그 광경을 지켜보던 백작부인은 레이튼 공과 시선을 맞추며 의미심장한 미소를 나눴다.

대비는 옆에 앉은 손자를 힐끔 보았다. 예상대로 그는 죄인이 끌려가는 모습을 덤덤하게 지켜보고 있었다. 저렇게 고통스러워하는 죄인이 제 어미인지도 모르고 한낱 천한 계집에게만 마음을 쏟고 있다니. 속으로 끌끌 혀를 차면서도 대비는 만감이 교차하는 표정이었다.

그녀도 이렇게까지는 하고 싶지 않았다. 레이튼 공과 백작부인이 서둘러야 한다며 독촉을 해와도 장고에 장고를 거듭했다. 허나 손자는 선을 넘었고 그녀는 그를 제지해야 했다. 따지고 보면 이는 죄인을 단죄하는 것일 뿐. 왕을 낳은 어미라 해도 선왕을 죽이는 데 공모하였으니 일벌백계하는 것은 마땅한 일이었다. 대비는 잡스러운 생각을 지우고 신부와 기도를 올리는 죄인을 지켜보았다.

관중이 외치고 있었다. 살인마라고, 빨리 목을 베어야 한다고. 절대다수의 지탄을 받으며 죄인은 고개조차 들지 못하고 처형대에 목을 대었다. 들썩이던 관중석은 찬물을 끼얹은 듯 고요하게 가라앉았다.

잠시 후 정적을 가르며 근위대장 헨리크 울렌도프의 목소리가 울려 나갔다.

"죄수 번호 S68호, 에바 J. 미켈슨 전 자작부인. 죄인은 적국의 사주를 받아 첩자로 활동하던 중 차비마마께 발각, 자신의 죄를 덮고자 차비께 간통 혐의를 씌우고 독살을 감행. 이후 적군을 끌어들여 진실을 알게 된 선왕 전하를 시해하였으므로……."

차비, 독살, 시해.

미켈슨 부인의 이름을 들은 이후, 대비의 귀에는 헨리크의 목소리가 문장으로 이어지지 못하고 띄엄띄엄 단어로만 들려왔다. 모친의 이름을 들은 디아나 백작부인은 눈앞에서 벌어지는 상황을 믿지 못하고 숨이 넘어갈 듯 끅끅거렸다. 급작스레 당한 일이라 대비도, 백작부인도, 레이튼 공도 전부 얼이 빠져 입도 벙긋 못 했다.

그토록 찾아 헤맸던 자작부인이 어찌하여 저기에서 저러고 있는 것인지. 여태까지 그녀가 지하 감옥에 갇혀 있던 거라면 왕의 생모인 차비는 어디에 있다는 것인지. 머릿속이 뒤죽박죽 뒤엉켜 어떻게 된 일인지 감도 잡히지 않지만 일단 착오가 벌어진 건 분명하였다. 중지시켜야 한다. 이 말도 안 되는 처형식을 당장에 중지시켜야 할 것이다!

대비가 후들거리는 다리로 몸을 일으키려 안간힘을 쓰는데,

"……이에 처형을 집행한다."

헨리크의 건조한 목소리가 사라지며 집행인은 눈 깜짝할 새 죄인의 목 위로 도끼날을 내리쳤다. 삽시간에 벌어진 일이라 말려볼 틈도, 자리에서 움직일 새도 없었다.

"아아악!"

모친의 죽음을 목격한 백작부인이 참담한 비명을 지르다 혼절했다. 귀족들은 우왕좌왕, 영문을 몰라 쑥덕거리며 왕과 대비가 계시는 칸을 흘끔거렸다.

가장 먼저 사실을 받아들인 건 에리카의 시민들. 자신들이 생각했던 이가 죄인이 아니라는 점에 놀라워는 했으나 곧 그것을 진실로 받아들였다. 자세한 사성은 후에 기사가 배포되면 알게 될 일, 우선은 차비를 불쌍히 여겼고, 선왕

의 명복을 빌었으며, 죄인의 죽음을 기꺼이 받아들였다.

"이게 어떻게 된 일입니까? 자작부인이, 내 수석 시녀가 죄인이라니요! 애먼 사람을 죽였습니다!"

뒤늦게야 정신을 차린 대비는 그 무엇도 받아들이지 못했다. 시녀들이 백작부인을 수습하는 사이 자리를 박차고 일어나 새된 소리를 질렀다. 지금 본 광경을 믿을 수 없어 쓰러질 듯 몸을 부들거렸다.

위험해 보이는 조모의 상태에도 프레데릭은 여유로웠다. 천천히 자리에서 일어나 확신을 담아 또박또박 말했다.

"선왕 전하를 시해한 건 자작부인이 맞습니다."

"미치셨습니까? 죄인은 브레이번트 가의 딸년입니다!"

"차비께서는!"

대비의 고함에 단호하게 맞선 프레데릭은 이내 처연한 슬픔을 안고 답했다.

"……불쌍한 분이십니다."

왕의 짙은 눈동자가 습윤하게 출렁였다. 슬픔이 어린 손자의 눈동자가, 아픈 대답이 그녀에게 묘한 기시감을 들게 하였다. 그러다가 어느 순간 탁하게 흐려진 기억 저 너머에서 어린 손자의 아린 목소리가 그녀의 머리를 깨웠다.

「네 어미가 원망스러우냐?」

「제 어머니는……, 불쌍한 분이라고 생각합니다.」

온몸에 오돌토돌 조알 같은 소름이 돋아 올랐다.

설마…….

「가르쳐주십시오. 어찌하면 지킬 수 있는 것입니까?」

그럴 리 없다. 그 어린것이 진실을 알고 그리 대답했을 리 없다!

미친 듯이 고개를 가로젓던 대비는 기운이 빠져 찬 바닥에 힘없이 주저앉았다.

그런 조모를 보고도 프레데릭은 볼일이 끝났다는 듯 차갑게 돌아섰다. 괜찮으시냐는 물음도, 부축을 하려는 시도도 하지 않았다. 그저 사늘한 눈으로 내려다보다 냉정히 등을 돌려 그곳을 떠나갔다.

……안다.

프레데릭이 알고 있다! 어쩌면 옛날부터 알고 있었던 건지도 모른다. 내 아들을 죽인 년이었건만 그런 것도 어미라고 무고한 사람을 대신 잡아 죄를 씌우고 죽여버리다니!

믿을 수 없다. 차비가 죄인이 아니라는 것도, 제 충직한 시녀가 그런 짓을 벌였다는 것도. 대비는 열기가 화산처럼 끓어올라 손자의 등에 대고 바락바락 소리를 질렀다.

"모든 것을 걸어야 할 겁니다! 한 조각의 거짓이라도 찾아낸다면 내 모든 것을 걸고 전하를 응징할 것입니다! 전하의 할미로서가 아닌 공국의 대공으로서의 경고입니다!"

대비가 악을 쓰는 소리에도 프레데릭은 돌아보지 않고 걸었다. 백작부인과 레이든 공을 체포하라, 대기 중이던 근위병들에게 신호를 보낸 뒤 시종장 하나만 대동하고 처형장을 벗어났다. 차가운 공기를 들이마시고, 경계선 없는 하늘을 올려다보았다.

거짓과 위선, 탐욕에 찌든 왕궁에서 그에게는 처음부터 선택지가 없었다. 미쳐버릴 수도, 도망을 칠 수도, 죽어버릴 수도 없었다. 그가 할 수 있는 건 오직 참고, 누르고, 감추고, 살아내는 것. 그런데도 끝내 버틸 수 있었던 원동력은 아홉 살 힘없는 소년의 간절한 열망에서부터 비롯되었다.

……어머니를, 미처 알아보지 못한 내 불쌍한 어머니를 구해드리고 싶다!

눈을 감으면 프레데릭은 아직도 그 밤의 기억이 생생하게 떠올랐다. 자욱이 깔린 약 냄새와 울부짖는 유모, 마지막 순간 광기를 번뜩이며 제 목덜미를 포악하게 움켜쥐었던 왕비, 엘리자베트.

「나가!」

그녀는 비명에 가까운 한 마디로 모두에게 축객령을 내리고 어린 왕자를 우악스럽게 침대 위로 끌어당겼다. 프레데릭은 어머니가 가엾다고 느끼면서도 날아올 주먹세례가 무서워 눈을 감고 몸을 떨었다. 예상은 빗나갔다. 왕비는 아이의 솜털 같은 몸을 끌어안고 옆으로 허물어지듯 쓰러졌다. 품에 안겨본 것은 그때가 처음이어서 아이는 놀랍기도 하였고, 걱정스럽기도 하였다. 어머니의 상태를 확인해

보려 하는데 왕비는 어린 프레데릭을 꽉 붙들고 더 가까이 잡아끌었다.

「움직이지 마라.」

그녀의 목소리는 매우 낮고, 스산하고 또 서글픔이 느껴졌다.

「어머니…….」

「많이 아팠을 것인데……, 어찌하여 너는 한 번 피하지도 않았던 것이냐?」

「어머니는 마음이 아프신 겁니다.」

생기 없는 그녀의 눈에서 눈물이 솟아나 관자놀이를 타고 흘렀다.

「너 같은 아들을 놓을 수 없어 차비는 죽지도 못하고 모진 인생을 견디고 있는 것이겠지. 눈도 뜨지 못하고 죽은 불쌍한 내 아기, 내가 그 아이를 차마 놓지 못하고 있는 것처럼 말이다.」

무언가 엄청난 이야기를 하신 것 같은데 프레데릭은 정확한 뜻을 알아듣기가 힘들었다.

다 안다는 듯 왕비는 끊어질 듯 미약한 숨소리를 내며 천천히 입을 열었다. 무덤까지 가져가기로 했던 비밀을 지옥문 앞에서 어린아이의 귓속에 또박또박 새겨 넣었다.

「네 어미를 구하거라.」

「…….」

「하녀들에게서조차 멸시를 당하고 저리 벌레 취급을 받

는 차비가, 너를 낳아주신 어머니다. 네가 구해드리거라. ……가엾지 않으냐.」

프레데릭을 별궁까지 데려와야 했던 이유. 굳이 머나먼 이곳까지 와서 죽어야 했던 이유. 그것은 같은 어미로서 그녀가 차비에게 해줄 수 있는 마지막 배려 같은 것이었다. 친모의 실상을 아들에게 낱낱이 보여주고 그녀가 지옥에서 빠져나갈 수 있는 뒷문을 만들어주고 싶었다.

「네 어미가 죽고 살고는 이제부터 너 하기에 달려 있는 것이다. 부디 네가……, 끝까지 현명한 아이이기를 바란다.」

장애를 가지고 태어났다 해도, 후계자가 되지 못한다 해도 아기는 살 권리가 있었다. 오래 살지 못할 거라던 그 아기를 엘리자베트는 품에 안고 순리대로 보내주고 싶었다. 잠시 혼절했다 정신을 차렸을 때 상황은 바뀌어 있었고, 한 번 안아보지도 못한 아기는 차비의 아들이 되어 생을 마감했다.

제정신으로 버틸 수 없는 나날이었다. 프레데릭이란 이름을 들을 때마다 가엾게 죽어간 아기가 떠올랐다. 때때로 그 죽음이 이 아이의 탓인 것 같아 발작을 일으키며 화풀이도 해댔다. 따지고 보면 그 모든 건 아기를 바꾼 레이튼 공과 이를 수용한 대비, 모든 것을 묵인한 자신의 탓이었는데도 말이다.

지긋지긋하였다. 자신을 위한다는 명목 아래 끊임없이

희생을 요구하며 사적인 탐욕을 추구해온 사촌 오라버니. 독선과 아집, 치유 불가능한 열등감에 사로잡혀 공국에 집착하는 비정한 대비. 아들을 죽인 이와 손을 잡고 힘없는 아이를 학대한 자기 자신까지도.

죄악이 넘쳐나는 그곳에서 완전한 희생자는 한 명밖에 없었다. 지옥과도 같은 세월, 어머니라는 이름 하나로 부당한 매질을 묵묵히 견뎌준 아이. 사랑을 갈구하는 맑은 눈에 끝내 화답해줄 수 없었지만, 앞으로 벌어질 길고 부당한 싸움에서 최후의 승리자로 이 착한 아이가 남아주기를 바랐다. 무결한 이 아이만이 그럴 수 있는 정당한 자격을 가진 것일 테니까.

며칠 전부터 귓가에 윙윙거리던 아기의 울음소리가 더욱더 크고 선명하게 들려왔다. 이는 필시 먼저 간 아가의 칭얼거림. 엘리자베트는 얼른 달려가 자신의 아기를 안아주고 싶었다. 흐릿해진 시야 속 허공을 응시하며 그녀가 손을 뻗었다.

「프레데릭…….」

어린 프레데릭은 왕비의 부름에 처음으로 대답하지 않았다. 본능적으로 알 수 있었다. 그녀가 저토록 애타게 부르는 사람은 자신이 아니었다는 것을. 눈물이 홍수처럼 쏟아져 두 뺨을 흥건하게 적셨다. 모진 매를 맞고도 울지 않고 버텨왔는데 처음으로 나이에 맞게 엉엉 소리 내어 울었다. 새하얀 눈밭, 그 속을 쓰러질 듯 걷고 있던 차비, 그녀를 함부로 다루던 병사들, 눈이 마주칠까 재빨리 피해버렸던 자신. 모든 순간이 서럽고 가슴이 찢어질 듯 아팠다.

울다가 쓰러진 프레데릭은 정신을 차리기가 힘들었다. 가끔 눈을 뜨면 마차 안이었다가, 유모의 품이었다가, 어느 틈엔가 왕궁의 제 처소로 돌아와 있었다. 국상 중이라는 소리도 들려왔고 자신이 위중하다는 소리도 들은 것 같았다. 세상이 어떻게 돌아가고 있든 프레데릭은 잠깐잠깐 정신이 돌아올 때마다 왕비가 해준 말들만 되풀이해서 떠올렸다.

무엇이 진실인지, 어떻게 된 상황인지 누군가의 설명이 필요했다. 답답함은 신열이 되어 흐느낌으로 터져 나왔다. 감당할 수 없는 엄청난 비밀을 껴안고 속이 곪을 때까지 앓아대기를 여러 날. 어느 밤, 장작 타는 냄새와 함께 귓가에 은밀한 속삭임이 불어왔다.

「왕자님, 차비마마를 살려주세요! 저희 할머니의 억울함을 풀어주세요!」

처음에는 꿈을 꾸는 거라고 생각했다. 차비에 관한 일을 너무 많이 떠올리다 보니 환청을 듣고 있는 거라고.

하지만 가까이서 불어오는 숨결, 특유의 향기, 애절한 목소리는 언제나 한결같았다. 프레데릭은 잠을 피하기 위해 궁의가 주는 약을 먹지 않고 끙끙 앓으며 버텨보았다. 기다림의 시간은 사흘째 되던 날 막을 내렸다. 깊은 밤, 누군가 들어와 벽난로를 살피더니 살금살금 그에게로 다가와 머리맡에 앉았다.

「오늘이 마지막이에요. 내일이면 저는 궁을 떠나야 합니다. 제가 굼뜨고 어리석다고 나가라고 하네요. 앞으로 왕자님을 어떻게 찾아뵈어야 할지 모르겠습니다.」

숨죽여 흐느끼던 소녀는 눈물을 훔치며 프레데릭이 듣고 싶어 했던 진실을 쏟아내었다. 아마도 의식 없던 그에게 이미 여러 번 털어놓았을 과거의 이야기를.

「저희 할머니는 차비마마의 유모였습니다. 저는 브레이번트 가에서 태어났지요. 차비마마께서는 저를 많이 예뻐해주셨습니다. 할머니랑 같이 궁에서 살 수 있도록 배려도 해주셨고요. 해산하시던 날, 저는 그분이 걱정되었습니다. 그래서 커튼 뒤로 몰래 숨어들어서 모든 것을 지켜보았습니다. 레이튼 공과 대비마마의 시녀가 아기님을 바꾸는 것을요! ……왕자님의 친어머니는 차비마마이십니다. 아무도 차비마마를 믿어주지 않았지만, 왕자님께서는 그분의 결백을 믿으셔야 합니다. 더 늦기 전에 부디, 가여운 차비마마를 알아봐주세요.」

그러면서 소녀는 할머니가 레이튼 공이 보낸 자들에게 살해를 당한 것 같다고, 억울함을 알아달라고 호소했다. 눈물을 훌쩍이며 돌아서는 소녀를, 그녀의 손목을 프레데릭은 생명줄이라도 되는 양 움켜잡았다. 열여섯의 소녀는 까무러칠 듯 놀랐고, 아홉 살의 소년은 열에 들떠 메마른 목소리를 간신히 토해냈다.

「이름.」

「왕자님!」

「네 이름을……, 알려줘야지…….」

기적 같은 그 대답에 소녀는 눈물을 쏟으며 급히 다가와 속삭였다.

「……피아. 소녀, 피아라고 합니다!」

"걱정 마십시오, 아가씨. 벽을 부수든, 아주 뜯어버리든, 시간에 맞춰 소인이 그년을 꼭 군중들 속으로 던져놓겠습니다!"

유모가 달래보려 끝까지 애를 썼으나 마벨은 냉랭한 표정을 풀지 않고 마차를 출발시켰다. 거금을 들여 마련한 예복은 결국 쓰레기가 되어 처박혔다. 새로 목욕을 하고, 개중에 가장 나은 옷으로 갈아입고, 다시 화장을 하느라 시간은 계획보다 훨씬 지체되었다. 더 큰 문제는 그런데도 아직까지 궁에서 아무런 소식도 당도하지 않았다는 것이었다.

이국인의 처리 문제를 유모에게 맡긴 마벨은 우선 부딪쳐보기로 하였다. 레이튼 가를 둥글게 포위하고 있는 왕의 병사들을 직접 뚫어보기로 한 것이다. 성문이 열리고 저 앞, 겹겹이 진을 치고 있는 병사들이 눈에 들어왔다. 마차가 멈춰 서자 마벨은 숨을 크게 들이쉬고 가까이 다가온 병사를 내려다보았다.

"오늘 무도회가 열리는 시각에 맞춰 왕궁으로 들어오라는 대비 전하의 특별한 명이 있으셨다. 문제가 있는가?"

"없습니다."

돌아오는 깔끔한 대답에 마벨이 도리어 의문의 빛을 띠자 병사는 설명을 추가했다.

"조금 전 받은 하명입니다. 막지 말라는 명이었으니 지나쳐 가십시오."

병사는 깍듯하게 답한 뒤 물러갔고, 마차는 왕궁을 향해 최대한 빠르게 달렸다.

승리를 확신하면서도 마벨은 끝까지 긴장을 늦추지 않았다. 우스운 건 그러한 긴장조차 스스로에게 보여주는 가식에 지나지 않는다는 점이었다. 앞일은 모르는 거라 주술처럼 되뇌면서도 실제로 그녀는 질 거라는 생각을 해본 적이 없었다. 계획은 완벽했고 그것으로 거머쥘 왕의 약점은 너무나 치명적인 까닭이었다.

마차가 왕궁의 성문을 지나자 마벨은 감회가 새로웠다. 전하께 굴욕적인 취급을 받으며 왕궁의 출입을 금지당한 뒤 얼마 만에 들어오는 것인지. 당시만 떠올리면 그가 보는 앞에서 이국인을 처단하는 것만으로는 분이 풀리지 않을 정도였다. 왕비가 되고, 후계자를 낳고, 보다 완벽히 권력을 장악하게 되는 날 마벨은 그때의 치욕도 어떤 식으로

든 갑절로 되돌려줄 생각이었다.

마차가 본궁 앞에 정차하자 에스코트를 위해 기다리고 있던 로젠 공이 그녀를 맞았다.

"많이 늦었군. 의상은……, 생각보다 소박하고."

"대비 전하께서 돌아오셨습니까?"

위아래를 훑으며 실망감을 드러내는 레오폴트를 모르는 척 마벨은 대비의 행방을 물었다. 지금쯤은 그분이 돌아와 무도회가 시작되었을 시각. 모든 것이 계획대로 완벽하게 마무리가 되었는지, 왕이 약혼 발표를 위해 자신을 기다리고 있는지 여러 가지 궁금증을 대비에 관해 묻는 것으로 대신했다.

"곧 오시겠지."

레오폴트의 대답은 예상과 완전히 엇나가는 것이었다. 가슴이 서걱 내려앉으면서도 마벨은 최대한 자연스럽게 대꾸했다.

"아직 안 돌아오셨단 말입니까?"

"처형 집행이 늦어질 수도 있는 거니까."

"약혼식이 늦어지겠군요."

"안 그래도 궁금해서 사람을 보냈으니 느긋하게 어울리며 기다려보자고."

대연회장 앞에 도달한 레오폴트가 자연스레 팔을 내밀자 마벨은 가볍게 팔짱을 끼고 안으로 들었다. 밝고 화려하고 눈부신 빛이 크리스털 샹들리에에 반사되어 춤추듯이 쏟아지는 연회장, 마벨은 언제나 그곳의 찬란한 빛 아래에 서는 것을 좋아했다. 적나라하게 밝아 누군가에게는 부담이 된다는 빛이 마벨에게는 빼어난 외모를 돋보이게 하는 완벽한 보조 장치에 불과했다.

시냇물처럼 가볍게 떠다니는 음악 소리. 삼삼오오 모여 저희끼리 속닥거리는 소리. 값비싼 부채로 입을 가리고 낮게 웃어넘기는 소리. 무수한 소리의 물결을 헤치고 마벨이 나아갔다. 시선을 돌리던 몇 개의 눈동자가 마벨과 레오폴트, 두 사람에게로 모였다. 평소 마벨은 동경과 질시, 부러움이 뒤섞인 여인들의 애증 어린 시선을 편안하게 보아 넘겼다. 이번에도 여유롭게 그들의 시선을 받아들이려는데.

"저기 좀 보세요!"

누군가의 속삭임을 시발점으로 소리의 향연이 끊이지 않던 무도회장에 느닷없이 숨 막히는 정적이 찾아들었다. 탄성이 사라지고, 대화가 중단되고, 음악이 끊기며 두 사람에게로 따가운 시선이 일제히 쏟아졌다. 나긋나긋 마벨이 걸음을 옮길 때마다 수백 개의 시선이 정적을 뚫고 집요하리만치 그녀의 몸에 달라붙었다. 그녀의 얼굴에, 그녀의 태양 같은 머리칼에, 그녀의 몸 구석구석에. 마침내 마벨은 더 나아가지 못하고 걸음을 멈췄다.

사교계에서는 가끔 침묵으로 사람을 질식시키는 경우가 일어나곤 하였다. 자주 벌어지는 일은 아니었다. 어쩌다가 한 번, 누군가를 사교계에서 영구적으로 퇴출시켜야 할 때, 악다구니 대신 귀족들이 하나로 똘똘 뭉쳐 써먹는 게 바로 이 잔인한 침묵이었다. 하지만 누가 감히 왕위 계승 서열 1위인 레오폴트와 자신을 퇴출시킬 수 있단 말인가. 좋지 않은 예감에 가슴이 싸늘하게 조여들면서도 마벨은 도저히 이 상황을 이해할 수 없었다.

"무엇입니까, 이건?"

"뭐가?"

"이 침묵, 저 눈빛."

"인쇄물 때문이겠지."

사람들을 크게 훑던 마벨의 눈동자가 레오폴트에게로 돌아가 멈췄다. 별일 아닌 듯 툭 내뱉은 그의 말은 마벨의 심장에 얼음물을 끼얹고 파란을 일으켰다.

"그대가 각색한 이야기, 하도 어이가 없기에 내가 마지막에 살짝 바꿔놨거든. 레이튼 가에서 제작한 인쇄물을 전량 폐기하고 새로 찍어내느라 배포는 약 한 시간 전부터 시작되었을 거야."

"그게 지금 무슨……."

"생각해봐. 내가 보낸 밀정 말이야, 정말로 그대에게 들켰던 것일까, 아니면 시선을 돌리려 일부러 존재를 드러냈던 것일까?"

"우리를 배신했다는 겁니까!"

"아니지. 이건 배신이 아니라 뒤끝이야. 내가 뒤끝은 길어도 또 배신은 안 하거든."

레오폴트는 팔에서 그녀의 손을 냉정하게 떼어내고 프록코트 안주머니에서 장장 다섯 장에 달하는 인쇄물을 꺼내서 내밀었다.

그것을 받아 한 장 한 장 넘겨보던 마벨은 숨이 턱 끝까지 차올랐다. 지금껏 느껴보지 못한 두려움이 전신을 휘감고, 발끝에서 시작된 떨림이 두개골까지 울리며 그녀를 공황 상태로 이끌었다.

[거대한 도시 파리, 그 속의 추악한 타국인]
타국에서의 추한 행실을 고국에서는 모를 거라고 착각하는 여인.
우리는 이 여인을 왕실의 구성원으로 받아들일 수 있을 것인가?

[그녀가 경쟁자들을 물리치는 법]
대귀족의 순결한 공녀도 무너트리는 거짓 선전.
신성한 소식지의 명암을 들여다보자.

말장난은 기가 막혔다. 지금까지 마벨이 발행했던 인쇄물 속 배경과 고발 대상의 출신지를 밝히지 않은 것을 교묘히 이용, 마지막 이야기는 베르덴 출신의 여인이 외국에서 저지른 부정한 짓을 발고하는 것으로 재편집되었다. …… 맞다, 파리에서 베르덴 출신은 '타국인'이라 불린다. 왕비

감으로 꼽히는 마벨이 파리에서 오래도록 거주해온 사실을 모르는 사람은 없었다. 시누아즈리 열풍이 강하게 휩쓸고 지나간 파리에서는 사교계의 많은 여인이 청국풍의 옷을 즐기기도 하였다.

인쇄물 속 여인은 성격적 결함을 가진, 비정상적일 정도로 지고는 못 사는 사람으로 그려졌다. 파리의 사교계에서 여인은 제 눈에 거슬리는 경쟁자를 벌주기 위해 그들의 남편과 아들, 그리고 연인을 유혹했다. 아름다운 외모 덕에 일은 술술 풀렸고, 그녀는 의기양양해 갈수록 안하무인이 되었다. 고국에서 자신을 제치고 왕자비가 되려는 여인을 거짓으로 모함해 죽음으로 내몰았을 정도로 거침이 없었다.

"어떻게 이런 짓을!"

흰자위에 실핏줄이 뻘겋게 돋아 오른 마벨이 눈물을 머금고 분통을 터트렸다.

"왜, 할 때에는 재밌었는데 당하니까 억울한가? 내가 말했지, 복수의 대상이 되지 말고 보은의 대상이 되도록 노력해야 한다고."

"이것이야말로 모함입니다!"

마벨은 어느 한 군데 떨리지 않는 곳이 없었다. 심장은 터져라 부풀어 올랐고, 기도와 목젖은 빡빡하게 말라붙어 목소리까지 갈라져 나왔다. 그래도 머릿속에서는 버텨야 한다고 외치고 있었다. 왕의 약점만 확실히 잡았다면 이까짓 거 얼마든지 극복해낼 수 있다고, 반역을 도모하려는 레오폴트가 왕실을 음해하고자 수작을 부린 것으로 몰아가면 너는 빠져나올 수 있을 거라고.

"증거가 있습니까? 내가 이런 짓을 벌였다는 증거. 아무런 증거도 없으면서 사람을 이런 식으로 모해해도 되는 것입니까!"

"증거? 얼마 전 우리 항구에서 만나지 않았었나? 과거 6년, 내가 왜 타국을 떠돌았다고 생각하는 거지? 날 병신으로 만들고 도망쳤다던 그놈, 시간에 맞춰 끌고 와 북쪽 탑에 처넣은 그놈. 과연 그놈이 누구일지, 마벨 그대는 생각도 못 하고 있겠지."

읊조리듯 낮게 말을 내뱉으면서도 레오폴트의 눈가에서는 아픔과 분노가 하나로 뒤섞여 폭발할 듯 뿜어 나왔다. 쏴아아, 사위가 빗소리로 채워지며 하늘에서 뇌성이 울리는 듯하였다. 거센 비가 쏟아지던 그날, 폭우를 맞으며 벼랑 아래로 몸을 던지던 그녀를 따라 바다 속으로 뛰어들었을 때처럼.

「에스텔!」

약 7년 전 그날, 레오폴트는 메테른 부인의 울부짖음을 외면하지 못하고 결국 마차를 세웠다. 유모를 태우고 전속력을 다해 평소 에스텔이 좋아하던, 바다와 맞닿아 있는 높은 언덕으로 향했다. 깊이 생각할 여유 같은 건 없었다.

여름에는 샛노란 꽃들이 물결치고, 탁 트인 푸른 바다를 한눈에 굽어볼 수 있는 곳. 나비처럼 너울너울 꽃이 핀 들판을 뛰어다니던 그녀가 머릿속을 가득 메우고 그를 불렀다.

예감은 적중했다. 밝고 건강하고 아름답던 그녀가 가장 비참하고, 가장 불행하고, 가장 처절한 모습으로 벼랑 끝에 서 있었다.

「에스텔!」

마차에서 뛰어내린 그는 빗속을 가르며 미친 듯이 달렸다. 그녀가 위험한 생각을 하지 않기를, 용서를 빌 수 있는 기회가 마지막으로 한 번만 더 주어지기를. 필사적으로 빌었으나 하늘은 그에게 벌을 내렸다. 이미 혼이 빠져버린 에스텔은 추위로 새파랗게 질린 얼굴을 하고서 스르르 몸에서 힘을 놓았다.

「아아악!」

쫓아오던 유모가 온몸으로 고통에 찬 비명을 내질렀다. 하늘에서는 대지를 갈라버릴 듯 강력한 뇌성을 쏘아댔다. 동시에 벼랑에서 힘껏 몸을 날린 레오폴트. 일말의 주저함도 없었던 그는 공중에서 에스텔의 허리를 낚아채고 흉포하게 출렁이는 바다 속으로 빨려들었다. 그녀가 얼마나 소중한 존재인지, 자신이 얼마나 어리석은 놈이었는지 뼈저리게 느끼는 순간이었다.

레오폴트는 충격과 공포를 뚫고 죽음의 문턱에서 간신

히 에스텔을 살려낼 수 있었다. 그러나 기쁨은 잠시, 기나긴 고통은 애간장을 끊게 하는 참담한 비명과 함께 시작되었다. 바다에 빠졌던 그녀를 임시로 옮겨놓았던 외딴곳의 허름한 창고, 그 안에서 눈을 뜬 에스텔은 더 이상 과거의 순수하고 밝았던 그녀가 아니었다.

레오폴트를 보자마자 비명을 지르며 얼굴을 바닥에 묻더니 무서울 정도로 자해를 감행했다. 괴성을 지르다 뾰족한 나무로 목을 찌르고, 손목을 긋고, 벽에다 머리를 찧고. 말리고 저항하느라 그와 에스텔은 몇 날 며칠 육탄전에 버금가는 몸싸움을 치러야 했다. 그녀는 창고에서 나오는 것도, 레오폴트와 마주하는 것도 거부했다. 또 다른 소문이 파생될까 두려워 그와 유모는 사람들을 동원할 엄두조차 내지 못했다.

어느 밤, 사달이 일어났다. 두 사람이 지쳐 잠들어 있는 틈을 타 에스텔이 속치마를 벗어 목을 맨 것이다. 무서워진 레오폴트는 그녀의 숨구멍을 간신히 뚫어놓고 무작정 도움을 요청하기 위해 말을 달렸다.

누구에게로 가야 할까?

하나뿐인 누이는 부군을 따라 외국에 체류 중이었고, 보호자나 다름없는 외조부는 에스텔의 결백을 믿어줄 리 없었다. 모두에게서 사랑받는 존재였지만 위급한 상황이 생기자 레오폴트에게는 선뜻 믿을 사람도, 의지할 사람도 없었다. 정신을 차렸을 때 그는 왕궁에 도착해 말에서 내리고 있었다.

입이 무거운 사람, 믿을 수 있는 사람, 철두철미한 사람.

그런 사람을 찾다 보니 자신도 모르게 칼 프레데릭을 떠올리고 있었다. 가까이 지내지도, 그렇다고 적의를 두지도 않았던, 거의 데면데면했던 두 살 어린 사촌. 레오폴트는 그를 찾아가 다짜고짜 무릎부터 꿇었다.

「도와주십시오! 제발, 제발 도와주십시오!」

「무슨 일입니까?」

늦게까지 청국과 그 주변국에 관한 책을 읽고 있던 프레데릭은 무뚝뚝하면서도 의아하다는 얼굴로 물었다. 언제나 멋스러운 외양을 유지하던 레오폴트가 한밤중 초췌해진 몰골로 달려와 사정을 하고 있으니 이상하게 생각할 법도 하였다.

「에스텔을……, 살려주십시오.」

프레데릭은 어떠한 질문도 하지 않았다. 두 사람이 무슨 관계인지, 항간에 떠도는 지저분한 소문의 진상이 무엇인지, 왜 그를 찾아온 것인지. 그저 말없이 외출 준비를 하고는 제 사람이라 소개한 헨리크와 테오, 루카스를 데리고 그를 따라나섰다.

창고에 도착해 안으로 들어갔을 때 엉망이 된 에스텔은 무릎을 가슴 앞으로 모으고 고개를 파묻고 있었다. 바스러질 듯 말라버린 몸과 여기저기 곪고 파인 상처. 완전히 망가져버린 모습에 모두가 안타까워하였다. 긴말은 필요치 않았다. 프레데릭은 명료하게 오직 그녀의 뜻만을 물었다.

「원하는 게 무엇인가? 그대가 지금 가장 원하는 것을 말해보라.」

「……아무도 없는 곳으로 가고 싶습니다. 이 세상에서……, 완전히 사라지고 싶습니다.」

끝까지 고개를 들지 않은 그녀는 긴 침묵 끝에 스스로 세상과의 단절을 택했다.

깊은 밤, 프레데릭은 그곳에 있던 사람들을 이끌고 은밀히 왕의 숲으로 들어갔다. 모두가 놀라서 입을 다물지 못하는 가운데 조금의 망설임도 없이 비밀 방의 존재를 공개해 에스텔에게 내어주었다.

「원하는 만큼 언제까지고 이곳에서 머물러도 좋다.」

프레데릭의 선의에 에스텔은 주저 없이 그곳으로 들어갔고 의술에 뛰어난 유모만이 비밀리에 드나들며 치료에 전념했다.

이후 선왕께서 서거하시고 관련 사건을 담당하면서도 레오폴트는 마음을 잡지 못했다. 비밀의 방으로 들어간 에스텔이 그와의 만남을 완강히 거부하고 있었기 때문이다. 왕이 된 프레데릭은 보다 못해 전장으로 떠나기 전, 방황하는 레오폴트를 불러들였다.

「언제까지 그러고 계실 겁니까? 공녀는 시간이 필요합니다.」

「압니다. 허나 두렵습니다. 저렇게 평생을 어둠 속에 숨어서 죽을 때까지 나오지 않겠다 고집을 부리면 어찌합니까!」

「정녕 그것이 염려가 되신다면 공녀가 돌아올 자리를 마련해놓으셔야지요.」

레오폴트는 열일곱의 왕에게 그만 정신부터 차리라며 등짝을 세차게 얻어맞은 것 같았다.

왜 그 생각을 하지 못했던 것일까. 왜 앞을 내다보지 못하고 비효율적인 죄책감에 빠져 에스텔을 괴롭게만 하였던 것일까.

자책하는 그의 앞에 프레데릭은 장식용으로 제작된 투박한 편자 하나와 문서를 내밀었다. 행운의 상징물로 여겨져 소장용으로 작게 만들어지기도 하는 편자. 그리고 처음 보는 어느 대장간 도제의 신상 기록이었다.

「소문을 추적해 웰튼 가의 여인들이 공녀를 보았다는 폐가를 뒤져보았습니다. 헨리크가 그것을 찾아왔더군요. 보석상에서 파는 물건은 아닌 것 같아 대장간마다 조사를 해보았습니다. 외곽 지역의 대장간을 수색하던 중 그곳의 도제 하나가 직접 만들어 지니던 것이라는 증언을 확보하였습니다. 진범인지 확실치는 않으나 사건이 일어난 당일부터 그자의 소재가 불분명합니다.」

「그럼…….」

「평소 귀족 자제들의 그랜드 투어(grand tour)를 굉장히 동경했던 자라 하더군요. 사례금을 받았다면 가능성도 있겠다 싶어 출국 문서를 뒤져보니 예상대로 프랑스로 출국하였습니다. 경로가 바뀔 수는 있으나 모두가 그러하듯 최종 목적지는 로마일 것입니다.」

자신이 비탄에 잠겨 있는 사이 귀족들을 상대하며 이렇게까지 일을 진행시켜놓은 왕이 놀랍기만 하였다. 부왕을 잃고 적국의 노련한 왕들에게서 애송이라 놀림받는 작금의 상황이 결코 편할 수는 없을 것인데……. 여러 가지 생각이 들이쳐 레오폴트는 정신을 차리기 위해 마른세수를 하였다.

「이번 전쟁은 반드시 이깁니다. 불리한 상황에서 승리를 이끄는 것이니 백성들은 저를 전쟁 영웅으로 떠받들겠지요. 그래서 선택권을 드리겠습니다. 제가 없는 동안 왕궁을 지키며 백성들에게 존재감을 각인시키시겠습니까, 아니면 한낱 한량이 되어 타국을 떠돌며 그놈을 잡아오시겠습니까?」

선택하고 말고의 문제가 아니었다. 전쟁 중이라 타국으로 향하는 길은 멀고도 험하겠지만, 레오폴트는 그것이 불지옥이라 해도 헤치고 나갈 용의가 있었다. 선이 고운 아름다운 얼굴에 살벌한 미소를 드리우며 그는 전의를 불태웠다.

「저는 천성이 한량입니다.」

새빨갛게 달구어졌던 마벨의 얼굴색은 점차 푸르게 질

려갔다. 아직까지 그녀는 패배를 인정할 수 없었다. 한 번도 진 적 없던 자신이 처음부터 이길 수 없는 싸움을 하고 있었다는 게 믿어지지 않았다.

"3년 전 다 잡은 그놈을 놓치고 내가 얼마나 열을 받았는지 몰라. 이렇게 때에 맞춰 극적으로 보내주시려는 하늘의 뜻인지도 모르고 말이지. 그놈은 곧 재판에 넘겨질 거야. 진술을 할 테고, 그대도 처벌받게 되겠지. 모든 게 그대의 농간이었음이 밝혀지는 그날, 죽었던 에스텔은 부활하게 될 거야."

레오폴트에 관해서라면 에스텔은 서신을 받는 것도 거부했다. 여행을 끝내고 돌아와 혹시나 하는 마음에 메테른 부인에게 근황을 물었을 때 그에게 돌아온 대답은 '예전과 같다.'는 말이 전부였다. 여전히 밖에 나오는 걸 싫어하고, 사람과 만나는 걸 무서워한다고. 그래서 그런 줄로만 알고 있었다. 어느 날 아침, 대광장에서 근 7년 만에 그녀와 다시 마주치기 전까지는.

첫눈에 에스텔을 알아본 그는 이성을 잃고 달리다 갈림길에 이르러서야 제정신이 돌아왔다. 그녀가 아니라고 해도 멈춰야 했고, 그녀였다 해도 멈춰야 했다. 그는 죄인이었으니까. 마벨의 장난질에 넘어가 에스텔을 의심하고 죽음으로 몰아간 한 축이었으니까. 왕에게 사람을 보내 대비가 사고를 치려 한다는 사실을 알린 뒤 그는 메테른 부인에게 달려갔다.

왜 거짓말을 했냐고, 에스텔이 정말 세상으로 나오기 시작한 게 맞느냐고 따져 물었다. 이후로 레오폴트는 허름한 마차에 숨어 이따금 광장을 지난다는 에스텔을 훔쳐보곤 하였다. 다가가고 싶지만, 그녀 앞에 엎드려 잘못했다고 빌고 싶지만 아직은 기다려야 할 시간. 그렇게나마 세상으로 나와주었다는 사실에 레오폴트는 감사하기로 하였다.

"내가 정말 화가 난 게 뭔 줄 알아? 에스텔이 그 지경이 되었을 때 진실을 들어볼 생각조차 하지 않았다는 거야. 그 대가로 나는 에스텔을 살려준 전하께 스스로 내 영혼을 맡겼지. 어느 위치에 서 있어도 죽는 그날까지 전하께 충성하는 개가 되기로 다짐했어. 주인을 잘 만나서 그런가, 생각보다 기쁜 마음으로 그 역할을 즐기는 중이야."

"가, 각하……."

"전하의 약점을 잡을 수 있을 거란 꿈은 이쯤에서 접는 게 좋을 거야. 인쇄물을 찍는 거금이 누구에게서 나왔을 거라고 생각해? 그대가 맹견을 풀었다는 사실은 내가 또 어떻게 알게 되었을까?"

"설마……."

"알겠어? 한스라는 작자는 전하께서 잡아다주신 거야. 그걸 약점으로 잡아 그대를 끌어들이라고 방법까지 가르쳐주시더군. 전하께서는 노예선 사건 때부터 화가 많이 나계셨어."

마벨에게서 거친 숨이 간헐적으로 터져 나왔다. 요는,

로젠 공에게 있어 자신은 복수의 대상, 국왕은 보은의 대상이라는 소리다. 빠져나갈 구멍 없이 덫을 놓았다 뿌듯해했건만 왕은 그 덫마저 또 다른 덫으로 이용하며 자신을 장기판의 말처럼 농락하였다는 뜻이다.

하지만 어떻게?

어떻게 그는 모든 것을 세세히 알 수 있었던 것일까. 의문이 일면서도 상상을 뛰어넘을 정도로 치밀했던 왕이 징그러웠다. 끝까지 쥐고 있던 기대가 무너지고 닥쳐올 미래는 감히 생각해볼 엄두도 나지 않았다.

저도 모르게 뒷걸음질을 치고 만 마벨, 그런 그녀를 막아선 레오폴트. 그동안 벼르고 별러왔다는 얼굴을 하고서 그는 그녀에게 가해질 첫 번째 형벌을 알려주었다.

"자, 이제 대가를 치를 시간이야. 그대가 고심해서 만들었을 허구의 이미지를 뒤집어쓰고 에스텔이 겪어야 했던, 해나 양이 겪을 뻔했던 고통을 직접 느껴보도록 해. 아무리 진실을 외쳐도 누구 하나 믿어주지 않는 그 답답함과 절망감을, 똑같이 당해보지 않고서 어떻게 알 수 있겠어? ……축제는 지금부터가 진짜 시작이야."

둘만이 들릴 정도로 목소리의 톤을 조절하며 엄청난 말들을 쏟아낸 레오폴트.

무슨 말을 저렇게 소곤대는 것일까.

두 사람의 대화를 궁금해하면서도 끝까지 표정을 굳히고 침묵하는 사람들을 향해 그는 마벨의 등을 힘주어 밀었다.

힘이 조절된 악력에 의해 마벨은 서너 발 정도 앞으로 종종걸음 치듯 떠밀렸다. 숨소리도 들리지 않는, 싸한 침묵만이 감돌고 있는 연회장. 그녀에게로 꽂혀드는 시선은 수백의 사나운 칼날이 되어 닿는 곳마다 살갗을 난도질하였다. 살이 갈라지고, 뼈가 바숴지고, 내장이 갈가리 찢기는 듯한 이 고통. 두려움은 통증이 되어 마벨을 엄습했다.

평생을 안주할 거라 믿어 의심치 않았던 천국에서 영원히 추방되는 순간이었다.

14
평생의 꿈

짧은 촛불이 기세 좋게 타오르고 있는 자그마한 밀실, 그 안에 선 해나는 초상화 한 점을 뚫어지게 응시하고 있었다. 음모를 알려야 한다는 조급증도, 무서운 진실을 받아들여야 할 프레데릭에 대한 염려도 전부 사라지고 평온한 얼굴이었다.

「……가장 로맨틱한 사실이 뭔 줄 아십니까? 밀실에 마파엘이 직접 그린 여인의 초상화가 걸려 있다는 것입니다. 떠나보낸 연인을 잊지 못한 그가 요즘도 몰래 그곳으로 숨어들어 그녀의 얼굴을 하염없이 바라보다 돌아오곤 한답니다. 초상화를 태워버리지 않는 이상 마파엘은 미련을 버리지 못하고 평생 독신으로 살다 삶을 마감할 테지요.」

지나던 말로 농담처럼 던졌던 피아의 목소리만 가맣게 귓속을 울리는 가운데 정원으로 빠져나가는 쪽의 출구가 매끄럽게 열렸다. 이어서 들려온 낮익은 목소리에 전하께서 보내셨구나, 안심이 되면서도 해나는 초상화에서 눈을 떼지 못했다.

"어쩌면 이리 피해 계실 수도 있을 거라더니, 마파엘의 말이 맞았군요. 마침 모시러 가던 중이었습니다."

테오는 병사들과 짧은 대화를 나눈 뒤 문을 닫고 혼자서 안으로 들었다. 해나의 옆으로 다가와 나란히 서서 마찬가지로 초상화를 바라보며 짤막하게 진실을 입에 올렸다.

"전하의 모후가 되십니다."

"예."

"안 놀라십니까?"

덤덤한 태도를 예상치 못했는지 테오는 해나 쪽으로 고개를 비틀며 노골적으로 의아해하였다.

"전하께 친모의 존재를 들으셨나 봅니다."

"조금 전에 알았습니다. 레이튼 가의 공녀께서 충격적인 사실을 많이 알고 계시더군요."

"아, 그렇겠습니다."

"저는 이분을 따로 뵌 적이 있습니다."

"예?"

알 만하다는 얼굴로 고개를 끄덕이던 테오는 믿을 수 없다는 얼굴로 되물었다.

"직접 뵌 적이 있다는 말씀이십니까?"

"대비궁의 병사들에게 쫓기다 북쪽 숲에서 정신을 잃고 쓰러졌을 때. 사경을 헤매던 중 우연히 저분을 뵈었는데 지금까지는 천사가 내려온 꿈을 꾸었다 착각하고 있었지요. 초상화를 보고 놀라는 중이었습니다."

맑은 에메랄드빛 눈동자에 황금색의 머리카락, 미려한

용모. 강렬하고 생생해 지금까지도 머릿속에 또렷이 남아 있는 꿈속의 여인을 초상화로 마주하는 순간, 맨 아래쪽에 '매르타 알렉산드리네 G. 브레이번트'라고 적힌 이름을 보는 순간, 충격으로 조각조각 흩어졌던 사고는 그물처럼 다시 짜임새 있게 하나로 엮이며 완벽한 그림을 만들어내었다. 놀라웠고, 안도하였고, 사무치도록 아픔이 밀려들었다.

"이곳은 원래 브레이번트 가의 성이었습니다. 대비께서 브레이번트 가를 무너트리고 재산을 몰수한 뒤 레이튼 공에게 하사하신 것입니다."

"마파엘이 막스 알렘버그였고요."

"겪어봐서 아시겠지만, 소문처럼 무시무시한 살인마는 절대로 아닙니다."

"허면 데지레는 누구입니까?"

"데지레라니요?"

꿈속이라 착각했던 그 현실에서 해나는 차비 외에도 데지레를 똑똑히 보았다.

데지레가 차비마마를 모시고 있었던 것일까?

상황을 짐작지 못하고 테오가 눈썹 사이를 좁히자 해나는 자세한 설명을 곁들였다.

"회녹색 눈동자에 붉은빛이 도는 금발. 목둘레와 손등, 손목에 상처가 있습니다."

"카셀 가의 공녀를 말씀하시는 것 같은데, 그녀를 따로 만나셨던 것입니까?"

"카셀 가의 공녀……."

해나는 그제야 다른 것도 알겠다는 듯 고개를 끄덕였다.

"그녀가 살아서 전하의 모후를 모시고 계셨던 것이군요. 눈 속에서 뒤늦게야 발견된 제가 살 수 있었던 이유, 그것 또한 그분들에게 먼저 발견되어 응급 처치를 받았기 때문이었고요."

"눈 속에 쓰러져 계시는 걸 공녀의 유모가 처음으로 발견하였습니다. 다행히 그녀는 웬만한 궁의보다 의술이 뛰어난 여인이었고, 곧바로 차비마마와 공녀가 머물고 계신 곳으로 해나 님을 모셨던 것입니다."

작은 돌부리인 줄 알고 흙을 파기 시작했다 파면 팔수록 드러나는 바위의 부피에 놀라는 것처럼 해나는 테오가 들려주는 이야기에 놀라고 놀랐다. 자결을 시도한 공녀, 그녀를 살려낸 레오폴트, 그들을 보호하며 오늘을 준비해온 왕과 비밀 방의 존재까지.

그동안 무슨 일이 벌어지고 있었던 것인지…….

해나는 머릿속에 공녀가 어머니라고 소개했던 싹싹한 중년의 여인, 메테른 부인을 떠올렸다. 지금까지의 정황으로 미루어봤을 때 공녀의 유모는 그녀가 분명했다. 아마도 차비와 공녀를 뵈러 가다가 눈밭에 쓰러져 있는 자신을 발견했을 것이다.

그렇다면 대화를 나누며 무례할 정도로 꼼꼼히 뜯어봤

던 이유는 신기함이 아닌 몸 상태를 확인하기 위한 것이었던가. 해나는 그때의 상황을 이제야 제대로 이해할 수 있을 것 같았다. 피를 많이 쏟아 심각할 줄 알았던 머리의 상처가 생각보다 빨리 아물었던 이유까지도.

하지만 모든 부분에서 명쾌한 건 아니었다. 알면 알수록 다른 한편으로는 그에 따른 궁금증이 꼬리에 꼬리를 물고 이어졌다. 차비께서는 어떠한 연유로 비밀의 방으로 들어가게 되셨던 것인지. 무슨 사연이 있어 전하께서는 모후의 정인까지 보호하고 계셨던 것인지. 혹시 그 모든 게 선왕 전하의 서거와 관련이 있는 것은 아닌지.

"아직은 궁금한 게 많으실 겁니다."

초상화에 시선을 고정한 채 혼란스러움을 덜어내지 못하고 있는 해나를 테오는 십분 이해했다. 그렇지만 지금은 시간을 쪼개서 움직여야 할 때였다. 그날 밤에 관한 이야기라면 이동하는 마차에서 설명해도 무방할 것이다. 어차피 그녀에게 사정을 하려면 고단했던 주군의 삶을 완전히 공개하는 게 우선일 테니까.

"일단은 출발하시지요. 전하께서 기다리고 계십니다."

7년 전, 여름 별궁.

어둠이 세상을 뒤덮고 괴이한 적막이 별궁 전체를 휘감았다. 북풍이 강해지는 겨울밤, 열일곱의 프레데릭은 헨리크와 테오를 이끌고 차비가 유폐된 여름 별궁에 가 있었다. 사냥을 핑계로 유론을 벗어나 곧장 이곳으로 말을 달려 별궁의 정원까지 잠입해 서성서성, 오랫동안 말없이 별궁을 주시하고 있었다.

"지금 출발하지 않으시면 늦어지게 됩니다."

언제나 묵묵하게 옆자리를 지켜주던 헨리크가 시간의 흐름을 알려주었다. 진실을 알고 난 후 참고 참다 감정을 주체하지 못할 때면 한 번씩 찾아왔던 별궁. 왕비께서 숨을 거두신 곳이라 그가 특히나 애틋해한다 두 사람은 오해하고 있었다. 프레데릭은 그저 침묵을 지켰지만, 조만간 진실을 밝히고 미래를 준비할 계획이었다.

"더 계시고 싶으시면 근처에 거처를 알아보겠습니다."

"아니다. 이만 돌아가도록 하지."

정원에 우거진 아담한 나무숲 사이로 프레데릭은 별궁의 창가를 마지막으로 응시한 뒤 발길을 돌렸다. 천둥 같은 말 울음소리가 들려온 건 그때였다. 막 걸음을 떼었던 세 사람은 동시에 움직임을 멈추고 소리가 나는 곳을 돌아보았다. 여러 마리의 말들이 점점 더 가까이 다가오고 있었다.

무덤같이 고요했던 여름 별궁은 머지않아 떠들썩한 말굽 소리로 뒤덮였다. 말을 타고 온 자들은 총 네 명. 건물

앞에서 사내들이 말을 멈추자 어두웠던 별궁에 희미한 불빛이 나타났다. 그 빛을 등지고 별궁에서 뛰어나온 사람은 미켈슨 자작부인. 말에서 내리자마자 그녀에게 다가가 심각한 얼굴로 대화를 나누는 사람은 놀랍게도 부왕이었다.

"전하가 아니십니까!"

"전하께서 왜……."

두 사람의 반응에도 프레데릭은 입을 다물고 저 멀리서 벌어지고 있는 광경을 주의 깊게 살폈다. 호위 셋만 대동하고 험악한 표정으로 달려온 부왕, 무언가를 숨긴 듯 비밀스러운 눈빛을 하고 있는 자작부인, 유난히도 음산한 기운이 감도는 별궁. 불길한 예감이 드는 건 당연한 일이었다.

초조하게 시간은 흐르고 헨리크는 우선 돌아가자고 했지만, 프레데릭은 꼼짝도 할 수 없었다. 별궁으로 가 문을 두드릴 수도, 그렇다고 모르는 척 돌아갈 수도 없는 상황에서 그를 움직이게 한 건.

"아아악!"

희미하지만 분명하게 들려온 여인의 울부짖음이었다.

"왕자님!"

프레데릭은 무작정 별궁을 향해 내달렸다. 머릿속에는 어머니가 부왕께 목숨을 위협당하는 상황이 실제인 듯 그려졌다. 문이 잠겨 있어 아무렇게나 몸을 던져 창문을 깨부수고 뛰어들어야 했다. 사람의 숨결이 느껴지지 않는 내부에선 특유의 피비린내가 진동하고 있었다. 검을 움켜쥔 그는 검과 검이 부딪치며 쇳소리가 날카롭게 울리는 곳으로 흡사 맹수와도 같이 드세게 달려갔다. 누구라도 어머니께 손을 대었다면 이곳에서 숨을 쉬는 모든 것을 전부 죽여버릴 작정이었다.

그리고 보게 된 믿기지 않는 광경. 프레데릭은 숨이 멎었다.

"전하……."

부왕께서 다른 누구도 아닌 호위로 대동하고 온 자들에게 무참히 베이고 있었다. 자신의 몸으로 차비를, 프레데릭의 어머니를 끝까지 보호한 채로.

프레데릭의 등장에 멈칫하였던 암살범들은 헨리크와 테오까지 쫓아오자 검을 거두었다. 한 명은 곧장 창 아래로, 다른 한 명은 바닥에서 무언가를 만지작거리다 조금 늦게 뛰어내렸다. 이어서 상체에 피를 낭자하게 뒤집어쓴 부왕이 쓰러졌고, 그의 뒤에서 바들거리던 차비는 프레데릭과 눈이 마주치는 순간 혼절해버렸다.

"전하!"

헨리크와 테오가 암살범들을 뒤쫓자 프레데릭은 부왕에게 달려갔다.

"누구입니까? 누가 감히 이런 짓을 벌인 것입니까!"

칼 필립스, 그는 회한이 가득한 얼굴이었다. 절망에 찬 아들의 물음에도 말없이 고개를 가로저으며 창가 바닥에서 뒹굴고 있는 핑크빛 보석함을 향해 손을 뻗었다. 암살범 중 하나가 도망치기 전 만지작거리던 게 그것이었음을 깨달은 프레데릭은 보석함을 부왕께 가져다드렸다. 기운이 쇠진한 왕은 함의 옆면, 가장 아랫부분에 부착된 장식물 중 하나를 꾹 누르는 것으로 할 말을 대신했다. 남아 있는 힘은 아들에게 꼭 해줘야 할 말을 위해 사용하고 싶었다.

"프레데릭……, 차비, 차비는……."

더듬더듬 아들을 올려다보며 말을 잇던 칼 필립스, 어느 순간 폐부를 찌르는 깊은 깨달음에 처참한 빛을 띠고 물었다.

"너……. 알고……, 있었던 것이냐?"

의미심장한 아들의 표정에, 다 알고 있는 듯한 저 눈빛에, 핏발이 선 왕의 두 눈에 눈물이 넘치도록 맺혀 올랐다. 미안함, 죄책감, 절망감, 부끄러움. 잘못된 것을 바로잡고자 아등바등 애쓰고 있었건만 늦어버리고 말았구나, 후회가 들이쳐 가슴을 때렸다.

차비를 죄인으로 만들어 유폐시킨 뒤 깨달음은 서서히 찾아왔다. 어린 아들을 향한 왕비의 비상식적인 학대, 자랄수록 아들의 얼굴에서 슬쩍슬쩍 비치는 매르타의 모습, 식성, 체질. 무심한 척 눈길을 주지 않으면서도 그는 아무도 모르게 끊임없이 아들을 관찰하다 좌절감에 몸을 떨었다.

매르타를 연모한 건 아니었다. 그저 모후와 공국파가 지긋지긋해 권력의 균형을 맞추고자 귀족파에서 내세운 그녀를 안았다. 사모하는 이가 따로 있다는 고백도 무시하고. 심지어 브레이번트 가에서 잡아다준 그녀의 정인이라는 자를 북쪽 탑에 가두어놓기까지 하고서.

이기적인 계산에 몇 사람의 인생이 망가진 것인지.

차마 진실을 받아들일 수 없어 더욱더 향락에 빠져들었다. 환각이 만들어준 세상에서 엉망이 된 현실을 잊고자 몸부림을 쳐댔다. 어느 날 나이 어린 아들에게서 충격적인 말이 흘러나오기 전까지.

「……더럽습니다.」

별궁의 아이에게 내뱉기는 하였으나 누구를 겨냥한 말이었는지 그가 모를 리 없었다. 아들의 눈에 담겨 있는 혐오와 경멸은 분명 자신을 향하고 있었다.

내가 그렇게 타락해 있었나?

가만 생각해보니 어린 소녀를 순수하지 못한 의도로 데려온 건 사실이었다. 호기심에, 돈 있는 자들 중 그런 놀이를 즐기는 이들도 있다니까, 거리낌 없이 아이를 별궁으로 데려다놓았다. 시간이 날 때면 기꺼이 별궁을 찾아가 얼굴을 익히는 짓도 서슴지 않았다.

하지만 소녀가 만약 내 여식이었다면?

그는 머리부터 발끝까지 구정물을 뒤집어쓴 기분이었다. 부끄러웠다. 대비께 반항하기 위해 시작한 비행이었는데 언제부터 이리 파렴치한 행위에 무디어져버렸나, 과거를 돌아보게 되었다. 별궁으로 가는 발길을 끊고, 비밀 살롱도 폐쇄했다. 그럼에도 자신을 신뢰하지 못한 아들은 가엾은 소녀를 극한으로 몰아갔다. 아이의 옆에 왕자궁의 사람을 심어놓고 집요하게 통제하며 아프게 하였다.

안다, 아들이 일부러 그 아이를 다치게 하였던 것임을. 타락한 저로부터 소녀를 지키는 유일한 방법이 그것이라 믿고 있었던 것임을.

모든 것을 포기하고 살아온 세월이었지만 아들의 따끔한 질타에 정신이 든 그는 늦게나마 수습이라는 걸 시작했다. 가장 먼저 오랫동안 억울하게 옥살이를 해야 했던 매르타의 정인을 풀어주었다. 미안한 마음에 별궁의 소녀에게 진심 어린 사과의 선물도 준비했다. 조만간 별궁을 찾아가 차비에게도 물어볼 참이었다. 빼앗겼던 모든 것을 돌려줄 테니 선택해보라고. 당신이 원한다면 왕비의 자리도, 정인과의 새로운 인생도, 무엇이든 원하는 대로 돌려주겠다고. 결국, 이렇게 끝나버리게 될 줄도 모르고…….

돌이킬 수 없는 과거, 늦어버린 후회, 바로잡을 수 없는 깨달음이 저승으로 향하는 그의 가슴을 할퀴었다. 해결하지 못한 무거운 짐을 아들의 어깨 위로 고스란히 옮겨놓는 이 순간이 표현할 수 없을 만큼 괴로웠다.

……아마도 나는, 벌을 받고 있는 것인가 보다.

죄스러움과 안타까움에 눈도 감지 못하고 생을 마감한 아버지. 많이도 원망하였지만, 마지막에는 산더미 같은 과제를 묵묵히 받아들이며 걱정 말고 편안히 가시라 눈을 감겨드린 아들.

열일곱의 프레데릭은 쏟아지려는 눈물을 억지로 삼켰다. 이제부터 삶은 더욱 살벌해질 텐데 여기서 나약해지면 아무것도 시작할 수 없을 것 같았다. 서거하신 아버지와 정신을 차리지 못하시는 어머니. 프레데릭은 두 분을 번갈아 바라본 뒤 이를 악물고 일어나 정리를 시작했다. 처음으로 가까이서 뵙는 어머니를 자세히 들여다볼 틈도 없이 두 분을 각각 다른 방으로 모셨다.

그런 다음 다시 제자리로 돌아와 떨리는 손으로 보석함을 주워드는데 헨리크와 테오가 돌아왔다. 그들은 자작부인과 처음 보는 한 사내를 잡아다 프레데릭 앞에 무릎을 꿇렸다.

"두 명이 이곳에서 전하께 검을 겨누는 동안 다른 한 명은 자작부인이 밖에다 모아놓은 고용인들을 해한 뒤 수로로 내던지고 있었습니다. 말을 타고 빠르게 사라지는 바람에 놓쳐버리고 말았는데 중간에 비명이 울려 달려가보니 수풀 속에서 이 두 사람이 몸싸움을 벌이던 중이었습니다. 이야기를 종합해보면, 자작부인이 암살범들과 별궁을 떠나던 중 서자가 달리는 말 앞으로 뛰어든 것 같습니다. 암살범들은 이미 달아난 상태라 더는 뒤쫓지 못하였습니다.

송구합니다."

헨리크의 간략한 설명에 프레데릭은 두 사람을 내려다보았다. 말에서 떨어졌다던 자작부인은 다리를 심하게 다쳤는지 앉아 있는 자세가 이상했다. 그 옆에 있는 사내도 물리적인 충돌을 겪은 듯 깨진 이마에서 피가 흐르고 있었다. 차림새를 보아하니 별궁의 하인도, 암살범들과 한패거리도 아닌 듯했다.

"너는 누구이냐?"

빤히 내려다보던 왕자의 질문에 사내는 짠한 슬픔을 안고 답했다.

"막스…… 알렘버그라 하옵니다."

왕궁, 국왕의 집무실.

과거를 회상하며 착잡해하던 프레데릭은 책상의 맨 아래 서랍을 향해 손을 뻗었다. 7년 가까이 잠겨 있던 그곳을 열자 내용물을 잃어버린 자그마한 핑크빛 보석함이 화려한 자태를 드러냈다.

부왕께서 돌아가시며 알려주셨던 비밀문서를 살펴보고 잡혀 온 자작부인을 문초해보니 사건의 대략적인 개요를 알 수 있었다. 공국에서 실질적인 대공이 되어 대비 몰래 그곳의 국정을 농단해온 레이튼 공. 오직 그만을 대공이라 믿고 따르던 공국의 귀족들. 술과 약을 끊은 선왕께서 이를 눈치 채고 조금씩 증거를 모으기 시작하시자 레이튼 공과 공국의 귀족들은 감히 암살을 도모하기로 하였다.

그날 아침, 디아나 백작부인은 대비께서 차비를 은밀히 죽이려 하신다는 거짓 정보를 선왕께 흘렸다. 차비를 향한 그의 심경 변화를 정확히 읽고 있던 레이튼 공의 계략이었다. 한창 죄책감에 시달리던 선왕은 그들의 예상대로 해가 지자마자 차비를 구하기 위해 착실하게 덫으로 달려들었다. 호위가 레이튼 공의 사람으로 교체되어 있는지도 모르고. 그를 죽인 뒤 모든 죄를 차비에게 덮어씌우려는 음모가 도사리고 있는지도 모르고.

"나가보셔야 할 시간입니다."

예나 지금이나 한결같이 곁을 지키고 있는 헨리크가 생각에 잠겨 있는 그에게 할 일을 일깨웠다.

프레데릭은 시간을 확인하고 고개를 끄덕였다. 처형장에서 굳이 집무실로 돌아와야 했던 이유는 하나밖에 없었다.

"대비께서 돌아오시면 무턱대고 집무실로 밀고 들어오려 하실 것이다. 억지로 막을 필요는 없다."

"예, 전하."

레이튼 공과 공국의 귀족들은 일이 터지자마자 하나로 뭉쳐 모든 증거를 없애고 대비의 등 뒤로 몸을 숨겼다. 본인이 이름뿐인 대공으로 전락한 사실도 모르고 아들과 손자보다 공국의 귀족들을 더 믿었던 대비. 그녀는 아들을 죽인 배은망덕한 자들을 치마폭에 감싸고 오히려 프레데릭을 경계하며 차비를 죽이라 으르렁거렸다.

문초를 통한 자작부인의 증언만으로 그들을 전부 옭아맬 수 없을 거라는 건 불 보듯 뻔했다. 프레데릭은 때를 기다리기로 하였다. 시간을 두어 차근차근 증거를 모으다 기회가 왔을 때 한꺼번에 뒤엎어버리자, 오랜 시간 벼르고 별러왔다.

이제 대비께서도 사건의 경위를 정확하게 아셔야 할 시간. 깨끗하게 정리된 책상 위로 덩그러니 보석함 하나만을 남겨놓은 프레데릭은 빠르게 집무실을 나섰다.

마차가 규칙적인 리듬을 타고 흔들릴 때마다 해나는 속이 메스껍다가, 눈물이 핑 돌다가, 펑펑 울어버리고 싶었다.

「그들과 나는 다르다. 내가 필요한 건 왕이라는 껍데기가 아닌 완전한 힘이니까.」

「왕이 되기 위해 살아온 나다. 혹시라는 건 없어.」

곰곰이 돌이켜보면 그의 말 한 마디 한 마디엔 굴곡진 인생이, 말 못 할 아픔이, 깊은 수심이 배어 있었다. 누가 봐도 완벽한 권력을 쥐고 있으면서도 늘 긴장해 있고, 어딘가 초조해 보였던 사람. 치열했던 그의 삶이 애잔해 자꾸만 눈물이 차올랐다.

"차비께서는 그럼……."

테오가 보고 있는 앞에서 정말로 울어버리기라도 할까 봐 해나는 서둘러 다음 질문을 이었다.

"혼절하신 뒤 깨어나지 못하셨던 겁니까?"

"이미 오래전부터 자작부인은 그분의 음식에 조금씩 독을 넣고 있었습니다. 그대로 서거하실 수도 있다, 공녀의 유모가 고개를 내저을 정도였으니까요."

"그런 상태에서 살아나신 거군요."

"다행히 가까운 곳에서 그분을 살릴 수 귀한 약재가 자라고 있었습니다."

당시 메테른 부인은 카이란밖에 해결책이 없다며 크게 한숨을 내쉬었다. 그 귀한 약재를 어디에서 대량으로, 또 꾸준히 조달할 수 있겠냐며 면목이 없다고 고개를 숙였다. 프레데릭은 그런 메테른 부인을 북쪽 숲에 있는 카이란의 군락지로 데려갔다. 이 정도면 살릴 수 있겠느냐고, 더 열심히 가꿔볼 테니 어머니를 살려달라고, 왕은 한낱 의원이자 유모인 그녀에게 사정을 하였다.

카이란을 가까이서 공급받을 수 있고 비밀리에 거주할 수 있는 곳, 차비는 자연히 비밀의 방으로 옮겨지게 되었다. 세상과 단절하고 살았던 에스텔도 차비의 이야기를 전해 듣고 시녀가 되어 모시겠다 자원을 해줬다. 프레데릭은 깨어나지 못하는 어머니를 마지막으로 뵌 뒤 지하 감옥의 훈련방을 완전히 폐쇄했다. 부왕의 서거로 왕위에 오르자 그를 향한 레이튼 공의 감시가 철저해진 탓이었다. 혹시나 감시자에게 발각돼 비밀이 새어나갈까, 왕의 숲을 이용해 찾아가지도 않았다.

막스 알렘버그 또한 마파엘 페레스라는 새로운 사람으로 완벽하게 탈바꿈시킨 뒤 자신의 보호 아래에 두었다. 그의 인상착의를 아는 자들은 변방으로 쫓겨난 브레이번트 가의 사람들과 몇몇 귀족밖에 없었다. 왕은 그의 머리를 염색시키고, 스타일을 바꾸게 하고, 왕궁의 후미진 곳에 방을 내준 뒤 그를 해나의 가정교사로 고용함으로써 왕궁에 기거할 수 있는 구실을 만들어주었다.

오늘 이루어낸 왕의 승리는 앞을 내다보는 탁월한 식견으로 빚어진 게 아니었다. 참고 견디며 오랫동안 준비해온 인고의 세월이 정직한 결과를 만들어내었던 것이다.

그는 어머니가 혼수상태에서 깨어나신 것도, 하루하루 건강을 되찾고 계시다는 것도 전부 보고를 통해서만 접했다. 심지어 비밀의 방에서 응급 처치를 받았던 해나를 데려올 때에도 혹시 몰라 루카스를 보내 숲의 중간지점까지 업고 나오도록 하였다.

당장에 달려가 어머니를 뵙고 싶을 때마다 레이튼 공의 주변을 꼼꼼히 살피는 것으로 대신하며 처절하게 다짐도 하였다.

……어머니께서 건강을 회복하여 평범한 삶을 되찾으시는 날, 죄인들을 모조리 잡아들여 반드시 대가를 치르게

하리라.

그 마음이 오죽하였을까. 해나는 가슴이 먹먹했다.

"오늘은 마파엘이 여행을 떠나는 날입니다. 차비께서도 함께 가시는 것입니까?"

"지금쯤이면 차비께서는 오래전 서거하신 것으로 발표가 났을 겁니다. 전하께서는 그분이 왕궁을 벗어나 오랜 정인과 평범한 삶을 찾기를 바라고 계십니다. 하여 저 또한, 해나 님께 두 가지 간곡한 부탁을 드리고자 합니다."

물기를 머금어 선명한 빛을 발하는 새까만 눈동자가 침착하게 테오를 주시했다.

슬며시 눈길을 피한 그는 무엇이 불안한지 손바닥을 쥐었다 폈다. 숨을 크게 들이쉬고는 다시 내뱉기도 하였다. 그의 어수선한 동작은 불안감으로 뒤바뀌어 해나의 가슴을 짓눌렀다.

아무 말도 하지 말아주세요. 지금은 그의 아픔을 느끼는 것만으로도 충분히 힘들고 가슴이 아픕니다.

애원이라도 해보고 싶었지만 해나는 끝내 입을 열지 못하고 테오를 응시했다.

"전하께서는 차비마마께서 깨어나신 모습을 한 번도 뵙지 못하셨습니다. 이번에도 역시 다음을 기약하며 떠나시는 모습을 멀리서만 지켜보실 계획입니다. 힘드실 것이니 해나 님께서 함께 지켜봐주십시오."

"다른 하나는 무엇입니까?"

"이제부터 전하의 앞길은 탄탄대로일 것입니다. 공국파는 완전히 정리가 될 것이고, 대비께서도 그 지위만 유지한 채 왕국 내 모든 권력을 내려놓게 되실 겁니다. 알리시아 가를 위시한 몇몇 가문 또한 쇠락의 길로 접어들 것이니 귀족파 역시 입지가 좁아지는 건 당연한 수순입니다."

처음부터 왕은 지금의 자리에 미련이 없었다. 왕실을 얼마나 지긋지긋해하는지 누구보다 테오 자신이 잘 알고 있었다. 그나마 지금까지 견디며 굳세게 왕좌를 다진 건 모후를 구해야 한다는 일념 하나 때문이었다.

차비께서 건강을 되찾고 자유를 얻어 떠나신 지금, 테오는 왕의 생각을 들여다보기가 무서웠다. 그가 아는 주군이라면 틀림없이 모두를 놀라게 하고도 남을 남한 계획을 세우셨을 것이다.

잡아야 한다. 왕께서 자리를 버리고 엉뚱한 일을 벌이시기 전에 테오는 어떡해서라도 그분을 제자리에 눌러 앉히고 싶었다.

"그분은 강하십니다. 이대로 연륜이 쌓이면 다방면으로 뛰어난 군주가 되실 것이고, 무엇보다 이 나라에는 그분이 절대적으로 필요합니다. 이제 전하께는 약점이 없습니다. 약점을 만들어서도 안 됩니다. 도와주십시오, 전하께서 자격을 갖춘 완벽한 왕비를 들이고 존경받는 왕으로 거듭나실 수 있도록……, 해나 님께서 현실을 받아들여주시기 바랍니다."

해나 앞에 죄인처럼 고개를 숙인 그는 미안하다면서도 현실적인 말을 멈추지 않았다. 숨겨진 여인으로 산다 해도 얼마나 갈 것 같으냐고, 혹시 아기님이라도 태어나게 되면 계승권 전쟁에 휘말리지 않는다, 어떻게 장담할 거냐고. 연정으로 극복할 수 있는 한계점은 분명히 존재하고, 두 분이 지치는 순간 해나는 그의 치명적인 약점이자 오점이 되어버릴 뿐이라고.

테오는 서슴없이 아픈 말을 내뱉어 해나의 가슴을 후벼 팠다. 프레데릭의 손을 잡은 지 얼마나 되었다고. 이제 막 대위기를 벗어나 그에게로 향하는 중이었는데. 뜨거운 거라도 삼킨 듯 목 전체가 홧홧하게 열이 올랐다.

"무례하십니다."

"해나 님."

"목표를 가지고 긴 세월을 견뎌오신 전하께서 어찌하여 저에 관한 일에만 쉽게 지치실 거라 단언하는 겁니까?"

"이럴 수밖에 없음을 이해하여주십시오."

"……세기의 전술론, 제5장. 전쟁에서의 일곱 가지 패배의 이유."

어떠한 비난이든 받아들이자, 마음을 굳게 먹고 있던 테오가 눈이 휘둥그레져 해나를 보았다. 무슨 말을 하려는지 감이 잡히지 않아 조금은 뜬금없다는 표정이었다.

"그중 세 번째, 소통의 오류. 고대 북부에 세워졌던 바데나우는 땅덩이가 큰 대제국이었지만 지역색이 강하였습니다. 지역마다 고유의 방언이 극히 달라 전쟁을 치를 때마다 한데 모인 군인들은 모국어가 아닌 타국어로 소통해야 했을 정도였지요. 자연히 의사소통은 원활할 수 없었고 이는 전쟁의 패배로, 더 나아가 제국의 멸망으로까지 이어지게 되었다 들었습니다."

테오는 점점 더 모르겠다는 표정이었다.

"라인트 제국은 광활한 영토를 소유하고 있으나 지역 간의 차이가 극심해 방언이 제각각이라 배웠습니다. 특히 전역에서 각각의 사람들이 모이는 군대 같은 경우, 의사소통이 어려워 대부분의 장교는 러시아 어를 공용어로 사용하고 있다고요."

"무슨 말씀을 하고자 하십니까?"

"레이튼 가에 러시아 어로 대화하는 두 명의 라인트 제국의 군인이 있었습니다."

"……!"

"자세한 연유는 알지 못합니다. 그러나 라인트는 베르덴과 단교한 나라. 적국의 군인이 고위 귀족을 은밀히 찾아오는 게 흔한 일은 아닐 것 같아 일단 테오 님께 말씀을 드립니다. 이것으로 피차 하고 싶은 말도 전부 끝낸 것 같으니 지금부터는 조용히 입을 닫고 저를 전하께로 데려다주십시오."

두 번째 부탁에 대한 대답은 물론이고 어떠한 대화도 나누고 싶지 않다, 해나는 명확히 선을 그었다. 테오가 뜻을 무시하고 입을 떼려 하자 지체 없이 창 밖으로 고개를 돌렸다. 해가 점차 낮아지고 있는 시각, 창 위로 그녀와 테오의 얼굴이 나란히 비치어 어른거렸다. 한눈에 보기에도 이질적인, 골격부터 서로 다른 그와 자신의 외모. 잊을 만하면 어디선가 한 명씩 나타나 당신은 섞일 수 없는 이국인이다, 일깨워주는 것도 무리는 아니었다.

그래도 해나는 바꿀 수 없는 이 외모를 한탄하지 않았다. 금빛의 머리칼도, 푸른빛의 눈동자도 갖고 싶지 않았다. '아버지를 똑 닮아 볼수록 어여쁘구나!' 입버릇처럼 말씀해주시던 어머니의 기분 좋은 목소리만 또렷이 떠오를 따름이었다.

높은 곳에서 내려다보이는 해수면 위의 고깃배들은 사내아이의 장난감처럼 작고도 앙증맞았다. 그 고만고만한 크기의 배들을 헤치고 위화감이 들 만큼 거대한 규모의 범선 한 척이 넘실대는 물살에 떠밀려 멀어져가고 있다.

범선 위로 끼룩거리며 날아다니는 갈매기의 울음소리. 뱃머리에 부딪혀 하얀 포말을 쏘아대는 파도의 울림. 파생되는 자연의 소리가 괜히 서러워 누군가의 울음을 대신하고 있는 듯도 하였다.

이리 가야 하는 것이냐? 정말로 이것이 끝인 것이냐? 까마득한 오래전 몰래 한 번 안아본 것이 전부였거늘, 이름 한 번 불러보지 못하였거늘. 아가……, 언제가 돼야 너를 안고 마음껏 불러볼 수 있을까! 함께할 수 있을까!

거대한 범선은 한 많은 여인의 눈물을 싣고 손톱만큼 작아지더니 바다 위에서 금세 자취를 감췄다. 그것으로 프레데릭은 어머니와 또 한 번의 작별을 나누었다. 가까이서 한 번 뵙지도 못하고, 지금에서야 보내드려 송구하다는 사죄 한 번 올리지도 못하고.

언젠가는 뵐 수 있는 날이 오겠지.

다시 뵙는 그날까지 따뜻한 나라에서 은애하는 정인과 행복하시길…….

프레데릭이 어머니의 행복을 기원하며 쓸쓸히 돌아서는데 약 열 걸음 뒤에서 그를 지켜보고 있는 해나가 있었다. 머리부터 발끝까지 어디 하나 상한 곳 없이 온전한 모습이었다. 프레데릭은 한 움큼 베여나간 가슴이 다시금 따스하게 채워지는 느낌이었다. 서두르지 않고 느긋하게 다가가 해나 앞에 마주 섰다. 조금 전 큰일을 치르고 온 사람들답지 않게, 평소 집으로 찾아오고 맞아줄 때처럼 둘은 서로를 바라보며 싱긋 웃었다.

"길었던 하루가 이렇게 끝이 나는군."

"특히나 긴 하루였습니다."

"……보고 싶었다."

그 진솔한 한마디에, 외롭고 고단했을 과거가 가여워, 잘 참아왔던 해나가 끝내 눈물을 터트렸다.

이번만큼은 프레데릭도 설움이 차올랐다. 아홉 살, 그

는 살아남기로 하였다. 조모님이 시키는 건 무엇이든 받아들여 무조건 강해지고, 무조건 왕이 되기로 결심했다. 뜻하지 않게 비밀의 방을 발견하고 상단을 사들일 만큼 거대한 부를 얻게 되었지만, 턱없이 힘든 시간이었다. 조금만 엇나가도 모든 것이 어그러질 것 같아 숨을 쉬는 것조차 조심스러웠다. 아이다운 삶도, 소년다운 삶도 그에게는 없었다.

끝을 알 수 없어 더 무섭고 답답했던 나날들. 강박에 가까울 만큼 규칙을 지키고, 가혹하게 자신을 채찍질하고, 때로는 숲으로 달려가 힘껏 숨을 고르며 하루하루를 버티듯 살았다. 그리고 한 번의 고비가 찾아왔을 때 더디게 흐르는 시간 속으로 한 아이가 걸어왔다. 정신을 잃고 어두운 밤을 유령처럼 돌아다니던 아이. 도움을 청하듯 그 아이가 간절하게 팔을 뻗어오던 날, 저도 모르게 그 손을 잡으며 프레데릭은 신께 기도했다.

여기, 내 어머니처럼 위험에 무방비로 노출된 아이가 있습니다. 이 아이, 목숨을 걸어서라도 끝까지 보호할 테니 무사히 지켜낸다면 그 노력을 가상히 여기시어 제 어머니를 살려주십시오.

어디 하나 매달릴 곳 없어 지쳐가던 그는 그런 식으로나마 마음의 안정을 찾고 싶었다. 막막했던 세월 앞, 해나를 지켜야 할 동기를 명확히 세우고 희망을 얻고 싶었다. 그래서 더욱 집착하고 끝까지 매달렸는지도 모른다.

하지만 정말 내가 이 아이를 지켜주었던 것일까?

위로가 필요했던 고단한 여정 속, 나에게 있어 단 하나의 희망이었던 아이.

사실은, 네가 있어 지금까지 흔들리지 않고 견딜 수 있었던 것인지도…….

물끄러미 해나를 바라보던 프레데릭은 두 팔을 벌려 담백하게 청했다.

“안아주겠어?”

해나는 걷잡을 수 없이 흘러나오는 눈물을 쏟으며 순순히 그의 품으로 안겨들었다.

태어나는 순간부터 이날에 이르기까지, 자신이 아닌 다른 누군가를 위한 삶을 살아야 하셨던 분. 눈을 깜박이는 잠깐의 순간조차 편안할 수 없었던 과거를 내려놓고, 이 시간 후로는 오직 당신만을 위한 삶을 살아가기를.

평범해지기를.

부디, 행복해지기를…….

해나와 프레데릭은 언덕의 정점에 서서 한참을 끌어안고 있었다. 한 사람은 위안이 되었고, 다른 한 사람은 위로를 받았다. 나란히 언덕을 내려와 마차를 세워놓고 잠시 눈도 붙였다. 뒷수습을 시작하기 전 온종일 시달렸던 프레데릭이 잠깐의 망중한을 즐기는 시간. 서로에게 몸을 기대고 느슨하게 손을 잡으니 맞닿은 체온이 더없이 따뜻했다.

짤막한 휴식 후 산적해 있는 일들을 처리하러 돌아가는 길, 프레데릭은 몇 번의 큰 숨을 밖으로 내쉬었다. 짐을 훌훌 털어버려 마음이 편하고 속이 시원했다. 해결해야 할 일들이 산더미처럼 쌓여 있지만, 정서적으로 안정되어 몸과 마음이 가뿐했다.

해나는 몇 번의 큰 숨을 속으로 삼켰다. 무거운 추가 가슴 끝에 매달려 한없이 감정을 끌어내리고 있었다. 존경받는 군왕, 완벽한 왕비, 숨겨진 여인, 아기, 계승권 전쟁. 한 사내의 여인으로 현재를 살고 있는 해나에게 이제는 꿈에서 깨어나 정치적 시각으로 미래를 준비해야 할 때임을 상기시켜준 말들. 결코 반박할 수 없었던 테오의 목소리가 어지러이 흩날려 몸과 마음을 지치게 하였다.

행복과 절망이 교차하는 공간. 해나는 프레데릭이 한시름 덜어낸 모습이 기쁘면서도 티 없이 웃을 수만도 없어 속이 상했다.

"……해나. ……해나!"

"……예."

몇 번의 부름 끝에 뒤늦게야 그의 목소리를 들은 해나. 처음부터 듣고 있었던 것처럼 태연하게 답을 했지만 부질없는 짓이었다.

"무슨 고민이라도 있는 건가?"

"아닙니다."

"아니다?"

다정했던 그의 목소리에 언짢은 기색이 더해졌다. 프레데릭은 해나가 곁에 앉아 저런 얼굴을 하고 있을 때가 싫었다. 혼자만의 생각에 빠져 그마저도 잊고 있는 느낌. 해나의 삶 속에 자신이 타인으로 분류되어 있는 것 같아 가슴이 서걱댔다.

"허면 사람이 부르는데 듣지도 못하고 무슨 생각을 그리 하였던 것이냐?"

"잠시 지난 일들을 떠올리고 있었습니다."

애가 타는 그의 속도 모르고 해나의 대답은 요점을 한참 벗어나 있었다.

"불과 작년 이맘때까지만 해도 전하를 대하는 게 극히 어렵고 조심스러웠지요. 그런데 보십시오, 지금은 이렇듯 몸을 편히 기대고 있으니 신기하다는 생각이 들었습니다."

"고작 그런 생각을 하는데 그리 심각한 얼굴을 하였다?"

"예."

"거짓말도 잘하고……, 이제 뻔뻔해지기로 하였나?"

메마른 질책이 무섭지도 않은지 해나는 보시시 웃음을 지었다. 결국 털어놓을 마음이 없는 거였다. 누구보다 치밀하고 참을 줄 아는 그이지만 해나에게만큼은 쉬이 서운함을 느꼈다.

"혹 내게 말할 필요가 없다 여기는 것이냐?"

"그렇지 않습니다."

"내가 유론으로 향했을 때, 너는 아무것도 묻지 않았지."

"후에 여쭈었던 것으로 기억합니다."

"궁금하지도 않았던 것이냐?"

"……."

"다른 여인과의 혼인 같은 건 생각해본 적도 없다. 알고는 있느냐!"

낯선 모습이었다. 때때로 무슨 말인가 하려다가도 그저 입을 다물고 고개를 돌려버리곤 하였던 그. 언제나 절제하고 억누르기만 하였던 그가 오늘따라 솔직한 감정을 여과없이 분출해내고 있었다. 한낱 이방인에 불과한 여인에게 절박한 마음을 드러내고, 알아봐주길 바라는 간절한 눈빛을 보내왔다. 더는 감정을 숨기지 않겠다는 듯, 이제 모든 것을 확실히 해두겠다는 듯.

"오늘이 무슨 날인지, 그게 우리에게 어떠한 의미인지, 너는 상상도 못 하겠지."

"좋은 날 찌푸리지 마십시오. 불과 몇 개월 전까지만 해도 전하께서 저를 싫어하시는 줄로만 알았습니다. 문득 그때의 일이 떠올랐고, 생각이 깊어졌던 것뿐입니다."

어떻게 반응해야 할까, 가만히 바라보던 해나가 흔들림없이 담담한 태도를 고집했다. 별일 아닌 듯 넘기고 싶다는 그 신호에 프레데릭은 달아오른 감정을 속으로 삭였다. 갑작스러운 상황 변화에 놀라지 않도록 조심히 다가갔어야 했는데 감정적으로 지나치고 말았음을 깨닫고 있다.

오늘은 줄줄이 엮여 있던 오랜 과제를 해결하고 시시각

각 죄어오던 목줄을 완전히 끊어버린 날이었다. 이제는 왕궁에 매여 있어야 할 이유도, 짊어져야 할 책임도 없었다. 그 끝을 알 수 없어 마음속 여인과의 미래조차 꿈꿀 수 없었던 시간은 완전한 과거가 되었다. 암담했던 시기를 벗어나 새로운 시간 속에 해나와 나란히 있으니 조금은 성급했던 것 같기도 하다.

적응할 시간을 주자. 앞으로 일어나게 될 변화를 자연스레 받아들이도록 찬찬히 분위기를 만들어가자. 오직 함께할 뿐 각자의 삶이란 없다, 다짐받게 될 그날을 위해 프레데릭은 이쯤에서 감정을 거두고 넘어가주기로 하였다.

"누군가를 마음속에 온전히 담는다는 건 진실로 행복해질 수도, 지독히 불행해질 수도 있는 일이지. 고민이 많았던 내가 너를 싫어하는 것으로 비쳤나 보군."

"그 말씀은 저를 싫어하신 게 아니라 불행하셨다는 뜻입니까?"

체념의 빛을 띠면서도 성실히 돌아오는 대답에 해나가 고개를 들어 프레데릭을 올려다보았다. 짙은 바닷빛의 눈동자가 아픈 듯, 편안한 듯 여러 개의 감정을 담아 일렁거렸다.

"지금은 어떠하십니까?"

"어떠할 것 같으냐?"

"……당신을 온전히 담을 수 있어 저는 행복합니다."

굳이 말로 듣지 않아도 그의 마음을 알 것 같았다. 그래서 해나는 대답을 끌어내기보다 한 번이라도 더 속마음을 고백하기로 하였다. 스스럼없이 그의 허리에 팔을 감았고 고개를 들어 그의 입술을 머금었다.

시작은 해나가 하였지만, 감정에 잠식당한 건 프레데릭이었다. 얌전한 움직임을 받아들이다 불안감이 열정으로 타올라 여린 몸을 옥죄어 안고 격정적인 입맞춤을 되돌려주었다. 해나를 흡수해버릴 기세로 입술을 가르고 여린 살결을 헤집으며 거침없이 물고 훑었다.

숨이 가쁘고, 신음이 터지고, 이대로 달구어져 함께 흘러내릴 것 같은데 프레데릭이 가까스로 입술을 떼고 고개를 들었다. 그는 감정에 휘말려 흔들리면서도 가라앉은 목소리로 분명하게 말했다.

"다녀와."

"……예?"

해나가 말뜻을 얼른 이해하지 못하자 그의 시선이 창 밖 어딘가로 향했다. 해나의 고개가 같이 돌아갔고 뒤이어 몸이 창가 쪽으로 완전히 틀어졌다.

이럴 수는 없었다. 저택 앞에 당도해 있는 것도 여태 모르고 있었다니!

마차는 대문을 코앞에 놔두고 갓길에 정차해 있었다. 창 너머 저만치에서 혹시나 하는 얼굴로 마차를 뚫어지게 살피고 있는 얀의 모습도 보였다.

프레데릭은 가는 허리를 뒤에서 감싸 안아 해나를 너른

품 안에 깊이 가두었다. 등 뒤에 가슴을 바짝 붙이고 윤기가 흐르는 새까만 머리 위로 입술을 묻었다.

"마차가 멈춘 것도 모르고 머리에서 열이 나도록 생각하는 행위를 사람들은 보통 고민을 한다고 말하지. 우리 사이가 가까워진 게 그토록 고민할 일이었나?"

"……송구합니다."

"사죄를 듣고자 하는 말이 아니니다. 다만 알려주고 싶은 것이다. 혼자서 고민하지 마라. 네 옆에 있는 나를 절대로 잊어서는 아니 된다."

"전하……."

"앞으로 많은 변화가 있을 것이다. 그것에 대해서는 차차 얘기하도록 하고."

프레데릭은 해나를 한 번 더 꽉 끌어안은 뒤 팔을 풀고 마차의 문을 열어주었다.

"일단 저 거슬리는 놈부터 해결해줬으면 하는데. 저자에게 할 말이 있어 아침 일찍 나왔던 것일 테지. 오늘에 한해서만 허락하는 것이다."

잔잔하게 불어오는 그의 음성이 익숙하고 듣기 좋았다. 머리칼을 간질이는 더운 숨이 설렜고, 은근하게 날아드는 그만의 체취가 뾰족해진 신경을 달래주었다. 자꾸만 의지하고, 평생을 함께하고 싶은 사내. 그를 향한 해나의 연심은 매 순간 깊어지고 있었다.

하늘 위로 붉은 노을이 여물어 있는 시각. 마차에서 눈을 떼지 못하던 얀은 그 안에서 정말로 해나가 내리자 반가움과 안도감에 눈물이 왈칵 솟구쳐 올랐다. 돌이킬 수 없을 만큼 냉랭해진 관계도 의식하지 못하고 한달음에 달려가 해나 앞에 다가가 섰다.

오랜만에 얼굴을 마주한 두 사람. 얀을 보는 해나의 얼굴에 안쓰러움이 스쳤다. 하루 종일 길에서 서성였는지 얀은 심각하게 붓고 멍이 든 얼굴이 벌겋게 얼어 있기까지 하였다.

"어쩌다 그러셨습니까?"

해나는 퉁명스럽지도, 쌀쌀맞지도 않았다. 가시가 섞이지 않은, 걱정스러움이 담긴 어조로 물었다.

"시비가 조금 있었습니다."

사연이 깊은 상처였지만, 모든 게 해결된 마당에 굳이 밝힐 필요는 없었다. 얀은 주저리주저리 늘어놓기보다 무난한 대답을 택했다.

"대비궁의 출입을 삼가고 레이튼 가에서도 완전히 나오셨다는 얘기는 한참 전에 들었습니다. 슐레이튼 가문이 대단하다고 듣기는 하였는데……, 어디서 지내고 계시는지 걱정하지 않아도 되는 거겠지요?"

"예전만큼은 아니지만 견고한 가문입니다. 성도 얻고 지위도 얻었으니 제 걱정은 마십시오."

"다행입니다."

"그래서 말인데, 저는 그만 헤젠부르크로 돌아가려 합니다."

"공국으로 말입니까?"

"예. 선친께서 벌여놓으신 일이 많아 고향으로 돌아가 그 일을 수습하며 조용히 살려 합니다."

얀은 진실로 결심을 굳힌 얼굴이었다. 뜻밖의 선택이라 놀랐던 해나는 이내 진지해진 얼굴로 얀을 보다가 천천히 입을 열었다.

이게 마지막일 것 같아서.

지금 이 순간, 이 말은 꼭 해줘야 후회가 없을 것 같아서.

"아버지의 죽음은, 우리 집안의 멸문은……, 당신 탓이 아니었습니다."

조금은 기운 없이 고개를 숙이고 있던 얀이 서서히 시선을 들어 해나를 똑바로 보았다.

"다시는 볼 수 없는 고향의 왕보다 가까이에 있었던 당신이 저를 자극했던 것 같습니다. 모든 책임을 당신에게로만 돌린 거, 사죄드리겠습니다."

"아기씨."

"당신은, 저는, 우리 부모님은 휘말린 것뿐입니다. 시간은 흘렀고 이제 저는 과거를 돌아보지 않을 생각입니다. 지금 살고 있는 이 시간에만 집중하고 싶습니다. 그러니까 이제 당신도 마음의 짐을 벗고 현재만을 사십시오."

얀에 대한 해나의 마음은 진심이었다. 이전과 같이 한 식구처럼 지낼 수는 없을 것이나 그래도 그가 세상 어딘가에서 잘 살아가기를 바란다. 무탈하고 건강했으면 좋겠다.

"편안해 보이십니다. 분명 그럴 만한 상황은 아니실 텐데 말입니다."

"마음을 인정하고 받아들이니 괜찮아졌습니다. 앞날에 대한 확신은 아무것도 없지만 그래도 저는 행복합니다. 아버지가 많이 아끼셨던 당신도, 과거를 잊고 행복해지기를 바랍니다."

"……정부인 마님의 일은 안타깝습니다. 하지만 대감마님은 아기씨 외가의 선산에 따로 모셔드렸습니다."

"그게 무슨……."

"아기씨께서 비를 맞고 쓰러지셨던 그날, 외가댁의 집사와 대감마님의 시신을 거두었습니다. 장대비가 퍼붓는 바람에 경계가 허술해져 가능한 일이었지요."

얀의 시선이 해나의 어깨 너머에서 꼼짝 않고 버티고 있는 마차로 향했다. 커튼이 슬쩍 젖혀진 창을 통해 굵직한 그림자 하나가 아른거렸다.

"안전한 그늘을 찾으신 것 같으니 저도 이쯤에서 물러나겠습니다. 건강하십시오."

얀은 고개를 숙여 인사를 올린 뒤 주저 없이 걸음을 떼었다.

혼자만의 감정에 빠져 주변을 서성이는 게 해나에게 되레 해가 될 수 있음을 오늘에야 정확히 알게 되었다. 이대로 사라져 다시는 얼씬도 않을 것이니 제발 해나가 무사히 돌아올 수 있게 도와달라고. 얀은 온종일 초조하게 발을 구르며 무턱대고 하늘을 향해 그렇게 빌었다. 그의 기도를 하늘이 들으셨는지 알 길 없으나 해나가 무사히 돌아왔으니 얀은 스스로 한 다짐을 지키기로 하였다. 자신도 모르게 미끼가 되어 해나에게 해를 미쳤다는 건 그에게도 극복할 수 없는 마음의 상처였으니.

"얀!"

미안함과 착잡함에 발걸음마저 무거워지는데 꿈같은 목소리가 그의 불안한 두 발을 멈추게 하였다. 저렇게 이름을 불러준 게 몇 년 만의 일인지. 얀이 놀라서 돌아보자 해나가 한달음에 달려와 그의 앞으로 가까이 섰다. 눈물은 그렁그렁, 추위에 코끝도 붉어져 있었다.

"고마워, 얀. 아버지 일……, 정말 고마워."

얀의 눈가에 진한 감동이 맺혔다. 마지막에라도 다시 예전으로 돌아갈 수 있었으니 이 얼마나 다행한 일인지. 행복하고도 아쉬운 미소가 그의 입술 끝에 걸렸다. 혹시라도 세세한 사정을 알려주면 이 소녀와 계속 예전처럼 지낼 수 있지 않을까 욕심도 생겼다.

세월이 흘러 완숙한 여인으로 성장했지만 얀에게 있어 해나는 귀한 음식을 몰래 가져다주던 일곱 살 어린아이에 머물러 있었다. 할 수만 있다면 이대로 시간을 거슬러 그 때의 그 시절로 돌아가고 싶었다. 아버지란 존재를 동경하게 만들어주었던 대감과 자애로웠던 정부인, 저를 큰 오라버니처럼 따라주었던 아기씨, 주인을 닮아 정 많고 친절했던 하인들. 모두가 제자리를 지키고 있던 병판댁 이양인의 시절이 그립다.

그러나 충동적으로 일었던 욕심을 꿋꿋이 접으며 얀은 다시 발길을 돌렸다. 해나가 이곳에서 자리를 잘 잡았으니 그것으로 된 것이었다. 이 시점에서 그가 할 수 있는 건 단 하나, 아버지처럼 따랐던 대감의 유지를 받들어 지금까지와 같이 입을 다물고 조용히 떠나가는 것이었다.

계집아이의 댕기 머리가 환영이 되어 허공 위로 나풀나풀, 얀의 눈물샘을 자극했다.

관록이 붙어 능수능란한 대원로들조차 언제나 숨을 죽이며 조용히 문을 여닫게 되는 곳. 권위와 위엄의 상징인 왕의 집무실이 쾅, 함부로 열리며 쩌렁쩌렁한 목소리에 점령당했다.

"다음은 누구 차례입니까? 이 할미입니까!"

전하께서는 외부에 계시다는 시종의 말을 무시하고 대비가 안으로 들이닥쳤다. 당연히 핑계를 대는 거라고 생각했다. 궁 안팎을 이렇게까지 뒤집어놓고서 설마하니 밖으로 쏘다니고 있을까. 시종의 보고를 귓등으로 들었던 대비는 실제로 비어 있는 실내를 보자 분기가 더욱 치솟아 눈살이 꼿꼿하게 올랐다.

과거, 손자를 받아들이는 게 쉽지만은 않았다. 순수한 공국의 핏줄을 원했던 그녀 앞에 어느 날 떨어졌던 불가피한 선택. 후에 아들 대신 손자를 택하면서도 의심을 지우지 못하고 모든 것을 걸 만한 아이인지 끝까지 점검했다.

엄히 다스리고, 매섭게 다그치고, 극한으로 밀어 넣었다. 신기하게도 혹독하게 굴면 굴수록 더 이를 악물고 따라오던 아이. 물건이 태어났구나. 내심 뿌듯해하며 마음을 열고 모든 것을 내어주었건만 속으로는 적의를 품고 그리도 악착같이 굴었던 것이라니. 배신감에 속이 뒤집히고 세상이 핑핑 돌았다.

"기운을 차리신 지 얼마 되지 않으셨습니다. 일단 돌아가서 쉬시는 게 어떠하시겠습니까?"

"내 방금 대비궁에서 이리로 온 것이거늘, 어디를 또 가라 하는 것이냐!"

대비의 건강이 염려되었던 40대 중반의 시녀는 돌아오는 포악한 반응에 냉큼 고개를 숙였다. 대비궁의 시녀들이 줄줄이 끌려간 뒤 생각지도 않게 갑자기 대비를 모시게 된 시녀. 오늘만 해도 벌써 여러 번 정신을 놓으셨다는데 이대로 또 쓰러지시면 어떡하나 순진한 마음에 좌불안석이었다. 실상 그것은 레이튼 공을 빼돌리기 위한 대비의 수작이었음을 꿈에도 알지 못하고.

당시 대비는 셈이 빨랐다. 실신한 백작부인과 최측근 시녀들을 내어주고 레이튼 공을 살리자, 왕의 군사들이 밀려드는 순간 실리적 선택을 하였다. 레이튼이 밖에 있어야만 위기를 모면하고 모두를 살릴 수 있다 판단했던 것이다. 사지를 늘어트리며 레이튼 공에게 몸을 기댔고 다른 누구도 그에게 손대지 못하도록 악을 써댔다. 공작은 죄인이었으나 자신은 엄연한 왕실 최고의 어른이었으니 감히 건드리지 못할 거란 계산이 서 있었다.

자작부인의 처형을 마무리 중이던 헨리크를 대신해 죄인을 체포하러 왔던 부대장, 그는 예상대로 움찔하였다. 대비가 조금 더 늘어지는 시늉을 하며 앓는 소리를 내자 일단 궁으로 옮기시라며 길을 터주었다. 왕궁으로 들어서자마자 체포할 심산으로 그들이 바짝 따라붙었지만, 중간에서 레이튼 공을 빼돌리는 건 어렵지 않았다.

지금부터 프레데릭과는 조모와 손자가 아닌, 헤젠부르크의 대공과 베르덴의 국왕으로서 대적해야 할 때였다. 왕궁에 손발이 묶이게 될 자신을 대신해 공국으로 몸을 피해 귀족들과 대비책을 마련하라, 대비는 특명까지 내리며 레이튼의 탈주를 도왔다. 이후 부대장이 쫓아와 추궁을 해대자 한바탕 쓰러지는 척 아랫사람들의 혼을 쏙 빼놓았다.

그 난리를 쳐놓고 대비는 부대장이 물러간 뒤 목에 핏대를 세우며 손자의 집무실로 난입했다. 쫓아 들어온 왕의 시종들을 향해 두 눈을 희번덕거리며 목소리를 높였다.

"전하께서 궁을 비우셨으나 행선지는 아는 바가 없다? 요는, 전하께서 나를 따돌리라 명했고, 너희들은 그 명을 개처럼 따르고 있다, 그 말이로구나!"

"고정하시옵소서. 전하께서는 결단코 그런 말씀을 하지 않으셨사옵니다. 다만 급한 볼일이 있다 하시며……."

"시끄럽다! 나는 오늘 이 방에서 끝장을 볼 예정이니 내 뒤통수를 치고 즐거워하고 계실 전하께 가서 아뢰도록 하여라. 할미를 죽인 패륜아로 후세에 길이길이 기록되고 싶지 않으면 비겁하게 굴지 말고 당장에 달려와 내 앞에 서야 하실 것이라고."

대비는 걸음을 옮겨 소파로 향하면서도 분풀이를 하듯 마구 신경질을 부렸다.

"미친 것들. 무능한 것들! 전하께서 엇나가시면 곁에서 충언하고 올바르게 보필하라 붙여놓았거늘, 생각 없이 기생하며 할 일, 못 할 일 구분도 하지 못하고 있다니. 내 이번 일이 마무리되는 대로 하등 쓸모없는 너희 놈들 모가지부터 잘라버릴 것이다!"

짜증은 터트리면 터트릴수록 곱절로 부풀어 증폭되었다. 말은 할수록 사납게 변해갔고, 최소한의 예의마저 지우는 데 거리낌이 없어졌다.

씩씩거리며 소파까지 걸어온 대비는 꼿꼿하게 허리를 펴고 자리에 앉으려던 찰나 주춤하였다. 살짝 구부렸던 무릎이 다시 펴지고 크게 확장된 두 눈은 한 곳으로 쏠렸다.

저게 지금…….

이성이 아무것도 확신하지 못하고 머뭇거리는 사이 가슴은 이미 알아보고 아우성을 쳐댔다. 의식이 먼 과거로 흘렀다. 어설프게 그려진 그림 한 장이 떠오르고, 사내아이의 명랑한 웃음이 귓가를 뒤덮었다.

꿈인지 현실인지, 과거인지 현재인지, 대비는 이어지는 상황을 도통 구분할 수 없었다. 주춤주춤 몸을 움직이고 있는 것도. 널찍한 책상 한가운데에 상상 속에서만 존재했던 핑크빛 보석함이 놓여 있는 것도. 그것의 비밀 장치가 열리는 것도. 그 안에서 발견된 작은 메모를 읽다가 발작을 일으키며 정신을 잃어간 것도.

털썩.

늙은 노루가 사냥총을 맞고 쓰러졌을 때처럼 투박하고 둔탁한 소리가 아주 멀리에서 들려왔다. 대비는 숨이 쉬어지지 않아 사지를 뒤틀었다. 누군가 자신의 목을 마구 조르고 있는 듯하였다.

"대비 전하!"

"아아아악!"

대비의 시녀와 왕의 시종들이 하나같이 벌게진 얼굴로 다급하게 달려들었다.

대비가 실성한 듯 발버둥을 치며 괴성을 지르고 스스로 목을 할퀴는 모습이 오싹할 정도로 무서웠다. 그토록 아끼던 핑크빛의 다이아 목걸이를 아무렇게나 잡아당기기까지

하였다. 목걸이가 목에 팽팽히 당겨지며 대비는 숨이 끊어질 듯 얼굴이 퍼렇게 변해갔다.

"진정하십시오! 손을 놓으십시오, 대비 전하!"

갑자기 벌어진 소동에 근위병들까지 달려들어 말리는데도 대비는 눈에 핏발을 세우며 제 손에 더욱 힘을 주었다. 바닥에서 몸부림을 치며 신음하다가 투둑, 무언가 끊어지는 소리와 함께 소유자에게 사랑과 행복을 가져다준다던 핑크색의 다이아몬드가 공중으로 포물선을 그리며 튀어 올랐다. 동시에 대비의 발작도 뚝 끊기듯 멈춰버렸다.

의미가 사라져 한낱 돌덩이로 전락한 세기의 보석. 덧없는 집착. 무의미한 권력. 대비의 한평생이 무너져 내렸다.

열넷, 조피는 탄신일을 맞아 어느 백작가의 자제로부터 대공녀의 아름다움을 찬양하는 시를 선물받았다. 이성에 관한 호기심이 한창 싹트기 시작할 나이, 설레는 마음으로 시를 읽는데 기척도 없이 들이닥친 선대공께서 그것을 낚아채 조각조각 찢어버리셨다. 조피는 앞으로 손을 모으고 죄인처럼 고개를 숙였다.

열여섯, 어느 무도회에서 황제의 아들인 러시아의 대공과 황홀한 춤을 추었다. 밝게 웃고 나긋나긋 턴을 하며 즐거워하는데 부친의 매서운 눈초리가 웃음을 찢고 눈동자로 박혀들었다. 사내를 사내로 보아서는 아니 된다는, 그들은 신하가 아니면 적군, 혹은 경쟁자일 뿐이라고 야단치시는 것 같아 조피는 그 밤 더 이상의 춤 신청을 받아들이지 못했다.

열여덟, 혼인을 앞두고 칼 구스타프의 초상화를 바라보며 얼굴을 붉혔다. 준수한 외모와 선한 미소가 마음에 들었다. 며칠 후 조피는 베르덴에서 자신을 왕자비가 아닌 공국의 대사라 칭한다는 소문을 듣고 우울해하였다. 틀린 말이 아니라 더욱 아팠다. 부친께서는 그즈음 베르덴의 왕자비이기 전에 공국의 계승자임을 잊지 말아야 한다고, 공국의 이익을 왕국의 이익보다 언제나 우선시하라고 틈만 나면 조피를 압박하시던 중이었다.

열여덟의 여름, 베르덴에서 처음으로 부군이 될 왕세자 칼 구스타프와 마주 섰다. 실물이 훨씬 잘생긴 사람. 그가 부드럽게 미소를 지어 보이는데 이상하게도 조피는 그의 호의를 선뜻 받아들일 수 없었다.

과연 저 미소에 얼마큼의 진심을 담고 있을까?

선대공의 오랜 교육은 뜻하지 않은 순간 놀라운 빛을 발했다. 가장 솔직하고 가장 순수해야 할 때, 상대를 믿고 나 자신을 내맡겨야 할 때. 잠재되어 있던 정치꾼의 기질이, 아무도 믿지 못하는 최고 권력가의 기질이, 가장 가까워져야 할 사람 앞에서 강력한 힘으로 발현되었다.

그리고 지난 50여 년, 조피는 철저히 잊고 살았다. 처음에는 선대왕도 그녀에게 호의를 보인 적이 있었다는 것을. 한때는 그녀 자신도 선대왕과의 행복한 미래를 꿈꾼 적이 있었다는 것을. 기억은 그녀에게 유리하고 억울한 대로만 왜곡되었고 오랜 시간 그것이 진실인 양 고착되었다.

일흔이 넘은 조피는 오열하였다.

어디서부터 어떻게 엇나가기 시작한 것일까?

주름진 얼굴의 그녀는 선대공을 원망하였다. 한 송이의 꽃이, 순수했던 시 한 수가, 사심 없는 하룻밤의 춤이 무엇이 그리 문제였다고. 왜 그런 평범함조차 허락하지 않아 이토록 지독한 인간으로 만들었느냐 아버지를 원망하였다. 중심을 잡지 못했던 자기 자신을 원망하였고, 자존심처럼 집착했던 공국을 원망하다가,

콰광!

아직도 남 탓을 하냐는 꾸지람에 눈이 번쩍 뜨였다.

겨울비가 사정없이 몰아치는 밤이었다. 천둥소리가 요란하고 스치듯 빛을 내는 섬광이 으스스하였다.

쥐 죽은 듯 고요한 실내에 몇 개의 희미한 불빛이 아롱거렸다. 얼마나 누워 있었던 것인지, 정말로 쓰러진 게 맞았던 것인지. 막 정신이 든 대비는 손자의 집무실을 찾아갔던 게 꿈인 듯 생시인 듯 확실치가 않았다. 누구라도 부르기 위해 움직이는데 기운이 전부 소진되어 일어나 앉는 것도 힘에 겨웠다. 간신히 몸을 일으킨 대비는 줄을 당기기 위해 몸을 틀다가 그대로 움직임을 멈췄다.

침대 맡 우아한 협탁 위, 자그마한 핑크빛의 보석함이 묵

직한 존재감을 드러내며 보란 듯이 놓여 있었다. 후들후들 떨리는 손으로 보석함을 집어 확인하듯 장치를 열어보았다. 어김없이 들어 있는 메모와 아들의 필체.

후드득 굵은 눈물이 쏟아져 내렸다.

오래전 함부로 빼앗았던 어머니의 사랑과 행복을 이렇게 나마 돌려드립니다.

– Karl. P

그토록 원했던 보석을, 그토록 받고 싶어 했던 함에 넣어준 아들. 자신과의 약조를 아들이 잊지 않고 있었다는 사실에 대비는 제발 이것이 현실이기를 바랐다.

그런 아들의 마음도 모르고 그를 죽인 원수 놈에게 고맙다 인사하며 좋아했던 자신이 혐오스러워 대비는 제발 이것이 꿈이기를 바랐다.

통곡하지 않고는 견딜 수 없었다. 가슴을 치지 않으면 숨이 쉬어지지 않았다.

나는 대체 어떠한 삶을 살아왔던 것인지.

왜 그렇게밖에 살지 못하였던 것인지.

아들을 죽인 놈인지도 모르고 갖은 추태를 부리며 레이튼 공을 탈주시킨 사실이 떠올라 죽고만 싶었다. 몸을 비틀고 주먹으로 팡팡 침대를 두드렸다. 잡아야 한다. 지금이라도 손자에게 잘못을 싹싹 빌고 그놈을 잡아달라 부탁해야 한다.

감정이 격해져 한참을 울던 대비는 속이 메슥거려 헛구역질을 하다가 구토가 치밀어 올랐다. 멀건 빛의 위액이 식도를 따끔따끔 태우며 깨끗한 시트 위로 뿜어 나왔다. 강력히 몰아치는 두통에 머리가 깨질 듯 아팠으나 조피는 눈물을 펑펑 쏟으며 억지로 몸을 일으켜 세웠다.

"프, 프레…… 데릭. 할 말이……, 할 말이 있습…… 니다."

맨발로 비틀비틀, 두 손으로 머리를 쥐어뜯으면서도 프레데릭에게 가야 한다며 기어이 걸음을 떼다가 쾅! 둔기로 세차게 얻어맞은 듯 격렬한 통증이 머리에 꽂히며 바닥이 벌떡 위로 솟구쳐 올랐다.

"대비 전하!"

누군가의 느릿한 울림이 들려왔지만 조피는 눈동자의 초점을 잃어가고 있었다.

그런 일이 벌어지고 있을 거라곤 꿈에도 생각지 못했다. 내가 옳고 다른 이는 그른 줄로만 알았다. 내가 보고, 내가 믿고, 내가 판단한 것만이 세상의 진실이라 여겼는데…….

이토록 오만했던 인생에, 이토록 무지했던 자신감에, 하늘은 결국 노여워하셨다. 조피는 그저 눈을 감아버렸다.

왕실의 신임이 두터웠던 귀족들의 배신과 그로 인한 충격으로 투병 중인 대비, 차비의 억울한 누명, 그리고 쓸쓸한 죽음. 선왕의 서거와 관련해 7년 만에 밝혀진 사건의 전말로 에리카는 한바탕 몸살을 앓고 있었다.

미켈슨 전 자작부인의 처형 이후 그 여식인 디아나 백작부인 역시 반역의 죄를 물어 지하 감옥에 투옥되었다. 그녀와 함께 연행되었던 대비의 시녀 중 무죄로 풀려난 이들은 단 두 명. 나머지 다섯은 죄의 경중을 따져 각각 지하 감옥과 북쪽 탑으로 이송되었다.

그들의 배후로 지목되고 있는 레이튼 공은 가족을 버리고 홀로 에리카를 빠져나가 행방이 묘연한 상태다. 헤젠부르크 어딘가로 도망가 숨어 있다는 소문이 돌고 있지만 확인된 바는 없었다. 레이튼 가는 지위와 재산이 몰수되었고, 그 막내 여식인 마벨 아우구스타 레이튼은 과거의 악행이 소상히 밝혀져 재판대에 올랐다.

이번 소동에서 백성들은 무죄임을 밝히지도 못하고 조용히 숨어 지내다 유명을 달리한 차비를 가장 안타까워하였다. 왕실 발표에 따르면, 차비는 잠시 투옥되었다 곧바로 풀려났으나 왕궁에 잔재해 있는 반역자들을 색출해내기 위해 침묵으로 수사에 협조하였다. 마지막까지 왕족으로서의 책무를 이행했던 그녀는 교외의 별궁에서 홀로 지내다 6년 전 건강 악화로 끝내 병사, 왕실 묘지에 안장되었다. 뒤늦은 서거 발표와 함께 차비의 묘지는 일정 기간 세상에 공개되었고, 수많은 백성이 그곳을 찾아가 꽃을 바치며 고인의 명복을 빌었다.

오촌 조카와 신임하던 시녀의 배신으로 뇌에 타격을 입고 반신불수가 되었다는 대비. 그녀에 대한 동정론 역시 높아져갔다. 백성들은 나날이 악화되고 있다는 대비의 건강을 기원하였고 사건과 관련된 죄인들에게 저주를 퍼붓기도 하였다.

그밖에 카셀 영애의 한 많은 사연, 공국파의 완전한 붕괴, 알리시아 가를 선두로 한 몇몇 유서 깊은 귀족 가문의 몰락 등, 호사가들의 입방아는 조금도 쉴 틈이 없었다.

수북이 쌓여 있는 각종 서류와 쉬지 않고 펜촉을 움직이는 소리. 벌써 열흘째 왕의 집무실은 밤늦도록, 때로는 밤새도록 불이 꺼질 틈이 없었다. 프레데릭이 자리를 지키고 앉아 문서를 한 뭉치씩 처리할 때마다 세상이 뒤흔들렸다. 몇몇 가문은 처단되었고, 왕실을 위협하던 양대 계파가 무너졌으며 사실과 허구가 적절히 조합된 새로운 소문이 생성되었다.

계속되는 강행군에 피로가 철근처럼 쌓여갔지만, 프레데릭은 관자놀이를 꾹꾹 누르며 무쇠처럼 일을 처리해 나갔다. 언제나 막연하게 느껴졌던 마지막, 그 끝이 구체화되어 가까워지자 마음이 설레어 쉴 수가 없었다. 조금만 더 가면 나를 기다리고 있는, 이제는 떳떳이 잡을 수 있는 한 사람이 있는데 어찌 게으름을 부릴 수 있을까. 무조건 견디다 그녀의 고운 손을 잡는 순간, 힘들었던 시간을 뒤로하고 마음껏 느긋해질 것이다. 꿈같은 보상이 기다리고 있기에 프레데릭은 오늘도 미친 듯이 달릴 수 있었다.

"이러다간 오늘 밤도 못 주무실 겁니다."

"피곤하면 들어가 쉬십시오."

문서를 쌓아놓고 업무를 보조하던 레오폴트가 우회적으로 휴식을 권했다. 며칠을 지켜보다 처음으로 나선 일이었는데 프레데릭은 고개도 들지 않았다. 레오폴트는 질린다는 표정으로 고개를 절레절레 저었다.

"아무리 조모님이시라지만 대비 전하께 화도 안 나십니까?"

"그럴 리가요."

"그렇다면 공국을 그냥 쓸어버리십시오. 공국을 안 건드리고 배은망덕한 귀족들만 벌하시려니 해도 해도 일이 안 끝나는 것입니다. 공국의 귀족들이 전부 레이튼 공과 작당을 하였는데 어느 세월에 그들을 일일이 다 처리하려 하십니까."

"그들의 관계를 있는 대로 터트리다 보면 드러나지 말아야 할 부분도 드러나게 될 겁니다. 지금의 수위가 적당합니다. 대비궁의 몇몇 귀족들이 레이튼 공의 사주를 받아 첩자 활동을 하였고, 그로 인해 차비께서 희생되어 고초를 겪으셨다. 내용도 쉽고 전쟁의 잔재가 남아 있어 여론을 자극하기에도 그만입니다."

프레데릭은 이것이 선왕 전하께서 처음이자 마지막으로

하신 부탁이었음을 굳이 밝히지 않았다.

평생 대비의 아들로 살았을 뿐 한 번도 이 나라의 국왕인 적이 없었다며 자조하였던 부왕. 그리도 모후를 싫어하고 미워하더니 피범벅이 되어 죽어가던 마지막 순간, 그는 아들에게 어머니의 선처를 부탁했다. 앞으로 무슨 일이 벌어지든 대비 전하의 지위만은 보존하여달라고. 천륜이란 이토록 무서운 것이구나, 프레데릭은 부왕의 호소에 고개를 끄덕이며 그런 생각을 하였다.

사실 '대비 전하의 지위'가 공국의 대공 지위까지 포함하는 것인지 알 길은 없다. 하지만 프레데릭은 적어도 조모께서 살아 계실 때까지 공국을 보전하여 그분의 대공 지위를 지켜드릴 생각이었다. 어차피 없어질 공국, 마지막을 조금 미룬다고 해서 베르덴이 손해 볼 건 전혀 없었다.

이것은 조모를 위한 손자로서의 도리가 아닌 서거하신 선왕 전하의 신하로서 약조를 지켜야 하는 일. 프레데릭은 책임져야 할 범주에 대비의 일을 포함하고 감정 없이 모든 것을 마무리할 계획이었다.

"공국의 귀족들은 어떤 식으로든 깔끔하게 정리해놓겠습니다. 귀족파 역시 얼추 가지치기가 끝났으니 명단을 보시고 형님께 부담되는 자들이 있으면 이 기회에 주저앉히도록 하십시오."

"소신이 뭘 알겠습니까. 전하의 뜻대로 하십시오."

"형님의 뜻대로 하셔야 합니다."

레오폴트의 심드렁한 대꾸에 프레데릭은 고개를 들어 단호하게 응수했다. 피로감에 조금은 늘어져 있던 레오폴트가 일시적으로 긴장하는 게 느껴졌다. 짚이는 게 있지만 확실치는 않은 기색. 그는 확인하듯 질문을 던졌다.

"그래야 하는 이유라도 있습니까?"

"다 아셔야 하니까요."

"전하."

"형님께서도 그 이유를 모르지 않으십니다."

바보가 아닌 이상 레오폴트가 그 연유를 모를 리 없었다. 왕궁을 비울 때면 프레데릭은 꼬박꼬박 그를 대리인으로 내세워왔다. 가장 경계해야 할 대상에게 그렇게까지 함부로 자리를 내어줬던 건 한 가지 이유밖에 없었다. 이날을 위한 일종의 사전 작업.

정치라면 레오폴트가 더 소질이 있었다. 그는 생글생글 웃으며 귀족들의 속을 긁어댈 것이고 여타 열강들 사이에서도 절대 손해 같은 건 안 볼 사람이었다. 사교적이고, 능청스럽고, 적당히 계산적이며, 이루고자 하는 것이 있을 때에는 모든 것을 걸고 승부를 걸 줄 아는 사람. 프레데릭은 그가 있어 안심하고 훌훌 떠나갈 계획이었다.

"차라리 협상을 해오던 공주와 혼인을 하십시오."

"연극은 끝났습니다. 혼동하지 마십시오."

공주와의 혼인 선은 공국파와 귀족파의 합심을 끌어내기 위해 밑밥처럼 던져놓았던 여러 장치 중 하나에 불과했다. 공주와의 합의 하에 성공적으로 써먹었으니 더는 입에 올릴 필요도 없었다.

“자리를 지키고도 얼마든지 마음을 준 상대와 함께할 수 있습니다.”

“아내 따로 왕비 따로, 그런 짓은 안 합니다. 또한, 해나와는 상관없이 이는 제 오랜 꿈이기도 하였습니다.”

군에 막 입대했던 열셋. 프레데릭은 고된 훈련을 마치고 밤마다 쓰러지듯 침대에 누워 왕궁을 벗어나는 상상을 하였다. 삽화에서나 볼 수 있는 머나먼 곳으로 떠나는 자유여행. 어린 프레데릭은 밤마다 정처 없이 떠돌아다니는 꿈을 꾸었다. 그리고 결심했다. 어머니를 구해드린 뒤 그 역시 지긋지긋한 왕궁을 벗어나 영원히 자유로워지겠다고.

시간이 흘러 이제는 모험보다 해나와의 안정된 생활을 꿈꾸게 되었지만, 왕궁을 벗어나고 싶은 갈망은 전보다 훨씬 간절하였다. 온화한 날씨, 달콤한 낮잠, 소소한 일상이 삶의 대부분을 차지하는 생활. 조금만 싸우고, 속마음을 스스럼없이 드러내고, 아이를 둘쯤 낳았을 때 어머니를 뵈러 베네치아로 여행도 가고 싶었다.

내가 갖지 못했던 가족이라는 울타리를 내 아내와 아이들에게는 만들어줘야지.

프레데릭이 가장 이루고자 하는 꿈. 그건 최고의 권력자도, 전쟁 영웅도, 역사서에 기술될 수많은 군주 중 하나도 아닌 한 집안의 평범한 가장이었다.

"전하께서 그런 생각을 하시니 테오가 번번이 눈을 부릅뜨고 신을 경계하는 것입니다. 고정하십시오. 그 자리가 싫다고 마음대로 물러날 수 있는 자리입니까!"

"못 할 일은 아닙니다."

"그리되어서는 안 되는 일입니다. 수년간의 전쟁으로 전하께서는 이미 백성들의 뇌리에 깊이 각인되어 계십니다. 젊은 왕을 향한 경외심은 나날이 높아져가는데 어느 누가 전하의 갑작스러운 퇴위를 받아들일 수 있겠습니까. 설령 억지로 밀어붙이신다 해도 전하에 이어 왕좌에 오를 차기 국왕은 환영받지 못하는 존재가 될 겁니다. 소신이 아무리 권력을 좋아한다 한들, 그런 자리를 넙죽 받을 만큼 미련스럽지는 않습니다."

"적당한 방법을 모색 중에 있습니다. 곤란하게 해드리지 않을 것이니 알고나 계십시오."

왕의 의중은 견고해 보였고, 레오폴트는 참담한 심정이었다. 과거의 사례를 돌아보았을 때 퇴위를 희망했던 왕들은 그 바람을 실현하지 못하고 재위 기간을 꽉 채운 경우가 대부분이었다. 미리부터 질겁하여 놀랄 필요는 없다, 레오폴트는 제멋대로 결론지으면서도 마음이 가라앉질 않아 심란한 심기를 엉뚱한 곳으로 표출했다.

"테오는 요즘 무얼 하느라 코빼기도 안 보이는 것입니까? 평상시엔 잘도 날을 세우고 다니더니 정작 그래야 할 순간엔 얼굴조차 구경할 수 없다니요!"

"진정하십시오. 당분간은 형님께서만……."

프레데릭이 불안해하는 레오폴트를 다독이는데 짧은 노크와 함께 테오가 들이닥치듯 안으로 뛰어들었다. 대답을 기다리지도 않고, 무엄하다 싶을 정도로 문을 벌컥 열어젖히며.

"……무슨 일이냐?"

프레데릭은 테오의 무례함에 언짢아하기는커녕 얼마간 묵묵히 바라보다 다급하게 뛰어든 이유를 물었다.

누구보다 테오가 바빠야 할 시기였다. 그런데 그는 꼭 해야 할 일이 있으니 얼마간 자리를 비우게 해달라 사정을 해왔다. 자신의 역할을 잘 알고 있는 테오가 그렇게 나올 땐 분명 다른 중요한 일이 터졌다는 뜻이었다. 프레데릭은 군말 없이 그의 부탁을 수용했고 자신의 업무 분량을 배로 늘려 오늘까지 달려왔다. 아마도 테오는 비밀리에 알아보아야 했던 지난 며칠간의 결과물을 가져왔을 것이다.

"얼굴을 보아하니 별일이 터진 게로군."

"확인된 사실부터 보고를 올리겠습니다."

테오는 숨을 가라앉힌 뒤 차분하게 설명을 시작했고, 프레데릭은 말없이 그가 가져온 정보를 듣기만 하였다. 오랫동안 겪어왔던 일이라 평소라면 딱히 놀랍지도, 수선 떨 일도 아니었다. 하지만 지금은 속이 답답하고 가슴이 죄어들었다. 분명 끝까지 열심히 뛰어왔는데, 손 내밀면 닿을 곳에 해나가 웃으며 서 있었는데, 테오가 입을 열면 열수록 점점 더 멀어져 시야에서 흐릿하게 사라지고 있었다.

여기서 또 얼마나 달려야 하는 것일까.

쌓여 있던 피로가 와르르 무너져 프레데릭은 지하 끝까지 추락하는 기분이었다.

니클라스는 쏟아지는 주먹세례에 반항을 포기하고 최대한 피해를 줄이기 위해 몸을 웅송그렸다. 어둠 속에서 무자비하게 꽂혀드는 발길질은 그가 유서 깊은 가문의 장손이라는 사실도 상관없는 듯했다.

혼자서 다수를 상대할 수 없어 일방적으로 당하고는 있지만, 회까닥 돌아버릴 지경이었다. 천박한 것들의 발아래서 신음을 내지르는 처지가 미치도록 모멸스러웠다. 그러면서도 한편으로는 보복도 못 하고 이대로 죽어버릴까 두렵기도 하였다. 가문의 명예를 걸고 무자비한 응징을 하려면 우선은 목숨부터 보전해야만 한다. 니클라스는 머리를 감싸고 상체를 더욱 구부려 생존을 위한 몸부림을 쳐댔다.

"뭐야? 이 두 새끼는 왜 이래? 설마 죽은 건 아니겠지?"

"보면 몰라? 당하초에 절어 있는 거잖아."

"……에잇!"

이곳으로 끌려오기 전 다량의 당하초를 흡입한 두 친우는 혼절한 것인지 맞으면서도 움직임이 없었다. 잠깐 주춤

하였던 이들은 악에 받쳐 또다시 폭력을 휘둘렀다. 무지막지한 폭력 아래 에리카의 소식에 신경이 곤두서 지난 며칠 당하초를 멀리한 니클라스만이 몸을 퍼덕거렸다.

로젠 공과 레이튼 공녀의 약혼 발표 이후 모든 일은 빠르게 진행될 예정이었다. 시간상 두 사람의 약혼은 벌써 한참 전에 공식화되었을 것이니 지금쯤 구체적인 계획이 확실하게 세워져 있어야 했다. 마음의 준비를 하라, 본가에서 기별이 올 만도 한데 예상한 시일이 지나도 감감무소식이었다. 초조한 마음에 니클라스는 대대장의 명을 무시하고 마음대로 숙소에 처박혀 있었다. 아프다고 핑계를 대는 것도 귀찮았다.

그러기를 며칠, 오늘도 소식이 없어 답답해하는데 해 질 무렵 느닷없이 중대장이 병사들을 이끌고 들이닥쳤다. 명령 불복종과 금수 품목 밀반입이라는 같잖은 죄목을 읊으며 그들을 현행범으로 체포했다. 당하초를 증거품으로 압수하기에 니클라스는 길길이 날뛰었지만, 중대장은 셋을 가건물의 창고로 끌고 가 한꺼번에 밀어 넣었다. 대대장의 말을 귓등으로 흘려버린 게 어제오늘 일도 아닌데. 늘 연기가 차도록 당하초를 피워댔고, 보란 듯이 수입산 보드카를 들여와 마셔댔는데.

뻔히 알면서도 감히 단속하지 못했던 중대장이 난데없이 나타나 상관 노릇을 하는 게 기도 안 찼다. 수적으로 열세해 끌려오긴 하였으나 평소대로 욕설을 퍼부으며 소리를 질렀다. 가만두지 않겠다고, 대대장을 잘라버리겠다고 있는 대로 고함을 지르자 이번에는 여러 명이 우르르 몰려와 닥치는 대로 발길질을 해댔다.

"미친 새끼들. 내가 이 새끼들한테 당해온 걸 생각하면!"

"귀족이면 다야? 쓰레기 같은 것들!"

"죽어. 죽어. 죽어!"

어둠을 방패 삼아 마구잡이로 폭력을 자행하는 이들은 지난날 밤마다 불려가 그들에게 괴롭힘을 당해온 병사들이었다. 왜소하고 신분이 천하다는 이유로 갖은 굴욕을 당하며 정신적, 육체적 학대를 받아온 이들.

집요하고 부당하게 저질렀던 만행을 똑같은 폭력으로 돌려받으며 니클라스는 서서히 감각이 무디어져갔다. 차츰 눈꺼풀이 내려앉는데 저만치 병사들의 다리 사이에서 써늘한 표정을 짓고 있는 병사 하나가 눈에 띄었다. 니클라스가 구타당하는 모습을 바라보며 불빛 아래서 싸하게 웃고 있는 취사병 모리츠. 직접적인 위해를 가하는 병사들보다 말없이 지켜보고 있는 그의 표정이 어쩐지 더 소름 끼쳤다.

정신을 잃고 얼마나 널브러져 있었는지 감도 잡히지 않았다. 뼈가 가루로 빻인 듯 생전 겪어보지 못한 통증에 신음을 내는 것조차 힘이 들었다. 정신과 육체가 분리되어 무의식을 떠돌던 니클라스는 어디선가 들려오는 두런거림에 신경이 집중되고 몸이 퍼들퍼들 떨려 왔다.

저게 다 무슨 소리란 말인가. 에리카에 한바탕 폭풍이 휩쓸고 간 가운데 알리시아 가문이, 두 친우의 가문이 수치스러운 비리에 휘말려 풍비박산이 나버렸다니. 경악스러운 말들에 늘어져 있던 니클라스가 두 눈을 크게 뜨고 귀를 기울였다.

"그러니까 첩자들을 잡아들이며 비리의 온상인 알리시아 가와 그 결탁 세력들까지 전부 정리한 거군요."

"증거가 확실해 추징금을 어마어마하게 매긴 거 같더라고. 궁정에서의 특권도 빼앗기고 파산까지 하였으니 말 그대로 빛 좋은 개살구, 하루아침에 이름뿐인 귀족이 되어버린 거지."

"그 정보 확실한 거 맞습니까? 이러다 저놈들의 가문이 멀쩡하게 보전되어 있으면 우리는 정말 큰일 나게 되는 겁니다."

"소식이 늦게 전해져서 그렇지 난리가 난 건 벌써 여러 날 전이라잖아. 그리고 생각해봐, 확신도 없이 중대장이 저것들 개인 숙소까지 밀고 들어갔겠어? 저놈들한테 당해 왔던 애들 불러 모은 것도 중대장이야."

니클라스는 상황이 정리되지 않아 머릿속이 어수선하였다. 모의가 발각되어 반역자로 몰린 것도 아니고, 지저분한 비리로 불명예를 떠안고 가문이 파산을 하였다니. 그렇다면 로젠 공은? 레이튼 공과의 협력은? 니클라스는 숨을 쉬는 것도 잊고 밖을 지키는 두 병사들의 대화에 모든 신체 감각을 동원했다.

"아무튼 이제 저것들은 완전히 끝난 거야. 안 그래도 타이틀만 겨우 건졌는데 손자 놈과 아들놈들이 군대에서 통행증을 훔쳐다 금수 품목을 밀반입까지 하였으니."

"통행증이요? 그 소문이 사실이었단 말입니까?"

"목격자가 있었더라고. 후환이 두려워 신고도 못 하고 대대장님 숙소를 기웃대다가 에리카에서 내려온 소식을 엿듣고 곧바로 달려들었다나 봐. 저것들이 입막음을 한답시고 그자한테 건넨 금괴랑 돈까지 전부 가져다 증거로 내밀었는데……, 세상에, 따로 감정을 해보니 금괴는 가짜였던 거지."

"와, 야비한 것들!"

"이제 상부에도 보고가 올라갔으니 곧 군사재판에 회부될 거야. 이전 같으면 가문의 힘으로 무마시켰겠지만, 이제는 어림도 없는 소리지. 안 그래도 왕실에 단단히 밉보였단 소문이 자자하던데 꼬투리를 잡으려면 반역죄를 씌울 수도 있지 않겠어? 자식 교육 잘못해서 집안까지 깨끗하게 말아먹는 거지, 뭐."

가문이 파산했다는 사실도 받아들이기 힘든데 모리츠 같은 놈한테 농락까지 당했다는 사실에 머리가 부글부글 끓었다. 니클라스는 억울한 마음에 아픈 것도 잊고 상체를 벌떡 일으켜 앉았다. 조만간 통행증에 관한 일을 그놈에게 덮어씌울 계획이긴 하였으나 입막음용으로 건넨 금괴는 분명 순금이었다.

'밀고를 하면서 진짜는 챙기고 가짜를 내밀었다? 하여간 천것들이란…….'

당하초를 사들이며 산 아래 주점 주인과 어울렸으니 가짜 금괴는 얼마든지 구할 수 있었을 것이다. 정신을 잃기 전 모리츠가 싸하게 미소 짓던 이유를 니클라스는 이제야 알 것 같았다.

분하고 원통해 몸이 바들바들 떨렸다. 모리츠를 찾아가 죽을 때까지 패버리고 싶었고, 칼 프레데릭의 사지를 갈기갈기 찢어놓고 싶었다. 애초에 오지 않아도 되었을 군대. 이국인에 미쳐 귀족의 특권도 무시하고 입대를 강요하더니 가문까지 그 지경으로 들쑤셔놓다니!

아니야!

어쩌면 저건 부풀려진 소문에 불과할 수도 있었다. 왕이 공격을 감행했다면 일정량의 출혈은 피할 수 없었을 것이나 쉽게 무너질 가문도 아니었다. 사실부터 확인해야 한다. 어떻게든 부대를 빠져나가 상황을 파악하고 사실이 아니라면 여기 이곳, 오지의 부대를 불지옥으로 만들어버릴 것이다.

허나 만에 하나 그것이 사실이라면…….

니클라스는 주먹을 불끈 쥐며 자리에서 일어났다. 어둠 속에서 짙은 바닷빛의 눈동자를 떠올리며 이를 갈았다.

반드시 죽인다.

세상 끝까지 쫓아가, 이 손으로 직접 네놈의 심장을 찢어 지옥까지 너를 끌고 갈 것이다!

칼 프레데릭의 심장에 단도를 박고 잔인하게 휘젓는 상상이 머릿속을 후끈하게 하였다. 전신을 관통하는 혈관이 삽시에 달구어져 몸을 부르르 떠는데 목숨을 건 그의 계획에 때마침 하늘도 동참해주었다. 밖에서 끝도 없이 조잘거리던 병사 둘이서 꾀를 내는 소리가 들려왔다.

"나는 이쯤에서 들어가서 쉴 테니까, 너도 한 시간쯤 자리 지키다 들어가서 눈 좀 붙여."

"저야 감사하지만, 정말 그래도 되는 겁니까?"

"저 새끼들 약기운에 절어서 어차피 깨어나지도 못해. 들어가서 발 뻗고 편히 자다가 내일 중대장보다 일찍 깨서 밤새 지키고 있었던 척하면 될 거야."

상병은 날씨가 춥다고 호들갑을 떨더니 종종걸음을 치며 멀어졌다.

안에서 그들의 상황에 낱낱이 귀를 기울이고 있던 니클라스는 주위를 훑으며 생각에 돌입했다. 성이 오를 대로 올라 살갗을 찢고 오르는 육신의 통증 같은 건 돌볼 겨를도 없었다.

축 늘어져 정신을 차릴 기미도 보이지 않는 친우들. 문밖에서 홀로 보초를 서고 있는 신참 병사. 바닥을 뒹굴고 있는 몇 개의 돌덩이, 장작, 나무 상자. 빠져나갈 경로가 점차 뚜렷이 머릿속에 그려졌다.

친우의 숨이 끊어졌다는 핑계로 병사를 안으로 불러들인다. 그가 허겁지겁 들어와 친우들의 상태를 살피면 뒤에서 머리를 가격해 완전히 정신을 잃게 만든다. 병사가 혼절하면 옷을 바꿔 입고 그를 자신으로 둔갑시켜 벽 끝으로 붙여둔다. 숙소로 돌아가 챙길 만한 것을 건져 부대를 벗어나 에리카로 향한다.

순식간에 계획을 짠 니클라스는 묵직한 돌덩이를 챙겨 문가에 쪼그리고 앉았다. 지금부터 일각 후. 문 앞의 병사 외에 근처에 아무도 없다는 확신이 들었을 때, 규율을 어기고 숙소로 들어갔던 상병이 다시 돌아오지 않을 거란 확신이 들었을 때. 한바탕 재미있는 연기를 펼쳐볼 계획이었다. 적의로 가득 찬 니클라스의 두 눈이 무섭도록 번뜩이고 있었다.

15
겨울의 끝에서

추위가 마지막 힘을 발하며 세상을 온통 하얗게 뒤덮은 겨울의 끝 무렵. 겨우내 온화한 온기를 잃은 적 없었던 아담한 저택의 다이닝 룸에 해나가 말없이 앉아 있었다. 디너라 칭하기에는 한밤중으로 치닫고 있는 시각, 촛농으로 흘러내린 여러 개의 촛불은 은촛대 위에서 짤막해진 몸으로 마지막 심지를 태우고 있었다.

"해나 님, 듣고 계십니까? 전하께서는 오늘 오지 못하신답니다."

"예. 들었습니다."

테이블 위 정갈하게 세팅된 그를 위한 식기가 처량해 보였다. 손끝 하나 대지 않은 음식, 홀로 앉아 하염없이 기다리고 있는 여인, 눈치를 살피며 슬그머니 신호를 주고받는 하녀들. 한밤중에 펼쳐진 광경은 흡사 권력자의 총애를 잃은 천한 정부의 비참한 말로를 보고 있는 듯했다.

차라리 기별이라도 보내지 않으셨다면 서신을 못 받으셨나 보다 알아서 정리했을 것인데. 시간을 한참이나 넘기고 당도한 성의 없는 전언에 해나는 참아왔던 울적함이 최고조에 달했다. 여기서 더 미련을 떠는 건 하녀들을 괴롭히고 스스로를 비참하게 몰아가는 것밖에 되지 않았다. 해나는 자리에서 일어나 조용히 다이닝 룸을 빠져나갔다.

"뭐라도 드셔야지요. 간단한 거라도 데워 오겠습니다."

"괜찮습니다. 이대로 올라갈 것이니 모두들 들어가 쉬십시오."

하녀가 건넨 조심스러운 제안에 해나는 걸음을 멈추지 않고 간략히 답했다. 태연하게 말하고, 침착하게 걷고. 그러나 속으로는 멀미가 올라올 것 같았다.

그날 얀을 보내고 해나와 저택으로 들었던 프레데릭은 얼마 못 가 도착한 대비의 병환 소식에 급히 환궁하였다. 당분간 뒷수습으로 바빠질 것이나 넉넉잡아 보름이면 해결될 거라고. 더도 덜도 말고 딱 보름만 기다려달라고. 마차에 오르며 확언했던 그는 벌써 달포가 넘도록 감감무소식이었다. 그렇다고 서운해한 적은 없었다. 프레데릭이 바쁘다는 것은 누구나 다 아는 사실이었다. 해나는 묵묵히 자리를 지키며 소소한 일상을, 안부의 인사를, 그리운 마음을 서신에 담아 그에게 보냈다.

상황이 급변한 건 얼마 전, 테오가 찾아와 결단을 종용하며 급작스레 피아를 환궁시켰을 때였다.

「결정은 아직입니까?」

「아무리 그러셔도 전하와의 문제를 저 혼자 결정해 처리하진 않을 겁니다. 전하 몰래 이 나라를 도망치듯 떠나라니요. 월권행위가 위험 수위를 넘으셨음을 알고는 계십니까? 혹 피아를 떨어뜨려 저를 압박하려는 의도로 이러시는 거라면…….」

「피아의 환궁은 공적인 일이었습니다. 뒤숭숭해진 요즘, 왕궁에는 믿을 만한 사람이 하나라도 더 필요한 시점이니까요. 일전의 제안을 전하와 상의하시려는 모양인데, 마음대로 하십시오. 단, 정해진 기일까지 결정이 안 난다면 그 다음은 저의 뜻에 따라주셔야 할 겁니다.」

테오의 압박은 해나를 불안하게 하였다. 왕궁은 멀고 테오의 영향력은 무궁무진하였으니, 언제인지도 모를 그 기한이 되면 무력을 써서라도 끌어낼 것 같은 예감이 들었다. 해서 해나는 사흘 전 프레데릭에게 서신을 쓰며 헤어진 이후 처음으로 부탁이라는 것을 하였다. 바쁘신 건 잘 알지만, 긴히 상의 드릴 말씀이 있으니 단 하루만 저녁때 시간을 내어달라고.

끝내 답신 같은 건 받아보지 못하였으나 해나는 혹시나 하는 마음에 부탁하였던 날짜인 오늘, 음식을 차려놓고 그를 기다렸다. 한 시간, 두 시간, 세 시간이 흘렀다. 그동안 해나는 화가 났다가, 걱정이 되었다가, 끝도 없이 서운했다가. 마지막에는 서신이 잘못 전해진 게 아닐까 의심이 드는데 그에게서 전언이 당도했다. 여유가 없으니 다음으로 미루는 게 좋겠다는, 답신도 아닌 아주 간단한 한마디의 말로 애가 탔던 기다림을 종결시켰다.

계단을 올라 아무도 없는 2층에 도달하자 해나는 걸음에 감정을 실었다. 방으로 돌아와 곧장 책상으로 직행해 종이를 펴고 펜을 들었다. 원망, 분노, 헤아릴 수 없는 그리움을 손이 가는 대로 마구 휘갈기더니 와지직, 종이를 단번에 구겨 손안에서 뭉쳐버렸다.

아니다. 이건 그의 방법이 아니다!

그가 이렇게 무신경할 리 없었다. 적어도 해나가 아는 그분이라면……. 복잡해진 심경에 가슴을 들썩이던 해나는 우연히 눈길이 닿은 곳에서 시선을 떼지 못했다. 머릿속 생각도, 자글자글 끓어오르던 감정적 동요도 소강상태에 이르렀다.

책상 위의 끝자락, 서신 한 통이 반듯하게 놓여 있었다. 그러고 보니 아래층에서 한창 예민해져 있을 때 누군가의 서신이 왔다는 전언을 들은 것도 같았다. 물론 해나가 놀라는 이유는 단순히 서신을 받았기 때문이 아니었다. 봉투 겉면에 새겨진 낯익은 이름, 데지레. 참으로 뜻밖이었다.

'공녀께서 왜…….'

노련하게 감정을 정리한 해나는 나이프를 들어 겉봉을 뜯어보았다.

두 명의 여인이 저택의 응접실에 마주 앉아 고요히 차를 마시고 있다. 누가 주인이고 누가 손님인지 구분되지 않을 정도로 두 사람은 말이 없었다. 뜨거운 찻잔 속 옅은 노란

빛을 띠어가는 카모마일 허브차만이 은은한 사과 향을 퍼트리며 침묵의 공백을 메우고 있었다.

해나는 따스한 찻잔을 두 손에 그러쥐고 미세하게 떨고 있는 에스텔을 모르는 척 유유히 차를 마셨다.

공녀가 마멀레이드 한 병을 직접 들고 해나를 찾아온 건 약 반 시간 전의 일이었다. 서신으로 이미 약속을 잡아두었던 두 사람은 얼굴을 마주한 초반, 여느 주인과 손님처럼 평범한 모습을 연출했다. 눈을 맞추고, 서로의 안부를 묻고. 차분했던 에스텔이 자르르 몸을 떨며 고개를 숙인 건 차 시중을 들던 하녀와 두 차례 시선이 마주친 후였다. 하녀가 자리를 피해준 뒤에도 입을 다문 채 식은땀을 흘리며 머뭇머뭇. 오랫동안 망설이다 용기 내어 찾아왔을 그녀가 갈등하고 있는 듯 보였다.

버텨볼까, 이쯤에서 돌아갈까.

가만히 지켜보던 해나는 김이 나는 허브차를 공녀에게 밀어준 뒤 시선을 내리고 과묵히 찻잔을 입으로 가져갔다. 부담 갖지 마시라고. 여기까지 오셨으니 차 한 잔 같이하면 좋을 것이나 정 불편하시면 억지로 자리를 지키지 않으셔도 괜찮다고. 선택을 맡기고 침묵을 지키자 한참을 고심하던 에스텔은 불안증을 다독이며 어렵사리 다시 입술을 달싹였다.

"에스텔 아스트리드 카셀. ……제 이름입니다. 데지레는 어린 시절 불리던 아명이었지요. 특히 조부님께서 그 이름을 좋아하셨습니다."
"양쪽 다 공녀께 어울리는 이름입니다."
해나는 최대한 가벼운 반응을 보였다. 에스텔이 긴장을 풀고 말을 이어갈 수 있도록 답하기 무난할 것 같은 질문도 무심히 던져주었다.
"아직도 지하에서 지내고 계십니까?"
"아니요. 차비께서 막스 님과 떠나신 이후 전하께서 마련해주신 임시 거처에서 유모와 함께 지내고 있습니다. 봄에 부모님이 다시 에리카로 돌아오시면 카셀 가의 성으로 돌아갈 예정입니다."
"겨울이 막바지에 이르렀으니 봄은 금방일 것입니다."
다행이라는 말도, 기쁘겠다는 말도 맞지 않았다. 해나는 그저 객관적인 사실을 입에 올렸고, 그런 반응에 부담이 없었는지 에스텔은 자연스럽게 대화를 이어갔다.
"시간이 유수와도 같다는 말을 실감하는 요즘입니다. 어느덧 이렇게 흘러버리고 말았으니……."
공녀의 쓰디쓴 목소리는 비감 어린 눈동자와 맞물려 주변의 공기를 처연하게 물들였다.
"빛에 적응하고 근 6년 만에 밖으로 나왔을 때 유모가 처음으로 데려갔던 곳이 카이란의 군락지였습니다. 인적이 아예 없는, 잠깐씩 운동 겸 다녀오기에 안성맞춤이란 생각이 들었지요. 그날 숲에서 뵈었을 때 연습차 처음으로 홀로 가봤던 것이었습니다."

"그러셨군요."

"누군가 거기 있을 거라곤 생각지 못하였기에……, 너무 당황하여 멍청하게 굴고 말았습니다."

어느새 찻잔에서 손을 뗀 에스텔은 깍지 낀 손가락을 쉴 새 없이 꼼지락거리며 불안한 마음을 드러냈다. 무슨 생각을 하는지 얼굴은 어둡게 가라앉고 눈에는 붉은 실핏줄이 곤두서 올랐다.

"조금 전에도 참 바보 같았을 겁니다."

"그렇지 않습니다."

"사실 저는……, 지금도 무섭습니다."

"공녀님."

"남녀노소, 지위고하를 막론하고 세상은 저를 창녀라 손가락질하며 비웃었습니다. 가까웠던 벗과 친지들은 물론이고 집안의 하녀와 하인들, 연모했던 사람까지 저를 경멸하였습니다."

붉게 물든 두 눈동자는 잊을 수 없는 과거의 기억을 담고 아픈 눈물을 글썽였다.

숲 속 폐가에서의 아찔했던 순간 이후 웰튼 가의 여인들은 사교계 곳곳을 떠돌며 빠르게 소문을 퍼다 날랐다. 에스텔에 관한 이야기는 하룻밤 새 에리카 전역을 강타하며 사람들의 입방아에 오르내렸다.

인쇄물 속 여인이 카셀 공녀였다더라. 숲 속 폐가에서 천한 신분의 사내랑 뒹굴다 현장을 급습한 사내의 부인에게 머리채를 잡혔다더라. 그 와중에 신분을 내세우며 알몸으로 부인이랑 몸싸움을 벌였는데 몰골이 천박하기 이를 데 없었다더라.

말도 안 되는 소문은 진실이라는 거짓된 탈을 쓰고 에스텔의 영혼을 피폐하게 끌어내렸다. 시간이 갈수록 감싸주던 친지들이 등을 돌렸고 집안 하인과 하녀들의 눈초리가 이상해지기 시작했다. 방문을 걸어 잠그고 폐쇄된 공간에 홀로 처박혀 절망감에 얼마나 눈물을 흘려야 했는지. 끼니를 거르며 몇 날 며칠 눈물만 흘리다 탈수 증세가 오기까지 하였다.

어느 밤, 질식할 것 같은 갑갑증이 일었다. 숨이 제대로 쉬어지지 않아 에스텔은 한밤중에 몰래 정원으로 나갔다가 하인들의 수군거림에 충격을 받고 그 자리에 주저앉고 말았다.

「신분은 안 따지고 체격만 보시는 것 같지 않아? 그렇다면 굳이 멀리 있는 사내를 고르시지 않아도 되었을 텐데. 가까이 있는 우리가 돌아가면서 한 번씩 시중을 들어도 괜찮았잖아. 소문이 날까 걱정되어 그러셨나?」

「그러게. 우리는 처자식도 없어서 머리채를 잡힐 일도 없으셨을 텐데 말이야. 얼마나 흥미진진했을까? 홀딱 벗은 상태로 머리채를 잡고 풀숲을 막 뒹굴었다니. 내가 그 현장에 있었어야 했는데. 아깝다, 아까워!」

「여하튼 이제 잘됐어. 더 나돌 만한 소문도 없으니 앞으로 우리랑 집 안에서 당당히 즐기시면 되는 거잖아. 어때? 가서 슬그머니 문 좀 두드려볼까? 은근히 기다리고 계시는 거 아니야?」

부친의 시중을 들던 하인 셋이 지저분한 말들을 서슴없이 입에 올리며 시시덕거렸다. 도망치듯 방으로 올라와 문을 잠가버린 에스텔은 감정이 극으로 치달아 죽고 싶다는 충동을 느꼈다. 넋이 나간 얼굴로 시트를 찢어 목을 맬 매듭을 엮다가 몸을 바동거리며 펑펑 울었다.

내가 왜! 내가 무슨 잘못을 하였는데!

이대로 죽고 싶지 않았다. 믿어주시는 부모님께 죄스러웠고, 레오폴트에게 영원히 추잡한 여인으로 기억되고 싶지 않았다. 적어도 그에게만큼은 진실을 알리고 싶었다. 내가 은애한 분은 오직 당신뿐이었다고. 단 한 번도 몸과 마음을, 당신에게만 허락했던 이 입술마저도 배신한 적이 없었다고. 그를 찾아가 무릎이라도 꿇고 믿어달라 애원하고 싶었다.

뜬눈으로 밤을 지새운 에스텔은 아침 일찍 레이튼 가에 방문을 허락해달라는 내용의 서신을 보냈다. 냉철하고 소문에 휩쓸리지 않는 마벨이라면 자신의 말에 귀 기울여줄지도 모른다 생각하였다. 왕자비로 확실시되고 있는 그녀가 믿어준다면 사람들도 조금씩 진심을 보아줄 거라 마지막 희망을 품었다.

언제든 환영한다는 답장을 받고 곧장 레이튼 가로 달려

갔던 에스텔. 마벨의 유모가 안내해주는 대로 따라갔다가 참혹한 광경에 세상이 무너지는 경험을 하였다. 당연히 마벨이 혼자 있을 거라 여기며 들어간 것이었는데……. 일제히 돌아보는 수많은 시선에, 평소 친분이 두터웠기에 더 큰 상처가 되어 아프게 찔러오는 멸시의 눈초리에 에스텔은 몸을 휘청거렸다. 더욱이 그들 가운데 마주한 경멸이 섞인, 잊을 수 없는 레오폴트의 냉랭한 눈빛은 가장 치명적인 상흔이 되어 그녀를 정신적으로 무너트렸다.

「유모에게 조용한 곳으로 따로 모시라 하였는데, 약간의 혼선이 있었습니다. 카셀 공녀, 이쪽으로 오십시오.」

지금 생각해보면 유모의 실수였다던 마벨의 그 말은 진실이 아닐 가능성이 높았다. 그러나 당시에는 아무것도 생각할 수 없었다. 레오폴트의 그런 눈을 보고 말았는데. 소문의 진위 한 번 물어봐주지 않고 죄인으로 단정 짓고 있음을 알아버리고 말았는데 다른 무슨 생각을 할 수 있었을까. 그 자리에서 혀를 깨물지 않은 게 다행이었다.

아무리 노력해도 희석되지 않는 과거의 기억, 에스텔은 헤어날 수 없는 상처가 아프고 괴로웠다.

"그래도 저는 죽지 못하였습니다. 끝내 목숨을 부지했고, 또 이만큼을 버텨왔으니 앞으로도 계속 살아야 하는 게 맞는 것이겠지요. 그나마 진실이라도 밝혀져 다행으로 여겨야 하는데……, 모르겠습니다. 저는 정말 모르겠습니다."

에리카가 들썩거릴 정도로 사람들이 안타까워해준다는데 에스텔은 전혀 위로가 되지 않았다. 그리 쉽게 휩쓸릴 거면서 왜 진즉 내 말을 들어주지 않았던 거냐고 사람들을 향해 악이라도 쓰고 싶었다. 재판 때마다 몰려가 마벨에게 욕설을 퍼붓는 사람들에게 너희도 다르지 않다고, 신이 나서 수군거렸던 각자의 과거를 돌아보라고 소리치고 싶었다. 시작은 마벨이 하였겠지만 에스텔에게 세상 사람들은 전부 공모자나 다름없었다.

소리도 없이 흐르는 에스텔의 눈물이 안타까웠다. 억울함에 수없이 흘려야 했던 눈물과 새까맣게 타들어간 가슴, 무수히 능욕당해 치유될 수 없는 자존심이 해나에게도 고스란히 전달되었다. 위로하고 싶었고, 그렇기에 아무런 말도 할 수 없었다. 이 세상 어떠한 형태의 말이 있어 에스텔의 다친 마음을 달래준단 말인가. 어쩌면 공녀는 세상으로 다시 나아가기 전 아주 가깝지도 않고 생판 모르는 것도 아닌 사람을 찾아 부담 없이 실컷 울고 싶은 것일 수도 있었다.

에스텔은 두 시간 남짓 머물다 다음을 기약하며 마차에 올랐다. 이름을 제대로 밝히지 못한 것을 사과하고, 조용히 대화도 나눠보고 싶었는데 바보같이 울어버리고 말았다며 미안해하였다. 공녀를 다독인 해나는 찬바람 속, 마차가 대문을 벗어나 시야에서 완전히 사라질 때까지 한참을 지켜보며 서 있었다. 그녀의 깊은 상흔이 측은했고 각박한 세상인심이 원망스러웠다.

"날씨가 차갑습니다."

익숙한 목소리가 찬바람에 섞여 귓전으로 날아든 건 얼마간의 시간이 지난 후였다. 소리를 따라가본 해나는 베스티빌의 문턱 앞에 서 있는 테오를 발견하고 급격한 피로감을 느꼈다.

"급히 드릴 말씀이 있어 실례를 무릅쓰고 기다렸습니다. 안으로 드시지요."

그의 음성에는 비장함 같은 게 깃들어 있었다.

이대로 도망쳐버릴까? 왕궁으로 달려가 프레데릭의 그늘 아래 숨으면 어떠한 일이 생겨도 괜찮을 것 같은데.

실행하지 못할 꿈같은 상상을 하며 해나는 말없이 걸음을 옮겼다. 안으로 들어와 해나가 향한 곳은 조금 전 공녀와 함께 차를 들었던 응접실의 바로 그 자리. 다시 한 번 카모마일 허브차를 내오게 하여 차게 식어버린 속을 천천히 달래주었다. 뜨거운 액체가 두 번 연속 안으로 흘러드니 추위가 수그러들고 긴장감도 완화되었다.

"언제 오셨습니까? 오래 기다리신 건지요?"

"기다린 건 일각 정도밖에 되지 않았습니다. 카셀 가의 공녀님과 긴히 대화 중이신 것 같아 일부러 알리지 말라 하였습니다. 불쾌하지 않으셨길 바랍니다."

불쾌하다기보다는 불길하였다. 눈앞이 아찔하고 머릿속

에 식은땀이 한꺼번에 솟아났다 서늘하게 식는 기분이었다.

"뵌 지 얼마 되지 않은 것 같은데 이번에는 또 어쩐 일이십니까?"

"상황이 급변하여 더는 지체할 수 없게 되었습니다."

"……."

"원망은 얼마든지 들어드릴 것이니 떠날 채비를 하십시오. 내일 아침 일찍 항구에서 배가 출발할 것입니다."

기가 막혀 헛웃음이 비어져 나왔다. 그를 보는 순간 어느 정도 각오는 하고 있었지만 이건 아니었다. 마음대로 기한을 정해놓은 것도 모자라 이제는 그것마저 기다릴 수 없게 되어버렸다니. 진정되었던 속내가 활화산처럼 끓어오른 건 순식간이었다.

"아니요, 저는 떠나지 않겠습니다."

"해나 님."

"전하를 향한 제 마음이 애틋하듯, 주군을 향한 테오 님의 염려가 당연하다는 건 알고 있습니다. 허나 테오 님은 지금 정도를 지나치게 벗어나고 계십니다. 사생활을 해결 못 해 허우적거릴 전하가 아니시고, 문제가 생긴다면 모르는 척 방관하고 있을 저도 아닙니다. 내버려두어도 때가 되면 알아서 결단을 내릴 것인데 왜 이토록 사람을 구석까지 몰아간단 말입니까."

"때가 되면 그리 이성적으로 해결할 수 있을 것 같습니까? 아니요, 그건 자만에 불과합니다. 인간의 감정이란 때때로 놀랍도록 무모하고 쉽게 변화하는 것입니다."

차게 쏘아붙이는 테오의 음성에는 평소 느껴보지 못한 다급함이 깔려 있었다. 정체를 알 수 없는 원망과 초조함 같은 것 역시 적나라하게 드러나 보였다. 의문을 자아내는 테오의 불안과 기이할 정도로 소식이 없는 프레데릭의 근황. 해나는 본능적으로 무언가 잘못되고 있음을 직감하였다.

"……혹시 무슨 일이 있는 것입니까?"

"정확히 무슨 일을 언급하시는지 알 수 없으나 특별한 일은 없습니다."

"그렇다면 이만 돌아가주십시오. 앞으로는 이런 식의 어떠한 대화도 나눌 마음이 없으니 갑작스러운 방문은 삼가시기 바랍니다."

무슨 일이 있다 해도 당신은 알 바 아니다, 테오는 분명 그런 눈을 하고 있었다. 그러하다면 해나 역시 저자에게 휘둘리고 싶지 않았다. 할 말을 마치고 의자에서 일어나 자리를 떠나려는데 뒤이어 몸을 일으킨 테오가 발언의 수위를 더욱 높였다.

"해나 님의 의견은 중요치 않습니다. 이 시간 이후 저택 안팎 곳곳에 제가 고용한 인력들이 배치될 것이고 해나 님께서는 내일 새벽, 배에 오르시게 될 겁니다. 기한 내로 결정이 안 났을 시, 제 뜻에 따라야 한다는 일전의 당부를 잊지 않으셨길 바랍니다."

"지금 그게 무슨……."

발끈하려던 해나는 테오의 확고한 표정을 보는 순간 무언가 감이 잡힌 얼굴로 멈칫하였다.

"설마……, 전하께 올렸던 제 서신을 가로채 온 것입니까?"

"부정하지 않겠습니다."

그 말인즉 얼마 전 해나를 속상하게 하였던 전언 역시 테오의 농간이라는 소리였다. 해나는 거칠게 이는 마음속 격랑에 얼굴이 울긋불긋 분노가 이는데 테오는 끄떡도 하지 않았다.

그에게 있어 중요한 건 얼마 후면 이국의 여인이 오직 주군의 명에만 반응하는 비밀 경호들의 보호 아래 서게 된다는 점이었다. 그렇게 되면 손쓸 틈이 없어진다. 완벽한 보호막이 구축되기 전에 어떠하든 내일 당장 저 여인을 이곳에서 떠나보내야 한다.

예측은 하고 있었지만 그래도 설마 하였다. 그런데 퇴위라니. 출신도 모르는 여인을 위해 모든 것을 버리고 평민이 되어 살아가시겠다니! 아깝고도 아까웠다. 숱한 고비를 넘기고 이제야 누구도 넘볼 수 없는 막강한 권력을 손에 넣으셨는데. 어찌하여 그것을 미련 없이 로젠 공에게 넘기려 하신단 말인가.

죽어도 그런 꼴은 볼 수가 없었다. 설혹 이 일이 알려져 주군께 목이 날아간다 하여도 이국인만 떨어트려놓을 수 있다면 그가 못 할 일은 아무것도 없었다. 단단히 작심한 테오는 서신을 빼돌린 것 정도는 일도 아니라는 어조로 당당하게 해나를 몰아붙였다. 이성을 놔버리고 사납게 일렁이는 감정의 물결 속에 모든 것을 맡겨버렸다.

"일국의 공주를 마다하고 전하께서 해나 님과 함께하셔야 할 이유가 무엇입니까? 우리와 판이하게 다른 혈혈단신 이국인이 전하와 이 나라를 위해 어떠한 이득을 가져다줄 수 있습니까!"

"일평생 이곳에 머물겠다 한 적이 없습니다. 때가 되면 저 또한 이곳을 떠날 생각이었습니다. 다만 우리의 마지막은 그분과 저, 둘이 결정해야 할 일입니다. 당신이 중간에 끼어서 이래라저래라 할 성질이 아닌 것입니다."

"그러니까 버티지 마시고 지금 떠나도록 하십시오. 전하께서는 현재 에리카의 외곽에 머물고 계십니다. 얼마 후면 더 먼 곳으로 가셔야 할 겁니다. 시간이 흐르고 환궁을 하시면 그다음은 국혼이 기다리고 있겠지요. 어차피 해나 님과의 시간은 끝난 지 오래입니다. 마음 외에는 아무것도 드릴 수 있는 게 없으면서 왜 곁에 붙어 전하의 인생을 망치려 하시는 것입니까!"

사정없이 몰아대지만 빛이 사라진 새까만 눈동자를 똑바로 마주 보고 있는 것이 곤혹스럽다. 고백을 하자면 테오는 처음부터 알고 있었다. 주군께서 모든 것을 완벽히 수행해내면서도 속으로는 초지일관 엉뚱한 삶을 최종 목표로 삼고 계셨다는 것을. 마음속 그 결심은 여인을 위한 일방적인 희생이 아닌, 주군 스스로가 원하시는 삶이었다는 것을.

그런데도 사실을 인정 않고 모든 것을 여인 탓으로 몰고 있는 건 지푸라기라도 잡고 싶은 심정 때문이었다. 이렇게라도 여인을 떨어트려놓으면 조금이라도 마음을 돌리시지 않을까, 혹시나 하는 간절함 때문에.

황량한 눈빛을 하고 있던 여인은 불식간에 걸음을 돌려 응접실을 나가버렸다. 울뚝불뚝 돋아나는 가슴속 양심이 차마 그것까지는 제지하지 못하게 하였다. 사실 그녀는 비난이 아닌 감사를 받아야 할 사람. 당신이 전해준 결정적 정보가 이 나라에 큰 도움을 주었다, 언젠가는 진심으로 감사를 표할 수 있게 되길. 테오는 부끄러움과 민망함에 고개를 들 수 없었다.

버스럭버스럭. 찬바람에 검게 마른 나뭇가지가 발아래에 짓눌려 부서지는 소리를 내었다. 적막한 침묵이 내려앉아 사위가 고요한 까만 밤. 하늘에서 내려주는 자연의 빛 하나에 기대어 해나는 터벅디벅 정원의 갓길을 걷고 있었다. 운율처럼 들리는 바스락 소리를 길잡이 삼아 앞으로,

앞으로. 똑같은 구간을 수십 번도 넘게 반복하여 오가는 중이었다.

언제부터 이러고 있었는지 아는 바가 없었다. 꿈인 듯 실제인 듯 악몽에 쫓겨 미친 듯이 달려 나온 기억만이 어렴풋이 머릿속을 맴돌고 있다. 하얗게 펼쳐진 설경, 처절한 비명, 가슴을 찢는 누군가의 애타는 음성. 차가운 밤, 해나는 무서운 꿈을 꾸고 갈 곳이 없어 어둠 속을 홀로 헤매고 있었다.

피아도, 마파엘도, 루카스도 떠나버려 쓸쓸한 저택. 소식을 알 수 없는 그 사람과 혼자 남아 깊이 시름하는 여인. 해나는 공중으로 붕 떠버린 기분이었다.

무능함에 화가 나고, 욕심을 버리지 못해 속이 끓고, 오후에 들은 말이 하나도 틀리지 않아 가슴이 무너졌다. 이대로 세상을 떠돌고 어둠을 떠돌다 영영 갈 곳을 찾지 못할까 두려움이 일었다. 내일이 오지 않았으면. 좋은 방법이라도 떠올라주었으면. 하다못해 마지막으로 그의 얼굴이라도 볼 수 있었으면. 답답함에 가슴을 두드리며 속눈물을 흘리는데 어디선가 우레와 같은 말 울음소리가 울리며 천지를 뒤흔들었다. 마치 오래전, 갈 곳 없던 해나를 프레데릭의 품속으로 떨어트렸을 때처럼.

저 멀리, 어둠을 헤치고 우르르 들어서는 다섯 필의 말이 보였다. 해나는 목덜미의 솜털이 짜르르 곤두서 올랐다. 의식과 무의식의 경계에 간당간당 서 있던 모호한 상태를 깨부수고 겨울의 밤바람 속으로 무조건 뛰어들었다.

그다. 그가 왔다!

희미한 불빛을 배경으로 흐릿하게 보이는 윤곽이 전부였지만 해나는 확신할 수 있었다. 가장 먼저 말을 멈추고 안장에서 뛰어내린 사내가 누구인지를. 여기 있다고 소리쳐야 하는데 목이 잠겨 목소리를 낼 수가 없었다. 그럴수록 해나는 필사적으로 두 다리를 움직였고, 거친 숨소리를 공중으로 흩뿌렸다.

"누구냐!"

바람을 타고 날아드는 사람의 기척을 고맙게도 누군가 알아채주었다. 계단을 올라 안으로 들려던 사내가 돌아서서 이쪽을 보았고, 호위들은 경계태세를 갖추었다.

날카롭게 어둠을 주시하던 프레데릭, 그에게서 냉철함이 사라지고 경악스러움이 번진 건 한순간이었다.

"……해나!"

가도 가도 끝이 없다 느껴질 때쯤 흔들리는 시야 속으로 그가 성큼 달려들었다. 기력을 소진한 해나는 마지막 힘을 짜내어 쓰러지듯 그에게 몸을 맡겼다. 정신없이 팔을 뻗어 그의 허리를 끌어안고 가슴에 얼굴을 묻었다.

특이한 게 평범하게 느껴질 때까지만 함께하자 하였던가.

해나가 알고, 프레데릭이 알고 있었다. 서로를 향한 마음은 점점 더 커지고 특별해져 그 무엇도 그와 그녀를 대신

할 수 없게 되었다는 것을. 길들여질 대로 길들여져 서로의 몸과 마음에서 결단코 헤어나지 못하게 될 거라는 사실을.

지금 이 순간, 해나와 프레데릭은 똑같은 마음으로 바라고 있었다.

내가 머물 곳, 내가 속한 곳, 내가 떠나갈 최후의 그곳이 당신의 품속이기를.

추위로 입술이 파랗게 질려 있지만 심각한 상태는 아니었다. 아무리 괜찮다고 말을 해봐도 이미 놀란 적이 있던 프레데릭은 해나를 곧장 욕조에 담그고 따뜻한 물을 연신 들이부었다. 찬 기운이 배어 있는 자리옷을 속옷과 한꺼번에 잡아서 벗겨버린 뒤 어깨 위로 물을 끼얹고 팔다리를 주물렀다.

"저는 괜찮습니다."

"꿈을 꾸었느냐?"

"……예."

오랜만에 꾼 악몽이었다. 평소에 꾸던 것과는 다른. 그렇지만 너무나 가슴이 아픈.

"정신을 잃었던 것이냐?"

"아닙니다."

그런데 왜 그런 몰골로 돌아다닌 거냐고 화를 낼 줄 알았건만. 프레데릭은 그 이상 아무것도 묻지 않았다. 물이 튀어 옷이 흠뻑 젖어버렸음에도 혈액 순환을 돕기 위해 가냘픈 등을 문지르느라 여념이 없었다. 다급한 손길이, 황망한 움직임이 슬프도록 다정할 뿐이다.

김이 모락모락 오르는 욕조 물의 수면이 그의 움직임에 따라 잔잔한 파동을 만들어내었다. 고개를 숙이고 그 출렁임을 바라보던 해나는 물속으로 쉴 새 없이 넘나드는 프레데릭의 손을 보며 짙은 울음빛을 드리웠다. 훈련 중에 그랬는지, 누구를 때려준 것인지. 부어오른 손등 뼈의 피부가 빨갛게 까져 표피의 속 부분을 드러내고 있었다. 조심해야 할 상처를 그가 서슴없이 물에 넣을 때마다 해나는 눈가와 가슴이 따끔따끔, 누군가 손톱으로 아프게 긁고 있는 느낌이었다.

내 존재가 이분에게 고통이라면 언제든지 이곳을 떠날 수 있다. 아픈 것도, 슬픈 것도, 마르지 않는 미련도 전부 내 몫으로 껴안고 살아갈 것이다. 하지만 이토록 아파해주는데, 이토록 소중히 여겨주는데. 때가 되면 감정을 지우고 조용히 떠나겠다던 포부가 얼마나 어리석은 오만이었는지. 뼈마디마디 새겨진 깊은 정을 끊을 수가 없어 해나는 눈물이 터져 나온다.

사내 앞에서 벌거벗고 우는 여인이라니.

이 눈물을, 이 추태를, 이 고민을 어찌해야 하는 것일까.

해나가 눈물을 쏟기 시작한 건 프레데릭이 물속으로 손

을 넣으려던 찰나였다. 안으로 넣지 못하게 손목을 꽉 잡더니 그의 팔등에 이마를 대고 흐느껴 울었다.

싸늘하게 식어서 끊어질 듯 숨을 이어가던 과거의 해나는 그에게 공포로 각인되어 있었다. 두 번 다시 겪고 싶지 않은, 몸서리치게 두려웠던 순간이었다. 그때의 기억이 되살아난 프레데릭은 지레 질겁하여 여린 몸을 들쳐 안고 욕실로 직행해 정신없이 따뜻한 물을 들이부었다. 그동안 얼마나 불안해하였을까, 세심하게 살펴볼 겨를조차 없었다.

에리카에 당도하자마자 테오를 흠씬 두들겨 패주고 허겁지겁 이곳으로 달려오는 길이었다. 자신이 부여한 절대 신임을 바탕으로 복잡한 시국을 틈타 중간에서 술수를 부리고 있었다니. 평소라면 있을 수도 없는 일이었지만 정세와 일정에 쫓기다 보니 뒤늦게 보고가 올라와 프레데릭도 급박하게 움직여야 했다.

오해가 생기지 않았을까. 실망하고 돌아서버린 것은 아닐까. 조마조마한 마음으로 달려왔다가 어둠 속을 홀로 헤맨 듯한 모습에 가슴이 사납게 물어뜯기는 것 같았다. 그런데 이제는 펑펑 울어버리기까지.

너를, 이런 너를 두고 내가…….

해나의 아픔이 무엇인지 잘 알기에 왜 우느냐는 어리석은 질문 같은 건 하지 않았다. 프레데릭은 해나의 고개를 들어 잠시의 말미도 주지 않고 입술을 겹쳤다. 거침없이 밀고 들어가 터져 나오는 울먹임과 한숨을 노골적으로 휘

저으며 넘겨받았다. 틈도 없이 몰아치는 입맞춤에 해나가 그를 감당치 못하고 헐떡거려도 여유를 두지 않았다.

버티고 버티다 해나가 힘을 잃고 뒤로 쓰러지자 프레데릭은 상체를 숙이며 끝까지 따라붙었다. 급기야 요란한 물소리를 내며 욕조 속으로 몸을 떨어트린 그는 젖은 옷가지를 벗을 새도 없이 전신을 휘감듯 해나에게 달려들었다.

다른 생각 같은 건 하지 않도록.

너의 눈물을, 너의 아픔을, 너의 번뇌를 전부 내가 삼켜버릴 수 있도록.

달포가 넘는 기나긴 갈증이 짧은 하룻밤으로 해갈될 리 없었다. 해가 중천에 오른 지 이미 오래이지만, 프레데릭은 침대에서 일어날 기미조차 보이지 않았다. 잠에서 깨자마자 쫓기듯 조급하게 밀어붙였고, 해나도 그 못지않게 매달리며 적극적으로 반응하였다.

두 사람은 온종일 하나가 되어 붙어 지냈다. 정신없이 열락을 나누다 부둥켜안은 채 잠이 들었고, 따뜻한 물에 함께 몸을 담갔다 또다시 침대로 돌아와 서로를 탐했다.

프레데릭은 식사도 침실로 가져오게 해 해나가 먹는 모습을 지켜보았고, 때론 직접 먹여주기도 하며 즐거워하였다. 오로지 너와 나만이 존재하는 시간. 흐르는 이 순간이 너무나 아까워 온몸으로, 온 마음으로 서로를 새기고 넘치도록 담았다. 그러는 사이 세 번의 아침이 지나고 세 번의 저녁 해가 저물었다.

프레데릭은 한 번씩 아래층으로 내려가 업무를 보고 왔지만 해나는 침실에서 꼼짝도 하지 않았다. 그가 한두 시간씩 내려가 옆을 비우는 사이 침대에서 늑장을 부리면서 프레데릭이 쌓아놓고 간 선물을 하나씩 풀어보며 시간을 보냈다. 장신구, 서책, 오르골, 보석 등등, 선물의 종류는 많고도 다양했는데 그중에서도 가장 마음에 드는 건 단연코 펜던트였다.

"그게 그렇게 마음에 드느냐?"

"전하는 저를, 저는 전하를 바라보고 있는 것 같습니다."

열기가 식지 않아 나른한 기운이 감돌고 있는 방 안. 새하얀 어깨를 내놓고 옆으로 누워 있는 해나가 벽난로의 불빛에 기대어 양옆으로 활짝 열어놓은 펜던트를 바라보았다.

백금으로 제작된 바탕에 작고 투명한 다이아몬드가 별처럼 박혀 있는 타원형의 펜던트. 개방을 해보면 양쪽 면으로 각각 그와 해나의 초상이 작지만 선명하게 자리하고 있었다. 마치 각자의 자리에서 서로를 바라보고 있는 것처럼.

"초상을 그린 화가는 저를 본 적도 없었을 텐데. 설명만 듣고 그린 것치곤 신기하리만치 제 얼굴을 그대로 담았습니다."

"진즉에 만들어줄 걸 그랬군."

그는 한쪽 팔로 머리를 괴고 해나를 내려다보며 입가에 뿌듯한 미소를 띠었다.

"하지만 과합니다. 무슨 선물을 한꺼번에 이리 많이 준비하신 겁니까?"

"이번에 가져온 건 펜던트 하나였다."

"……예?"

"나 역시 네가 보내주었던 서신을 내일부터 틈틈이 읽어볼 것이다."

의미심장한 그의 대답에 해나는 전후 사정이 저절로 그려지면서도 믿을 수가 없어 사실을 확인했다.

"저 모든 게 전하께서 그간 저에게 보내셨던 선물이란 말입니까?"

"이번 테오의 일은 주변을 경계하지 못한 나의 불찰이었다."

그를 올려다보던 해나는 천천히 시선을 떨어트렸다. 그러니까 테오는 여태껏 해나의 서신뿐 아니라 전하의 전달품까지 중간에서 전부 빼돌려왔다는 소리였다. 뒤늦게 이를 알아낸 프레데릭이 밤늦게 부랴부랴 달려온 것이었고.

상황은 이해가 되었지만 꺼림칙함은 배가 되어 해나의 가슴을 압박했다. 감히 왕의 물품에 손을 대었으니 테오는 파직 정도가 아니라 심하면 사형을 언도받을 수도 있을 것이다. 어찌하여 그는 대책 없이 그렇게 무모한 짓을 저지를 수 있었단 말인가.

혹여 충심 깊은 그가 목숨을 걸어야 했을 만큼 내가 전하께 해가 되는 존재가 아닐지.

해나는 새삼 이 사태가 무서워지는데 꾸짖듯 낮게 스며든 목소리가 그 이상의 생각을 저지하였다.

"무슨 생각을 하고 있는 것이냐? 왜 또 그런 표정을 짓고 있는 것이야!"

"그는 이제 어떻게 되는 것입니까? 그가 배를 준비해두었다 하였습니다. 혹시 그것 또한 방법이 적법치 않았던 것인지요?"

"그 문제에 관한 한 출발을 내일로 미루어두었을 뿐 예정된 그대로 진행할 계획이다."

혹여 테오가 가중처벌을 받게 되지 않을까 염려되어 여쭈어본 것이었는데, 예정된 그대로 일을 진행할 계획이라니? 선박이 마련된 이유를 진정 알고 하시는 말씀이신가!

갑자기 대화의 맥락이 두서없이 흐트러지는 느낌이었다. 해나는 신경이 예민해지는데 프레데릭은 느긋하게 이불 속으로 손을 뻗어와 부풀어 오른 가슴과 늑골 주변을 살살 어루만졌다.

"방금 하신 말씀을 이해하지 못하였습니다."

"솜씨 좋은 선장과 좋은 배로 준비해두었더군. 어차피 빠른 시일 내에 보낼 생각이었으니 이참에 너를 그 배에 태우기로 하였다는 뜻이었다."

벼락이 떨어져 정수리에 꽂힌다면 이런 충격을 흡수하

게 되는 것일까. 생각이 부서지고, 심장이 덜컹대고, 육신과 영혼이 분리되어버린 것 같은 느낌. 벗고 있는 맨 등 위로 누군가 얼음물을 좌악 끼얹은 기분이기도 하였다.

도대체 무슨 말을 들은 건지 정리가 되지 않았다. 무심히 통보하는 그의 이별에, 그러면서도 여전히 정성스러운 손길에 해나는 도무지 이 상황을 실감할 수 없었다. 극도의 혼란이 밀려와 프레데릭의 손을 치워내고 상체를 일으켜 앉았다. 미처 가리지 못한 새하얀 등이 흐르듯 매끄럽게 곡선을 그렸다.

"지금 떠나라 하시는 겁니까?"

"떠날 생각이었더냐?"

"전하께서 떠나라 하지 않으셨습니까."

말장난 같은 소리에 해나는 울컥하고 마는데 프레데릭은 여유만만 상관없는 모습이었다. 태평하게 질문을 던지고 냉소를 머금기도 하였다.

"청국으로 가고 싶어 하였다지?

"그건……."

"고향도 아닌 그 나라가 뭐가 그리 애틋해서?"

"저와 비슷한 외모의 사람들이 살고 있는 곳입니다."

"외모가 비슷하면 생판 모르는 사람도 아무나 도와주는 나라라 생각하는 것인가?"

"다른 사람의 도움은 필요 없습니다."

"혼자만의 힘으로도 얼마든지 살 수 있다? 이를테면?"

대화는 어긋나고 있었다. 이별을 거론한 주체와 비주체가 바뀌었고, 논점에서 벗어난 대화가 범람하였다. 하지만 둘 중 누구도 그 사실을 바로잡으려 하지 않았다. 프레데릭은 건성건성 질문을 건넸고, 혼란에 빠진 해나는 입에서 나오는 대로 대답을 하였다.

"구체적인 계획이라도 있는 것이냐? 유럽 전체가 미쳐 청국풍에 환호하고, 그곳의 황제를 성인처럼 묘사하고 있지만, 과연 그것이 진실일까? 내가 수집한 정보에 의하면 그곳 역시 여인 홀로 살기에는 각박한 나라로 알고 있다. 세상 어디를 가도 사람 사는 모습은 매한가지일 테지."

"존재하는지조차 몰랐던 나라에 와서도 살아남은 저입니다. 걱정하지 마십시오. 이곳을 떠나서도 생계를 이어가고, 누군가를 만나고, 가족을 이루며 살아갈 것입니다."

"가족이라. 지금도 나랑 이렇게 한 침대에 살을 맞대고 누워 있는데 외모가 비슷한 다른 사내를 만나 일가를 이루겠다?"

말도 안 되는 소리였다. 가족이라니. 멍멍해진 기분에 아무 말이나 뱉어낸 자신이나, 진심일 리 없다는 걸 알면서도 예민한 반응을 보이는 프레데릭이나. 희곡의 일면을 보고 있는 듯 우스꽝스러운 상황이 전개되고 있었다. 조금 전까지 숨 막히게 끌어안고 더없이 소중한 눈길로 바라봐 준 그였는데. 채 일각도 되지 않아 떠날 것을 명하더니 이 모든 게 너의 탓이라는 양 질책에 추궁까지 하고 있으니.

"제 존재가 세상에 알려진 것입니까? 저로 인해 전하께서 곤란한 상황에 놓이신 것인지요?"

"혹시라도 그따위 생각을 하고 있다면 집어치우라는 소리다!"

혹시나 하는 마음에 질문을 던졌던 해나는 돌아오는 그의 대답에 말문이 막히고 벌어진 입을 다물지 못했다.

"가족을 이뤄?"

상체를 일으킨 프레데릭은 해나의 손목을 잡아 거칠게 당겼다. 해나가 맥없이 끌려가자 얼굴이 가까워진 프레데릭은 머릿속에 새기듯 힘주어 말했다.

"네 가족은, 나야."

"……."

"일평생 머무를 생각이 없다 하였다지? 때가 되면 이곳을 떠날 생각이었다고? 진정 그럴 수 있을 거라 생각하였던 것이냐!"

일순간의 변화와 프레데릭의 분노.

테오가 그런 말을 전하였던 것인가?

해나는 당황하였고, 안도하였고, 아릿하였다. 가족이라는 말이 주는 울림.

우리가 진정 그리될 수 있는 것일까?

"네 미래 속 나를 과거의 사람으로 박제해놓지 마라. 나는 네게, 너는 내게! 우리는 늘 현재가 되어 함께할 것이다."

내내 외치고 싶었으나 하지 못하였던 말. 그 말을 드디어, 하지만 이런 식으로 하게 되다니.

무슨 일이 있어도 왕이어야만 했던 시간이 있었다. 길고도 힘겨웠던 시간은 성공적인 임무 수행과 함께 완료되었고 더는 지금의 자리에 매여 있을 이유가 없었다. 다만 잠시나마 왕좌의 주인 된 사람으로서 나라와 백성을 위해 마지막 책임만은 그의 몫으로 지고 갈 생각이었다.

"청국에 대한 미련은 버려. 정 가고 싶으면 나와 함께 가면 되는 거다."

"전하."

"청국이든, 네 고향이든 네가 원한다면 나는 어디에서든 살 수 있다."

"지금 얼마나 엄청난 말씀을 하시는지 알고는 계십니까?"

"하지만 그전에 너는 내가 원하는 대로 먼저 움직여줘야 한다. 내일 아침 일찍 내가 환궁하고 나면 두 사람이 남아 너를 보호할 것이다. 짐을 꾸릴 필요도 없으니 중요한 것 몇 가지만 들고 그들이 이끄는 대로 따라가도록 하여라."

지금 찾을 수 있는 가장 가깝고도 안전한 곳.

네가 평온해야 나 또한 안심하고 마지막 책임을 다할 수 있다.

"엉뚱한 데로 보내는 게 아니다. 너는 내일 테오가 준비한 배를 타고 한때 내 어머니께서 유폐되어 계셨던 곳으로 가게 될 것이다. 겨울이 길고 추운 곳이기는 하나 별궁을 부수고 새로 지어놨으니 지내는 데 불편함은 없을 것이다. 거기서 기다려. 여기 일 다 해결하고 나도 곧 따라갈 테니까."

분명 꿈과 같은 소리를 들었다. 구름 위를 떠다니듯 두둥실 행복해야 하는데 해나는 요원한 나락으로 떨어진 듯 본능적인 공포가 일었다. 발끝부터 스멀스멀 올라오는 이 불안감. 무슨 일이 벌어지고 있는 게 틀림없었다.

순간적으로 떠오르는 건 아래층에 버티고 있을 근위대장이었다. 어린 시절 굴러 떨어진 계단 앞에서 프레데릭의 실체를 확인시켜주었던 사람. 필시 그라면 조마조마하게 감지되는 이 불안의 요인을 정확히 짚어줄 것이다.

해나는 빠르게 몸을 돌렸다. 침대를 벗어나려 허둥대는데 끄트머리에 도달하기도 전 프레데릭이 허리를 휘감아 시트 위로 완전히 상체를 눕혔다. 등 뒤로 식어가는 시트의 감촉이 느껴졌지만 해나는 포기하지 않았다. 반대편으로 나가려 하자 이번에는 프레데릭이 아예 덮치듯 해나의 위로 올라타버렸다.

그의 무게에 짓눌려 옴짝달싹 못 하게 되었으면서도 해나는 가느다란 팔다리를 끊임없이 바르작거렸다. 해나의 숨이 거칠어지고, 까만 눈동자에 투명한 눈물이 흥건하게 괴어올랐다. 눈물을 목격한 프레데릭은 손쉽게 해나의 양 손목을 잡아 한꺼번에 머리 위로 고정함으로써 사태를 일단락 지었다.

"이후로는 숨어 지내게 안 해. 정부라는 헛소리도 안 듣게 할 거야. 그러니까 정신 차려. 나 없을 때 정신 잃고 어둠 속에서 헤매는 일 같은 건 절대로 없어야 할 것이다."

"……."

"대답해줘."

눈가에 찰랑찰랑 괴어 있던 눈물은 어느새 하염없이 흘러내려 까만 머리카락을 축축하게 적시고 있다. 얼마 후면 전하께서 더 먼 곳으로 가셔야 한다는 테오의 말을 기억하고 있었다. 그간 외곽 지역에 머무르고 계셨다는 건 들으나 마나 군부대를 점검하셨다는 뜻. 과거를 반추해보았을 때 왕께서 공무로 왕궁을 오래도록 비우셨던 건 한 가지 경우일 때밖에 없었다. 도주한 레이튼 공, 수상했던 타국의 군인들. 굳이 누군가에게 묻지 않아도 상황은 짐작이 되고도 남음이었다.

"전쟁이 일어나는 겁니까?"

"……즉위식을 마치자마자 출정했을 때를 제외하면 너는 내가 출정을 나가든, 끝내고 돌아오든 항상 태평하게 잠을 자고 있었지. 새벽같이 출발해서 밤늦게 도착하는 일정 때문이기도 하였지만 애초에 너는 나란 사람에 대해 관심이 없었어."

"흐흑……."

"그런데 나는 그게 좋았다. 너는 평안하고, 나는 끈질기게 돌아오고. 네가 잘 자고 있는 모습을 보고 있으면 어수선했던 마음이 정리되며 뿌듯해지곤 하였지. 진창에서 구르고 온 보람이 있었다고 해야 할까. 이번에도 다르지 않다. 따뜻한 자리에서 잘 자고 평온하게 지내고 있으면 나 역시 최대한 빨리 너에게로 돌아와 있을 것이다."

프레데릭은 눈매도 목소리도 부드럽게 풀어져 있었다. 이 말을 어떻게 꺼내야 할까, 함께하는 사흘 내내 얼마나 고민을 하였는지. 매끄럽지 못한 말재간에 다소 아슬아슬하였지만, 이 마음을 숨김없이 드러내 보였으니 너 또한 나를 믿고 기다려주기를.

해나는 잡혀 있던 손목을 꼼지락꼼지락 빼내어 그의 목에 팔을 감고 끌어안았다. 연한 살결 위로 뜨겁게 와 닿는 그의 온기가 아찔할 만큼 소중해 놓치고 싶지 않았다. 한 치의 틈도 없이 맞닿아 있었으면. 으스러져도 좋으니 더 세게 끌어 안아주었으면.

해나는 근육으로 이루어진 프레데릭의 넓은 등을 정신없이 어루만졌다.

그의 말이 맞다. 그는 늘 언제인지도 모르게 왕궁을 비웠고, 또 어느 날 무심하게 돌아와 있었다. 제발 그곳에 더 있어주기를 바랄 때에도 끈덕지게 돌아와 아침마다 꼬박꼬박 귀찮을 정도로 자신을 불러들였다.

이번에도 그때와 다르지 않을 거라 믿는다. 세상이 뒤집힌다 하여도 절대 변하지 않을 단 한 사람, 그는 칼 프레데릭이니까.

머리도 심장도 녹아내려 온몸이 흐늘흐늘 엿가락처럼 늘어지는 것 같았다. 뜨거운 숨결이 수도 없이 뒤엉키고 등나무의 줄기처럼 서로에게 사지를 엮고 있는 두 사람. 지난 사흘 내리 함께하였음에도 프레데릭은 달포간의 공백을 조금도 채우지 못한 것처럼, 혹은 앞으로 생길 부재를 미리 충당하려는 사람처럼 해나를 안고 또 안았다.

해나는 수도 없이 깨물려 입술이 빨갛게 부어오르고 온몸이 뜨거워 정신이 알알할 지경. 절정의 끝에서 기절한 듯 사지를 늘어트리다가도 프레데릭의 입김이 살갗 위로 불어오면 또다시 팔을 두르고 기꺼이 그를 받아들였다. 밤이 얼마나 깊었는지, 아침이 얼마나 가까워졌는지, 주변을 둘러보고 시간을 가늠할 이성은 남아 있지 않았다.

"……그러니까 불러봐."

"무, 무엇을……."

열기에 취해 말의 앞부분을 제대로 알아들을 수 없었던 해나는 몽롱하게 흐트러진 시야를 모아 그를 보았다.

"내 이름. 존칭 말고 내 이름……, 프레데릭."

"이름?"

"아니. ……아니다. 그건 내 이름이 아니었지, 참."

해나의 쇄골 부근을 배회하던 그의 입에서 자조적인 목소리가 흘러나왔다.

정신이 뒤집혀 어린 프레데릭을 사정없이 구타하였던 왕비. 마지막 단계에 이르면 슬픈 눈을 하고서 애타게 그의 이름을 부르곤 하였다. 몇 번이나 이름을 부르며 오열하시기에 어머니가 미안해하시는구나. 참으로 안타까워 그다음의 매질을 견딜 수 있었는데, 알고 보니 왕비가 그리워한 이는 그가 아닌 다른 사람. 장애를 갖고 태어나 세상의 빛도 보지 못하고 삶을 마감한 자신의 이복형제였단다.

그렇다면 나에게 주어진 이름은 무엇이었을까?

문득 밀려든 의문에 고개를 들어보면 상기된 얼굴의 해나가 슬픈 눈을 하고 그를 내려다보고 있었다. 나의 상처를 진실로 아파해주는 사람. 나의 여인, 나의 이름, 타인의 허울을 뒤집어쓰지 않은 나만의 삶. 프레데릭의 입가에 희미한 미소가 그려졌다.

"……칼. 그래, 칼이라는 이름이 있었지."

차비의 아들로 살았다 해도 형제가 없는 그는 후계자가 되어 '칼'이라는 이름을 부여받았을 것이다. 칼 구스타프, 칼 필립스, 칼 프레데릭. 3대를 비롯해 몇몇 선조들도 '칼'이라는 이름을 부여받았으나 모두가 중간 이름으로만 불렸을 뿐, 그것이 존귀한 이름이라도 되는 양 누구도 첫 번째 이름을 사용하지 않았다.

그게 뭐 대단한 거라고.

하여 프레데릭은 자신의 이름을 '칼'이라 정했다. 본래의 이름이 무엇이었을지 알 길은 없지만 어쨌든 그것은 중간 이름일 따름. 아무도 사용하지 못했던 본래의 이름을 사용한다면 그까짓 중간 이름 같은 건 알지 못한다 해도 상관없었다. 그리고 그 처음을 해나가 불러주길 바란다.

"불러봐. 내 진짜 이름을."

상황을 대충 짐작한 해나는 그가 안쓰러워 견딜 수 없었다. 손을 들어 그의 얼굴과 머리를 간절히 쓰다듬었다. 그러면서도 선불리 그의 이름을 입에 올리지 못했다. 왕의 존함을 함부로 부른다는 게 어려운 점도 있었지만, 왠지 이 순간 그의 이름을 부르면 안 될 것 같았다.

차마 이름을 부르지 못하고 눈물만 글썽이는 해나의 모습에 프레데릭은 싱긋 미소를 지었다.

"어쩌면 연습이 필요한 일일지도. 대신 우리가 다음에 만나게 되는 날, 제일 먼저 나의 이름을 불러주어야 한다."

"다음에……."

'다음'이라는 말이 본래 이토록 설레고 기대되는 말이었던가. 그와 함께하게 될 다음을 기약하며 한 번씩 홀로 그의 이름을 불러본다면 기다림의 시간이 그리 외롭지만은 않을 것 같았다.

눈부신 머리칼을 어루만지던 해나는 팔을 교차해 그의 목을 끌어안고 입술을 포갰다. 돌발적인 해나의 공격에 그 또한 열렬한 반응을 보냈다. 숨결을 빼앗고 또 나누어주며. 다음을 기약하는 이 밤이 조금 더 길게 이어지기를. 창을 통해 쏟아지는 밤하늘의 별들이 이불처럼 두 사람을 감싸 안고 있었다.

다니엘 지그문트 P. 레이튼. 그는 조피의 오촌 조카이자 십여 년 전 사망한 대비의 고모, 빌헬민 공주의 손자이기도 했다. 일찌감치 부모를 여의고 조모의 슬하에서 자란 그는 지도력이 있거나 지도자로서 출중한 능력을 타고난 자는 아니었다. 본인의 성정대로 자라도록 놔두었다면 집안의 후광을 받아 그럭저럭 사교계의 주류를 이루며 죽을 때까지 편안한 삶을 살았을 것을, 빌헬민 공주는 자격도 능력도 안 되는 손자에게 분에 넘치는 헛바람을 불어넣었다.

「공국의 후계자인 조피가 베르덴의 대비가 되었으니 그녀가 대공위에 올라 헤젠부르크를 다스리는 건 불가한 일이다. 승계권은 나에게로 넘어와야 하나 나이가 많아 기력이 날로 쇠하니 나의 장손, 레이튼 공작이 대공위를 이어받아야 마땅할 것이다.」

공주는 그럴듯한 주장으로 공국의 귀족들을 설득했고, 포섭 자금을 조달하기 위해 라인트 제국과 당하초 밀수의 물꼬를 틀었다. 이번에 밝혀진 사실에 의하면 레이튼 공작은 조모의 밀수 사업을 그대로 이어받아 불과 작년 여름까지 밀매꾼들에게 당하초를 유통해왔다. 더 놀라운 건 그의 거래 상대가 라인트 제국 황제의 서장자였다는 사실. 프레데릭은 레이튼을 통해 베르덴의 기밀 정보가 얼마간 그쪽으로 흘러갔을 거라 추측하고 있었다.

그토록 철저히 감시해왔건만 어찌하여 불법 거래를 포착하지 못하였을까?

레이튼이 프레데릭의 촘촘한 감시망을 피할 수 있었던 결정적 요인은 제3자의 개입 덕택이었다. 거대 자금이 오가는 비밀스러운 거래를 빌헬민 공주가 남기고 간 충직한 노집사 오스카가 주도해오고 있었던 것이다. 은퇴 후 공국에서도 구석진 시골에 처박혀 지내온 인물로 나이가 많은 데다 레이튼 공과의 만남도 극히 적어 감시 대상에 포함되지도 않았던 자였다.

자금도 넉넉히 축적되었겠다, 레이튼은 노집사가 살아있을 때 불법 사업을 깔끔히 정리하려고 하였다. 막내딸이 베르덴의 왕비가 될 거라는 확신 또한 그러한 결정에 영향을 미쳤을 것이다. 하나 황제의 은밀한 지원에 힘입어 당하초를 제공해주었던 서자가 그리 호락호락할 리 없었다. 목적이 뚜렷했던 그는 집요하리만치 연락을 하였고, 뜻대로 되지 않자 자신의 대리인과 노집사와의 대화를 단절시켜버렸다.

이후 친필 서신을 레이튼 공에게 직접 전하라는 명과 함께 통행증을 빼돌려 그의 최측근을 당당히 에리카에 입성

시키기까지 하였다.

왕궁의 소(小) 회의실. 왕명에 의해 새벽부터 비밀리에 궁으로 불려온 대신들은 줄줄이 읊어대는 헨리크의 보고에 충격을 받아 시시각각 얼굴빛이 변하고 있었다. 이들에게는 극히 일부의 정보만 알리고 있었음에도 적국 황제의 서자까지 개입된 이번 사건은 결코 가벼울 수 없었다.

요약을 하자면 호시탐탐 베르덴을 노리던 라인트가 당하초를 이용해 검은 돈과 비밀 정보를 한꺼번에 빼오고 있었다는 소리가 된다. 갑작스레 터진 레이튼의 스파이 혐의에 어리둥절하였는데 이면에 당하초 밀수와 라인트가 자리하고 있었다니. 과거도 과거였지만 현재 벌어지는 상황 또한 너무나 당혹스러워 대신들은 재차 질문을 던지며 확인을 하였다.

"밀수를 이미 접은 상태였고, 전날까지만 해도 군인들과의 만남을 피해왔다 하였네. 그랬던 레이튼이 정녕 하루아침에 얼굴을 바꾸고 적국의 군인에게 신변 보호를 요청한 게 맞는 것인가?"

"그들의 극적 만남이 어떻게 이루어졌는지, 신변 보호를 조건으로 어떠한 거래가 오고갔는지 알 수는 없습니다. 다만 항구에서 그들을 목격한 자가 있었고, 라인트의 대대가 공국에 입성해 있으며 대규모의 병력이 선박을 이용해 공국으로 향하고 있음은 명백한 사실입니다. 참고로, 공국은 보름 전 국경을 폐쇄한 뒤 우리의 대사를 억류하고 있습니다."

"보통 일이 아닙니다. 하필 대비 전하께서 사경을 헤매고 계시는 와중에……."

대신들에게서 탄식이 쏟아져 나왔다. 처음부터 사태를 파악하고 왕과 함께 회의를 진행해온 장군들도 얼굴에 먹구름이 잔뜩 끼어 있었다. 헤젠부르크는 지리적으로 베르덴의 대문과도 같은 역할을 해오고 있다. 그런데 대문 앞에 적국의 군사들이 당당히 들어와 똬리를 틀고 있으니.

몇 날 며칠 강행군을 이어온 프레데릭도 머리가 지끈거렸다. 솔직히 지금 이대로 쳐들어가 무력으로 공국을 누르고 주둔 중인 라인트의 부대를 쫓아내는 건 일도 아니었다. 문제는 나라 간의 복잡한 이해관계. 공국에 입성한 타국의 군대를 베르덴에서 무력으로 제압한다면 이는 나라 간의 선전 포고나 다름없었다. 섣불리 밀고 들어갔다간 지난 전쟁 때 베르덴에 패하고 설욕의 기회를 노리던 다른 나라들까지 마구잡이로 끼어들 가능성이 높아지는 것이다. 동맹국을 돕는다는 명분으로 슬그머니 전쟁에 끼어드는 건 항상 벌어지는 일이었으니.

예전 같으면 주저 없이 공격을 감행하였겠지만, 프레데릭은 고민이 많았다. 깔끔한 상태로 로젠 공에게 왕위를 넘기고 싶었고, 하루라도 빨리 사슬에서 벗어나 해나와의 새로운 삶을 시작하고 싶었다.

입을 다물고 한참을 생각에 잠겨 있던 프레데릭은 마침내 결심을 굳혔다. 아무리 장고를 거듭해도 결론은 하나, 속전속결만이 해답이었다.

"내가 헤젠부르크의 다음 후계임을 내세워 공국을 보호한다는 명분으로 속공을 시작할 것이오."

"전하!"

레오폴트와 장군들은 대범하게 고개를 끄덕인 반면 대신들은 불완전한 명분에 불안감을 드러냈다.

공식적으로 왕은 공국의 후계자가 맞다. 상황이 꼬여버린 건 대비가 레이튼과 헤어지는 마지막 순간 그녀의 대리자임을 증명하는 대공의 반지를 빼주었다는 점이다. 대비가 숨을 거두지 않는 이상, 혹은 정신을 차리고 일어나 스스로 권리를 행사하지 않는 이상 현재의 정당성은 반지를 가진 레이튼에게 있었다.

프레데릭은 그래서 더욱 짜증이 치밀었다. 레이튼이란 인간 자체에 경멸이 일었다. 능력이라고는 요만큼도 없는 주제에 소 뒷걸음질 치다 쥐 잡는 격으로 일을 아주 제대로 귀찮게 만들어버렸다. 원만한 척, 이해심이 많은 척, 넓은 아량으로 모두를 품을 수 있는 척. 갖은 추악한 흉내를 다 내다가 결정적 순간 가족까지 버리고 자기 자신을 택한, 유약함과 이기주의의 절정을 보여준 인간. 그놈은 반드시 생포하여 명이 다하는 그날까지 넘치도록 대가를 치르게 해줄 생각이었다.

"대비 전하께서 그놈에게 반지를 빼어주신 건 배신한 사실을 모르셨기 때문이오. 공국의 수장을 배신한 행위는 나라에 등을 돌린 것과 마찬가지, 그놈은 수장의 대리인이 아닌 적국에 나라를 넘겨버린 매국노에 지나지 않소. 하여 나는 레이튼을 베르덴과 헤젠부르크, 두 나라의 반역자로 간주하고 정확히 닷새 뒤, 공국에 주둔한 라인트의 부대를 기습할 것이오."

"전하!"

"선전 포고도 필요 없소. 이건 공국과의 전쟁이 아닌, 무법으로 공국의 항구를 점령한 타국의 군대를 쫓아내는 일일 뿐이오."

"급히 결정하지 마시고 차근차근 생각해보심이 어떠하시겠습니까."

7년 전 시작된 전쟁이 겨우 마무리가 되어가는데 또다시 대규모 전쟁이 일어난다면 그 피해는 눈덩이처럼 불어날 것이다. 대신들이 전전긍긍하는 이유를 알면서도 프레데릭은 물러서지 않았다.

"내가 완벽한 명분이나 찾자고 그대들을 불러들였다 생각하는 것인가? 헤젠부르크를 기점 삼아 라인트가 도발해 온다면 이전과는 상황이 판이하게 달라질 것이오. 공국이 뚫린다는 건 저들에게 베르덴으로 향하는 지름길을 훤히 터주는 것과 같다는 것을 그대들도 모르지는 않을 것인데?"

"……."

"이번 일에 완벽한 명분이란 없소. 그놈이 대비 전하의 반지를 갖고 있는 것은 사실이나 후계자인 내가 병중인 조모를 대신해 나서는 것 또한 틀리지 않소. 나는 국적(國賊)인 레이튼과 국제 조약을 어긴 라인트의 군대를 처벌하러 가는 것. 그대들은 작전이 시작되기 전날 각국의 대사들을 소집해 말장난 같은 이 소리를 끝까지 밀고 나가야 할 것이오. 알겠소?"

"……예, 전하."

엄청난 위험을 수반하고 있지만, 그것이 최선임을 알기에 대신들은 어두운 낯빛을 하면서도 고분고분 대답할 수밖에 없었다.

이제 말없이 지켜보기만 했던 장군들이 나서야 할 차례.

"그럼 앞으로 펼쳐질 전투의 가상 시나리오를 간략하게 설명해……."

왕의 신호를 받은 군 사령관이 대신들에게 전투에 관한 기본적인 정보를 제공하려 할 때였다. 똑똑, 밖에서 누군가 문 두드리는 소리가 유난히도 크게 울려 회의의 흐름을 끊었다. 있을 수 없는 상황에 십여 개의 시선이 문 쪽으로 향했다.

이곳은 왕의 집무실에 딸린 자그마한 회의실. 공표가 안 된 중대사를 논의하기 위해 겹겹이 근위병의 보초망을 두르고 소수의 사람만 모여 앉은 자리였다. 이러한 자리에 누군가 저렇게 당당히 문을 두드릴 수 있다는 건 한 가지 조건에서만 가능한 일이었다. 전쟁에 상응하는 위급한 상황이 발생하였을 때.

프레데릭의 허락을 받은 헨리크가 문을 열자 잔뜩 긴장한 얼굴로 나타난 이는 근위대의 부대장이었다.

"무슨 일인가?"

"대비 전하께서 오셨습니다."

헨리크의 물음에 부대장은 왕을 향해 고개를 숙이고 현황을 아뢰었다. 동시에 대신들 사이에서 격한 반응이 흘러나왔다.

그동안 대비는 대비궁의 출입문을 안에서 잠그고 의원 외에는 누구도 드나들지 못하게 하였다. 항간에는 심각한 우울증으로 정상적인 사고와 대화가 불가능하다는 소문까지 나돌고 있었다. 하지만 여기까지 오셨다는 건 소문처럼 상태가 심각하지 않을 수도 있다는 뜻이었다. 행여나 레이튼에 관한 처분을 새로 내려주시지 않을까, 자리에서 일어나는 대신들의 눈가에 은근한 기대감이 떠올랐다.

모두가 일어서자 프레데릭 역시 굳은 얼굴로 천천히 몸을 일으켰다.

멀리서 바퀴가 대리석 바닥과 마찰하는 생소한 울림이 들려왔다. 앞쪽에 두 개의 바퀴와 뒤쪽에 그보다 더 작은 크기의 바퀴를 달아 방향을 자유롭게 틀 수 있게 한 그것은 병자를 위한 의자였다. 잉글랜드의 중환자용 의자를 본떠 만든 것으로 몸이 불편해진 대비를 위해 세 명의 장인이 꼬박 스무 날을 바쳐 만든 것이었다.

이윽고 문이 활짝 열리고, 회의실 안으로 대비가 들어섰다. 의자를 밀고 있는 사람은 와해된 공국파의 무리 중 가장 연장자인 노(老) 후작. 그 뒤를 새로 임명된 시녀와 공국파였던 다섯 명의 귀족, 그리고 행정관 몇 명이 따르고 있었다.

"대비 전하!"

허가받지 않은 이까지 우르르 따라 들어왔지만, 회의실에 있는 사람 중 누구도 그 점을 지적하지 못했다. 쓰러진 후 처음 뵙는 대비의 모습에 모두가 할 말을 잃고 말았다.

근사했던 은빛의 머리카락은 새하얗게 세어 바스러질 듯 푸석거렸다. 편측 마비가 와 찌푸리고 있는 것처럼 보이는 왼쪽 눈. 살짝 돌아간 왼쪽 입술. 몸은 왜소하게 마르고 구부러져 이전의 당당했던 자태를 조금도 찾아볼 수 없었다. 인간의 인생이란 대낮에 꾸는 꿈과 같다 하더니. 회의실의 분위기는 숙연하게 가라앉았다.

후작은 왕과 마주 보는 상석의 끝부분에 대비를 모시고 두 걸음 뒤로 물러났다. 시녀들이 대비를 돌보는 사이 후작과 공국파의 귀족들은 일제히 왕께 정중히 인사를 올렸다. 레이튼의 배신으로 하루아침에 설 자리를 잃고 저택에 들어앉아 몸을 사리고 있는 이들. 출신지가 공국일 뿐 베르덴 인이 된 것은 까마득한 오래전이지만 '공국파'란 꼬리표를 달고 있는 이상 감내해야 할 시간이었다.

그런 그들이 몸도 성치 않은 대비를 앞세워 왕이 주재하는 회의에 난입한 건 무슨 연유 때문일까. 서서히 의문의 빛을 띠고 있는 이들 앞에서 후작이 작게 헛기침을 한 뒤 점잖은 목소리를 내었다.

"우선 중요한 회의를 진행하시는데 갑작스레 끼어들어 국왕 전하와 여러 대신께 송구하다는 말씀을 올립니다. 저희는 오늘 대비 전하의 명을 받들어 이 자리에 증인으로 참석하게 되었습니다."

"증인?"

대비는 의식적으로 손자의 시선을 피하고 있었다. 때문에 프레데릭은 조모께 부담을 주기보다 명확한 이유를 알려줄 후작을 주시했다.

"정확히 무엇을 위한 증인을 서겠다는 것인가?"

"지금부터 소신이 읊는 내용은 대비 전하께서 불러주신 대로 작성한 것임을 유념하여주시기 바랍니다."

후작의 발언에 뒤로 서 있던 행정관이 앞으로 나섰다. 그는 백금으로 제작된 받침을 들고 있었는데 그 위로 둘둘 말린 두 개의 문서가 가지런히 놓여 있었다. 후작은 그중 하나를 들어 길게 펼치고 모두가 들을 수 있도록 음량을 조절하며 읽어 내렸다.

"지난 몇 백 년, 유럽의 역사를 돌아보면 수많은 공국이 상속을 계기로 쪼개져 새로이 생성되었다 합병과 양도를 거치며 사라지기도 하였다. 이유는 실로 단순하고 현실적이었는데 후사가 없어서, 재정이 부족해서, 또는 분쟁을 피하고 싶다는 소박한 바람으로 혈육의 나라에 매각하거나 병합을 하였다. 멀게는 기프호른 공국이 아들을 출산하지 못했다는 이유로 뤼테부르크에 합병되었고, 가깝게는 작센-아이젠베르크 공국이 같은 이유로 작센-고타-알텐부르크에 양도되었다."

다음으로 넘어가기 전 후작은 잠시 말미를 두었다. 결정적 발언을 앞두고 대비의 마지막 의중을 살피기 위한 것이었는데 그녀는 무감했고 돌이킬 의향은 전혀 없어 보였다. 잠깐 주저하였던 후작은 짧게 헛기침을 한 뒤 급속히 본론으로 넘어갔다.

"베르덴의 대비이자 헤젠부르크의 대공인 나, 조피 엘레나 아델라이네 헤젠부르크는 늙고 병들어 더 이상 공국을 이끌 수 없게 되었다. 천운으로 유일한 후계자 칼 프레데릭 비안 덴시크가 이미 베르덴의 왕좌에 올라 나라를 이끌고 있으니, 공국의 번영과 합리적 운영을 위해 오늘부로 나는 약 250여 년 전 같은 핏줄이었던 베르덴에 헤젠부르크를 양도하고 대공위에서도 완전히 물러나고자 한다."

첫 문장을 듣자마자 '설마' 하였던 대신들은 쐐기를 박는 마지막 문장에 등골을 타고 전율이 흐르는 것을 느꼈다. 머리털이 주뼛주뼛 곤두서고 충격과 당혹감, 놀라움, 안도, 환희가 한꺼번에 밀려와 정신이 알딸딸하였다.

여섯 개의 공국이 병합되는 와중에도 악착같이 버티며 명맥을 이어왔던 황금의 땅, 헤젠부르크. 그 적자의 나라가 정녕 베르덴의 일부가 되어 250년 만에 다시 하나의 나라로 통일된단 말인가. 이리도 한순간에? 이리도 중요하고 적절한 때에 맞춰? 조금 전까지 공국의 문제로 머리가 지끈거렸던 대신들은 흥분으로 열이 올라 얼굴이 붉게 상기되었다.

따로 문서를 준비하라 명할 필요도 없이 대비는 공식적인 합병 문서까지 준비해 온 차였다. 받침 위에 놓여 있던 또 다른 문서. 역사적으로 길이 남게 될 그 문서가 후작에 의해 대비 앞에 정갈하게 펼쳐지고 있었다.

대비는 움직임이 자유로운 오른손으로 펜을 쥐었고, 서명을 위해 문서 위로 가져다 대었다.

"조모님."

그런데 이 엄청난 상황에도 꿋꿋이 침묵하던 프레데릭이 마지막 순간 말문을 열었다. 마른침을 삼키며 지켜보던 사람들은 전부 왕에게로 시선을 돌렸다. 오직 대비만이 손동작을 멈추고 고집스럽게 문서에서 눈을 떼지 않았다.

"병환 중이시라 하나 비밀 경로를 통해 현재 공국의 상황을 보고받으셨을 걸로 압니다."

"……."

"만약 그 때문에 이러시는 거라면 그만두십시오. 공국에서 레이튼이 갖고 있는 법적 지위와 권한, 그 모든 것을 거

둔다는 공식 서한만으로도 지금은 충분할 것입니다."

홍조를 띠고 있던 대신들의 얼굴이 시커멓게 가라앉는 건 순식간이었다.

하필이면 이 결정적 순간에!

합병을 목전에 두고 있던 상황에서 저 무슨 김빠지는 말씀이시란 말인가. 목이라도 내어놓고 말을 가로채고 싶은 욕망을 꾹꾹 누르며 대신들은 바쁘게 눈동자를 움직였다. 혹시라도 대비께서 마음을 바꿔 합병을 유보하겠다 결정하신다면 어떻게 다시 설득해야 하나. 대신들은 저마다 애가 달아 입에 침이 마르는데 이내 두 눈이 휘둥그렇게 커지며 눈동자에 이채를 띠었다. 반응 없이 문서만을 뚫어지게 보고 있던 대비께서 손을 움직이기 시작하신 것이다.

"조모님."

프레데릭의 만류에도 조피는 펜촉을 대고 서걱서걱, 자신의 성명을 명확히 기재해나갔다.

이까짓 게 뭐 어려운 일이라고. 엄한 놈한테 휘둘려 우둔하게 굴다가 아들까지 죽이고 만 어미인데. 손자까지 전장으로 내몰게 된 할미인데. 공국의 미래를 위해서도 차라리 베르덴에 편입되어 있는 게 나은 일일 것이다. 조피는 그저 모든 것이 부질없게만 느껴졌다.

한평생 공국에 집착하였으나 실상 그 마음은 애국과 거리가 멀었다. 백성들 위에 군림하는 걸 당연하게 여기면서도 정작 애민의 마음은 가진 적이 없었다. 조피에게 공국이란 꺾일 수 없는 자존심과 같은 것, 무엇 하나 내세울 것 없는 자신이 소름 끼치도록 잘난 인간들을 단번에 조아리게 만들 수 있는 유일한 무기와도 같은 것이었다. 그래서 놓을 수 없었고, 아집에 사로잡혀 평생을 병든 채 살아야 했다.

어쩌면 사랑받지 못했다는 열등감에 이 나이가 되도록 심술을 부리고 있었던 것인지도 모른다. 날개를 꺾어버린 어미를 증오하면서도 어린 시절의 약속을 잊지 않았던 아들. 친모를 억압하고 병들어 죽게 하였음에도 그로 인해 야기된 혼란 속에서 할미의 흔적을 조용히 지워준 손자. 핏줄로 이어진 특수한 관계 안에서 얼마든지 위로받고 조건 없이 애정을 주고받을 수 있었을 텐데.

그것을 망쳐버린 건 다른 누구도 아닌 바로 나.

모든 것을 잃은 후에야 조피는 고통스럽게 깨닫고 있다. 이제껏 자신이 무엇을 놓치며 살아온 것인지를.

서명을 마친 조피는 곧바로 시녀에게 신호를 보냈다. 이제 여기서 나가게 해달라고. 손자의 시야에서 얼른 도망칠 수 있도록 밖으로 내보내달라고. 무슨 염치가 있어 저 아이의 눈을 똑바로 바라볼 수 있을까.

이곳에 들어와 고개 한 번 들지 못하였던 조피는 끝까지 그 상태를 고집하며 도망치듯 자리를 떠났다.

"전하."

펜을 놓자마자 그대로 나가버리는 대비의 뒷모습을 대

신들은 얼떨떨해하며 지켜보았다. 그중 가장 노회한 대신은 대비가 남겨놓고 간 문서를 냉큼 집어다 군왕께로 가져갔다.

헤젠부르크의 대공이 서명을 마쳤으니 이제 베르덴의 군주가 서명을 한다면, 두 나라가 통일되는 역사적 의의를 가질 뿐 아니라, 공국에 주둔한 라인트의 부대를 당장에 때려 부숴도 하등 문제 될 게 없었다.

"전하, 어서 서명을……."

허겁지겁 펜을 내미는 대신들의 조바심에 프레데릭은 순순히 문서를 넘겨받았다.

조모의 아픔이나 고뇌, 짙은 회한 같은 건 돌아보지 않으려 한다. 나를 세상에 있게 한 아버지의 모후로서 나름대로의 예우를 다하였으니 그것으로 나머지는 모르는 척 편한 길을 거부하지 않을 것이다. 주름진 얼굴 위, 뼈아프게 새겨진 죄책감과 후회는 죽을 때까지 짊어져야 할 당신의 업보. 나는 그저 마지막 과제가 한 꺼풀 가벼워졌음에 안도하고, 더욱 가까워진 그 아이와의 재회를 기뻐할 것이다.

봄에는 너를 다시 볼 수 있지 않을까.

겨울의 끝 무렵, 가볍게 서명을 마친 프레데릭은 봄날의 따뜻한 햇볕 아래 해나와 느긋이 걷고 있는 자신을 상상해 보았다.

16
윈터 블루스

합병에 관한 대비의 발표문과 공국의 현황은 활자로 세세히 기술되어 시중에 배포되었다. 그야말로 전조도 없이 맞닥트린 상황 앞에 백성들은 크게 술렁였지만 바로 몇 해 전 전쟁을 직접 겪어본 이들답게 곧 자제하는 분위기가 조성되었다.

그때처럼 여러 나라가 개입해 한꺼번에 쳐들어온 게 아닐뿐더러 라인트는 이미 기울고 있는 나라였다. 베르덴의 강력한 군사력으로 어렵지 않게 물리칠 수 있다는 합리적 판단이 백성들을 빠르게 진정시켜나갔다. 일부에서는 250여 년 만에 이룩한 이 땅의 통일과 전쟁의 승리를 동시에 자축하자는 말까지 나돌고 있었다.

이른 아침 대광장 주변의 골목, 여느 때처럼 후드를 깊이 내려쓴 에스텔이 작은 보폭으로 민첩하게 골목을 지나가고 있었다. 지난번 광장 한가운데서 봉변을 당하고, 레오폴트가 어디에선가 지켜보고 있음을 알게 된 뒤 선택하게 된 골목길. 지금까지는 눈에 띄지 않게 잘 이용해왔는데 불행히도 오늘 미행이 붙고 말았다. 살금살금 따라붙던 상대는 에스텔이 알아채고 날렵히 걷기 시작하자 들켜도 상관없다는 양 대담하게 움직였다. 마치 처음부터 들키기를 바랐던 것처럼 거침이 없었다.

에스텔은 거의 달리듯 걸음을 빨리하였다. 보고 싶지 않은데, 이대로 평생 조용히 살다가 눈을 감고 싶은데 왜 가만 놔두지를 않는 것인지. 숨이 차도록 도망치던 에스텔은 부글부글 속이 끓어올라 불시에 달리기를 멈추고 뒤를 돌아보았다. 처음부터 그라는 걸 눈치 채고 있었기에 한쪽 팔을 앞으로 뻗어 다가오지 말라는 완강한 몸짓을 보였다.

"제발!"

"에스텔."

네 걸음 앞까지 따라붙었던 레오폴트는 양손바닥을 들어 올려 가까이 가지 않을 테니 진정하라는 신호를 보냈다. 에스텔을 안심시키기 위해 한 발짝 뒤로 물러서기도 하였다. 하지만 배려는 거기까지. 에스텔이 매정히 돌아서려 하자 할 말은 해야겠다는 얼굴로 팔을 내리고 입을 떼었다.

"놀라게 했다면 미안해. 그래도 이건 아니지 않나? 이러고 다니는 이유가 뭐야? 마차는? 하녀는? 호위는? 곁에 사람 하나 없이 음산한 뒷골목을 홀로 막 다녀도 괜찮은 건가? 전하께서 호위 인력을 증원해주셨잖아. 하다못해 유모라도 동행을 했어야지!"

"저는 이게 편합니다."

"그러다 험한 일이라도 당하면 어쩌려고? 사람이 붐비는 곳에서도 봉변을 당하는 판에 인적도 없는 골목에서 무슨 일이 생길지 어떻게 알고? 광장에서 있었던 사고를 벌써 잊은 것은 아니겠지?"

"그건 그때뿐이었습니다."

당연한 일이었다. 그날 이후로 근방에서 소문이 안 좋게 도는 것들을 싹 정리해 쫓아버렸으니까.

에스텔이 당한 수모를 뒤늦게야 전해들은 레오폴트는 피가 거꾸로 솟구치는 것 같았다. 살상은 안 된다는 프레데릭의 명만 아니었다면 당시 에스텔을 해코지했던 패거리 전부를 저승길로 안내했을 것이다. 그들을 알거지로 만들어 시골구석에 처박아놓기는 했으나 무뢰배들이란 어디에서든 끊임없이 기어 나오기 마련이었다.

또 무슨 일이 벌어지면 어떡하나 레오폴트가 가슴을 졸이는 데 반해 몸을 반쯤 돌리고 선 에스텔은 무심한 얼굴이었다.

"마차를 이용하고 하녀에 호위까지 대동해도 험한 꼴을 당하려면 얼마든지 당할 수 있습니다. 공녀인 제가 창녀로 낙인찍힌 게 한순간이었음을 가까이서 지켜보지 않으셨습니까."

과거에 관해서라면 레오폴트는 할 말이 없었다. 그녀를 믿지 못하고 잠시나마 동요했던 사람으로서 눈가에 희미한 고통이 떠올랐다. 가장 치명적이고 가슴 아픈 약점, 부끄러움과 후회가 또다시 그를 책망했다.

"각하께서 따로 사람을 붙여놓으셨다는 것을 알고 있습니다. 호위라는 명목으로 그리하셨겠지요. 저에게 도움은 커녕 신경에 거슬려 예민해질 뿐이니 이참에 그들도 거두어주십시오."

"그 정도는 모르는 척해줄 수 없나?"

"각하의 수고로움을 몰라드려 서운하신 겁니까?"

"걱정이 되어 그러는 거잖아."

"전혀 고맙지 않습니다."

내내 외면하고 있던 에스텔은 돌연 몸을 바로 하더니 레오폴트를 담담하게 쳐다보았다.

"간절히 필요했던 단 한순간, 그때의 절실함을 외면당하고 나니 이제 당신께 어떠한 호의를 받아도 서운할 뿐입니다."

"……."

"전하께서 주실 수 있고, 유모도 줄 수 있는 것. 각하께서는 제게 딱 그만큼의 마음만 내어주셨습니다. 그 이상의 것을 바랐던 저는 각하께 받지 못한 부족한 마음을 섭섭함으로 채웠고, 노력은 해보았으나 풀어지지가 않습니다. 우리는 이미 교차점을 지나친 것입니다."

"내가 교차점으로 돌아가 최대한 빨리 당신을 쫓아간다면?"

"부탁드리겠습니다. 앞으로는 저를 모르는 사람인 듯 대해주십시오."

차라리 화를 내고 소리를 지르는 게 나을 것 같았다. 차분하게 내려앉은 회녹색의 눈동자는 레오폴트의 가슴에 닿아 사느랗게 스며들었다.

차가움과 비통함, 덤덤함과 간절함, 서늘한 정적과 애가 타는 아우성. 두 개의 시선이 각각의 색을 띠고 격돌하다가 빙긋, 레오폴트의 싱그러운 미소에 유야무야 흩어져 각자에게 흡수되었다.

"그거 알아? 당신이 이렇게 나와 말을 길게 섞어준 것도, 눈을 맞춰준 것도 근 7년 만의 일이라는 거."

에스텔은 고집스럽게 고개를 돌려버렸다.

"오랜만에 목소리를 들으니 나는 좀 살 것 같은데. 당신은 짜증스럽겠군."

"장난은 그만두십시오."

"전쟁이 길어질 것 같아."

단호한 에스텔도 전쟁이 길어진다는 소식에는 흠칫하였다.

"생각지도 못한 일이 터져버렸어. 후방에서 지원하려면 나도 당분간 왕궁에서 나오지 못하게 되겠지. 광장에 숨어 지켜보지 못하게 되었으니 마음 편히 큰길로 다니라는 소리야. 지난번 당신을 해코지했던 패거리도 에리카를 떠났으니 안심하도록 하고."

"……."

"붙여놓은 호위는 신경 쓰이지 않도록 내가 잘……."

이왕 이렇게 된 거 몇 마디 더 길게 나눠보고 싶었는데, 에스텔은 그가 미적거리는 걸 알았는지 간단히 예를 올리고 그곳을 떠나버렸다.

"그리웠어."

거부감을 일으킬까 차마 내보일 수 없었던 진심. 레오폴트는 가장 하고 싶었던 그 말을 외면받고 나서야 진중히 던져보았다. 비록 에스텔은 꿋꿋이 앞만 보며 걷고 있지만, 이 정도의 구박쯤이야. 이미 오래전부터 어떠한 무시와 경멸도 기꺼이 받아들일 준비가 되어 있는 그였다.

수많은 호수와 빼어난 설경이 장관을 이루고 있는 곳. 차비가 16년이나 유폐되어 있던 여름 별궁은 에리카에서 한참이나 북쪽으로 떨어진 파울루란 곳에 자리하고 있다. 어느덧 5월 초, 에리카는 파릇한 새잎이 돋아날 시기이지만 파울루는 지리적 특성상 여전히 겨울의 끝을 지나는 중이었다.

옛 건물을 부수고 최근에야 완공된 여름 별궁은 감탄을 자아낼 만큼 유려한 모습이었다. 새하얀 회벽, 입체감 있게 자리한 원형 모양의 터릿, 수십 개의 장식창, 고급스러운 빛깔의 은회색 지붕. 이전보다 건물 규모를 축소한 대신 석재를 기본 재료로 보온 효과를 높이고 균형미를 살려 르네상스 양식을 그대로 재현해낸 모습이었다.

사실상 새로 지어진 별궁을 처음으로 사용하고 있는 해나는 오늘도 어김없이 산책에 나섰다. 훈훈한 실내를 벗어나 보슬보슬한 얼음 알갱이를 밟으며 숲으로 향했다. 한참을 가다가 걸음을 멈추고 무릎을 구부린 장소는 성 외곽에 자리한 왕실 소유의 숲 속. 몇 송이의 카이란이 듬성듬성 꽃을 피운, 깊고도 으슥한 곳이었다.

'이것이 마지막이겠구나.'

얼마 후면 이곳에도 봄이 찾아올 것이니 카이란도 이제 꽃송이를 떨구고 다음 겨울을 기약해야 할 시기였다. 이곳을 발견한 건 지난 3월, 후퇴한 줄 알았던 라인트가 오래전부터 노려왔던 험준한 산세를 뚫고 생각지도 못한 곳에서 공격을 해왔을 때였다. 전쟁은 연장되었고, 프레데릭은 북서 방향의 끝자락까지 정신없이 달려가야만 했다.

사나운 바람과 혹한의 겨울이 극성을 부리고 있는 곳. 전쟁이 쉽게 끝날 거라 여겼던 해나는 소식을 듣자마자 명치가 탁 막히는 것 같았다. 찬바람이 필요해 밖으로 뛰쳐나왔고 무작정 걷다 보니 엉뚱한 곳에서 기적의 꽃을 발견하게 되었다. 기분 좋은 예감. 어쩐지 행운의 부적을 발견한 것 같아 당시 해나는 이곳에 앉아 겨울 꽃을 한참이나 들여다보았다.

그날 이후 프레데릭에 대한 걱정으로 초조한 마음이 들

때면 해나는 추위를 무릅쓰고 이곳으로 달려오곤 하였다. 따라붙는 호위가 있어 차마 소리 내어 말하지는 못하였지만 카이란을 바라보며 속으로나마 한 번씩 그의 이름을 버릇처럼 불러보았다.

'칼…….'

곧 찾아올 이곳에서의 봄을 당신과 함께 맞이할 수 있었으면.

국력이 쇠하고 있다 하나 라인트의 군대는 사납고 잔인하기로 악명이 높았다. 모두가 전멸하고 소규모의 부대원만 남은 상태에서도 굴하지 않고 끝까지 버텨내는 독종 중의 독종이었다. 섣불리 쳐들어오는 이들도 아니었지만 일단 전쟁을 일으키고 나면 끝장을 보고 마는 저들이기에 프레데릭의 출정은 당연한 수순이었다. 라인트의 병력이 하나로 결집되기 전 초반 진압을 확실히 해야 할 필요가 있었다.

프레데릭의 지휘 아래 베르덴은 공국을 급습했고 쉴 틈 없이 몰아붙였다. 그러다 싸한 느낌을 받은 건 평소와 달리 건성으로 싸우던 저들이 기민하게 퇴각했을 때였다. 해나의 결정적 제보를 단서로 삼아 짧은 시간에 다급히 알아낸 정보이니만큼 허점은 얼마든지 존재할 수 있었다. 그 한계를 염두에 두고 있던 프레데릭은 추격을 멈추고 왕궁으로 사람을 보냈다.

아니나 다를까, 전령이 가져온 소식은 모두를 기함시키기에 충분하였다. 공국에 주둔한 대대와 운항 중이라던 군함은 눈속임에 지나지 않았다. 저들이 실제로 노리고 있던 건 반세기 전 선조 때부터 시도해왔으나 절대로 뚫지 못하였던 곳, 험한 날씨와 가파른 산세가 방어막 역할을 하였던 북서쪽의 국경이었다.

"기어이 그 산을 뚫고 내려왔다니. 저는 아직도 믿기지가 않습니다."

"저놈들이 괴물인 거지."

밤이 깊어 허공 위로 성근 바람 소리만 구슬픈 시각, 눈보라가 점차 강해지는 가운데 임시로 파놓은 참호에 군인들이 빼곡히 들어차 깜깜한 암흑을 주시하고 있었다.

그중 누군가에게서 흘러나온 수런거림에 주위의 군인들은 저마다 소리 없는 헛웃음을 지었다. 라인트인의 집념이 무섭기도 하였고 다시금 생각해도 어이가 없었다.

"그나저나 정말 이 밤이 지나면 전투가 끝나 있을까요?"

"전하께서 해 뜨기 전까지 전쟁을 끝낸다고 하셨으니 우리도 사력을 다해야지."

다닥다닥 붙어 숨을 죽인 군사들은 만여 명에 달했다. 이들은 작전상 3진에 속하는 군병들. 왕께서 최정예 전투원 백 명을 이끌고 적의 사령 부대를 기습하면 2진인 7,000의 부대가 그들을 보좌하고, 3진인 이들이 측면공격을 감행할 예정이었다.

적군의 숫자는 3만이 훌쩍 넘는 것으로 추산되고 있으니 수적으로 보자면 열세라 할 수 있었다.

그러나 왕의 휘하에서 전투를 벌여본 바, 숫자는 그저 숫자에 불과했다.

“전하를 뵌 적이 있으십니까?”

“멀리서 얼핏 뵙기는 하였지.”

“일반 보병 가운데 전하를 가까이서 본 전우들이 실제로 꽤 있다 들었습니다.”

“자세히는 아니지만, 나처럼 언뜻 뵙기는 했을 거야. 살벌한 전투 중에 자세히 뵐 시간은 없었을 테니까. 분명한 건 적과 뒤엉켜 우리랑 똑같이 바닥에서 구르고 있는 옆 사람이 전하일 가능성도 있다는 사실이지.”

“아! 그 소문이 사실이었군요.”

백이면 백 모든 신참들이 똑같이 묻고 똑같이 보이는 반응에 선임들은 피식, 작은 웃음을 흘렸다. 그러면서도 절대 시선을 정면에서 떼는 법이 없었다.

“궁금한 게 많은 건 알겠는데 질문은 내일로 미루고 지금은 정면만 주시하도록 해. 신호가 터지면 주저 없이 뛰어나가야 한다고. 열심히 싸워야 내일 따뜻한 곳에서 발 뻗고 잘 수 있다.”

선임의 말에 주위의 동료들도 손에 든 머스킷을 한 번 더 단단히 죄어 잡고 새까만 허공을 응시했다. 경계 없이 사방으로 뻗어 있는 묵직한 암흑 아래 수만의 군사가 결전의 시간을 앞두고 있었다.

라인트와 맞닿아 있는 국경의 바람은 짐승이 포효하듯 억세고 우렁찬 소리를 끊임없이 생성해내었다. 짙은 어둠이 깔려 더 괴기스러운 분위기를 자아내는 설원. 궂은 날씨로 달빛 한 줄기 비치지 않은 그곳에 프레데릭이 눈 속 깊이 몸을 숨기고 있었다.

약 두 시간 뒤면 서서히 먼동이 터오를 시각. 이리저리 휘날리다 방향이 틀어진 바람은 거대한 눈보라를 일으켜 라인트 쪽으로 세차게 불어대고 있었다. 프레데릭이 기다리던 결정적 순간이 다가온 것이다.

"전하, 눈보라의 방향이 완전히 바뀌었습니다."

"정확히 일각 후 작전을 개시한다."

"예."

왕의 은밀한 하명은 백 명의 전투원들 사이로 빠르게 전달되었다.

절대로 뚫을 수 없을 거라 여겼던 국경이 단숨에 무너져 내렸다. 애초에 경계를 위해 주둔했던 부대가 야수와도 같은 적국의 공격 부대를 막는 건 불가한 일이었다. 프레데릭이 달려와 지휘권을 넘겨받은 후에도 베르덴은 한참이나 고전을 면치 못했다. 수세에 밀려 후퇴를 거듭했고 땅 일부를 버려야 하나 심각한 고민에 빠져들었다. 악천후라는 뜻밖의 구원 같은 변수가 찾아온 건 그 순간이었다.

눈이 진눈깨비로 변하며 바닥이 진창으로 뒤바뀐 기후 변화. 프레데릭은 즉각 포병을 뒤로 빼고 군사의 기동력을 활용했다. 반면 진영에서 멀리까지 쫓아왔던 저들은 공격의 형태를 빠르게 바꾸지 못했다. 기를 쓰고 대포를 쏘아댔지만, 효과는 전과 같을 수 없었다. 떨어지는 즉시 단단한 지반의 반작용으로 이리저리 튀어대며 적군의 목숨을 앗아야 하는 포탄이거늘. 날아드는 족족 물러진 땅 위에 얌전히 처박혀 고유의 파괴력을 상실한 것이다. 저들은 성능이 떨어진 대포만 죽어라 쏘아대다 주도권을 빼앗기고 말았다.

삽시간에 뒤집힌 공수의 전환. 이후 기온은 급강하하였고 진눈깨비는 다시 폭설이 되어 세상을 뒤덮었다. 프레데릭은 이때를 놓치지 않고 과학과 천문학의 지식을 총동원, 바람의 방향과 날씨의 변화를 예측해 잠시의 틈도 없이 결전을 치르기로 하였다.

이제 눈보라에 몸을 숨겨 적진의 한가운데를 돌파해야 할 시간.

몸을 일으키다 문득 뒤를 돌아본 프레데릭은 하얗게 휘몰아치는 눈보라 사이로 진득하게 달라붙는 수백의 시선을 느꼈다. 보이지는 않으나 의심 없는 존경과 무한한 신뢰를 담고 있을 눈빛이었다. 언제나 당연하게 받아들였던 저들의 눈빛이 이번 전쟁에서만큼은 가없이 버겁고 부담스럽게 다가왔다. 충성스러운 저들의 시선으로부터 프레데릭은 그만 벗어나고 싶었다.

"전하."

주춤대는 주군이 이상했는지 곁에 있던 헨리크가 조심스레 그를 살폈다. 평소와 달리 지치고 곤해 보이는 모습에 걱정이 된 모양이었다.

"괜찮으십니까?"

"……."

"그동안 무리하셨습니다. 상승세를 타고 있으니 오늘 밤 공격은 소신에게 맡기고 쉬시는 게 어떠하시겠습니까?"

가장 먼저 적진에 뛰어들어 용맹함을 몸소 보여주는 군왕. 베르덴의 군사는 그들의 왕을 자랑스러워하였다. 그것이 진정한 용기가 아닌, 힘을 모으기 위한 절박한 몸짓이었음을 안다면 얼마나 큰 배신감을 느낄까. 실상 프레데릭은 걱정을 담아 물어오는 헨리크의 제안에 덥석 응하고 싶었다. 이쯤에서 쉬고 싶었고, 그 아이와 평온하고 싶었다.

"내 일은 내가 알아서 한다."

그러나 꾀를 부리기엔 프레데릭은 너무나 잘 알고 있었다. 베르덴의 군사는 왕을 앞세워 나아갈 때 더 용감하고 더 과감해질 수 있다. 그것은 군권이 필요했던 시절 자신이 저들을 그렇게 현혹하고 길들인 결과. 이 모든 건 스스로 쌓아놓은 업보이니 거두는 것 역시 그의 몫이어야만 했다.

"기병대를 먼저 격퇴할 것이다. 모두에게 주지시켰겠

지?"

"예. 보초를 뚫는 즉시 기병대의 진영을 전멸시키고 말들을 몰아넣은 곳에 화약을 설치, 그것을 폭파하는 동시에 아군에게 신호를 보낼 계획입니다."

준비는 완벽했다. 이제 업보를 털어내야 할 시간. 헨리크와의 짧은 대화로 마음을 다잡은 프레데릭은 거세지는 눈보라를 응시하며 어둠 속으로 거침없이 뛰어들었다.

속수무책이었다. 눈도 뜰 수 없을 만큼 눈보라가 강하게 불어왔다. 그 자연의 힘을 앞세워 어둠 속에서 형체도 없이 튀어나온 이들은 순식간에 경계를 허물고 라인트의 본진을 제멋대로 휩쓸고 다녔다.

시커먼 굴에서 악귀들이 꾸역꾸역 튀어나오듯, 암흑 속에서 끝도 없이 쏟아져 나오는 베르덴의 군사들은 흡사 지옥의 사신과도 같았다. 사방에서 일제히 들려오는 누군가의 숨 끊어지는 소리가 끔찍스럽다. 바람과 함께 날아드는 비릿한 혈향, 새까만 하늘을 수놓은 무시무시한 불꽃, 귀청이 떨어져 나갈 듯 하늘을 울리는 말들의 울음소리. 그것을 신호로 정면에서, 그리고 측면에서 무지막지하게 밀려드는 베르덴의 지원군. 거친 비명이 허공을 찢고 번쩍이는 포화가 굉음을 토해내 천지가 뒤흔들렸다.

베르덴의 총공세로 라인트의 기병대와 수뇌부는 일시에 괴멸되었다. 지도부를 잃은 군졸들은 역할을 찾지 못해 우왕좌왕하다가 일대 다수로 최후의 발악을 해댔다. 아수라장의 한가운데, 사령관으로 출정한 황제의 서장자는 본진의 군막을 벗어나지 못하고 땅바닥에서 육탄전에 가까운 몸싸움을 벌이고 있었다.

"으윽!"

상대는 베르텐의 국왕 칼 프레데릭. 적군과 아군이 하나로 뒤엉켜 함부로 총도 쏘지 못하는 사이, 야만적인 주먹다짐이 막무가내로 오갔다. 몸놀림을 보면 서장자라는 놈도 평소 수련을 게을리하지 않은 모양이었으나 어린 시절부터 전장을 누빈 프레데릭에게는 어림도 없었다.

주변은 차츰 정리되어갔다. 베르텐의 전투원들이 서장자의 호위 인력을 거의 제압하고 주위에 보이는 총과 검을 압수하였다. 한바탕 몸싸움을 끝낸 헨리크 역시 긴장을 그대로 유지한 채 여차하면 끼어들 자세로 주군을 주시하고 있었다.

그러는 가운데 황제의 서장자가 일격을 당해 바닥을 구르다 반격을 포기하고 도망치듯 눈에 보이는 군막 안으로 기어들었다. 한달음에 쫓아간 프레데릭은 거의 몸을 숨긴 서장자의 발목을 낚아채 인정사정없이 밖으로 잡아당겼다.

질질 끌려 나온 거구의 사내는 포로가 되는 것만은 피하고 싶은지 안쪽에 숨어 있던 누군가의 다리를 악착같이 잡고 버텼다. 여기서 더 힘을 빼는 건 의미가 없었다. 프레데릭은 상대의 허리춤을 쥐어 잡고 단박에 밖으로 끌어내던 중, 딸려 나오는 또 다른 사내의 얼굴에 실소가 터졌다. 공국을 샅샅이 뒤져도 찾지 못했던 저놈이 어찌하여 추레한 몰골로 여기까지 와 있는 것인지. 잠시 황당했지만, 프레데릭은 굳이 알 필요가 없다는 생각이었다.

"저, 전하!"

제 목숨 하나를 위해 나라와 가족, 저를 따랐던 귀족들까지 전부 버리고 적군에게 몸을 의탁한 레이튼. 라인트에 기꺼이 공국의 문을 열어준 뒤 혹시 모를 사태에 대비해 두 군인을 따라 이동하였다. 베르덴을 감당할 수 없으니 헤젠부르크의 대공 지위를 보장해주기로 한 라인트 측에 의지하기로 했던 것이다. 혼란스러운 시국을 감안해 전쟁이 끝날 때까지 따로 안전을 도모할 필요도 있었다.

그런데 안전은커녕 두 군인이 쉬지 않고 달려온 곳은 하루에도 무수한 목숨이 희생당하는 전쟁터였다. 이곳에서 그는 제대로 대접받지 못하고 모진 추위에 고생만 하다가 가장 피하고 싶었던 상대, 칼 프레데릭의 발아래에 그야말로 엉겁결에 끌려 나오고 말았다.

"잠시만! 잠시 드릴 말씀이 있습니다!"

프레데릭은 황제의 서장자를 물건처럼 헨리크에게 던져버리고 차가운 시선을 내렸다. 그것은 마치 표적을 주시하는 괴수와도 같아 레이튼은 어깨를 움칠거렸다. 덜덜 떨면서 슬금슬금 뒤로 기어가는데 목덜미에 억센 힘이 가해졌다. 눈 깜짝할 새 몸이 앞으로 뒤집힌 그는 뼈가 바스러지는 듯 턱에 연달아 통증을 느꼈다. 가격을 당할 때마다 얼굴이 흔들리고, 시야가 흩어지고, 귀가 먹먹해 정신이 혼미하였다.

입가와 눈언저리가 터져 부어오르는데도 프레데릭은 감정 없는 사람처럼 그를 쉴 새 없이 가격했다. 빠져나갈 구멍이 없어 레이튼이 몸을 축 늘어트리고 마는데.

"크헉!"

프레데릭이 목을 조르듯 그의 멱살을 움켜쥐었다. 숨이 쉬어지지 않아 벌게진 얼굴로 컥컥댔지만 일말의 자비도 베풀지 않았다.

"할 말이 있다?"

"전…… 하."

"가족까지 버리고 도망을 쳤으면 할 말이 있다가도 없어야 하는 것 아닌가? 애초에 충성심이나 의리 같은 건 찾아볼 수 없었어도 핏줄이라면 끔찍해하는 줄 알았지. 부인에 자식, 하물며 어린 손주들의 목숨까지 희생시켜버리더니 이제 와서 뭐? 할 말이 있다? ……왜, 살고 싶은 것이냐!"

프레데릭은 레이튼이 목에 두르고 있는 꼬질꼬질한 넥스톤을 거칠게 빼내어 그의 입속에 마구잡이로 쑤셔 넣었다.

"치우지 않은 쓰레기 하나가 얼마나 심각한 오염을 일으킬 수 있는지 이번에 몸소 체험할 수 있었다. 값진 경험을 할 수 있게 해준 네놈의 공로를 높이 인정하는 바, 내 너에게 특별한 보상을 내리노니 그토록 아끼는 네 목숨만은 두고두고 유지할 수 있게 해줄 것이다."

"우욱……."

갑작스레 침입한 천 쪼가리가 입안에 꾸역꾸역 들어차 목젖을 건드리자 중년의 사내는 눈물까지 흘리며 헛구역질을 해댔다. 그러거나 말거나 프레데릭은 그를 루카스에게 던지듯 밀어버리고 포승줄에 결박되는 모습을 지켜보았다.

"너 같은 놈이 자결은 꿈도 꾸지 않겠지만 허용할 생각도 없다. 원대로 장수하여 신께서 부르시는 그날까지 이승에서 치러야 할 죗값은 전부 치르고 가도록 하여라."

꼴도 보기 싫었다. 프레데릭이 고개를 돌리자 라인트의 사령관을 포함, 생포된 이들은 줄줄이 다른 곳으로 인도되었다.

프레데릭은 가쁜 숨을 골랐다. 거칠었던 전투로 전신의 근육이 비명을 질렀다. 결리는 허리를 곧게 펴자 그제야 주변의 풍경도 한눈에 들어왔다.

태양이 기지개를 켜는지 어느덧 어둠이 물러가고 세상은 새벽빛으로 물들어 있다. 매섭게 휘몰아치던 눈보라도, 맹렬히 타오르던 불길도 완전히 잦아들어 매캐한 연기만이 자욱하였다. 선투에 임하느라 시간의 흐름도 알 수 없었던 그는 새삼 가슴이 벅차올랐다.

……끝난 것인가?

라인트의 진영에서 머스킷을 들고 자유로이 활보하는 이들은 전부 베르덴의 군사들이었다. 승리의 기쁨보다 끝났다는 안도감에 프레데릭은 맥이 풀려 사지가 떨렸다. 힘든 줄도 모르고 마지막까지 혈투를 벌였으나 체력적으로 한계에 다다라 있었다.

"전하, 임시 지휘소가 세워졌습니다. 그리로 가셔서 잠시만 쉬시는 게 어떠하시겠습니까?"

"그래야겠군."

"소신이 길을 잡겠습니다."

기습을 시작하기 전부터 주군의 상태를 예의 주시했던 헨리크가 눈치껏 쉴 곳을 마련하고 안내를 자청했다.

지쳐 있던 프레데릭은 순순히 걸음을 떼었다. 헨리크를 따라 발길을 돌리고 무심코 주변을 쭉 훑으며 고개를 똑바로 하였다. 하지만 앞을 향했던 고개는 잠깐의 여유도 없이 금방 지나왔던 방향으로 되돌아갔다. 저 앞, 수없이 지나는 군사들 사이로 또렷하게 눈이 마주친 한 사내가 있다. 어딘지 모르게 낯이 익은 얼굴에 베르덴의 장교복을 갖춰 입었음에도 강한 살기와 꺼림칙한 기분을 들게 하는 자였다.

막 전투를 끝낸 뒤라 그러한 기분이 들 수도 있었다. 프레데릭은 대수롭지 않게 넘기려 하는데 비스듬히 서 있던 사내가 몸을 틀어 정면을 내보였다. 그러자 드러나는, 왼쪽 눈가에 사선으로 새겨진 검붉은 상처. 그 상처는 작년 여름, 프레데릭을 격노케 하였던 한 사건과 망종 같은 인간을 선명히 떠오르게 하였다. 전 재산을 몰수당한 뒤 소규모의 농장 하나만 건져 변방으로 이주한 알리시아 공작의 장손.

프레데릭이 그를 정확히 기억해낸 찰나, 악에 받친 상대는 외투 밖으로 몸을 감쌌던 망토 자락을 열고,

타앙!

고막이 터질 듯한 총성을 만들어내었다. 동시에 프레데릭은 가슴에 격렬한 통증이 일어 심장이 갈기갈기 찢겨져 나가는 느낌이었다.

탕!

대지를 뒤흔드는 또 한 번의 소리가 반복해서 울렸다.

시뻘겋게 달구어진 꼬챙이가 가슴으로 날아와 마구잡이로 심장을 쑤셔대는 듯 극심한 고통이 숨통을 죄었다. 순백의 눈가루. 그 위로 새빨간 꽃잎처럼 점점이 흩뿌려진 핏방울. 메아리처럼 울리는 누군가의 처절한 절규.

무슨 일이 벌어지고 있는 것인가…….

앞서 걷던 헨리크가 짐승처럼 울부짖으며 달려오는 광경이 천천히 시야 밖으로 밀려나고.

털썩.

육중한 무언가 바닥을 치는 소리와 함께 프레데릭의 시야에는 아침 해가 떠오르는 드높은 하늘이 펼쳐졌다.

“허헉…….”

이글이글 떠오르는 태양이 심장을 태우고 있는가. 불벼락이 떨어져 가슴을 뚫고 심장을 사납게 난도질하고 있는가. 나의 역할이, 허락된 삶이, 정해진 운명이 여기까지일지라도 놓을 수 없는 한 사람이 있으니. 신이시여, 제발 저에게 한 번만 더 기회를 주시길.

‘아마도 저는 평생 당신을 떠올리며 살아가게 되겠지요.’

이대로 과거라는 무덤에 갇히지 않도록.

‘어디에서 어떠한 모습으로 살아가든 매 순간 저는 당신과 함께하게 될 겁니다.’

은애하는 이의 현재가 되어 남은 생을 함께할 수 있도록.

‘당신을 온전히 담을 수 있어 저는 행복합니다.’

부족한 사내를 온 마음으로 담게 된 그 아이가 홀로 남아 외로워지지 않도록.

말하고 싶었다. 모든 것에서 벗어나 너 하나만 바라보며 살고 싶다고. 다른 누구도 아닌 너와 나, 우리 둘만을 위해 살아가고 싶다고. 그러나 평생을 고통 속에 살아야 했던 불쌍한 내 어머니. 그분이 가슴에 밟혀 네 아픈 고백도 침묵으로 일관하며 우리를 고통스럽게 하였다.

내게 있어 너는 단 하나의 위로.

어머니를 구하는 게 주어진 사명이었다면 맑고 깊은 너의 눈을 바라보며 사는 건 나의 바람이었다. 태어나서 딱 하나, 유일하게 나를 위해 간절히도 바랐던 소망. 그 하나의 바람을 이루는 게 왜 이리도 어려운 것인지…….

가물가물 의식이 멀어지는 가운데 프레데릭은 파편처럼 떨어져 나가는 영혼을 기를 쓰고 잡았다. 하나의 목소리, 하나의 얼굴, 지금 이 순간 가장 불러보고 싶은 단 하나의 이름을 가슴으로 부르며.

……해나.

나는 너에게, 언제나 현재이기를 바란다.

승리를 자축하며 기뻐한 것도 잠시, 라인트를 제압한 베르덴의 진영은 깊은 충격에 휩싸였다. 아군 진영에서 울린 두 발의 총성과 지도자의 치명적 부상. 상상도 할 수 없는 일이 벌어져 경악스러워하는 가운데 모두의 신경은 바쁘게 움직이는 군의관들에게로 집중되었다. 군대의 정신적 지주이자 이제는 신화 같은 존재가 되어버린 주군. 그분의 기적적 회생을 모두가 숨죽여 기다려야 하는 상황이었다.

그리고 여기, 왕과 함께 주목받는 20대 후반의 신병이 한 명 더 있었다. 암살범이 왕의 심장을 저격한 뒤 확인 사살을 위해 또 한 번의 방아쇠를 당겼을 때. 그를 몸으로 덮쳐 두 번째 총알을 대신 받아낸 전우. 그의 희생 정신으로 주군께서는 즉사를 면하실 수 있었으나 신병 역시 사경을 헤매고 있어 모두가 안타까움을 금치 못했다.

"좀 어떠한가?"

괴로운 신음과 끊어질 듯 힘겹게 이어가는 숨소리가 애

처럼게 울리는 군막, 다급히 들어선 헨리크가 신병의 상태를 물었다.

"좋지 않습니다."

"꼭 살려야 한다. 전하를 위해 뛰어든 자다."

"최선을 다하고는 있지만……."

군의관은 지혈을 위해 손을 바쁘게 놀리면서도 비관적인 얼굴로 끝말을 흐렸다.

평소 감정을 드러내는 법이 없던 헨리크가 초조한 기색을 숨기지 못했다. 어떠한 경우에도 주군의 곁을 떠난 적이 없는 그가 이번만큼은 이쪽으로 달려와야 했다. 자신이 해야 할 일을 저자가 대신 한 것 같았고, 저자를 먼저 살려놓아야 주군을 살려달라는 기도가 하늘에 닿을 것 같았다.

그런데 가망이 없다니. 제 목숨의 절반이라도 떼어서 나누어주고 싶지만, 모두가 알고 있었다. 주군도, 신병도 회생할 가능성이 희박하다는 사실을.

신병은 간헐적인 신음을 토해내었다. 초점 잃은 눈으로 허공을 응시하며 알아들을 수 없는 어떤 말을 중얼거렸다.

"뭐라고 하는 것인가?"

"알아듣질 못하겠습니다. 기도문을 외우는 것 같기도 하고, 타국어를 하고 있는 것 같기도 하고."

"그렇다면 타국어를 하고 있는 것일 게다."

헨리크의 눈가가 조금씩 젖어들었다. 지독한 통증으로 신음하는 신병에게 아무것도 해줄 수 없어 안타까웠다.

저자에게 어떠한 사연이 있는지 정확히 알지 못한다. 그가 아는 거라곤 귀족임에도 성을 버리고 이름 없는 군인이 되어 전장에 뛰어들었다는 것. 전하의 심기를 불편하게 건드리던 자라는 것. 이국의 여인과 깊은 인연이 있다는 것.

그래도 왕을 위해, 어쩌면 아프게 바라보던 이국의 여인을 위해 스스럼없이 목숨까지 내놓은 사람이니, 헨리크는 저자를 위해 충분히 울 이유가 있었다.

지금도 여전히 믿기지 않았다.

얀 슐레이트.

어찌하여 당신이, 여기서 이렇게…….

여러 명이 눈앞에서 아우성을 쳐대고 있으나 저들의 말이 들리지 않은 지는 오래전이었다. 얀은 그저 이대로 조용히, 마지막을 홀로 보내고 싶다는 생각만 간절하였다.

공국으로의 귀국을 얼마 앞두고 전쟁이 터졌다. 본가에서도 급신이 날아들었다. 사태가 심각하니 귀국을 연기하라고. 노부인을 비롯한 집안의 여인들 또한 에리카로 피신할 것이니 활동을 삼가고 저택에서 몸을 사리고 있으라고.

저를 보호하기 위한 저택 안팎의 경계는 삼엄해졌지만 얀은 홀린 듯 군에 자원 입대하였다. 아무도 모르게, 노부인 앞으로 서신 한 장만 달랑 남겨놓고서. 귀족의 성을 버리고 얀이라는 이름 하나로 입대해 장교가 아닌 신참 보병이 되어 누구 못지않게 열심히 싸웠다.

총공격을 끝내고 기진맥진하고 있던 차, 이상하리만치 음침해 보이는 사내를 발견한 건 순전히 우연이었다. 왕이 첫 번째 총성에 쓰러지고, 두 번째 움직임에 저도 모르게 암살범을 정면으로 덮쳤을 때. 낭자한 선혈과 형용할 수 없는 격통을 느끼며 얀은 비로소 자신이 전쟁에 참여하고 싶었던 진짜 이유를 명확히 깨달을 수 있었다.

가장 정당하게 죽을 수 있는 곳.

나는 언제부터 이렇게 하고 싶었던 것일까.

아마도 그건……, 한낱 의미 없는 종잇조각에 불과해 아무렇게나 이판의 서신을 처박아두었다 해나의 오해를 샀을 때. 아니면 목이 잘린 병판의 시신을 참담한 마음으로 수습해야 했을 때. 더 거슬러 가자면 오래전 그 밤, 은밀한 부름을 받고 사랑채로 불려가 대감의 결심을 들어야 했을 때일 것이다.

「대감마님!」

얀은 그날 밤, 병판의 입에서 흘러나온 말을 듣고 대경실색하였다. 이틀 전 이판의 은밀한 제안을 망설임 없이 달려와 고한 것은 살 방도를 찾으시라는 뜻이었다. 한데 내일 당장 이판의 제안을 수락하고 대감 자신을 옭아맬 덫을 받아 오라니. 얀이 소스라치게 놀란 건 당연한 일이었다.

「그럴 수는 없습니다. 어찌 그런 황망한 말씀을 하시는 겁니까?」

「앞으로 상황이 어떤 식으로 뒤바뀌든 일단 그리해야 너에게는 뒤탈이 없을 것이다. 모르겠느냐. 이판의 제안은 다른 누구도 아닌 주상의 뜻인 것이야. 아마도 이판은 내가 너를 위해 배를 준비하고 있는 것도 눈치 채고 있을 것이다.」

「소인은 돌아가고 싶은 마음이 없습니다. 고향을 그리는 마음도 없거니와 대감마님의 휘하에서 지금처럼 사는 게 훨씬 행복합니다.」

「가야 한다. 앞으로는 절대 지금과 같을 수 없음이야.」

「대감마님!」

눈물이 그렁그렁한 얀을 보며 병판은 착잡한 마음을 감추지 못했다. 높이 오르면 오를수록, 주상께서 그대를 믿는다며 과분한 권력을 부여하면 하실수록 병판은 언젠가 이런 날이 올 거라 예상하고 있었다. 많은 이(利)를 쥐여드릴 때마다 주상은 그때의 기쁨에 취해 앞뒤 가리지 않고 보상을 해왔다. 아무리 고사해도 막무가내로 힘과 권력을 떠넘기시더니 어느 날부터 깨닫고 계신 듯 보였다. 너무 많이, 중요한 부분을 넘겨주고 말았다는 것을.

핏줄도 못 믿는 분이신데 하물며 강력한 병권을 쥐고 있는 신하는 오죽하였을까. 그래도 '벗'이라는 말을 늘 입에 달고 사시기에 믿어보고 싶었다. 끝내 그 믿음은 허사로 돌아오고 말았지만 그래도 이럴 때를 대비해 최후의 수단을 강구하고 있었기에 병판은 당황하지 않았다.

「적어도 그 덫으로 인해 내가 죽는 일은 없을 것이니 시키는 대로 하여라. 내가 원하는 건 너희 모두가 살아남는 것이니라.」

「무슨 마음이신지 소인이 모를 거라 생각지 마십시오. 결국 대감께서는 모두를 위해 자신을 희생하려는 게 아니십니까!」

아무리 어리다 한들 병판의 뜻을 모를 리 없었다. 대감께서는 본인의 목숨을 내어놓고 임금께 가족의 안위를 보장받으려 하고 계셨다.

대감의 생사가 달린 일이었기에 얀도 가만있을 수 없었다. 목숨을 내던질 각오로 사력을 다해 병판께 간절히 호소하였다. 그럴 바에 차라리 모든 것을 버리고 함께 이 나라를 떠나가자고.

「우리가 사는 세상은 인간이 상상도 할 수 없을 만큼 무한합니다. 좁은 곳에서 벗어나 넓은 세상으로 저와 함께 가십시오. 대감께서 생면부지의 이양인을 거두어 살려주신 것처럼 정부인 마님과 아기씨까지 소인이 무조건 보호하고 책임지겠습니다.」

진심이었다. 할 수 있는 모든 것을 다해 세 가족을 책임지고 싶었다. 하지만 병판께서는 나이 어린 딸과 탕약 없이는 하루도 버티지 못하는 병약한 내자를 차마 모진 삶으로 내몰지 못하셨다.

「이 목숨 하나만 버리면 모두가 편해질 일이다. 너는 이판에게 쫓기지 않아도 되고, 해나는 예정대로 세자빈이 될 것이며, 안사람은 부부인이 되어 눈을 감는 그날까지 평안 할 수 있겠지. 주상께서 원하시는 건 내게 집중된 병권과 재산일 것이니. 그분의 뜻을 헤아려 이쪽에서 먼저 모든 것을 내어놓는다면 남아 있는 이들은 무슨 일이 있어도 지켜주실 것이다.」

「그걸 어찌 믿으십니까? 설령 주상께서 약조를 지키신다 하여도 대감을 희생하고 살아남은 아기씨와 마님께서 어찌 평범한 삶을 사실 수 있겠습니까!」

「한평생 나라와 임금을 위해 살아온 인생이니, 마지막만큼은 자식과 안사람을 위한 선택을 하고 싶구나.」

그때 다시 한 번 느낄 수 있었다. 아버지란 바로 저런 존재라는 것을. 뜨거운 눈물이 눈가에서 넘치듯 흘러내렸다.

「이는 내 생애 최고의 선택일 것이나 우리 해나와 그 사람에게는 씻을 수 없는 상흔이 되어 평생을 괴롭게 하겠지. 부탁한다, 얀. 두 사람은 무슨 일이 있어도 이러한 내막을 몰라야 할 것이다. 다만 지금처럼 그늘 없이 행복하게, 두 사람이 다복하게 사는 모습을 저승의 혼이 되어서라도 지켜보게 해다오.」

아무 대답도 할 수 없었다. 만에 하나 일이 틀어져 해나가 이곳을 떠나고 싶어 한다면 그 아이의 외숙이 있는 청나라까지만 데려다달라는 부탁에도 눈물만 뚝뚝 흘렸다.

그 밤 이후 병판은 혹시 모를 사태에 대비해 얀이 타고 갈 선박의 출발지를 바꾸고 임금께 독대를 청했다. 정부인이 혼자서도 살 수 있을 만큼의 재산, 딱 그만큼을 제외한 전 재산을 내어준 뒤 스스로 목숨을 거두겠다는 말을 올리기로 하였던 것이다. 그사이 얀은 병판이 시키는 대로 이판의 집사를 만나 협조하겠다는 뜻을 비쳤다.

주위 사람들 모두가 그를 걱정하였을 만큼 시커멓게 죽은 얼굴로 돌아다녔다. 비밀이라고 전해준 이판의 서신도 얀의 입장에서는 중요한 게 아니었기에 신경 쓸 여력이 없었다. 식사도 하는 둥 마는 둥, 불면의 밤을 이어갔다.

그로부터 얼마 뒤 대감은 외곽의 병사들을 돌아본다는 명목으로 도성을 며칠간 떠나 있게 되었다. 출발하는 날 아침, 그는 정부인과 해나를 불러 파격적으로 겸상을 하였고, 얀은 현기증이 밀려와 바닥에 주저앉고 말았다.

죽으러 가시는 거구나!

자결임을 아무도 알아채지 못하게 죽을 수 있는 곳. 대감은 필시 낙상으로 인한 사망으로 꾸미기 위해 외곽으로 나가시려는 거였다. 하루를 어떻게 보냈는지 알 수 없었다. 마지막으로 보았던 대감의 눈빛을 떠올리며 시름시름 앓다가 다음 날 새벽, 말을 타고 도성을 빠져나갔다.

무조건 말리자. 무슨 수를 써서든 대감을 설득해 함께 이 나라를 떠나버리자.

기를 쓰고 달려갔지만, 정오가 지나서 도달한 그곳에는 관군들이 먼저 당도해 있었다. 임금은 뜻을 들어주겠노라 약조하여 병판을 안심시킨 뒤 수십 년간의 신의를 무참히 찢어버렸다.

스스로 죽지 못하고 포박된 대감, 그 눈에 어린 절망감. 사전에 막을 수 있었는데 그러지 못했다는 죄책감이 내장을 쑤셔대고 울화를 고이게 하였다.

한시도 잊을 수 없었던 옛 기억에 얀은 괴로운 숨을 뿜어대며 눈물을 흘렸다.

"으흑……."

낯선 나라, 낯선 사람들 틈에서 찾을 수 있었던 아버지. 그분이 내민 손에 매달려 새로운 가족을 만났고, 지켜주고 싶은 어린 누이도 가질 수 있었다. 깜찍한 댕기 머리에 고운 의복, 새하얀 얼굴, 머루처럼 크고 새까만 눈동자가 앙증맞고 예뻤던 아이.

세상의 빛이 사라지고 통증마저 무디어져갔다. 일호의 발버둥도 없이 얀이 최후의 순간을 받아들이며 몸을 늘어트리고 마는데 저 멀리, 암흑을 뚫고 달려오는 한 아이가 있었다. 백색 저고리에 다홍빛 치마를 나풀거리며. 눈물로 범벅된 어린 누이가 안타까운 얼굴로 그를 향해 필사적으로 달려오고 있었다. 오래전 그날, 자신을 위해 음식을 빼돌리다 정부인에게 들켜 혼쭐이 난 뒤 울면서 달려왔을 때처럼. 어쩐지 이번에도 그를 위해 울어주는 것 같아 얀의 눈동자 또한 뜨겁게 젖어들었다.

'날 위해 울어주는 거니?'

너는 나를……, 끝까지 미워하지도 못하는구나.

하지만 너는 나를 증오할 자격이 있다. 대감의 부탁은 너를 청나라까지만 데려다달라는 것이었을 뿐. 춥고 거친 땅으로 내 멋대로 데려온 건 사실이었다. 청국에서 내려 너를 외숙께로 데려다줄 수도 있었지만 그러지 않았다. 그대로 헤어지면 다시는 볼 수 없을 것 같아서. 처음으로 가졌던 가족을 한꺼번에 잃는 게 가슴 아팠다.

아마도 그래서 칼 프레데릭이 싫었던 것 같다. 처음 그와 가까이서 대면했을 때 한눈에 보기에도 너를 향한 그의 마음은 진심이었다. 능력, 애정, 의지, 무엇 하나 빠짐없이 완벽한 보호자의 표상 같은 모습을 하고 있던 사람. 나름대로의 능력을 갖추었다 자부하고 있었건만 순식간에 작아졌고 초라함을 느꼈다. 내가 설 자리는 어디인가 자괴감이 들었다. 하지만 이제 인정하지 않을 수 없다. 너에게 필요하고 함께해야 할 사람은 내가 아닌 그라는 것을.

'그래도 만약……, 내가 대감과의 일을 밝혔다면 우리가 조금은 달라질 수 있었을까?'

아니. 존경하던 아버지가 너를 지키기 위해 생을 버리려 하셨다는 말은, 믿었던 벗에게 배신당하고 비참한 말로를 맞이하셨다는 말은, 아무것도 바꿀 수 없는 상황에서 괴로움만 가중시켰을 것이다. 수천 번의 유혹에도 끝내 입을 다물고 대감과의 약조를 지킨 건 지금까지 내가 한 것 중 가장 뿌듯하고 보람되었던 일.

'해나, 나의 누이…….'

모든 것을 잊고 너만은 행복해지기를.

환영 속에서 댕기머리 소녀가 그를 향해 손을 뻗고 있었다. 친절하고 다정했던 아이, 그 작은 손을 잡아보기 위해 허공 위로 손을 뻗던 얀은 이내 풀썩, 힘없이 팔을 떨어트리며 편안한 단잠에 빠져들었다.

원하는 죽음.

그래, 나는 이렇게 끝을 맺고 싶어 전장에 뛰어들었다.

"아아악!"

희푸른 달빛이 커튼 사이로 잔잔히 스며든 침실, 식은땀에 흠뻑 젖은 해나가 악몽에서 깨어나 거친 숨을 몰아쉬었다. 번쩍 치켜뜬 눈에서 눈물이 흐르고 물먹은 솜처럼 가라앉은 몸은 손가락 하나 까딱할 수 없을 만큼 진이 빠졌다. 마치 작년 여름, 몹쓸 공자들에게 쫓겨 뜀박질을 했을 때처럼 심히 지치고 피폐해진 기분이었다.

어느 순간부터 다시 악몽을 꾸기 시작했다. 막막한 어둠 대신 광활한 설원이 펼쳐지고, 참혹한 비명과 가슴을 쥐어짜는 누군가의 목소리가 끝도 없이 귓가를 파고들었다.

전장에 나가 있는 그가 걱정스러워 이런 악몽을 꾸는 것일까.

얼마나 신음하였는지 입안의 수분이 말라 갈증이 일었

다. 지친 몸을 일으켜 협탁 쪽으로 손을 뻗는데 문 밖에서 미세한 소음이 울렸다. 해나는 멈칫하여 손을 내리고 가만히 고개를 돌려 침실 문을 주시하였다. 조용하면서도 망설임 없이 손잡이가 돌아가고 있었다.

누구?

눈앞의 사물이 번져 보일 정도로 긴장되었던 잠깐의 시간, 문이 열리고 낯익은 얼굴이 모습을 드러내자 해나는 표 나지 않게 안도의 숨을 쉬었다. 그렇다고 이 상황이 자연스러운 건 아니었다. 안으로 들어선 이들은 프레데릭이 에리카를 떠날 때 붙여주었던 두 명의 호위들. 어디를 가나 곁을 비우는 법이 없는 그들이지만 한밤중에 은밀히 침실 문을 열고 들어선 건 처음이었다.

"무슨 일입니까?"

"일어나 계셨습니까. 당장 가셔야 할 곳이 있습니다."

잠에서 막 깨어난 해나가 옷을 갖추어 입고 뒤듯이 계단을 내려가고 있는 건 한순간이었다. 별궁에 처음 올 때 들고 왔던 귀중품 몇 개만 간단히 챙겨 들고 떠밀리듯 걸음을 빨리하였다. 아무리 이유를 물어도 두 사람은 재촉의 말 외에 어떠한 대답도 해주지 않았다. 종종거리던 해나는 베스티뷜의 문이 열리고 대기 중인 마차가 눈에 들어오자 더럭 겁이 일었다. 영문도 모른 채 이대로 무작정 쫓기듯 갈 수는 없었다.

해나는 걸음을 멈추고 단호히 두 사람을 올려다보았다.

"어디를 가는 것입니까? 이 깊은 밤에 아무도 모르게 떠나야 할 이유가 무엇이란 말입니까?"
"가보면 알게 되십니다."
"아니요, 납득할 만한 이유가 없다면 가지 않겠습니다. 전하께서는 분명 여기서 기다리고 있으라 말씀하셨습니다."
"저희는 오직 전하의 명을 받들고 있을 뿐입니다."
명확한 답을 듣기 전까지 꼼짝도 하지 않을 작정이었는데, '전하의 명'이라는 한마디에 고집스레 다물었던 해나의 입매가 부드럽게 이완되었다.
"전하의 명이 당도하였습니까? 혹 전쟁이 끝난 것인지요?"
"시간이 없습니다. 서둘러주십시오."
전쟁은 승리로 끝났고 전하께서 에리카의 저택에서 기다리고 계신다, 확실하게 말해주면 좋으련만. 웬만해선 입을 열지 않는 이들답게 건조하고 짧은 말로 어떠한 확답도 들려주지 않았다.
그래도 상관없었다. 해나는 망설이지 않고 실내를 벗어나 마차에 올랐다. 생각지도 못한 소식에 기대감이 밀려와 가슴이 두방망이질을 쳐댔다.
에리카로 돌아가는 것인가.
고작 겨울 한 철을 보낸 곳이었지만 그와 함께 지냈던 아담한 저택은 그리움의 대상이었다. 피아도 보고 싶었고,

마파엘의 소식도 궁금했다.

길게 늘어진 길을 따라 마차는 전속력으로 달렸다. 혹시나 했던 마음은 점차 확신으로 굳어졌고, 가슴속 방아질은 강도를 더해갔다.

생각해보면 틀린 말이 없었다. 저들은 오직 전하의 명에만 움직이는 군인들이었다. 어느 날 갑자기 이리로 떠밀려 왔던 것처럼 갈 때에도 이렇게, 홀연히 그에게로 가고 있는 것이리라.

드디어 마차가 항구에 다다랐고 해나의 기대감은 최고조에 달했다. 한밤중에 불어오는 바닷바람이 춥지 않게 느껴질 만큼 사지가 뜨겁게 불타올랐다. 끝도 없이 고조된 감정, 그 최고의 절정이 삽시에 얼어붙어 된서리로 내리친 건,

"이름은 랄프, 이제부터 해나 님을 안내할 자입니다."

조금 전까지 호위를 해온 자들이 마차에서 내린 해나를 낯선 자에게 인도했을 때였다. 아무리 평복을 한 것이라 가정해도 왕을 모시는 사람이라 생각되지 않는 분위기. 처음 보는 사내는 지엄한 곳에 소속된 군인이라기보다 자유로운 용병과도 같은 모습이었다. 꺼림칙한 기운이 심장에 달라붙어 경계심을 부추긴 건 당연한 일이었다.

낯선 이에게서 눈을 뗀 해나는 지금껏 함께 지냈던 두 호위를 바라보았다.

"두 분은 같이 안 가시는 겁니까?"

"저희는 에리카로 돌아가봐야 합니다."

뜻밖의 대답에 해나는 의문의 빛을 띠었다.

"그게 무슨 말씀이십니까? 허면 저는 에리카로 돌아가는 게 아니었단 말입니까?"

"해나 님께서는 프랑스를 경유해 다른 나라로 가시게 될 겁니다. 자세한 건 저희도 알 수 없으며 목적지까지는 저자가 안내할 것입니다. 그리고 이 모든 건 전하께서 사전에 경우의 수를 대비해 준비해두셨던 것임을 알려드립니다."

사전에. 경우의 수. 이 두 가지의 말이 머릿속을 빙빙 돌아 감각 기관을 자극하고 두통을 유발했다. 전쟁 후에 여행을 가자던 그의 말이 잠깐 떠오르기도 하였으나 이런 식으로 따로따로 외국으로 나가 만나자는 뜻은 아니었을 것이다. 육신이, 목소리가 평정을 잃고 제멋대로 달달 떨어대기 시작했다.

"경우의 수라면 어떤……, 어떤 다른 경우를 말씀하시는 겁니까?"

"저희의 역할은 여기까지입니다."

"아니요! 저를, 저를 에리카로 데려가주십시오. 전하께서 몇 번이고 말씀하셨습니다. 무슨 일이 있어도 오직 두 분만을 믿고 함께 있어야 한다고 말입니다."

과도한 상상력이 빚어낸 설렘이 사라지고 해나는 이제야 밤에 벌어진 상황이 심상치가 않음을 자각했다. '사전'이라면 전하께서 전장에 나가시기 전 여러 가지 돌발 상황을 대비해 준비해놓으셨다는 것인데. 전장에서 벌어질 수 있는 돌발 상황이란 게 어떠한 것들이 있을까. 어찌 보면 너무나 단순하고 명료해 해나는 생각을 멈춰야 했다. 전하께 무슨 일이 벌어진 거냐고 감히 물을 수도 없었다.

그 대신 석 달을 함께해온 두 명의 호위들에게 간절히 호소하였다.

"부탁입니다. 저와 함께 배에 올라 에리카의 항구로 행선지를 잡아주십시오. 아무 말씀 마시고 저를 그냥 에리카의 저택으로 데려다만 주십시오."

그와 함께했던 곳으로. 심술을 부려 몇 날 며칠 기다리게 한 적도 있었지만 끝내 아무 일도 없었던 듯 웃으며 돌아왔던 그곳으로. 제발 저를 데려다주십시오.

"저희는 전하의 명에만 움직일 뿐입니다."

"……그럼 별궁으로 다시 돌아가겠습니다. 외국으로 가라는 말을 들은 바가 없습니다. 이리로 오시겠다고, 여기에서 기다리라 하셨으니 저는 한 발짝도 움직일 수……, 제발!"

말도 끝맺지 못하고 낯선 사내에게 번쩍 들린 해나는 비명 같은 울음을 쏟아내었다. 끌려가지 않으려 두 사람에게 팔을 뻗어보지만 어마어마한 힘에 의해 속절없이 그들과 멀어져갔다.

"착각하고 계시는 겁니다! 여기서 꼼짝 말고 기다리라

하셨습니다! 이리로 오시겠다고, 최대한 빨리 오시겠다고! 확인하여주십시오. 다시 한 번 확인하여주십시오! 제발……, 제발!"

제발. 제발……. 그 의미 그대로 착각이 아닌지 알아봐 달라는 것인지. 아니면 벌어지고 있는 사태의 의미를 깨닫고 현실을 부정하는 것인지. 여인의 안타깝고 간절한 애원이 밤하늘에 흩어져 서럽게 울렸다. 오랜 세월 왕의 그림자 역할을 해왔던 두 사람의 눈가에도 쓰라린 아픔이 배어 나왔다.

'만에 하나 내 신변에 문제가 생기면 저자가 찾아갈 것이다.'

에리카를 떠나기 전 주군은 용병 하나를 두 사람에게 소개했다. 저자가 찾아가면 두말없이 여인을 맡기고 준비된 선박에 태워야 한다고 하명했다. 왕궁에 남아 있는 자들을 못 믿는 건 아니지만 만일의 경우, 단 1할의 위험에도 여인을 노출시키고 싶지 않으신 것 같았다.

명에 의해 얼굴을 보아두긴 하였으나 출정하기 전 병사들도 으레 유서를 남기곤 하였기에 크게 의미를 두지 않았다. 솔직히 다시는 저자를 볼 일이 없을 줄 알았다. 당연히 종전 소식과 함께 전하의 서신이 당도할 줄 알았는데.

저자의 출현이 어떠한 의미인지 잘 알기에 감정을 드러내지 않도록 훈련받아온 이들도 비통함을 감출 수 없었다. 배를 벌써 저만치 밀어낸 파도의 거센 울림이 여인의 애달픈 울음과도 닮아 있었다.

짐짝처럼 들려 배에 오르고 나서야 최종 목적지가 이탈리아임을 알게 되었다. 마파엘에게 가고 있는 것인지, 아니면 다른 어딘가로 가고 있는 것인지. 해나는 묻고 싶은 게 많았으나 무엇을 어떻게 물어야 할지 종잡을 수 없었다. 혹은 들어야 할 답이 괴로워 묻지 못하고 있는 것일 수도 있었다. 오로지 침묵한 채 버티고, 버티고. 종국엔 아무것도 물을 수 없게 되었다.

사실상 배에 오르기 전부터 시작된 발열. 가벼운 감기일 거라 치부했던 증세는 옹플뢰르에 도착해 내릴 때쯤 심한 고열로 발전해 혼자서 걷기도 힘들 지경이었다. 의원을 수배해 진찰을 해봐도 아직은 명확지 않으니 조금 더 지켜보자는 대답만 돌아왔다. 곤란한 표정을 짓던 사내는 급한 대로 해열 작용을 하는 약을 조제받아 여행을 감행했다. 시간이 흘러도 병세는 나아지지 않았고 프랑스를 종단해 프로방스에 들어섰을 때, 해나는 계속되는 발열과 두통으로 거의 산송장이 되어 있었다.

"마르세유까지 얼마 남지 않았으니 조금만 더 버텨보십시오. 항구가 있는 큰 도시이니 실력 있는 의원을 찾을 수 있을 겁니다."

랄프라는 이름의 사내는 끝까지 건조했고, 마차 안에서 기절한 듯 늘어진 해나는 아무런 대답도 할 수 없었다. 두 사람이 마르세유에 입성한 건 그로부터 정확히 이레 뒤였다.

마르세유 항 근처, 어느 고급 맨션.

예정대로라면 항에서 배에 올라 한참 전에 이탈리아의 제노바로 들어갔어야 할 해나가 침대에 누워 사경을 헤매고 있었다. 눈은 푹 꺼지고, 바짝 마른 입술은 피딱지가 까맣게 달라붙어 입을 벌리기도 쉽지 않았다. 살이 내리며 깊이 파인 두 뺨은 흡사 해골을 보고 있는 듯 처참한 몰골이었다. 먹는 족족 토해낸 뒤 음식물을 넘기지 못했기 때문인데 지켜보는 입장에선 병사(病死)가 아닌 아사(餓死)를 우려해야 할 지경이었다.

"아무래도 열병 같은데……."

혼미한 의식 사이로 나이 지긋한 노인의 목소리가 들려왔다. 이번이 벌써 다섯 번째 의원이었다. 이전의 의원들은 하나같이 병자의 외모만 신기하게 바라보다 열병 같으니 일단 사혈부터 하자고 입을 모았다. 제대로 치료할 사람을 찾고 있던 랄프는 말없이 기다리다 사혈하겠다는 소리가 나오지 않자 천천히 입을 열었다.

"제 생각도 같습니다. 병의 원인이 정확지 않고 고열과 두통, 구토, 오한을 동반하고 있으니 일반적인 열병과 증세가 일치합니다."

"열병을 앓아보셨습니까?"

"여기저기 많이 돌아다니다 보니. 어떻습니까, 앓은 지 이미 꽤 되었는데 살 수는 있는 겁니까?"

"글쎄요."

의원의 어감은 부정적이었다.

"이렇다 할 치료법이 있는 것도 아닌데다 말씀하신 대로 진행이 많이 되어 있는 상태입니다. 회생이 어려운 건 사실입니다만 병자를 두고 손 놓고 있을 수는 없으니 시도는 해보겠습니다."

"설마 그 시도라는 게 피를 뽑겠다는 말씀은 아니시겠지요?"

의심 가득한 랄프의 반문에 의원은 노골적으로 코웃음을 터트렸다.

"소위 잘나간다는 의원들이 자주 사용하는 방법이긴 합니다만, 분명히 말씀드리건대, 사혈은 아주 위험한 치료법입니다. 널리 쓰이는 만큼 그 효험에 대한 회의적인 시각 또한 만만치 않지요. 저는 약초를 사용할 겁니다."

"그럼 잘 부탁드립니다."

앞서 피를 뽑겠다는 의원들을 두말 않고 쫓아버렸던 랄프는 방법까지 꼼꼼히 확인한 뒤 치료를 부탁했다.

"저 이국의 여인과는 무슨 사이입니까?"

"사적인 질문은 받지 않겠습니다."

"설명이 충분치 못했나 봅니다."

꼭 필요한 물음이었는지 의원은 당황하지 않고 질문의

요지를 밝혔다.

"제가 치료에 사용하려는 약초는 전부 고가(高價)입니다. 형편이 어려워 보이지는 않으시나 약값에 치료비까지 더해지면 비용은 끝도 없이 치솟을 테지요. 저는 그 비용을 전부 감당할 보호자가 맞는지 확답을 받고 싶은 것입니다."

"그 문제라면 염려치 마십시오. 제 의뢰인인 저 여인은 의원께서 상상도 하실 수 없을 만큼 막대한 재산을 상속받은 자산가입니다. 정확히는 몰라도 웬만한 왕실의 공주님들보다 더 많은 재산을 소유하고 있을 겁니다."

해나에게 재산이란 고향에서 가져왔던 패물이 전부였다. 유럽에 널리 퍼진 시누아즈리 열풍을 고려했을 때 값어치가 상당할 순 있어도 왕실의 공주들에게 견줄 만한 것은 아니었다. 온전한 상태였다면 '상속'이라는 말을 꼬투리 삼아 꼬치꼬치 캐물었을 테지만 해나의 의식은 파편처럼 조각나고 있었다. 기억은 이미 멀어지고 정신은 가물가물, 해나는 또다시 깊은 잠에 빠져들었다.

머릿속에서 시간의 흐름이 사라진 건 오래전의 일이었다. 윤기가 흐르던 진줏빛 고운 피부는 파르라니 창백했고 푹 꺼진 눈 밑은 시커멓게 죽어 있었다. 침실 깊숙이 들어선 햇살이 짙은 홍색을 띠어가는 가을의 어느 오후, 해나는 유령 같은 모습으로 침대에 누워 천장을 올려다보고 있었다.

마르세유에 얼마나 머물고 있는지, 앞으로 얼마나 더 머물러야 하는지 가늠할 수 없었다. 다만 두 번의 계절이 바뀌며 병세가 차도를 보였고, 고개를 들기 시작한 반왕정 세력의 활동으로 마르세유가 시끄러워졌음은 얼핏 들어 알고 있었다. 일부 혁명파의 과격한 움직임은 항구의 일시적인 폐쇄로까지 이어진 상황이었다.

험악한 사회적 분위기에 귀족과 일반 시민들은 외출을 자제했다. 의원 또한 당분간 왕진을 올 수 없다 통보를 해왔다. 그리하여 제 몸 하나 얼마든지 건사할 수 있는 랄프가 닷새에 한 번 약을 직접 받으러 다니고 있었다. 오늘은 랄프가 약을 받아오는 날이었다. 그가 외출을 나간 뒤 혼자 남은 해나는 문밖에서 들려오는 하녀의 흥얼거림을 들으며 깊은 생각에 잠겼다.

얼마나, 어떻게 더 노력해야 건강을 되찾을 수 있을까.

뜻하지 않게 중병을 앓았고, 고비를 넘겼다. 이후 해나는 병을 털고 일어나고자 부단한 노력을 해왔다. 아프다고 무작정 늘어져 있을 때가 아님을 어느 순간부터 깨닫고 있었다. 해나가 상상할 수 있는 최악의 상황은 칼 프레데릭의 심각한 부상이었다.

보나마나 그는 공격의 선봉에 서서 군사를 이끌었을 것이고 가장 큰 위험에 노출돼 치명적인 부상을 입었을 것이다. 자신은 항상 프레데릭의 조그만 상처에도 민감한 반응을 보여왔으니 몸에 난 상처를 보여주지 않으려 그가 이렇게 멀리 떨어트려놓은 것일 터였다.

돌아가야 한다.

해나는 결심을 굳히고 있었다. 몸이 더 나으면 이탈리아가 아닌, 프랑스를 거꾸로 종단해 에리카로 돌아갈 거라고. 지금보다 더 단단해져 그가 건강을 회복하는 날까지 곁에서 힘이 되고 손발이 되어줄 거라고.

얼마나 고통스러울까.

그가 홀로 아파하고 있을 생각에 눈가가 습하게 젖어드는데 감미로운 프랑스어가 들려왔다.

“오라버니!”

조금 전까지 밖에서 노랫말을 흥얼거렸던 하녀가 반갑게 외치는 소리였다. 올해 열일곱인 하녀는 해나의 신상을 외부에 알리지 않겠다는 조건으로 랄프가 높은 삯을 주고 임시로 고용한 아이였다.

“정말 들어와서 기다려도 괜찮은 거야?”

“응. 랄프 님이 그래도 된다고 하셨어. 잠시만, 다 끝났어.”

해나가 신경 쓰이는지 여인이 목소리를 최대한 낮췄음에도 환기를 위해 문을 살짝 열어놓은 상태라 한계가 있었다. 두 사람의 대화는 여과 없이 해나에게 전달되었다.

“여기 주인 아가씨가 많이 아프시다며? 혼자 계시는데 그냥 가도 돼?”

"요즘 해 떨어지면 위험하잖아. 시간 되면 가라고 하셨어. 랄프 님이 최대한 시간에 맞춰 오실 거라고."

사내는 두 살 터울의 오라버니. 누이가 걱정돼 끝날 때쯤이면 밖에서 기다리는 모습을 보고 랄프는 사내가 들어와서 기다릴 수 있도록 배려해주었다.

"가자, 오라버니."

"아가씨께 인사 안 드려?"

"지금 주무셔. 몸이 회복되느라 자주 주무시는 거라고 절대 깨우지 말라고 하셨어. 조용히 나가는 게 아가씨를 도와드리는 거래."

프랑스 어는 졸졸 흐르는 샛말간 시냇물 소리와도 같았다. 두 남매의 대화가 자장가처럼 들려와 날카로워진 해나의 신경을 상냥하게 녹여주었다.

사내는 뭐가 아쉬운지 자꾸 주인 아가씨에 관해 물었다. 그들의 실랑이에 해나는 미소가 번지고 서서히 눈도 감겼다.

"왜, 뭐? 대체 뭐가 궁금해서 그래?"

"너희 주인 아가씨랑 랄프라는 사내가 베르덴 인이라며. 오늘 소식지에 그쪽 나라 얘기가 나와서 가져와봤단 말이야."

"오라버니가 챙기지 않아도 랄프 님이 꼬박꼬박 챙겨 보고 계실 거야."

"그런가?"

문이 열리고 하녀가 제 오라비를 밖으로 밀어내는 것 같았다.

"무슨 일인데? 뭐 흥미로운 소식이라도 있어?"

"이것 봐. 이분이 베르덴의 국왕 전하시라는데……."

스르르 감겼던 눈이 크게 뜨였다. 동시에 문이 닫히며 사내의 목소리는 저 너머로 완전히 사라졌다.

"잠시만……."

놀란 해나가 입을 열어보았지만, 목소리는 작고도 가냘프게 울리다 잦아들었다. 어떻게든 잡아야 하는데 몸에 힘이 들어가질 않았다. 어쩔 수 없이 해나는 기를 쓰고 침대를 기어 나오다 힘없이 밑으로 추락해 꽝, 왼쪽 이마를 바닥에 사정없이 찧었다.

"아흑."

이마가 욱신거리며 벌겋게 부풀어 올랐다. 통증이 심했지만 해나는 몇 번의 헛발질 끝에 중심을 잡고 가까스로 창가에 도달했다.

창 밖을 내다보자 사람들이 허둥대며 다급히 뛰어다니는 광경이 한눈에 들어왔다. 그들 사이에서 두 남매도 어렵지 않게 찾을 수 있었다. 두 사람은 꼭 붙어서 심각하게 주위를 둘러보다가 사내가 누이의 손을 잡고 달음박질을 시작했다.

"저기……."

해나에게서 안타까운 신음이 새어 나왔다. 애가 타는 눈으로 사내의 뒷모습을 좇는데 거치적거렸는지 달려가던 그가 손에 들고 있던 소식지를 길바닥으로 휙 내던져버렸다. 소식지는 초가을의 훈풍을 타고 낮게 날아오르다 인도 구석에 얌전히 처박혔다. 눈을 크게 뜨고 지켜보던 해나는 일말의 망설임도 없이 몸을 틀었다.

타국의 소식지에 그림과 함께 언급될 정도면 프레데릭에 관한 중요한 내용이 실렸을 것이다. 안 그래도 그의 병세가 궁금해 애간장을 태우고 있던 차였다. 랄프에게 물어도 아는 바가 없다는 대답만 돌아와 조바심은 최고치에 달했다.

해나는 기듯이 침실을 가로질러 주섬주섬 실내화를 챙겨 신었다. 긴 망토를 두르고 후드도 깊이 내렸다. 조금 움직였을 뿐인데 거친 숨이 터져 나오고 몸이 부들부들 떨렸다. 육체와 정신이 따로 노는 것 같은 불쾌감, 그 모든 것을 뒤로하고 해나는 두 계절 만에 처음으로 문을 나섰다.

벽에 전적으로 몸을 의지해 한 발 한 발 계단을 내려와 밖으로. 탁 트인 바깥 공기를 마시며 몇 번이고 중간에서 주저앉았다 이를 악물고 걷기를 반복했다. 무슨 일이 벌어지고 있는지 자세히 알아야 했다. 그가 위독하다는 소식은 아니기를. 그가 회복하고 있다는, 최소한 왕명을 내리고 있음을 알려주는 내용이기를.

멀리서 사람들의 웅성거림이 들려오고 마른하늘에 울려 퍼진 탕! 탕! 뇌성 비슷한 소리가 고막을 울렸다. 해나는 놀라 움찔거리면서도 쉬지 않고 걸음을 옮겼다. 가까운 곳이었으나 몸이 성치 못한 해나에게는 아득히 멀고도 힘든 길이었다.

식은땀이 흘러 온몸을 적셨다. 열 걸음, 다섯 걸음, 세 걸음. 거의 다다랐을 때 빠른 속도로 뛰어가는 사람들에게 떠밀려 철퍼덕 앞으로 고꾸라지고 말았다. 해나는 그 상태로 바닥을 기어가 간신히 소식지를 움켜쥐었다. 무릎과 손바닥이 죄다 까져 따끔거렸다. 기운을 전부 소진해 구겨진 인쇄물을 펴는데 손이 덜덜 떨렸다.

이윽고 베르덴의 국왕 기사를 찾아낸 해나, 기사를 보자마자.

헉!

심장이 파열한 것 같은 강렬한 통증이 일었다.

[레오폴트 2세 약혼]

칼 프레데릭 5세가 아닌 레오폴트 2세. 모든 것을 설명하는 칭호 하나에 세상이 무너져 내렸다.

그사이 주변은 아수라장이 되었다. 알아들을 수 없는 구호를 외치는 자들과 하늘을 향해 총을 쏘아대는 군사들. 제3신분으로 보이는 혁명주의자들은 군사들에게 저항하기 위해 똑같이 피스톨을 쏘아대며 마구잡이로 돌팔매질을 하였다.

호미와 낫을 들고 고래고래 고함치는 저들의 괴성이 무서울 만도 할 텐데 해나의 귀에는 아무것도 들려오지 않았다. 보통 사람이라면 모두가 피할 곳에 주저앉아 끝까지 소식지를 읽는데, 딱! 돌덩이 하나가 날아와 머리를 정확히 강타하고 떨어졌다. 그 충격으로 해나는 읽고 있던 소식지를 떨어트리고 땅바닥에 상체를 완전히 쓰러트렸다. 후드득 머리가 터지며 흘러나온 검붉은 피가 관자놀이를 따라 뺨을 타고 흘러내렸다.

……아프지 않았다.

탕! 탕! 탕!

위협적인 총소리가 하늘을 찔러도 두렵지 않았다. 어디선가 또 다른 돌멩이가 날아와 어깨를 가격했을 때, 해나에게서 오열이 터져 나왔다.

아파서가 아니다.

그는 심장이 찢기고 불타 상상도 할 수 없는 고통에 시달렸다는데. 긴긴 시간 눈도 뜨지 못하고 병상에서 아파하다 그렇게 홀로, 외롭게 눈을 감았다는데. 이까짓 살이 찢기고 피가 나는 게 대수로울 수 없었다.

「그러니까 불러봐, 내 진짜 이름.」

이름을 불러보지 못했다.

「다음에 만나게 되는 날, 제일 먼저 나의 이름을 불러주어야 한다.」

끝내 그 이름을 부르지 못할 거라 소식지는 똑똑히 알려주고 있었다. 해나가 살고자 노력하는 동안에 그는 말할 수 없는 격통에 시달리다 세상을 떠났다 하였다.

내가 여기 있는데.

같이 갈 수도 있었을 텐데.

같이 떠나라 신께서 주신 기회인지도 모르고 어떡해야 살 수 있을까 기를 쓰고 버텨온 자신이 해나는 저주스러웠다.

이 모든 게 나의 탓은 아니었을까. 그가 전장에서 돌아오지 않게 해달라, 철없던 어린 소녀의 바람을 신께서 이런 식으로 들어주며 벌을 내리신 게 아니었을까.

나 때문에.

내가 당신을 저주해서…….

흔들림 없이 완벽한 보호자로 언제나 등 뒤에 서 있던 사람. 절대적 존재가 그렇게 가버린 게 저의 탓인 것 같아 해나는 땅을 치며 서럽게 울었다. 동그랗게 말아 쥔 주먹으로 돌바닥을 자해하듯 퍽! 퍽! 있는 힘껏 내리쳐 피부가 까지고 손가락이 으스러져 땅바닥을 붉은 피로 적셨다.

탕! 탕!

세상을 울리는 광포한 총성. 저들이 쏘아 올린 총알이 나의 가슴으로 날아와 박혀주었으면. 살을 뚫고 뼈를 부수어 지금 이 순간, 살겠다고 움직이는 이 심장을 거두어주었으면. 그가 아팠던 만큼 심장이 타들고 조각조각 찢겨 고통스럽게, 아니, 그보다 더 괴롭고 아프게.

그리하여 칼, 내가 당신에게로 갈 수 있다면…….

[레오폴트 2세 약혼]

베르덴의 레오폴트 2세가 즉위 석 달 만에 공식 약혼을 발표했다. 피앙세는 베르덴의 유서 깊은 가문, 카셀 가의 공녀. 규범에 따라 카셀 공녀는 에리카의 동쪽에 위치한 헤릿 성에 입궁, 1년 후에 있을 혼인 전까지 왕실의 규범을 익힐 예정이다.

관례대로라면 선왕의 추도식 기간에는 약혼을 진행할 수 없다. 그러나 후계가 빈약한 베르덴 왕실의 현황에 따라 왕실의 가장 웃어른인 대비가 약혼을 서둘렀다는 후문이다. 베르덴의 왕실은 통상 약혼일로부터 1년 뒤 예식을 올려왔다.

한편, 선왕인 칼 프레데릭 5세는 지난 5월, 라인트와의 마지막 전투에서 승리를 이끈 뒤 적군이 쏜 총탄에 가슴을 맞았다. 이후 에리카로 옮겨졌지만, 의식이 없는 상태에서 투병하다 지난 7월 후계 없이 사망했다.

17

봄길을 따라

 3년 후, 왕궁의 북쪽 끝자락.

아직은 새의 지저귐도 들려오지 않는 새벽. 초췌한 몰골의 한 여인이 근위병에게 이끌려 눈길을 걷고 있다. 조금은 얼이 빠져 멍해 보이는 그녀는 이따금 눈동자를 좌우로 느릿하게 움직여 주위를 훑었다.

한때 모두에게 칭송받았을 외모는 세월의 고단함에 특유의 빛을 잃고 극도로 초라해진 모습이었다. 햇살이 물결치듯 윤기가 흘렀을 머리카락은 손가락으로 비비면 부서질 듯 푸석해 보였다. 비쩍 말라 광대뼈가 도드라진 얼굴은 거리에서 구걸하는 여인이라 해도 믿을 것 같았다. 삭아서 해진 옷이 억척스러운 새벽의 겨울바람에 너덜거렸다. 휘익, 바람이 한 번씩 강하게 불 때면 여인은 바짝 말라 건조해진 피부가 칼날에 베이듯 쓰리고 따끔거리는 느낌이었다.

드디어 처형이 집행되는 것인가.

마벨은 이가 딱딱 부딪칠 정도로 전신이 떨렸다. 하지만

이 떨림이 추위로 인한 것인지, 아니면 긴장으로 인한 것인지 도통 분간할 수 없었다. 마찬가지로 자신이 살고 싶은 것인지, 죽고 싶은 것인지, 진정으로 원하는 게 무엇인지 몰라 혼란스러웠다.

마지막 재판에서 사형을 선고받았다. 이후 지하 감옥에 갇혀 지내다 미치기 일보 직전 북쪽 탑에 이송되었다. 공개 처형이 확정되면 미리 북쪽 탑으로 옮겨 빛에 적응할 시간을 준다는 말에 한참을 떨었다. 극도의 긴장감에 서슴없이 자해도 해댔다. 사는 게 지옥처럼 느껴졌다. 이럴 바에 하루빨리 그날이 오기를, 도리어 마지막 순간을 고대해왔으나 계절이 몇 번씩 바뀌어도 처형은 집행되지 않았다. 그런데 조금 전, 새벽 추위에 몸을 잔뜩 웅크리며 새우잠을 자는데 누군가 어깨를 두드렸다.

근위병이 이끄는 대로 한참을 걸었다. 이슥한 곳에서도 쉼 없이 안으로 더 들어가야 했다. 어쩌면 공개 처형이 아닌 소수의 사람이 지켜보는 가운데 교수형에 처해지는 것일 수도 있었다. 마벨은 긴장감에 몸이 으슬으슬 떨렸다.

'어!'

사방이 나무로 둘러싸인 어느 구석진 곳에서 드디어 근위병이 걸음을 멈췄다. 앞쪽에 서 있던 사내가 옆으로 비켜나고 시야에 들어온 사람은 근위대장 헨리크. 그 옆에는 뜻밖에도 권력의 상징으로 등극한 레오폴트가 서 있었다.

"전하께 예를 갖춰라."

"윽!"

마벨이 놀라 멍해진 사이 근위병은 거칠게 무릎을 꿇리고 고개를 숙이게 하였다.

무지막지하게 내리누르는 힘에 살 없는 무릎이 아팠는지 여인에게서 가는 신음이 흘러나왔다. 안타깝고 딱한 모습이기는 하나 지켜보고 있는 레오폴트의 눈빛엔 한 오라기의 동정심도 떠오르지 않았다.

3년 전, 지하 감옥에 수감된 죄인 중 레오폴트가 개인적으로 원한을 품은 이는 총 세 명이었다. 감히 그의 은인을 향해 총부리를 겨눈 알리시아 가의 니클라스, 모두를 기만하고 나라를 팔아먹은 대비의 오촌 조카 레이튼, 그리고 현재 얼음 바닥에 무릎을 꿇고 벌벌 떨고 있는 마벨 아우구스타 레이튼.

레오폴트는 마벨을 향한 경멸을 지우지 않았다.

"왜 여기까지 불러 나왔는지 궁금하겠지."

"……."

"떠나."

서릿발 같은 음성에 어울리지 않는 관용이었다. 바닥을 응시하던 마벨은 놀란 눈으로 그를 올려다보았다. 눈이 마주치자 레오폴트는 희미한 비소를 보냈다.

선왕을 저격한 암살범을 아군이 아닌 적군으로 둔갑시켜 칼 프레데릭 5세를 완벽한 영웅으로 기록되게 하였다. 이는 은인에 대한 확실한 예우. 반면 니클라스는 탈영으로 실종 처리한 뒤 쥐도 새도 모르게 지하 감옥에 처넣었다. 그가 통행증을 적군에게 넘긴 것을 빌미로 알리시아 가가 끝까지 보유했던 귀족 타이틀을 전부 회수한 후였다. 마찬가지로 전장에서 생포된 레이튼 역시 병사(病死)로 처리하여 아무도 모르게 지하 감옥 가장 깊숙한 곳에 가둬버렸다. 두 사람은 법에 구애받는 일 없이 생지옥 속에서 수명대로 살다가 하늘의 부름을 받게 될 것이다.

문제는 눈앞에 있는 저 여인. 이미 재판대에 올라 사형을 선고받았기에 막무가내로 지하 감옥에 넣어둘 수 없었다. 재판장은 여론을 수렴한답시고 법정최고형을 선고하였지만, 말도 안 되는 소리. 실로 악질적인 범죄자는 목숨을 붙여놓고 죽을 때까지 죄의 대가를 치르게 해야 한다는 게 그의 지론이었다. 해서 레오폴트는 마벨을 일단 북쪽 탑에 옮겨놓고 처형일을 차일피일 미루다 최근 결심을 굳혔다.

그가 마벨을 빤히 보며 한쪽 손을 허공으로 내밀자 헨리크는 동그란 돈주머니를 왕의 손바닥 위에 올려놓았다. 레오폴트는 짤랑거리는 천주머니를 공중으로 한 번 던졌다 받더니 바닥 위로 툭, 던져주었다.

"레이튼 전 공작가의 마벨은 오늘 새벽, 북쪽 탑에서 옥사한 것으로 처리될 거야."

"……."

"그런 눈은 뭐지? 혹시 내가 연민을 베푸는 거라 착각하고 있다면 다시 생각하도록 해."

마벨은 의외의 빛을 띠던 눈길을 접고 시선을 내렸다.

"나는 단지 그대의 목숨을 거두고 싶지 않았을 뿐이야. 다른 말로 하자면 쉽게 죽여줄 생각이 없다는 뜻이지. 죽든지 살든지, 선택의 기회를 주도록 하지."

"……."

"세상으로 나가, 마벨. 어떠한 후광도 없이 혈혈단신 맨몸으로 평민들 속에 섞여 현실적으로 살아봐. 에리카에는 얼굴이 알려져 힘들 테고. 조용히 살고 싶으면 어디 깊숙한 촌구석 같은 데로 들어가야 할 거야."

그런 것이었나?

마벨은 몸피를 퍼들퍼들 떨었다. 레오폴트의 말대로 그녀는 천애고아가 된 지 오래였다. 가족을 버린 부친은 에리카로 끌려오다 병사했다는 소문을 들었다. 어머니는 수감 생활 중 심장마비로 사망했고, 오라버니와 형부들, 유모는 처형되었다. 언니들은 외국으로 망명을 시도하다 첫째는 붙잡히기 직전 바다로 뛰어들었고 둘째는 성공리에 빠져나갔지만 소식이 끊겼다. 해외에 은닉해둔 재산까지 샅샅이 압수되었기에 그 삶이 녹록지 않을 거란 예상은 할 수 있었다.

한마디로 암울했다. 몸을 의탁할 데 하나 없는 그녀에게 레오폴트의 처사는 자결하라는 말과 다름없었다.

"자결을 떠올리고 있겠지."

속을 훤히 꿰뚫고 있는 사람처럼 레오폴트는 서늘한 미

소를 띠었다.

"암담한 상황에 처했을 때 사람들은 제일 먼저 죽음이란 단어를 떠올린다 하더군. 재미있는 건 그중 정말로 실행에 옮기는 사람은 별로 없다는 것이지. 그대가 어떠한 선택을 하게 될지 두고 봐야 알겠지만, 이것만은 알아둬. 사는 것만큼 죽는 것 또한 쉽지는 않을 거야. ……그건 얼마 안 돼. 그래도 한 며칠 좁은 곳에 머물며 끼니는 거르지 않을 수 있겠지. 내가 베풀 수 있는 최대한의 호의라고 생각해. 그럼, 잘 살아보라고, 마벨."

간단한 인사말을 끝으로 레오폴트는 우아하게 등을 돌렸다. 그의 신호를 받은 헨리크가 곧바로 따라붙었다. 말없이 걷기만 하는 두 사람. 멀찌감치 떨어졌을 때 레오폴트가 마지막 점검을 하였다.

"사람은 준비해두었겠지?"

"왕궁을 나서는 즉시 따라붙을 것입니다."

"은밀히 따라 붙되 무조건 방관할 것. 혹시라도 과감하게 자결을 시도해도 말릴 필요는 없어. 그저 멀리서 지켜보다 특이한 일이 생길 때만 보고하라고 하게. 참, 인도주의적 차원에서 겨울옷은 한 벌 내어주도록 하고."

"예, 전하."

헨리크가 발길을 돌려 마벨에게로 향하자 레오폴트는 곤란한 표정을 지으며 머리를 긁적였다. 오래 끌었던 문제는 이렇게 해결되었으나 또 하나의 문제가 그를 기다리고 있었다.

에스텔은 혼인 이후 피로연에서도 관례에 따라 그와 한 곡의 춤을 추고 연회장을 떠나버렸다. 이후 3년간 어떠한 무도회에도 참석을 하거나 주최한 적이 없었다. 그런 그녀에게 왕궁에서 공식 무도회를 열기로 했음을 어떻게 말해야 하는 것인지. 과감하게 일을 저지르기는 하였는데 막상 말을 꺼내려니 막막하기만 하였다.

온종일 격무에 시달렸던 레오폴트는 무도회를 앞두고 신속하게 의복을 갈아입고 있었다. 보름 전 공식 무도회에 관해 통보했을 때 에스텔은 생각보다 침착한 반응을 보였다. 무조건 싫다고 뒷걸음질 치기보다 올 것이 왔구나, 그런 표정이었다. 그렇다고 오늘 밤 그녀가 태연히 공식 석상에 나올 거라는 생각은 하지 않았다. 레오폴트는 준비를 마치는 대로 왕비궁으로 달려가 한바탕 설전을 벌여야 한다는 걸 당연하게 받아들이고 있었다.

어쨌든 그건 조금 뒤에야 벌어질 일이고 지금 당장 그가 신경 써야 할 문제는 다른 것이었다. 전신을 비추고 있는 거울 앞. 레오폴트는 빠르고 정확하게 손을 움직이면서도 들려오는 보고에 신경을 기울였다. 현재 그의 옷시중을 맡은 이는 다른 누구도 아닌 오랜만에 에리카로 돌아온 테오, 그리고 언제나처럼 곁을 지키고 있는 근위대장 헨리크였다. 시간을 아껴 비밀스러운 대화를 나누기 위해 그들이 임시로 선택한 방법이었다.

“어쩌면 그분은 모두의 예상을 깨고 에리카에서 살고 계신지도 모르겠습니다.”

“그건 아니지.”

토씨 하나 빼먹지 않고 테오의 보고를 듣고 있던 레오폴트는 특유의 날카로움을 발하며 이의를 제기했다.

“선왕 전하와 얀 슐레이트의 묘에 똑같은 종류의 꽃이 놓여 있다 해서 그분이 다녀가신 것일지도 모르겠다니? 꽃이 희귀식물인 카이란이라는 게 걸리기는 하지만 그렇다고 그게 그분이 다녀가신 결정적 증거라 어찌 단정을 짓는단 말인가. 그렇지 않나, 헨리크?”

레오폴트는 두 발짝 정도 떨어져 반듯하게 서 있는 헨리크를 돌아보며 동조를 구했다.

“더 들어보십시오, 전하. 테오의 말에도 일리가 있습니다.”

“다른 이유가 또 있는 건가?”

왕의 물음에 테오는 의복을 매만지며 설명을 덧붙였다.

“그분이 처음 우리나라에 왔을 때 가지고 오신 패물이 있습니다. 유럽에서는 절대로 볼 수 없는 것이었으며 수입되는 청국풍의 장신구와도 다른 양식이었습니다.”

“장신구?”

“초반에 선왕께서 가지고 계시는 걸 서재에서 본 적이 있습니다. 꽤 여러 날 펼쳐놓고 연구하듯 자료들을 비교해보셨기에 저 또한 자세히 볼 수 있었습니다. 워낙 진귀하고 모양이 특이해 쉽게 잊을 수 없는 것들이었지요."

설득이 되었는지 레오폴트는 반짝 관심을 보였다.

"그럼 그 장신구를 어디에서 보기라도 했다는 것인가?"

"얼마 전 에리카에 와서 전하께 처음 인사를 올리고 궁을 나갈 때 우연히 프란손 후의 손녀가 그중 하나를 머리에 착용하고 있는 것을 보았습니다. 알아보니 작년 봄, 카젠호프 상단이 신분을 밝히지 않은 한 사내로부터 고가에 매입한 것이었습니다."

"그동안 유산을 찾으러 온 적이 없었으니 돈이 떨어질 때가 되기는 하였지. 그럼 정말 에리카에 살고 있었단 말인가……."

레오폴트는 일리가 있다며 고개를 끄덕였다.

선왕께서 그의 유일했던 여인을 위해 남긴 건 토지와 저택, 각종 보석을 비롯해 유렌시아 상단에서 산출되는 1년 총 배당금의 3분지 1이었다. 보통의 귀족들도 상상할 수 없을 만큼의 거액을 여인이 죽을 때까지 매년, 아무 조건 없이 받아갈 수 있게 한 것이다.

여인이 감쪽같이 사라졌을 때 모두가 당혹스러워했지만, 레오폴트는 그러한 이유로 느긋할 수 있었다. 테오가 발바닥이 닳도록 마르세유를 뒤질 때에도 시간이 해결해 줄 거라며 여유를 부렸다. 이탈리아로 가지 않았으니 상단 관계자들을 만날 수는 없었어도 호위하던 용병에게서 유산에 대해 대강은 들어서 알고 있을 거라 믿었다. 솔직히 말하자면, 그래서 한 번은 스스로 나타날 줄 알았다. 그렇게 나타나면 곧바로 붙잡고 대화하면 된다고 멋대로 착각하고 있었다.

여인은 레오폴트의 속물적인 생각을 비웃듯 완벽히 자취를 감추었다. 시간이 갈수록 느긋했던 레오폴트는 초조해졌고 별의별 생각에 속이 바짝 말랐다. 설마 중간에 잘못된 것은 아니었겠지. 멀고 먼 고향으로 돌아가버린 것은 아니었을까. 다급한 마음에 새로운 방법을 모색했고, 수도 없이 테오를 불러들여 행방을 좇다 보니 오늘에 이르러 있었다.

"그런데 사내라면 혹시 그때 고용된 그자일까?"

"해나 님을 찾은 뒤에 이야기를 들어보면 알게 되겠지요."

"그래. 지금 그런 것을 궁금해하고 있을 때가 아니지."

속단이 아닐까 경계를 해오던 레오폴트가 빗장을 풀고 적극적인 자세로 돌변했다.

"이제부터 무엇을 어찌해야 하는가?"

"일단 지난 3년간의 출입국 기록을 처음부터 다시 살펴보고 있습니다."

헨리크가 이미 조치에 들어갔음을 알리자 레오폴트는 조바심을 내었다.

"그럼 내가 할 일은?"

"전하께서는 그 장신구를 다시 회수할 수 있도록 도와주십시오."

뜻밖의 부탁에 레오폴트의 눈썹이 둥글게 휘었다.

"그분께서 무척 아끼셨던 것으로 알고 있습니다. 유렌시아를 통해 후작의 손녀에게 접촉해보았으나 매우 흡족해하고 있어 되팔 생각이 없어 보였습니다."

"알겠네. 내 어떻게든 후작을 공략해보지."

"감사합니다."

"그러고 보면 자네도 참 지극정성이야. 진즉부터 그랬다면 선왕께 내쳐지는 일도 없었을 텐데 말이지. 전부터 궁금하였는데 그렇게까지 하는 이유가 뭐야? 열 일 제쳐놓고 3년 내내 그분을 찾아 세상 곳곳으로……. 선왕께서 안 계실 때 저택까지 쫓아가 악랄하게 굴었다면서."

한 톨 꼬인 감정 없이 레오폴트는 순수한 호기심만으로 물었다. 정말로 궁금한 것인지 헨리크 역시 물끄러미 보는데 테오는 태연했다.

"저는 주어진 역할에 최선을 다할 뿐입니다."

능숙하게 속마음을 숨기고 유연하게 말을 돌렸다.

"서두르십시오. 이곳으로 들기 전 왕비 전하께서 아무런 준비도 안 하시고 내실의 문을 안에서 걸어 잠그셨다 들었습니다."

테오의 의도는 성공적이었다. 레오폴트는 졌다는 얼굴로 답을 듣는 것을 포기하고 씁쓰레한 표정을 지었다.

"그러게, 조금 더 참으시지 왜 이런 일을 벌이셨습니까? 혼인식도 간신히 끝낸 분께 조촐한 티 모임도 아니고 공식 무도회라니요. 어떠한 비난도 감수하셔야 할 겁니다."

"물론이지. 그러려고 저지른 일인데."

생뚱맞은 소리에 이번에는 헨리크와 테오가 동시에 왕을 주시했다.

"일부러 무도회를 주최하셨단 말입니까?"

"에스텔이 왜 나아지지 않는 줄 알아? 화낼 줄을 모르기 때문이야. 상대에게 화를 발산하며 속에 있는 응어리를 풀어야 하는데 그것을 못 하는 것이지. 별수 있나? 그나마 나한테는 간간이 화를 내니 내가 제물을 자처하는 수밖에. 이번에 나를 필두로 혼나도 싼 몇몇 귀부인에게 꼭 화를 폭발시키게 만들어줄 참이야."

마지막으로 넥스톡을 정리한 레오폴트는 왕비궁으로 향하기 전 놀러라도 가는 듯 산뜻하게 말했다.

"이번 무도회에 두 사람도 꼭 참석하도록 해. 장담하건대 아주 재미있는 광경을 보게 될 거야."

큰소리를 친 레오폴트는 막상 왕비궁에 들어서자 긴장으로 양어깨가 빳빳하게 경직되었다. 아무도 믿지 않겠지만 에스텔은 현재 단 두 명의 시녀만을 두고 있었다. 귀족 여인이라면 학을 떼었던 그녀는 3년 전 혼인을 앞두고 시녀를 두지 않겠다 선언하여 왕궁 안팎을 발칵 뒤집었다.

레오폴트와 카셀 공작부인이 설득에 나섰고 기나긴 실랑이 끝에 두 명을 시작으로 차차 인원을 늘려가기로 합의했다. 이때 우선적으로 선택된 이들이 스캔들 당시 끝까지 침묵했던, 엄격하지만 속정 깊은 한 백작부인과 후작가의 영애였다.

복도를 가로질러 응접실로 들어서자 두 명의 시녀가 하녀들과 안절부절못하고 있었다. 시간은 임박해오는데 아무리 사정해도 반응이 없으니 후작가의 영애는 훌쩍이기까지 하였다. 레오폴트는 여유로운 미소로 그들을 진정시킨 뒤 열쇠를 이용해 안으로 들었다.

침실 안 상황을 둘러보니 옷을 갈아입다 감정이 폭발한 듯 보였다. 속치마 차림의 에스텔은 얼굴이 눈물로 뒤범벅돼 소파 한구석에 쪼그리고 앉아 있었다.

"에스텔."

"더는 못 하겠습니다."

그녀의 입에서 피로감이 덕지덕지 묻어 있는 목소리가 비어져 나왔다. 붉게 젖어든 회녹색의 눈동자가 레오폴트의 가슴을 저리게 하였다.

"나가고 싶습니다. 그냥 예전처럼 유모의 일을 도우며 밖에서 자유롭게 혼자 살고 싶습니다."

"그런 말은 안 하기로 했잖아."

"처음부터 될 대로 되라는 마음이었습니다."

"얼마쯤은 그랬겠지. 하지만 그게 전부가 아니라는 걸

알아.”

앞뒤 잘라먹고 툭 뱉어낸 말을 레오폴트는 단박에 알아듣고 응수했다.

“많은 나이에 범상치 않은 과거, 몸 곳곳에 남아 있는 흉터. 어차피 누구와도 혼인하지 못할 거, 저리도 정성이니 왕비가 되어 나를 짓밟은 자들에게 위협이나 되어보자, 떠오르는 대로 생각하고, 이끄는 대로 혼인하였습니다.”

에스텔은 과거 자신이 혼인에 동의한 이유를 자학하듯 비하했다.

레오폴트는 별다른 동요 없이 그녀 옆에 앉아 부드러운 눈길을 보냈다.

즉위식을 마치자마자 카셀 일가와 유모를 포섭해 일방적으로 약혼을 강행한 건 그 자신이었다. 선왕의 추도 기간을 핑계 삼아 특별한 연회 없이 공식 발표로 약혼식을 대신하고 매일 밤 카셀 가를 드나들었다. 에스텔에게서 어떠한 구박과 냉대를 받아도 일단 그녀와 합법적인 부부로 묶이고 싶었다.

정신적 불안 증세와 지울 수 없는 몸의 상처. 안타까운 것과 별개로 며느리를 들이는 입장에서 에스텔은 결격사유가 한둘이 아니었다. 여식의 미래를 걱정하던 공작부부는 지극정성인 레오폴트와 한편이 되어 에스텔을 설득했다. 초반 완강했던 에스텔은 시간이 갈수록 눈에 띄게 지쳐갔다. 약간의 자포자기, 거기에 레오폴트의 막무가내식

구혼에 익숙해지면서 마지막에는 그녀의 말처럼 될 대로 되라는 단계에 이르러 있었다. 그럼에도 레오폴트가 당당히 밀어붙일 수 있었던 건 그녀가 무의식중에 보여준 애증이란 이름의 감정 때문이었다.

"저는 여전히 당신께 서운하고, 때로는 꼴도 보기 싫을 만큼 밉고, 그러다가 정신이 들면 죄책감이 밀려와 괴롭습니다. 지금도 그렇습니다. 통제되지 않는 짜증에 이렇게 퍼붓고는 있지만, 시간이 지나서 마음이 진정되면 내가 왜 그랬을까, 부끄럽고 미안해 온종일 아파할 것입니다."

미워하면서도 여전히 은애하는. 언젠가 미움이 애정을 덮을 수도 있지만, 그 반대의 상황도 얼마든지 펼쳐질 수 있는, 레오폴트에게는 희망과도 같은 감정.

"머리를 쥐어뜯으며 반성하다가도 오늘과 같은 상황이 벌어지면 저는 또 서슴없이 당신을 원망하겠지요. 짜증을 내고, 비난을 하고. 결국 모든 게 후회스러워 저 자신을 미워하게 될 겁니다. 반복되는 악순환이 저는 괴롭습니다."

실제로 에스텔은 이전에 비해 도타운 애정을 보여주고 있었다. 그녀는 전혀 깨닫지 못하고 있으나 확연히 느끼고 있는 레오폴트로서는 그리하여 더욱더 바라고 있었다. 에스텔이 지금보다 몇 배는 더 강력한 분노를 쏟아내주기를. 비난이든, 짜증이든, 신경질이든, 닥치는 대로 퍼부어 텅텅 비어버린 자리를 애정이란 감정으로 채울 수 있기를.

"거울을 보면 흉터가 이전보다 더 짙게 보입니다. 사람들이 아직도 나에 대한 의심을 털어내지 못하고 있는 게 아닐까, 눈만 마주쳐도 야릇하게 보는 것 같아 기분이 나쁩니다. 혼인 피로연 때 가시가 잔뜩 선 눈으로 저를 응시하던 한 후작부인이 눈앞에서 아른아른. ……압니다, 이 모든 건 열등감이 빚어낸 망상이겠지요. 저는 왕비가 될 자격이 없습니다. 저 자신조차 감당하지 못하는데 어떻게 당신을 내조하고 다른 이를 품을 수 있겠습니까."

"왜 품어야 하는 거지?"

히스테릭하게 눈물짓던 에스텔은 정말 모르겠다는 레오폴트의 반문에 흐느낌을 멈추고 그를 올려다보았다.

"나야 성격상 내조를 받는 것보다 외조를 하는 쪽을 훨씬 좋아하는 사람이고. 당신이 오늘 마주하게 될 꼬장꼬장한 귀족들은 굳이 품어야 할 필요가 없는 사람들이야. 생각해 봐. 잘난 맛에 사는 그자들을 세상 어떠한 선(善)이 있어 무한대로 품을 수 있겠어?"

"그런 식으로 위로하시려는 거라면……."

"위로하려는 게 아니라 사실을 말하고 있는 거야. 위치가 위치이니만큼 역할을 완전히 무시할 순 없겠지. 하지만 당신은 지위에 맞게 이미 역할을 충실히 잘해내고 있어."

"3년간 공식 석상에 얼굴 한 번 내보이지 않았습니다."

진심 같기도 하고, 현란한 말솜씨로 흥분된 분위기를 대충 덮으려는 것 같기도 하고. 화를 내야 할지, 더 들어봐야 할지 갈피를 잡지 못한 에스텔이 냉소를 날리자 레오폴트는 유하게 말의 의미를 풀어주었다.

"유모가 다니고 있는 빈민가의 진료소를 왕비궁에서 후원하고 있는 거 알아. 거기만이 아니라 다른 의료소와 고아원 역시 왕비궁의 사비가 들어가는 걸로 알고 있어. 가끔 외출을 나가면 카셀 가로 가는 게 아니라 유모와 함께 아이들을 돌보다 오는 거잖아."

"했던 일을 하고 있을 뿐입니다."

"그러니까. 당신은 품어야 할 대상이 누구인지 정확히 알고, 최선을 다해 돕고 있어. 가르치려 드는 귀족들? 그들은 품어야 할 대상이 아니야. 적당히 눌러주고 때로는 구슬리며 그들이 우리를 이용하는 만큼, 딱 그만큼의 대우만 해주면 되는 사람들이지. 물론 그들 중 인간적으로 다가가야 할 이들이 일부 있다는 건 알아서 걸러 들어주고."

멋쩍어하는 그의 마지막 말에 에스텔에게서 여린 헛웃음이 흘러나왔다. 그도 그이지만 언제부터인가 반복되고 있는 같은 패턴의 상황이 우습게 느껴졌다. 헤어날 수 없는 절망감에 깊은 굴을 파고 들어앉으면 레오폴트는 언제나 그것보다 더 큰 굴을 파고 요란스럽게 옆자리를 파고들었다. 커질 대로 커진 굴에는 환한 빛이 쏟아졌고, 휘황찬란한 그의 화법이 더해지면 에스텔은 어느새 어둠에서 벗어나 태양 아래에 서 있었다.

한쪽이 지치지 않는 한 앞으로도 계속될 그들만의 숨바꼭질. 돌이켜보면 이러한 숨바꼭질의 주기는 예전보다 상당히 뜸해지고 있었다. 왕비궁에 들어왔던 초반, 열흘에 한 번 이 법석을 떨었다면 3년이 지난 지금은 서너 달에 한 번 정도.

……그러고 보면 나는, 조금씩 나아지고 있는 것인가?

문득 자신에게 일어난 변화를 인지한 에스텔은 가슴에 고여 있던 먹구름이 걷히는 느낌이었다.

레오폴트는 영웅이 될 생각도, 그럴 수 있는 능력도 없다고 말했다. 그저 평균만 유지하며 귀족들을 마음 편히 주무를 생각이니 혹시라도 자신을 위해 참고 있는 거라면 그러지 말아야 한다고 고개를 저었다. 뒤에서 당신을 짓밟는 이들이 있다면 움츠러들지 말고 똑같이 되돌려주는 게 자신을 위한 올바른 내조라고.

그 모습은 마치 간절히 애원하는 것 같았다. 너의 상처를, 나의 못난 실수를, 우리의 과거를 같이 극복해보자고. 무슨 짓을 하든 당신이 살아 있는 것보다 중요한 건 없으니 지치지 말고, 자학하지 말고. 화가 나는 일이 있으면 속 시원히 토해내고 그런 다음 반드시 화해하며 이렇게 오래도록, 너와 내가 하나가 되어 살아가자고.

점점 목청을 높여가는 레오폴트와 뭉클해진 가슴으로 남편을 바라보는 에스텔.

무던히도 애를 쓰는 그가 안쓰러워 에스텔은 소모전을 이만 끝내겠다는 의중을 우회적으로 드러내었다.

"……시간이 지체되었습니다. 뻣뻣한 귀족들이 한소리

하기 전에 최대한 빨리 준비해보도록 하겠습니다."

눈물을 훔치며 속삭이는 그녀의 말에 레오폴트의 가슴 한쪽이 뻐근하게 죄어들었다. 조금 전 쏟아낸 분노만큼 애정이 더 커진 것 같은 느낌은 혼자만의 착각이 아닐 것이다. 앞으로도 이렇게, 쏟아낸 만큼 채워지기를 기대하며 레오폴트는 별거 아니라는 듯 부러 호기롭게 답했다.

"천천히 해. 기다리라고 하지, 뭐."

국왕의 혼인식 이후 썰렁하게 비어 있던 대연회 홀이 3년 만에 개방되었다. 일반적으로 왕궁에서 열리는 무도회는 기본적인 규모부터 타의 추종을 불허했다. 왕궁 무도회, 그 이름 하나만으로도 들뜨고 설레는 일인데 얼마 전 주최자가 국왕이라는 소문이 퍼지며 모두의 기대는 한껏 높아진 상태였다.

폐인이 되었다 소문이 자자한 왕비. 그녀가 뭘 얼마나 하겠느냐 수군거렸던 자들도 한때 사교계를 주름잡았던, 이제는 레오폴트 2세가 된 왕께서 직접 나서신다니 은근한 기대감을 드러냈다. 그리고 오늘, 기다렸던 왕궁 무도회가 열리는 밤, 에리카의 고위 귀족과 외교 사절들은 해 질 무렵부터 속속들이 몰려들어 감탄을 연발했다.

대연회 홀에서 연주되는 곡조는 지나치게 시끄럽지도, 손님들이 내는 소음에 묻히지도 않았다. 공기처럼 자연스럽게 허공 위를 흐르다 귓속에 착착 감겨 몸이 저절로 가락을 타고 한들거리게 하였다. 음식과 데커레이션 역시 훌륭했다. 유럽의 남쪽에서 공수한 다양한 종류의 와인. 각종 당과를 기본으로 콤포트, 비스킷, 타르트 등 달콤한 디저트와 색색의 과일로 호화롭게 장식된 상차림. 여름이라고 착각할 만큼 풍성하게 곳곳을 장식한 장미까지. 오랜만에 열린 왕궁 무도회는 남녀노소를 불문하고 연회 홀에 들어서는 내빈들의 눈과 귀를 만족시켰다.

그러나 오늘 밤을 위한 정교하고도 완벽한 준비가 누군가에게는 꼬투리를 잡을 만한 빌미로 이용되기도 하였다.

"아무리 생각해도 기가 막힙니다. 해가 세 번이나 바뀌었는데 이제야 무도회를 연 것도 그렇거니와 이런 시시콜콜한 준비를 공무가 과중한 전하께 떠넘기시다니요."

"이러니 왕비께서 폐인이 되었다는 소문에 힘이 실리는 것입니다. 들리는 소식에 의하면 요즘에도 빈번히 발작을 일으켜 전하께서 하루에도 몇 번씩 왕비궁으로 뛰어가신다 하더이다."

둥그렇게 원을 이루어 못마땅함을 드러내는 이들은 티 모임을 핑계로 하루가 멀다 하고 몰려다니는 귀부인들이었다. 사교계에서 막강한 영향력을 휘두르는 후작부인을 필두로, 웰튼 가의 세 여인과 일정한 기준을 통과한 유명 인사들이 다수 섞여 있었다.

죽은 줄 알았던 에스텔이 살아 돌아와 왕비가 되었을 때 이들은 지은 죄가 명백해 초긴장 상태에 돌입했다. 우선,

웰튼 가의 세 여인. 그들은 에스텔이 오두막에서 뛰쳐나오는 모습을 목격한 뒤 소문이 사실이었다며 그녀를 사회적으로 생매장하는 데 크게 기여했다. 뿐만 아니라 모임의 수장 격인 나이 지긋한 후작부인. 그녀는 에스텔이 자결했다는 소식에 동정론이 일자 사석과 공개적인 자리에서 일침을 가하며 여론을 잠재웠다. 젊은 사람이 그리 가버린 건 안타까운 일이나 뻔뻔하게 살아서 돌아다니는 꼴 역시 소름 끼쳤을 거라며 핏대를 세웠다. 그들 외에도 사교계의 핵심 세력이라 칭하는 이들은 당시 온갖 소문을 퍼다 나르며 카셀 가를 정면으로 비난하기도 하였다.

에스텔의 무죄가 밝혀지고 왕실에서 약혼을 발표하자 이들은 집단적 신경쇠약 증세를 일으켰다. 카셀 가에 아무리 초청장을 보내고 방문 의사를 밝혀도 돌아오는 거라곤 정중한 거절의 편지뿐이었다. 결국 이들은 일을 벌인 마벨을 저주하고 온갖 변명을 늘어놓으며 칩거에 들어갔다.

그들이 다시 당당해지기 시작한 건 모순적이게도 에스텔이 공식적으로 왕비가 되던 날이었다. 관례에 따라 신부의 왈츠를 추기 위해 스캔들 이후 처음으로 에스텔이 사람들 앞에 모습을 드러냈을 때. 후작부인은 에스텔과 눈이 마주치며 그녀가 겁에 질려 있음을 명확히 읽어냈다. 누가 더 우세한지 본능적으로 간파한 이들은 단번에 태도를 바꾸었다.

웰튼 가의 여인들은 자신들도 피해자라며 목소리를 높

였고, 후작부인은 에스텔을 완전히 휘어잡고자 시녀가 되겠다 자처하기도 하였다. 모두가 자신을 원한다고 혼자만의 착각에 빠져 있던 후작부인은 수석 시녀 자리를 존재감 없는 한 백작부인에게 빼앗기자 분해하였다. 과거 자신이 저지른 잘못을 잊고 또다시 멤버들을 선동해 왕비에 대한 안 좋은 소문을 퍼트리고 다녔다.

"모를 일입니다. 빼어난 영애들이 널리고 널렸는데 하필이면 신경증에 나이도 많은 그분이 왕비가 되어야 했다니. 가뜩이나 왕실의 후계도 부실한데 하루라도 빨리 차비궁의 주인을 찾아야 하는 거 아닌지 모르겠습니다."

"지금까지 태기 한 번 보인 적이 없었으니 보통 일은 아니지요. 이게 다 왕실에 어른이 아니 계셔서 그러는 것입니다. 대비께서는 이제 바깥출입을 전혀 안 하고 계시니……. 이럴 때 후작부인이 왕비궁에 계셨으면 얼마나 큰 도움이 되었겠습니까. 왕비께서는 스스로 복을 차버리신 겁니다."

3년이 넘도록 이들은 후작부인을 거부한 왕비에게 괘씸죄를 적용했고, 누구 하나 저지하는 사람이 없어 기고만장해하였다. 웰튼 가의 노부인은 거리낌 없이 후계 문제까지 들먹이며 왕비를 향해 비아냥거렸다. 후작부인도 스스럼없이 괜한 일로 꼬투리를 잡고 불쾌한 감정을 표출했다.

"나는 진즉에 이리 될 줄 알았습니다. 왕비 전하께서는 그 옛날 모두에게서 신망받던 그분이 아니신 겁니다. 상황이 불운했다 해도 제대로 교육받은 명문가의 영양이시라면 참고 견디고 이겨내셨어야지요. 칭송받던 예전의 자태는 겉모습에 불과할 뿐 애초에 자질이 없는 분이셨을지도 모르겠습니다. 처음부터 모든 걸 꿰뚫어본 내가 도와드리려 해도 저런 태도를 보이시니 뭘 더 어찌할 수 있겠습니까."

쯧쯧, 혀를 차던 후작부인은 입가를 삐뚜름하게 비틀며 쌀쌀맞게 빈정거렸다.

"지금도 보십시오. 시간이 얼마나 지났는데 아직까지 얼굴조차 안 보이고 계시지 않습니까. 전하께서 사람을 잘못 들여 왕실에 결정적인 약점을 입히셨습니다."

웃전을 향한 배덕은 위험 수위를 넘어선 지 오래였다. 주변을 지나다 이들의 대화에 이맛살을 찌푸리는 이들도 있었으나 사교계에서 따돌림을 당할까 누구도 문제를 제기하지 못했다. 이들의 도덕적 불감증은 하늘까지도 뚫고 올라갈 기세였다.

그런 가운데 드디어 두 분 전하께서 납신다는 의전관의 목소리가 연회장을 메웠다. 음악이 끊기고, 대화와 움직임을 멈춘 귀족들은 양 갈래로 흩어져 두 분 웃전을 향해 정중히 예를 갖추었다.

아이보리색 의복에 머리칼을 늘어트려 티아라로 고정한 에스텔은 얼굴과 목의 상처를 자연스레 가리면서도 청초한 모습이었다. 최대한 침착하고 당당하게. 에스텔은 허리를 반듯하게 세우고 걸음을 떼었지만 오랜만에 사람들 앞에 서려니 마음처럼 쉽지가 않았다. 무릎에서 시작된 미약한 떨림이 분수처럼 솟구쳐 오장육부를 뒤집고 어지럼증을 일으켰다.

이상 반응이 그에게까지 전해졌는지 레오폴트는 팔짱을 끼고 있는 그녀의 손을 다른 쪽 손으로 힘주어 잡았다. 에스텔이 곁눈질로 그를 보자 레오폴트는 시선을 맞추며 부드럽게 눈웃음을 지었다. 걱정스러움이 조금도 엿보이지 않는, 다만 순수한 애정만이 가득한 눈빛. 기이하게도 일말의 걱정도 담지 않은 그 눈빛이 외려 에스텔의 긴장을 가라앉혔다. 레오폴트만의 고유한 여유로움이 그녀에게까지 전이된 느낌이었다.

에스텔은 그를 향해 미소를 되돌리고 시선을 똑바로 하였다. 국왕 부처가 지날 때마다 사내들은 고개를 숙였고, 여인들은 무릎을 굽혀 커트시를 올리는데, 저 불쾌한 눈빛. 무릎을 굽혔다 일어선 후작부인과 우연히 시선이 얽히며 에스텔은 가슴이 철렁 내려앉았다. 그녀의 눈초리는 3년 전 피로연 때보다 더 뾰족하게 벼려져 에스텔의 심장을 난도질하였다. 그녀 옆으로 나란히 서서 새초롬하게 이쪽을 응시하는 웰튼 가의 세 여인도 비위를 상하게 만들었다.

오직 정면만을 주시하며 지나치는데도 저들의 거슬리는 눈빛은 끈끈하고 걸쭉하게 에스텔의 숨통을 옭아매었다.

도망가고 싶었고, 억울함에 가슴이 울렁거렸고, 동시에 의아함이 어렸다.

어째서 저들은 당당한 것인가.

어째서 나는 죄인처럼 굴어야 하는가.

이 모든 부조리를 나 스스로가 자초한 것은 아니었을까.

나의 심약함이, 어리석은 현실도피가 저들의 기를 살려주고 나를 우습게 만들고 있는 것인지도 모른다.

내가 왜? 무슨 잘못을 하였는데!

과거 수만 번도 넘게 속으로 외쳐댄 자문에 에스텔은 우뚝, 걸음을 멈췄다.

국왕 부처에게 나뉘었던 시선이 의구심을 띠고 왕비 한 사람에게로 집중되었다. 마찬가지로 걸음을 멈춘 레오폴트는 주변의 시선에 아랑곳없이 에스텔을 들여다보았다. 당황하거나 놀라는 기색 없이 차분하게. 레오폴트는 아내에게 상태를 물었다.

"괜찮아, 에스텔. 몸이 안 좋으면 그런 거라고 말해. 무리해서 억지로 참을 필요는 없어."

"전하의 말씀이 맞습니다. 저는 참을 필요가 없습니다."

결심을 굳힌 에스텔은 팔짱을 꼈던 손을 풀고 몸을 돌렸다. 당황한 레오폴트가 그녀의 팔을 잡자 에스텔은 고개를 돌려 침착하게 그를 응시했다. 평소 발작 증상을 보였을 때와는 전혀 다른, 온유하면서도 신뢰감을 주는 눈빛이었다. 레오폴트는 저도 모르게 손에서 힘을 빼냈다.

에스텔은 그에게 희미하게 웃어 보인 뒤 왔던 길을 되돌아 우아하게 걸었다. 여섯 걸음 정도 앞으로 나아가다 냉한 눈초리를 하고 있는 후작부인과 웰튼 가의 여인들 앞에 정면으로 마주 섰다.

실행에 옮기기 전까지만 어려운 것이지 막상 입을 열기 시작하면 미세하게 남아 있는 떨림도 사라질 거라 믿는다. 반드시 극복해야 할 난제 중의 하나. 그녀 자신과 지치지 않고 믿어주는 남편을 위해 에스텔은 머뭇대지 않았다. 이들은 선을 넘었고, 에스텔은 과도하게 굽혔던 허리를 세웠다.

"아무리 생각해도 의외여서 말입니다."

"왕비 전하, 그 무슨 말씀이시옵니까?"

왕비의 목소리는 차분했지만, 사람들이 숨을 죽이고 있어 모두의 귀에 또박또박 울렸다.

"내가 한 말이 무슨 뜻인지 여기 계시는 세 분이 더 잘 아실 거라 믿습니다."

"예전 일을 말씀하시는 거라면 왕비 전하, 저희는 억울하옵니다. 악마 같은 레이튼의 딸년이 저희의 승마 코스와 시간을 알아내 거기서 그런 일을 꾸몄을지 어찌 알았겠습니까! 사건의 전말을 전해 듣고 저희도 얼마나 기가 막히고 놀랐는지. 아직도 그때만 생각하면 이 늙은이는 손발이 떨리고 심장이 내려앉아 식은땀을 흘리곤 한답니다."

노부인의 우는소리에 웰튼 가의 장녀와 며느리도 새침

하게 고개를 끄덕이며 억울하다는 신호를 보냈다.

"해서 내가 찾아가지 않았습니까. 당신들이 본 것은 오해이니 억측을 삼가달라 몇 번이나 찾아가 호소하였습니다. 그런데도 그대들은 억측을 사실로 단정 짓고 흥미를 당길 만한 살을 보태 무고한 사람을 죄인으로 만드는 데 일조하였습니다."

"그렇게 오해하시면 저희도 섭섭합니다, 왕비 전하. 예, 사실 그리 오해하실 줄 알고 진실이 밝혀지자마자 저희가 카셀 가에 얼마나 많은 편지를 보냈는지 모릅니다. 직접 뵙고 당시 상황을 말씀드리려 하였으나 번번이 몸이 안 좋다, 방문을 거부하셨으니……."

"아니요."

단호하게 말을 자른 에스텔은 침착하고 명료하게 엄청난 말을 쏟아냈다.

"그대들이야말로 여태 그렇게 오해하고 있었다면 이참에 확실히 내 의견을 밝히도록 하겠습니다. 나는, 이 시간 이후 더 이상 그대들을 보고 싶지 않습니다."

"허억……."

실형 선고와도 같은 그 말에 웰튼 가의 여인들은 가슴을 부여잡고 숨넘어가는 소리를 내었다. 사람들 역시 놀랐는지 후작부인의 얼굴이 일그러지고 여기저기서 숨 들이켜는 소리가 퍼져 나갔다.

"한 번 내뱉으면 주워 담을 수 없는 게 사람의 말입니다.

우리가 입을 열 때마다 신중해야 하고 조심해야 하는 이유이지요. 터무니없는 한 자락의 소문에 사람의 목숨과 가문의 명운이 좌지우지되는 것을 그동안 수도 없이 보아오지 않았습니까. 앞으로 나는 이와 같은 비도덕적인 행위를 좌시하지 않을 생각입니다. 하여 그 본보기로 수많은 희생자를 생성해낸 그대들에게 이 시간 이후로 왕궁의 출입을 무기한 금할 것을 명하겠습니다."

"와, 왕비 전하, 저, 저희는……."

"또한!"

더는 어떠한 떨림도 없었다. 말을 하면 할수록 마음이 안정되었고, 머리는 차갑게 식어갔다. 에스텔은 웰튼 가의 여인들에게 시선을 떼어 주변에 있는 귀부인들과 하나하나 눈을 맞췄다.

"공과 사를 불문, 왕실에서 참석하는 그 어떤 모임에도 웰튼 가는 제외되어야 할 것입니다. 혹시라도 이를 어기는 분이 계시다면 왕실과는 척을 지겠다는 행위로 간주하겠습니다."

"왕비 전하, 이러실 수는 없습니다."

혼절하기 일보 직전인 웰튼 가의 여인들, 그들을 위해 나선 사람은 사나운 눈빛을 하고 있던 후작부인이었다.

왕비는 지금 지위를 이용해 웰튼 가의 여인들을 순식간에 사교계에서 퇴출시켰다. 다른 말로 하자면 3년 내내 아무것도 하지 않다가 어느 날 갑자기 나타나 사교계의 권력을 단숨에 움켜쥔 것이다. 따지고 보면 왕비가 사교계의 중심이 되는 건 당연한 일이었다. 하지만 주인이 비워놓은 자리에 앉아 있다 처음부터 자신의 자리인 양 착각해버린 후작부인은 고유 영역을 침범당한 듯 불쾌해하였다.

이대로 수긍해버리면 자신을 주축으로 한 무리는 세를 잃고 사교계에서 막강한 힘을 발휘하지 못하게 될 것이다. 공들여 쌓아놓은 권력을 하루아침에 잃게 되다니, 그럴 수는 없었다. 후작부인은 웰튼 가의 여인들이 아닌 자신의 사적인 이익을 위해 눈에 불을 켜고 왕비에게 달려들었다.

“이들이 잘못하였다면 원인을 따져 처벌의 수위를 정하셔야 하는 것입니다. 여러 사람에게 의견을 물으시고 차후에 결정하셔도 되는 일을, 뭇사람들 앞에서 나이 많은 귀부인을 면박주시다니요!”

“내가 말할 때 끼어들지 마세요, 후작부인.”

그러나 왕비는 잔뜩 겁에 질려 있던 예전의 그 여인이 아니었다.

“가르치려는 말투도, 본인이 옳다는 생각도 접어두도록 하십시오. 그건 구닥다리 아집일뿐더러 나는 당신의 손녀딸이 아닙니다.”

“어찌 그런 말씀을…….”

“그대가 무슨 말을 하고 다니는지 내가 모를 거라 생각지 마십시오. 그대를 비롯한 몇몇 귀부인을 오랫동안 주시해 오고 있습니다. 티 모임을 여는 것은 자유일 테지만 그 자리에서 생성되는 무수한 뒷말은 앞으로 조심하셔야 할 겁니다. 이번에는 간단한 경고 정도로 넘어가겠습니다. 허나 한 번만 더 왕비궁을 능멸하는 발언이 내 귀에 들어오면 그대 역시 평생 왕실과 척을 져야 할 겁니다."

이 이상 떠드는 건 의미가 없었다. 적당히 밟아주었으니 나머지는 평소 이들에게 불만을 갖고 있던 귀족들이 알아서 해줄 것이다.

에스텔은 냉랭한 눈빛으로 소위 유명 인사라 불리는 후작부인의 무리를 훑어본 뒤 차갑게 등을 돌렸다. 모두의 시선을 당당히 받으며 말없이 자신을 기다려주고 있는 그에게로 향했다. 레오폴트에게서 느껴지는 자랑스러움이 에스텔을 더욱 부듯하고 충만하게 하였다. 이렇게 하나씩, 에스텔은 과거를 극복해나가고 싶었다.

왕비가 후작부인과 웰튼 가의 여인들에게서 멀어지자 사람들도 한꺼번에 후작부인의 무리에서 떨어져 나갔다. 그동안 아니꼬워도 힘의 원리에 밀려 꾹꾹 참았던 이들이 새로운 권력자의 등장과 함께 이때다 싶어 즉각적인 반응을 보이는 것이었다.

하나의 섬처럼 사람들에게서 떨어진 열댓 명의 인사들. 일생일대의 위기를 맞은 그들은 똘똘 뭉쳐 우정을 입에 올렸던 과거가 민망할 만큼 신속히 분열했다. 몇 명 귀부인이 백기를 들고 슬금슬금 섬에서 떨어져 나오기 시작한 것이다. 이로써 한동안 사교계의 비주류로 전락할 테지만 힘의 균형은 이미 기울어 있었다. 의리를 지킨답시고 고집을 부린다면 얼마간 명예로울 수 있을 것이나 사교계에서는 영원히 퇴출될 것이다.

모두가 흥미롭게 관망하는 가운데 실속을 챙긴 이들이 속출했고 결국 섬에는 후작부인과 웰튼 가의 세 여인만 달랑 남았다. 후작부인은 경고를 받았을 뿐 엄밀히 따지자면 아직 퇴출된 건 아니었다. 그러나 끝까지 의리를 지키려 한다면 왕비가 정해놓은 규칙에 따라 이대로 영원히 사교계에서 모습을 감춰야 할 것이다.

"어떻게 될까요?"

부채로 얼굴을 반쯤 가리고 귀족들은 저마다 쑥덕거렸다.

"평소 그토록 예법을 따지던 사람이니 의리는 지키겠지요."

"설마요. 후작부인에게 사교계 데뷔를 앞둔 손주들이 얼마나 많은데요. 게다가 며느님과 따님들은 파티를 또 얼마나 좋아하시는지. 보세요, 후작부인이 저기서 안 나오실까봐 며느님과 따님들이 아주 벌벌 떨고 있습니다."

"고집을 부리자니 자식에 손주들 인생까지 망칠 테고, 걸어서 나오자니 앞으로 명예고 뭐고 뒷방늙은이 신세가 될 것이고. 후작부인도 난감하시겠습니다. 그러게 작작 좀 하시지, 얌전하신 왕비 전하를 상대로 그 유세를 떨더니……."

귓가를 스치는 오욕스러운 말들은 성난 파도가 되어 후작부인의 가슴을 잔인하게 할퀴었다. 완전한 패배. 몽실몽실 떠오르는 손주들의 얼굴에 후작부인은 치맛자락을 움켜쥐고 부르르 떨었다.

"후작부인, 이제 우리는 어떻게 되는 것입니까?"

지금 이 순간, 자신을 붙들고 눈물을 짜내는 웰튼 가의 여인들이 짐스럽고 껄끄러웠다. 후작부인은 벌겋게 충혈된 눈으로 그들을 보다가 뻣뻣하고 어색하게 등을 돌렸다.

"후, 후작부인!"

그럼 그렇지, 안 보는 척 흘긋대던 사람들의 입가에 비웃음이 어렸다.

뼛속 깊이 스며드는 사람들의 은근한 조롱을 받으며 후작부인은 웰튼 가의 여인들에게서 조용히 떨어져 나왔다. 그 모습이 어찌나 궁상스럽고 비루해 보이던지.

어미 새를 잃은 듯 좌절하는 세 여인이나, 끝끝내 웰튼 가를 외면하고 실리를 택한 후작부인이나. 보는 사람조차 민망했던 이날의 사건은 두고두고 사람들의 입에 오르내리며 한 편의 우스운 희극으로 기억되었다.

아담하다고는 하나 저택의 규모는 생각보다 큰 편이었다. 누군가 꾸준히 들러 청소를 하는지 3년이나 비워놓은

곳치고는 정원도 잘 가꿔져 있고 실내도 먼지 하나 없이 반질반질하였다. 당장에 사람이 들어와 살아도 무방할 정도였다.

깨끗한 실내를 둘러보던 사내는 상념을 털어내고 목적지를 향해 걸었다. 들은 대로 2층으로 올라가 그녀의 향기를 닮은 침실을 가로질러 널찍한 베란다로. 이곳에 와야 했던 이유가 얌전히 제자리를 지키고 있자 사내는 저도 모르게 희미한 미소를 지었다.

목표물을 찾았으니 이곳에 길게 머무를 필요는 없었다. 사내는 베란다 구석에 놓여 있던 작은 화분을 들고 몸을 재게 움직였다. 실내를 벗어나 유난히도 높은 담벼락 앞까지 한달음에 도달했다. 애타게 기다리고 있을 누군가를 위해 밧줄을 화분에 두르고 반대쪽 끝부분을 담장 위로 휙 던져 올렸다.

바깥쪽에서 반가워하는 인기척이 들렸다. 사내는 가볍게 웃으며 들어올 때 사용했던 또 다른 밧줄에 의지해 능숙하게 벽을 타고 올랐다. 담장 꼭대기에 올라 바깥쪽을 내다보자 빨려들 듯 깊고도 새까만 눈동자가 그를 올려다보았다. 에리카의 거리를 걸으며 한 번도 고개를 들지 않았던 그녀는 후드가 벗겨지지 않도록 손으로 꼭 붙잡고 마른 침을 삼켰다.

"찾으셨습니까?"

"물론입니다. 말씀하신 자리에 그대로 있더군요."

여인의 입가에 그림 같은 미소가 착각처럼 떠오르다 사라졌다. 짧은 미소가 아쉬워 사내는 여인 대신 활짝 웃어 보인 뒤 밧줄로 연결해놓은 화분을 최대한 조심히 위로 끌어올렸다.

"부탁을 하시니 찾아오기는 하였는데 이런 걸 가져다 뭐에 쓰려 하십니까? 한눈에 보기에도 식물은 죽은 듯 보입니다."

"괜찮습니다. 죽은 것처럼 보이지만 파울루로 가져다 심으면 금방 살아날 것입니다."

담장 아래의 여인은 화분의 상태를 보지도 않고 식물이 살아날 거라 이미 확신하고 있었다. 그렇게 믿고 싶어 하는 것 같기도 하여 사내는 쓸데없는 말을 삼가고 그녀를 향해 화분을 내려주었다. 무슨 보물이라도 하사받는 듯 여인은 두 팔을 위로 한껏 쳐들고 있었다.

에리카에서 출발한 선박이 힘찬 고동을 울리며 파울루의 항구에 들어섰다. 겨울이 길지만, 환상적인 여름과 빼어난 자연 경관으로 유람객들을 유혹하는 베르덴의 명소 파울루. 하늘이 주신 은총이라 불릴 만큼 수려한 경관은 계절에 따라 그 모습을 달리해 1년 내내 유람객들의 발길이 끊이지 않았다. 때문에 파울루에서 내리는 승객은 언제나 다수의 유람객 중 일부의 거주민이 섞여 있을 뿐이었다.

겨울임에도 볕이 좋은 어느 정오, 해나는 에리카에서 가져온 화분을 두 팔에 안고 배에서 내려 육지에 닿았다. 강한 바닷바람이 제일 먼저 귀환을 반기자 혹여 벗겨지기라도 할까 봐 해나는 급히 후드를 움켜잡았다. 자연히 남아있는 한 손으로 화분을 안아야 했고, 그것이 힘겨워 보여 랄프는 해나를 돕기 위해 두 팔을 선뜻 앞으로 내밀었다.

"이리 주십시오. 댁까지 모셔다드리겠습니다."

"여기를 벗어나면 바람이 잦아들 겁니다. 에리카에 같이 가주시고 이렇게 데려다주시기까지 하셔서 감사드립니다."

항상 그러했듯 정중하게 돌아오는 거절에 랄프는 흐릿한 미소를 지었다.

깊이 연모하는 여인이 있었다. 어린 시절, 한 마을에서 나고 자라 자연스럽게 연인으로 발전한 사이였다. 그는 젊은 나이에 상단의 호위를 책임질 만큼 뛰어난 검술과 사격술을 자랑했다. 연인과의 혼인을 위해 랄프는 더 많은 돈이 필요했고, 선원들과 함께 항해하며 값비싼 물건을 보호하는 책무를 맡았다. 세 번의 항해를 마치고 돌아오면 그녀와 가정을 이루어 정착할 계획이었다.

긴 여행의 마지막, 배는 북해에 진입해 고향을 목전에 앞둔 상태에서 가장 악질적인 해적의 기습을 받았다. 아무리 기를 쓰고 노력해도 혼자서 수십을 상대하는 것은 무리였다. 배가 침몰하며 선원의 일부는 목숨을 잃었고, 일부는 노예가 되어 팔려갔다.

추위와 배고픔을 견디며 노예로 살아남았던 랄프. 2년 만에 탈출해 귀향하였더니 그녀는 고향에서 완전히 자취를 감추고 없었다. 그의 사고 소식에 바닷가로 뛰쳐나가 사흘을 오열했다던 그녀, 나흘째 되던 날 그를 찾으러 간다며 고향을 떠나 그때까지 감감무소식이라 하였다. 랄프는 그저 고개를 끄덕인 뒤 다음 날로 그녀를 찾아 세상을 떠돌고 있었다. 돈이 떨어지면 한 번씩 용병 일을 하며 유럽 전체를 뒤지고 다녔다.

그러던 중 만나게 된, 상상도 할 수 없었던 의뢰인 칼 프레데릭. 두 눈으로 직접 보고 있으면서도 비현실적으로 느껴지던 순간이었다. 어떤 여인이기에 만약을 대비한 사태에 왕이 직접 나서 저토록 치밀히 준비하나 궁금하기도 하였다. 그러나 호기심은 거기까지, 약속된 금액의 절반을 선금으로 받은 뒤 랄프는 여인의 외모나 왕과의 관계에 대해 관심을 두지 않았다. 이국의 여인을 그저 고객으로만 정의했고 최선을 다해 주어진 임무를 수행할 따름이었다. 마르세유에서 지내던 어느 날, 그녀가 길 한복판에 엎드려 오열하는 모습을 보기 전까지는.

의원에게 약을 받아 오던 길, 소요가 일어난 큰길 한구석에 저 여인이 있었다. 혼자서는 몸도 못 가누는 사람이 시위대가 던진 돌에 맞아 피를 흘리면서도 꼼짝 않고 앉아 가슴을 뜯으며 절규하였다. 왕의 죽음을 알았구나, 슬픔의 이유를 짐작하며 랄프는 처음으로 감정적 동요에 말려들었다. 애타게 울부짖는 여인의 모습에 자신을 기다리며 울었을 그녀가 겹쳐져. 어딘가에서 그를 찾으며 아파하고 있을, 너무나 보고 싶은 그녀가 떠올라. 랄프는 고향을 떠난 뒤 처음으로 눈시울을 붉게 물들이고 말았다.

「저는 죽지 않을 것입니다.」

여인을 맨션으로 데려다놓은 뒤 그는 습관적으로 밤마다 그녀의 방을 한 번씩 들여다보았다. 여인이 매일 밤 평안하게 숨을 쉬길 바라며. 절망에 빠진 자신의 연인이 타지를 떠돌다 지쳐서 최후의 선택을 하지 않았기를 바라며. 다른 사내의 여인에게 자신의 연인을 대입해 열심히도 들여다보던 어느 밤, 넋이 나간 얼굴로 내내 누워 있기만 하던 이국의 여인이 미약하지만 또렷하게 죽지 않을 거라고 말했다.

「자결이라도 할까 봐 그러시는 거라면 확인하지 않으셔도 괜찮습니다.」

「믿어도 되겠습니까?」

「눈앞에서 부모님이 돌아가셨습니다. 그럼에도 저는 살아야 했고, 이번에도 다르지 않을 것입니다. 정해진 명이 다하는 그날까지 저는 살아 있을 것입니다.」

「그렇군요.」

목숨만 부지한 채 유령처럼 살아갈 모습이 연상되었지만 랄프도 달리 해줄 말이 없었다.

「저는 이탈리아의 어디로 가게 되어 있었습니까?」

「거기까지는 저도 알 수 없습니다.」

「베네치아. 저는 베네치아로 가고 있는 게 아니었는지요?」

컴컴한 허공을 멍하니 응시하며 여인은 넋이 빠진 사람처럼 중얼거렸다.

「제노바 항까지 모셔다드리면 유렌시아 분점에서 사람이 나와 있을 거라고만 하셨습니다.」

「그들이 지금 저를 기다리고 있는 것입니까?」

「아니요. 그들은 이쪽에서 기별을 받은 후에야 움직이게 되어 있습니다. 아시다시피, 해나 님의 건강이 좋지 않았던 관계로 아직 어떠한 연락도 취하지 못하였습니다.」

「제가 가지 않겠다면 어떻게 되는 것입니까? 임금을 받지 못하게 되는 것인지요?」

「약속한 금액의 절반을 이미 선금으로 받았습니다. 절반이지만 보통 임금에 비해 몇 배나 높은 금액이기에 지금 받은 액수만으로도 저는 만족스럽습니다.」

정인을 잃은 이국의 여인은 딱히 의지할 가족도, 머무를 집도 없어 보였다. 그렇다면 가고 싶다는 곳에 갈 수 있도록 도와주는 게 뭐가 문제일까.

왕은 일을 의뢰하며 그에게 선금을 포함해 두둑한 노자와 함께 혹시 모를 돌발 상황에 대비해 표신을 맡겼다. 여행 중 뜻하지 않게 도움이 필요하게 될 경우 표신을 들고 유럽 곳곳에 퍼져 있는 유렌시아 상단 아무 곳이나 찾아가라고. 그것을 보여주면 어떠한 요구도 기꺼이 들어줄 거라고 당부했다. 여인의 병이 심상치 않음을 느꼈을 때 그는 표신을 들고 파리의 유렌시아 분점을 찾아가 넉넉한 자금을 치료비로 받아놓은 상태였다. 어떤 상황에서도 돈이 아쉬워 문제될 일은 없었다.

「이탈리아로 갈 생각이 없으시다면 굳이 이곳에 머무를 필요도 없습니다. 이곳 상황이 좋지 않으니 일단 엑상프로방스로 옮겨 체력을 보충하고 원하시는 곳으로 가시는 게 어떻겠습니까? 원하신다면 내일 당장 옮길 곳을 알아보겠습니다.」

「……부탁드립니다.」

여인은 왕께서 기다리고 있으라 하셨다던 파울루로 돌아가길 원했다. 랄프는 그 심정을 충분히 이해했고 받은 액수만큼 여인이 파울루로 돌아가 자리를 잡는 것까지 도와주었다.

그런 다음 다시 연인을 찾아 떠돈 게 어언 2년, 여행을 하다가도 연인에 대한 불길한 생각이 들 때면 랄프는 해나에게 들러 마음을 추스르곤 하였다. 하루하루 충실히 살고 있는 이국의 여인을 지켜보며 그녀 또한 어딘가에서 자신을 기다리고 있을 거란 희망을 놓지 않았다.

“이제 어디로 가십니까?”

여인의 한결같은 모습에 과거를 회상하던 랄프는 화분

에 관해 더는 묻지 않고 앞으로의 계획을 밝혔다.

"헤젠부르크로 갈 생각입니다."

"헤젠부르크요?"

"언젠가 그녀에게 헤젠부르크에 대해 말한 적이 있습니다. 날씨가 쾌적하고 곳곳이 천혜의 비경이라 예전과 같이 베르덴과 한 나라였다면 당장에 이주했을 거라고요. 3년 전 병합은 되었지만, 그곳의 귀족들이 라인트에 협력하며 시끄러웠습니다. 이제 정리가 되어 옛 모습을 찾아가고 있다 하니 그곳으로 한 번 가보려 합니다."

"그랬군요."

지금까지 랄프는 그녀가 가고 싶어 했던 나라와 장소만 반복해서 돌고 있었다. 이번에도 에스파냐 끝까지 돌아보고는 막막한 기분이 들어 파울루로 돌아왔다. 언젠가 에리카에 한 번 데려가주겠다, 해나와 약조한 게 떠올랐기 때문이었다. 사실 약조를 지켜야 한다는 생각보다 머리를 식힐 시간이 필요했다.

에리카에 들렀다 다시 돌아오는 길, 갑갑해하는 그에게 해나는 생각 자체를 바꿔보라고 조언했다. 그녀가 가고 싶었던 곳이 아니라 당신이 가고자 했던 곳. 당신이 그렇듯 그녀 역시 자신이 아닌 당신이 가고자 했던 곳을 찾아다니지 않겠느냐고 반문하였다. 절실한 나머지 한 가지 생각밖에 하지 못했던 그에게 여인은 너무나 당연하지만 보지 못했던 그 길을 알려주었다.

"잘 생각하셨습니다. 이번에는 꼭 좋은 소식이 있기를 바랍니다."

"제가 더 이상 찾아오지 않는다면 그녀를 만나 그곳에 정착했다고 생각해주십시오."

"못 뵙게 된다면 섭섭할 것입니다."

만남, 이별, 재회. 무수히 반복된 세상과의 인연 중 해나는 또 한 번의 이별이 성큼 다가와 있음을 느꼈다.

"그래도 바랍니다. 이것이 우리가 마주하는 마지막이 되기를."

지금껏 해왔던 수많은 결별 중 가장 안심하고 보낼 수 있는 이별. 마음 놓고 한 번 웃지도 못하는 그가, 그를 찾아 세상 어딘가를 애타게 떠돌고 있을 그녀가 한자리서 만나 서로를 마주 볼 수 있기를. 해나는 진심으로 기원했다.

"애나! 애나!"

항구를 빠져나오자 씩씩한 소년의 목소리가 해나의 귀를 사로잡았다. 저 앞에서 열두 살 천진난만한 소년이 벌꿀색의 머리카락을 휘날리며 쏜살같이 달려왔다.

해나는 아름다운 성이 내려다보이는 고지대에 살고 있었다. 재작년 여름, 우연히 숲 속을 지나다 다리에 부상을 입은 한 소년을 구해주었다. 어부인 아버지와 싹싹한 어머니의 보살핌 아래 구김살 없이 자라고 있는 삼남매 중 늦둥이 막내. 그때의 일이 연이 되어 소년의 가족은 이곳에서 해나가 이국 출신임을 아는 유일한 사람들이 되었다. 먼 나라 출신인 게 죄가 될 일은 아니지만, 이목을 끄는 건 부담스러운 일이었다. 소년의 가족은 마을 사람들의 호기심을 적절한 핑계로 차단해주었고 틈틈이 왕래하며 좋은 관계를 유지해오고 있었다.

특히 활동적인 저 소년은 시시때때로 해나를 찾아와 말 상대가 되어주고 간단한 일들을 도와주기도 하였다.

"우아, 혹시나 해서 와봤더니 정말 왔네요! 형이랑 근처에 왔다가 배 들어올 시간이 돼서 허락받고 온 거예요. 어디 봐요. 에리카에서 꼭 가져와야 할 게 뭐였어요? 나 좀 보여줘요, 애나."

해나보다도 에리카에서 가져온 물건이 궁금했는지 소년은 숨도 고르지 않고 눈동자를 데구루루 굴렸다.

"잘 지냈니?"

"네. 애나는요? 오늘 온다고 했는데 안 올까 봐 조마조마했어요. 그동안 궁금해서 미칠 것 같았거든요. 오랫동안 가슴 졸였던 거 다 알아요. 얼마나 귀하고 소중한 거였으면……. 사람들이 못 보게 내가 몸으로 가려줄게요. 나한테만 살짝 보여줘봐요."

목소리를 최대한 줄이는 소년의 정성이 귀여웠다. 해나는 소년을 내려다보다가 그대로 시선을 화분으로 옮겼다.

말똥말똥 해나와 화분을 번갈아 바라보던 소년은 표정이 점점 굳어지더니 말도 안 된다는 듯 고개를 가로저었다.

"설마……, 이거요?"

"……."

"말도 안 돼! 이거 카이란이죠? 애나의 정원에 널린 게 싱싱한 카이란인데 말라비틀어진 카이란을 찾으러 에리카까지 갔었단 말이에요?"

진심으로 황당해하는 소년에게 해나는 방긋 웃어주고는 마차를 타기 위해 걸음을 옮겼다.

레이튼 가의 영애에게 납치되기 전 복잡한 일로 바빴던 프레데릭은 카이란을 화분에 심어 해나에게 보내주었다. 지나가는 말로 카이란을 키워보고 싶다 하였더니 정확히 기억해두었다 보내준 것이었다. 바쁜 일이 지나면 정원에 카이란을 심어 함께 키워보자는 그의 메모에 해나는 흐뭇한 미소를 지으며 행복해하였다.

이곳에 집을 마련하며 제일 먼저 떠올린 게 바로 이 화분이었다. 누가 뭐래도 해나에게는 포기할 수 없는 소중한 보물이었다. 다행히 뿌리는 싱싱했고 줄기의 아랫부분도 살아 있었다. 조심히 들어내 뒤뜰에 심으면 내년 겨울쯤 예쁜 꽃을 피워낼 수 있을 것이다. 벌써부터 해나의 기대감이 부풀고 있었다.

해나는 소년과 함께 마차에 올랐다. 나른 승객과 같은 공간에 타야 하는 게 걱정되었는지 소년은 먼저 마차에 올라 해나를 창가 쪽 자리에 앉혔다. 화분을 마부에게 건네 짐칸에 안전하게 실어놓고서 두 사람은 유람객들로 꽉 들어찬, 마지막으로 남아 있는 좌석에 끼어 앉았다.

일가친척으로 구성된 유람객은 한겨울의 절경이라 평가받는 파울루의 대공원으로 가는 듯했다.

"이왕 왔으니까 우리 이곳에 있다는 왕실의 여름 별궁도 보고 갈래요? 몇 년 전에 깡그리 부수고 새로 지어서 그렇게 예쁘다던데. 멀리서 보고 온 사람들이 다들 감탄하고 그런답디다."

"그래? 그럼 우리도 잠깐 내려서 보고 갈까?"

"거기 이제 여름 별궁 아니에요."

기대에 젖어 눈을 반짝이던 사람들은 툭 끼어든 아이의 목소리에 모두가 그쪽으로 시선을 모았다.

"너 뭐라고 그랬니? 거기가 왕실의 여름 별궁이 아니야?"

"2년 전쯤 어떤 귀족 나리께서 성이랑 그 근방의 대지를 전부 사들이셨어요. 그때부터 마을 사람들도 함부로 근처에는 가지도 못하고 있고요. 주인분이 굉장히 높은 귀족이신데 몸도 안 좋고 예민하신가 봐요."

"그랬어? 아유, 가서 보지도 못하고 괜히 헛걸음할 뻔했네. 고맙다, 얘야. 그런데 너는 그런 걸 다 어떻게 안다니?"

"우리 어머니랑 누나가 종종 성에서 일감을 받아 오시거든요. 거기 사람들이 다 입이 무거워서 귀족 나리께서 아프신 분이라는 것도 최근에야 알았어요."

소년의 영특함이 귀여웠는지 사람들의 입가에 저마다 미소가 어렸다. 고개를 숙이고 있는 해나의 입가에도 서글픈 미소가 떠올랐다.

「거기서 기다려. 여기 일 다 해결하고 나도 곧 따라갈 테니까.」

그의 목소리가 아직도 이토록 생생한데. 기다리라고 했던 그곳이 어느 날 갑자기 그런 식으로 없어지게 될 줄은 생각도 못 했다. 처음 저 얘기를 들었을 때 어찌나 속이 상하고 먹먹하던지. 그가 있었다면 절대로 벌어지지 않았을 일이었기에 해나는 또 한 번 그의 부재를 실감하며 속병을 앓아야 했다.

예고도 없이 찾아온 그에 대한 기억에 눈가가 붉은빛을 띠어갔다. 해나는 아린 가슴을 어루만지기 위해 천천히 눈을 감는데,

"어엇!"

성난 말 울음소리가 나며 마차가 급정거하였다. 느닷없이 벌어진 상황에 외마디 비명을 지르며 앞쪽으로 쏠리는 사람들. 해나 역시 앞으로 고꾸라져 낯선 유람객들 사이로 무방비하게 뒤엉켰다. 그 바람에 후드가 벗겨져 당혹스러웠지만, 누구보다 먼저 중심을 잡은 소년이 소스라치게 놀라며 도로 씌워주었다. 다행히 사람들은 그 뒤에야 앓는

소리를 내며 한둘씩 몸을 움직였다.

"뭐야, 이거!"

"노루가 나타났나 봐요. 계절에 상관없이 이 근방에 자주 출몰하거든요."

마부와 아는 사이인 소년은 제일 먼저 해나와 자리에 앉은 뒤 태연하게 그의 편을 들어주었다.

하마터면 얼굴을 내보일 뻔했던 대위기를 무사히 넘기고 해나는 마차의 마지막 코스인 성 근처에 도착했다. 다른 승객들은 모두 마을에서 내린 터라 마차에는 해나와 소년만이 남아 있었다. 소년은 내려서 집까지 데려다주겠다며 열의를 보였다. 하지만 해나는 이만하면 충분하다고, 좋은 말로 잘 구슬려 아이가 마차를 타고 다시 마을로 돌아가도록 하였다.

정확히 17일 만의 귀환이었다. 해나는 집이 아닌 다른 곳으로 먼저 향했다. 눈길을 따라 한참을 걸어서 당도한 곳은 누군가의 사유지가 되어버린 옛 왕실 소유의 숲. 3년 전 자주 찾아보곤 하였던, '행운의 부적'으로 명명된 몇 송이의 카이란이 피어 있는 곳이었다.

소복이 쌓여 있는 눈을 뚫고 기품 있게 개화한 순백의 꽃이 청초하고 아름다웠다. 해나는 화분을 내려놓고 무릎을 구부리고 앉아 카이란을 들여다보았다. 보름 넘게 보지 못했던 겨울 꽃은 그 모습 그대로인데 해나의 마음은 편치 못했다. 심장에 그렁그렁 차오른 눈물이 와르르 쏟아져 내릴 것 같았다.

에리카에서 랄프는 저택이 비어 있음을 확인하고 들어가보겠느냐 물어봐주었다. 흔들렸으나 곧바로 고개를 저었고 잘한 선택이라 믿었다. 발을 들여놓는 순간 걷잡을 수 없이 울어버리다 그대로 무너져버릴까 겁이 났었다. 후회가 밀려온 건 파울루로 돌아오는 배에 오르던 순간. 그 분과의 행복했던 마지막 시간을 온전히 품고 있는 그곳을 언제 또 가볼 수 있을까, 그런 생각이 밀려왔을 때였다.

"들어가볼 걸 그랬어."

힘없이 흘러나온 미미한 음성은 허공을 휘돌다 덧없이 사라졌다. 다시없을 기회를 놓친 것 같아 속이 상하는데 멀리서 뽀득뽀득 눈 밟히는 소리가 희미하게 울렸다.

'벌써 시간이 이렇게 되었나?'

약 1년 전부터 태양이 가장 높아지는 시각이 되면 이곳으로 산책을 오는 사람이 있었다. 처음에는 서너 명의 발걸음 소리가 들려와 무리 지어 다니는 무뢰배들이 아닐까 기겁을 하였다. 하지만 곰곰이 생각을 해보니 이곳은 아무나 들어올 수 없는 곳, 해나 자신도 3년 전 익혀놓은 길을 통해 몰래 드나들고 있음을 자각했다. 이후로 몇 번 더 저들의 기척을 듣게 되었고, 걷는 속도와 발걸음 소리가 당당하고 품위 있음에 성에 사는 사람이구나, 깨닫게 되었다. 아마도 몸이 아프다는 높은 귀족과 그 호위들일 가능성이 높았다.

해나는 화분을 들고 자리에서 일어나 조용히 그곳을 벗어났다. 부지런히 걸음을 옮겨 숨이 가빠올 때쯤 편안하고 익숙한 전경이 눈앞에 펼쳐졌다. 저 아래로 그림 같은 성과 아름다운 마을이 굽어보이는 그녀만의 자그마한 보금자리. 낮은 울타리와 아담한 규모의 텃밭, 정돈된 정원이 있고 널찍한 뒤뜰에는 한 아름의 카이란이 귀한 꽃을 피워내는 곳이었다.

병을 앓은 뒤 체력이 저하돼 쉽게 지쳐버리곤 하였지만 오랜 여행에서 돌아온 해나는 잠시도 쉬지 않았다. 서둘러 불을 지피고 먼지를 닦았다. 걸레질이 끝나자마자 화분갈이도 시작했다. 시들어버린 식물을 더 큰 화분에 옮겨 심은 뒤 질질 끌다시피 하여 뒤뜰로 가져갔다. 우선은 화분에 옮겨 싱싱한 카이란 옆에 두었다가 눈이 녹고 땅이 말랑해지면 고슬고슬한 토양에다 모종해줄 계획이었다.

이후로도 해나는 끊임없이 움직였다. 오늘만이 아니라 이곳에 정착하면서부터 한시도 몸을 가만두지 않았다. 집안일을 끝도 없이 해대다 일이 떨어지면 산과 들을 헤매며 카이란도 찾아보고 일거리를 만들어 가져오기도 하였다. 유일하게 쉬는 시간은 잠들기 직전 항상 목에 걸고 있는 펜던트를 열어 그의 초상을 들여다볼 때.

빨래와 설거지, 바느질까지 전부 마친 해나는 늦은 밤 바다 속 수초처럼 온몸이 무겁고 흐물거렸다. 한없이 늘어지는 몸을 움직여 목욕물을 준비하기 위해 물을 팔팔 끓였다. 앞치마를 벗고 먼지를 뒤집어쓴 겉옷을 목 위의 단추부터 톡, 톡, 풀어내는데.

"어?"

목 위로 허전하고 휑한 느낌이 들었다. 해나는 목 주위를 더듬더듬, 양손으로 몇 번이고 만져보았다. 항시 옷 안쪽으로 착용하고 있어 어느덧 몸의 일부가 되어버린 펜던트. 어디에도 내보이지 않고 혼자서 소중하게 간직해온 펜던트가 몸에서 감쪽같이 사라져버렸다.

어디에 떨어트린 것일까.

어디부터 찾아봐야 하는 것인가.

사고 능력이 돌아오고 머리가 회전하기 시작했을 때 해나는 이미 깜깜한 밤길을 허겁지겁 달리는 중이었다. 무릎으로 기어 다니며 온 바닥을, 집 안팎 구석구석을 샅샅이 살펴본 뒤였다. 풀어헤친 단추를 수습할 정신도 없었다. 속옷이 보이며 늘어진 옷깃이 바람에 날려 가슴 위에서 펄럭펄럭, 황망한 해나의 마음을 고스란히 드러내고 있었다.

배 위에서 잠시 펜던트를 열어보았다. 그리움에 젖어 프레데릭의 초상을 빤히 들여다보고 있는데 기척도 없이 랄프가 다가와 말을 건넸다. 그가 보는 앞에서 단추를 풀어 안으로 넣을 수 없어 해나는 목걸이를 밖으로 걸고 여러 가지 대화를 나누었다. 얼마 뒤 배가 부두에 닿자 해나는 그 상태로 내려서 마차에 올랐고, 중간에 노루가 나타나 급정거하며 사람들과 뒤엉키고 말았다. 아마도 그때 목에서 떨어진 것 같았다.

어젯밤, 해나는 깜깜한 밤길을 달리다 중간에 주저앉아 서럽게 울었다. 모두가 잠자리에 들었을 한밤중, 그대로 달려간다 해도 해나가 할 수 있는 건 아무것도 없었다. 게다가 마차에 오른 다른 승객이 주워 갔을지도 모른다는 생각에 영혼이 산산이 파열하는 기분이었다.

밤을 홀딱 지새운 해나는 해도 뜨기 전 마을로 내려가 도심까지 걸었다. 부두에서 찬바람을 맞으며 기다리다가 영업을 위해 마차를 끌고 나온 마부에게 쫓아가 사정을 하였다. 평소 소년의 식구를 제외하고 누구와도 말을 섞지 않았던 여인이 말을 건네자 마부는 놀라는 눈치였다. 그러면서도 군소리 없이 마차를 열어주었고, 해나는 꼼꼼히 뒤지다 빈손으로 돌아서야 했다. 눈물이 핑 돌았다.

너는 울 자격도 없어.

몸의 일부가 떨어져 나간 듯 가슴이 너덜거렸다. 자신이 싫고, 세상이 싫고, 의욕이 떨어졌다. 잠도 자지 못하고 식사도 하지 못하고, 도심까지 왕복 여섯 시간 이상을 걸어 집으로 와보니 지쳐버린 해나 앞에 쪼르르 달려오는 한 아이가 있었다.

"애나, 왜 울어요?"

평소 해나에게 위로가 되어주던 소년. 마당에 서서 창문 안쪽을 기웃거리던 아이는 인기척을 듣고 한달음에 달려와 걱정스럽게 물었다.

해나는 그때야 폭포수처럼 흘러내린 눈물이 얼굴을 흥건히 적시고 있음을 알았다.

"왜요? 펜던트를 잃어버려서요?"

"너……."

"그거 어제 마을로 돌아가다가 마차 안에서 내가 주웠어요."

안도했고 감사했고 속이 상했다. 빗물처럼 주룩주룩 흐르는 눈물을 멈출 수가 없었다.

"……그런데 지금은 없어요."

하지만 소년은 이내 고개를 떨어트리며 다른 사고가 있었음을 알렸다.

해나는 눈물을 걷어내고 감정을 추슬렀다. 다른 이도 아닌 소년에게 발견되었으니 일단은 안심이 되었다.

"괜찮으니까 무슨 일이 있었는지 말해줄래? 그거 굉장히 중요한 거라 꼭 찾아야 돼."

"처음 발견했을 땐 애나 물건인지 몰랐어요. 반짝거리는 게 너무 예뻐 그냥 가까이서 보고 싶었거든요. 무심코 펜던트를 열었다가 애나가 보여서 저는 정말 깜짝 놀랐어요. 마침 오늘 애나한테 오려고 했기 때문에 가져다주려고 했는데……, 아침에 일어나보니 감쪽같이 사라지고 없었어요."

소년은 민망함에 다리를 비비 꼬며 말했다.

"알고 보니 누나가 목에 차고 나갔던 거예요. 바느질이 완성돼 성에 가야 하는데 거기 새로 온 하녀가 하도 도도해 누나도 근사해 보이고 싶었대요."

"그래서 어떻게 됐어?"

"처음에는 그 하녀가 굉장히 놀랐대요. 누나가 조금 우쭐해졌는데 저쪽에서 갑자기 태도를 바꿔 누나를 도둑으로 몰았나 봐요."

"도둑?"

"우리 집을 팔아도 살 수 없는 물건을 어떻게 살 수 있었겠냐며 성에서 훔쳐간 거 아니냐고 다그쳤대요."

"해서……, 빼앗겼니?"

소년이 침통한 얼굴로 고개를 끄덕거렸다.

"알아보고 성에 속한 물건이 아니면 다시 돌려주겠다며 뺏어갔대요."

어디에 있는지 모르는 것보다 나았지만 그래도 암담했다. 그분과 자신이 서로를 응시하는 그 모습을 다른 누군가의 시선에 띄게 하고 싶지 않았다. 특히 그분을 뵌 적이 있어 초상을 알아볼 가능성이 있는 높은 신분의 귀족들은 단연코 피하고 싶다. 해나는 망설임 없이 발길을 돌렸다. 하녀가 그것을 상전에게 보여드리기 전에 반드시 도로 찾아와야 했다.

"애나, 어디 가는 거예요?"

"찾아와야지."

"어떻게요?"

해나의 보폭에 맞추느라 아이가 종종거리며 걱정을 한 가득 머금었다.

"펜던트 안에 내 얼굴이 있잖아. 그것보다 완벽한 증거는 없어."

"얼굴을 보이려고요?"

"괜찮아. 구경거리가 되긴 하겠지만 나는 죄인이 아니야."

"미안해요."

"아니. 내 잘못이야."

이건 다른 누구의 잘못도 아닌 소중한 그것을 제대로 간수하지 못한 나의 탓. 그나마 소년 덕에 정확한 행방이라도 알게 되었으니 얼마나 다행한 일인지. 앞으로는 더욱더 조심하고 소중히 여길 것이니 부디 돌아오는 길에는 내가 그분과 함께할 수 있기를.

성으로 향하는 해나의 걸음이 점점 더 빨라지고 있었다.

축 처진 여인의 어깨가 안쓰러워 소년은 함부로 입을 떼지 못했다. 터덜터덜 힘없이 걷고 있는 여인을 따라 소년도 무거워진 걸음을 옮기고 있다.

각오를 다지고 서둘러 내려간 보람은 없었다. 정문도, 후문도, 일하는 사람들이 드나든다는 쪽문까지도 완전히 막혀 성에는 한 발짝도 들여놓지 못했다. 정문 앞에서 사정을 해보고 그 하녀만이라도 불러달라 애원을 해봐도 소용없었다. 성의 주인께서 오늘 심기가 좋지 않으셔서 명을 받은 자만이 출입할 수 있다는 단조로운 답만이 되풀이되었다. 여인은 물러서지 않았고 귀찮아진 관리인은 며칠 후에 다시 와보라는 말을 끝으로 두 사람을 쫓아내다시피 몰아내었다.

울 것 같은 얼굴을 하고서도 여인은 상냥함을 잃지 않았다. 마차에서 펜던트를 주워줘 고맙다는 인사로 소년을 더 미안하게 하였다. 곧 해가 질 것 같으니 마을로 내려가보라고 하였지만, 소년은 그럴 수 없어 눈길 위를 조용히 걸어 여인의 뒤를 따랐다.

어느덧 산중의 집에 다다른 두 사람. 여인은 건물을 빙 둘러 뒤뜰로 향했다. 카이란이 피어 있는 곳으로 걸어가 정확히 시든 꽃을 심어놓은 화분 앞에 무릎을 굽히고 앉았다. 여인의 곧고 섬세한 얼굴선이, 눈처럼 희고 깨끗한 피부가, 범접할 수 없는 고유한 분위기가 그토록 좋아하는 겨울 꽃을 닮아 있었다.

애나, 당신은 누구인가요?

소년은 목젖까지 다다른 질문을 억지로 삼켰다. 펜던트 속 애나는 더럭 겁이 날 정도로 고귀하고 격조 높은 모습이었다. 더구나 다른 쪽에 있던 사내의 초상. 그림 속 사내는 눈빛, 표정, 차림새, 당당한 기상이 어느 왕국의 군주라 해도 손색이 없었다.

단출한 옷을 입고 외딴집에 홀로 살고 있으면서도 어딘지 달라 보였던 여인. 애나는 소년이 흔히 만나는 이들과 다른 말씨를 썼고, 색다른 단어를 구사했고, 처음 만났을 땐 일반적인 것에 관해 아는 바가 거의 없었다. 그녀의 조용조용한 말을 듣고 있노라면 알아듣지 못하는 단어가 너무나 많이 쏟아져 나와 당황하기도 하였다.

「귀족들이 쓰는 말씨야.」

처녀 시절부터 성에서 일감을 받아 왔던 어머니는 대번에 그런 말씀을 하셨다. 사연이 많은 듯 보이니 사적인 질문은 삼가라고 주의도 주셨다. 사람들에게는 그녀를 먼 친척으로 소개하며 얼굴에 흉터가 있어 타인과의 접촉을 피하는 거라고 둘러대주기도 하였다. 하지만 가끔 소년은 궁금했다. 왜 당신은 항상 슬퍼 보이는 것인지. 왜 그리도 애틋하게 하늘을 올려다보는지. 왜 내가 무슨 짓을 해도 크게 웃지 않는 것인지.

"왜 카이란을 좋아하는 거예요?"

그래서 소년은 용기 내어 한 가지 질문만 던져보기로 하였다. 여인이 곤란해하지도, 슬퍼하지도 않을 것 같은 질문으로.

"그 꽃이 특별한가요? 그러니까 내 말은……, 알아요, 귀하고 값진 꽃이니까 모두가 그 꽃을 좋아하지요. 그런데 애나는 다른 이유가 있을 것 같아서요."

"……어떤 분이 그러셨어, 이 꽃은 순수하다고. 세상에 피어나 자신의 모든 것을 다 내어주고 지는 꽃이라 하셨지."

마치 그분과 같아.

차마 꺼내지 못한 뒷말이 해나의 가슴을 자르르 아프게 두드렸다.

"그럼 애나는요? 애나도 저 꽃이 순수하다고 생각하세요?"

나에게 이 꽃은……, 미련.

"응."

매순간, 나는 다음 생을 기약하며 이승에서의 미련을 버리고 또 버립니다. 그렇게 쉬지 않고 버리다 차마 버리지 못한 미련을 이렇게 한곳에 모아 심고 있지요. 광활하게 펼쳐진 땅, 하얀 눈 속에 피어난 겨울 꽃은 그리하여 매년 늘어만 갑니다.

편안하십니까.

이제는 조금 쉬고 계십니까.

당신이 어머니와 저를 위해 가꾸었던 겨울 꽃을 나는 이제 당신을 기억하며 키우고 있습니다. 당신이 좋아하던 이 꽃이 한꺼번에 진한 향기를 흩뿌리면 혹시라도 하늘 위에서 이 향기를 맡으실 수 있지 않을까. 한 번쯤은 돌아보고 잠깐이라도 나를 찾아와주시지 않을까. 어리석은 저는 이렇게 미련의 꽃을 가꾸며 질기게도 당신과의 인연을 놓지 못하고 있습니다.

이것은 과거, 당신을 일찍 알아보지 못했던 내 아둔함에 대한 대가. 다음 생에 태어나면 제가 먼저 당신을 알아보고, 제가 먼저 당신을 마음에 품고, 제가 먼저 당신께 손을 내밀고 싶습니다.

"그거 알아요?"

"……."

"여기에도 봄이 찾아온다는 거."

참아내지 못한 눈물을 아이가 보고 만 것일까. 붉어진 눈을 보여줄 수 없어 해나가 돌아보지 못하는데도 소년의 음성은 마냥 부드러웠다.

"겨울이 긴 탓에 사람들이 자꾸 잊어버려서 그렇지 여기에도 매년 봄이 찾아오고 있어요. 긴긴 어둠에 지쳐 한없이 우울하고 마음을 놔버리고 싶어질 때쯤, 온화한 온기가 피부에서부터 느껴지거든요."

"……."

"저 아래는 벌써 눈이 녹고 있어요. 곧 이 위까지 올라올 테니까 조금만 견뎌보세요. 따뜻한 봄이 오면 기분도 훨씬 나아질 거예요."

할 말을 마친 소년은 혼자서 마음 편히 울라는 듯 후다닥 물러나주었다. 천진한 소년의 배려가 고마워 해나는 입가에 잔잔한 미소를 지으며 힘없이 무릎 위로 얼굴을 묻었다. 어젯밤 한숨도 자지 못하고 조금 전까지 온종일 긴 시간을 걸어야 했다. 조금 남아 있던 기력은 성에서 전부 빼버려 이제는 일어날 힘조차 없었다.

뉘엿뉘엿 해가 넘어가며 낙조가 붉게 타오르는 시간, 얼른 들어가 불을 지피고 쉴 새 없이 몸을 움직여야 하는데 탈진한 사람처럼 해나는 한없이 늘어졌다. 졸음이 밀려와 눈이 감기고 이대로 그냥 수마에 빠져 영원히 깨어나지 못해도 괜찮을 것 같은데.

뽀드득, 뽀드득.

누군가 눈을 밟는 소리가 귓가를 자극했다. 과거 어느 밤, 달빛에 넘실대는 겨울 꽃을 처음으로 그와 함께 보러 갔을 때처럼. 아마 소년이 되돌아온 모양이었다. 무거워진 눈꺼풀을 간신히 밀어 올린 해나는 억지로 몸을 일으켜 돌아보다가,

철렁.

심장이 내려앉고 숨이 멎는 듯하였다.

흰 추위로 뒤덮인 광활한 광야. 그 시리고 하얀 눈 속에 한 사내가 있었다. 달빛이 가루로 부서져 내린 듯 신비로운 백금발에 반듯한 얼굴 윤곽. 양옆으로 시원하게 뻗어 있는 바닷빛의 두 눈에는 뜨거운 눈물을 고요히 담고서.

"해나."

특유의 깊고도 기분 좋은 목소리가, 기다란 손가락에 휘감겨 반짝이는 펜던트가, 얼굴 위로 완연히 드러나 있는 병색이, 심장에 찰랑찰랑 차오른 눈물을 터트려 울음을 쏟게 하였다.

믿을 수 없는, 그렇지만 너무나 믿고 싶은 현실.

칼.

그가 왔다.

긴긴 어둠에 지쳐 나 자신도 놔버리고 싶어질 때쯤, 차가운 겨울바람 속 모든 것을 내려놓고 조용히 잠이 들고 싶어질 때쯤. 소년의 말대로 봄길을 따라, 따스한 온기를 몰고 그가 두 발로 걸어 내게로 돌아왔다.

이름 한 번 불러주지 못했던 사람. 끝내 부를 수 없어 이 마음을 안타깝게 하였던 사람. 꿈에서도 불러보지 못한 그 귀한 이름을 해나는 이제야 소리 내어 불러보았다.

"……칼."

Outro 1

너에게로 닿는 길

 언제부터였을까.

치밀한 계획 아래 오랜 세월 한 치의 어긋남 없이 살아오면서 속으로는 버릇처럼 쉬고 싶다는 말을 되뇌곤 하였다. 쉴 틈 없이 신경을 곤두세우고 모든 것을 통제해야 하는 상황이 지치고 힘이 들었다. 그래서였을 것이다. 전장에 나가 선두에 서서 적군과 혈투를 벌이다가도 그쯤에서 누군가 이 끔찍한 생을 끝내주었으면, 무의식적으로 바랐던 것이.

하지만 거기서 포기할 수 없었고, 반드시 지켜야 할 얼굴을 떠올리며 삶에 대한 강한 집념을 불태웠다. 그리고 절체절명의 위기를 맞이한 오늘, 프레데릭은 다시 한 번 살아남기 위해 필사적으로 숨을 쉬었다.

누군가를 위해서가 아닌 나 자신을 위해.

그토록 바라왔던 너와 나, 우리 둘만의 미래를 위해.

얼마인지도 모를 시간, 긴긴 어둠을 헤매며 악착같이 들숨과 날숨을 이어갔다. 스러질 것 같은 영혼을 끈덕지게 움켜잡고, 잠들고 싶은 욕망을 매몰차게 외면하며. 오직 살아야 한다는 일념을 불태우다 마침내 눈앞에 흐릿한 빛이 내리쬐는 순간. 가슴을 중심으로 생살이 타들어가는 듯 격한 통증이 육신을 뒤덮고 괴로운 신음을 토해내게 하였다.

"으윽……."

"전하! ……전하!"

동시에 혼미한 정신을 또렷이 깨운 건 로젠 공의 다급한 목소리. 걱정 가득한 그의 음성을 들으며 프레데릭은 늪과도 같았던 어둠 속에서 기를 쓰고 빠져나왔다. 눈을 감은 채 눈동자를 꿈틀거리다 영원히 닫혀 있을 것 같던 무거운 눈꺼풀을 천천히 밀어 올렸다. 사물의 경계선이 희미하게 번져 보이고, 레오폴트의 수척해진 얼굴이 시야를 메웠다.

"정신이 드십니까? 의원을, 의원을 부르겠습니다. 조금만 견뎌보십시오!"

레오폴트가 머리맡의 줄을 향해 팔을 뻗는데 프레데릭은 앙상하게 말라버린 손을 들어 그의 옷깃을 잡아당겼다. 얼마나 이러고 있었던 것인지, 부상의 정도는 어떠한지 본인의 상태를 궁금해할 만도 하건만. 프레데릭은 까마득히 밀려드는 격통을 견디며 오로지 하나의 사실만을 알고 싶어 하였다.

"그 아이……, 파울루에……."

"해나 님이 궁금하신 겁니까? 두 명의 군인이 파울루의 성에서 돌아온 지 한참 되었습니다. 돌아온 건 오직 그 둘

뿐이었으며 해나 님은 전하의 명에 따라 옹플뢰르로 향하는 배에 태워졌다 들었습니다. 최종 목적지는 전하께서만 알고 계실 테지요."

"……."

"얼마 만에 깨어나셨는지 궁금하지도 않으십니까? 많이 위독하십니다. 일단 의원부터 부르겠습니다."

레오폴트가 충혈된 눈으로 당장에 끈을 당기자 밖에서 딸랑거리는 소리가 내실 안까지 요란하게 울렸다. 그러자 프레데릭은 잡고 있는 레오폴트의 옷자락을 더 강하게 말아 쥐며 남아 있는 힘을 모조리 쥐어짰다.

"나를……, 보내…… 주세요."

근 두 달 만의 기사회생이었다. 귀족들이 모여앉아 국장을 의논하고 로젠가로 사람을 보내 다음을 준비할 정도로 왕의 병세는 위독했다. 그 긴박했던 날들의 위기를 넘기고 이제야 기적적으로 살아나신 것인데. 눈을 뜨자마자 연인에 관해 묻고는 이만 보내달라 하시니. 레오폴트도 그 말의 의미를 모르지 않았다.

기력을 다한 프레데릭이 그대로 정신을 놓아버렸을 때 종소리를 들은 의원들이 허겁지겁 뛰어들었다. 혹시라도 왕께서 서거하신 게 아닐까 잔뜩 긴장한 그들은,

"이런."

로젠 공이 보여주는 예상치 못한 반응에 급박한 표정을 지우고 중간에서 움직임을 멈췄다.

"내가 시종을 부른다는 것이 엉뚱한 줄을 당기고 말았군."

"……!"

"안 그래도 피곤할 텐데 미안하네."

"아니옵니다, 각하. 괘념치 마시옵소서."

"나가는 김에 근무를 서고 있는 시종에게 근위대장을 불러달라고 해주게. 한동안 잠을 자지 못했더니 자꾸 뒤늦게 떠오르는 것이 있어서 말이야."

무엇이 진정으로 왕을 위하는 길일지 레오폴트는 생각할 시간이 필요했다. 그렇다고 이대로 왕을 방치할 수 없으니 에스텔의 유모 또한 불러들여야 했다.

의원들이 조용히 물러나자 태연했던 레오폴트는 심란한 마음을 감당치 못하고 마른세수를 하였다. 손가락 끝으로 눈언저리를 꾹꾹 누르며 정신을 다잡는데 문득 잊고 있던 한 가지 사실이 떠올라 몸이 약하게 떨렸다. 동작을 멈춘 그가 천천히 손을 내리고 침대의 맞은편을 바라보니, 환자용 의자에 앉아 있는 대비가 하얗게 질린 얼굴로 그를 빤히 응시하고 있었다.

무의식 상태가 길어질수록 회생할 가능성이 낮아진다. 의원들의 소견에 따라 레오폴트는 요 며칠, 대비와 단둘이 밤늦게까지 왕의 곁을 지키고 있었다. 비록 환자용 의자에 앉아 멀찌감치 떨어져 있었다 해도 대비가 왕의 목소리를 듣기에는 충분한 거리였다.

살갗이 찢기는 고통이 호흡을 잠식할 때면 프레데릭은 괴로운 신음을 쏟으며 의식을 되찾곤 하였다. 깨어나는 간격은 짧아졌고 눈을 뜨고 있는 시간도 길어졌다. 그럴 때마다 곁을 지키는 이들은 레오폴트와 헨리크, 공녀의 유모, 선왕의 주치의, 피아. 그리고 해나의 일로 내쳐졌던 테오로 한정되었다.

프레데릭이 처음으로 의식을 찾은 이후 대비는 더 이상 왕의 침전을 찾지 않았다. 예전처럼 대비궁으로 돌아가 안에서 문을 잠그고 레오폴트의 알현 요청에도 고집스럽게 침묵을 지켰다. 기실 그것이 레오폴트가 아닌 프레데릭의 요청임을 잘 알기에. 손자가 무슨 결심을 하였든 간에 그것을 말릴 자격이 본인에게 없음을 너무나 명백히 깨닫고 있기에.

버티고 버티던 대비가 문을 열고 레오폴트의 알현을 받아들인 건 그로부터 약 스무 날 후. 왕의 혼수상태가 길어지자 귀족들이 로젠 공을 저위(儲位)에 올리고 공식적인 후계자로 지명해달라 대비궁을 압박하기 시작했을 때였다. 알현이 성사되던 날, 귀족들의 눈과 귀는 전부 대비궁으로 집중되었다. 두 사람은 밀담의 형식으로 비밀리에 대화를 나누었기에 그로 인한 궁금증은 폭발할 듯 증폭되었다. 특히 내담을 마치고 나온 로젠 공이 살붙이인 외조부에게도 침묵을 고수하자 사람들은 저마다 대화의 내용을 두고 촉각을 곤두세웠다.

어떤 대화가 오갔을까?

귀족들은 갖가지 의견을 나누다 지금껏 감정의 골이 깊었던 두 분이니만큼 왕위를 두고 모종의 거래를 하지 않았겠나, 조심히 추측하였다. 대비가 왕위를 허락하는 대신, 로젠 공은 그녀의 지위를 보장하고 왕실 내 권력을 양분한다, 귀족들이 상상할 수 있는 범위는 거기까지가 전부였다. 혼수상태에서 깨어난 왕께서 로젠 공을 대리인으로 내세워 조모를 만나게 하신 것임은 누구도 짐작지 못했다.

강력한 약물의 효과로 육체도 정신도 가없이 늘어지는 게 당연했다. 그러나 프레데릭은 전신을 뒤덮은 약기운을 이겨내고 오늘도 기어이 수마에서 깨어났다.

늦은 밤, 그의 곁을 지키고 있던 이들은 레오폴트와 헨리크. 밀담의 결과가 궁금했던 프레데릭은 눈을 뜨자마자 레오폴트에게로 시선을 주었다.

"어찌……, 되었습니까?"

수분 없이 갈라진 입술이 빡빡하고도 쉰 목소리를 조금씩 끄집어내었다.

"전하께서 고집을 부리시면 그분도 말릴 수 없음을 분명히 알고는 계셨습니다. 그렇다고 순순히 보내드리는 게 쉽지만은 않으시겠지요. 이미 스스로 공국을 포기하신 분이 아니십니까."

"조건을……, 내거신 거군요. 들어는……, 보겠습니다."

프레데릭은 어떠한 경우에도 선택을 되돌리지 않을 것임을 강조하며 말을 받았다.

"정히 왕궁을 벗어나셔야 한다면 헤젠부르크 가문을 이어달라 말씀하셨습니다."

"……."

"정확히는 소문으로 나돌고 있는 전하의 삼종형제 신분으로 헤젠부르크의 이름을 물려받길 원하고 계십니다."

이번에 대비와 밀담을 나누며 레오폴트는 그녀에게서 뿜어 나오는 노련미에 새삼 연륜의 힘을 느낄 수 있었다. 솔직히 그는 대비가 적대감을 드러내며 자신을 군주의 자리나 노리는 무도한 놈으로 취급할 줄 알았다. 왕이 깨어났음을 공표하고 프레데릭의 마음을 돌리겠다, 억지를 부릴 거라 예상했다. 그런데 대비는 최악의 경우를 대비해 수용할 수 있는 선을 명확히 정하고 그에 대한 대비책을 마련하고 있었다.

그녀가 떠올리고 있던 이는 작은아버지의 증손자. 선대 공에게는 빌헬민 공주 외에도 남자 형제가 한 명 더 있었다. 어린 시절부터 병약했던 그는 일찌감치 잉글랜드로 보내졌고 자손을 많이 보지 못해 증손자 하나만을 남겼다. 그 증손자가 바로 일곱 해 전, 모계 쪽에서 이어받은 유전병으로 열다섯의 나이에 사망한 보아르 백작이었다.

요절한 백작은 출혈이 잘 멎지 않는 병으로 고생하다 합병증인 뇌출혈이 와 생을 마감했다. 당시 공국에 머물렀던 대비는 굳이 숙부의 대가 완전히 끊겼음을 발표하지 않았다. 서른도 되지 않아 사망한 숙부는 세간의 관심에서 사라진 지 오래였으니 대비는 그에 관한 기억을 굳이 들춰낼 필요가 없다고 판단했다. 자칫 헤젠부르크 왕가가 저주받은 유전병을 앓고 있다는 괴담에 휩쓸릴까 저어되기도 하였다.

마침 그러한 사실을 알고 있는 사람은 대비 자신과 레이튼, 이미 처형되고 없는 그의 수하뿐이었다. 일찌감치 부모를 잃은 아이였기에 유모조차 죽은 백작을 어느 대귀족 가문의 사생아로만 알고 있었다.

대비는 프레데릭이 보아르 백작의 신분으로 헤젠부르크가의 대를 잇고 선대로부터 전해지는 모든 권리와 책임을 물려받길 원했다.

“공국인들은 베르덴에 적대적이지 않습니다. 그래도 그들은 정신적 지주였던 헤젠부르크 가문의 존속을 원하고 있습니다. 비단 공국뿐 아니라 이 나라의 시초가 헤젠부르크 왕가이니 당연한 바람이겠지요. 전하께서 후계 없이 혼수상태에 빠지신 이후 헤젠부르크인들은 라인트와 무관했던 젊은 백작에게로 관심을 돌리고 있습니다. 헤젠부르크가 아닌 다른 어디에서 생활하든 존재 자체로 상징이 되는 인물이니 전면에 나서야 한다거나 부담되는 바는 없으실 것입니다.”

“설령 헤젠부르크에 자리를 잡으신다 해도 전하를 뵌 적

있는 고위 귀족들은 반역의 죄를 물어 이번에 전부 처단되었습니다."

왕께서 이름도 없는 평민이 되어 살고 싶다 고집이라도 부리실까, 침묵을 지키던 헨리크도 얼른 한마디를 거들었다.

"전하께서는 헤젠부르크 왕가에 유일하게 남은 자손이십니다. 대비 전하의 마음도 헤아려주십시오. 아니, 그전에……, 정녕 이대로 물러나도 괜찮으신 겁니까?"

레오폴트는 자신이 가담한 비밀스럽고도 위험한 행위에 마지막까지 불안한 기색이었다.

반면 프레데릭은 이것이 하늘이 주신 기회라 굳게 믿었다. 불필요한 소요 없이 조용히 물러나 그토록 갈망했던 삶을 영위할 수 있는 절호의 기회. 힘겹고 지난했던 인생을 이제는 보상받아야 할 시간이었다. 프레데릭은 이미 수도 없이 괜찮다고 긍정하였던 대답을 대비에 관해 부탁하는 것으로 갈무리하였다.

"비록……, 친절하신 분이 아니라 하나……, 저의 조모님이십니다. 왕실 어른으로서의 위상만큼은……, 지켜주십시오."

너와 내가 함께 있어 비로소 행복해지는 삶.

늘 상상만 하였던 미래가 현실이 되어 다가오고 있음에 치명상을 입은 심장이 팔딱팔딱 강인한 생명력을 뿜어내었다. 기운이 다해 눈은 감기었으나 프레데릭의 숨소리는 전보다 안정되고 있었다.

대비와 프레데릭, 레오폴트의 이해관계가 하나로 맞물리자 모든 일은 일사천리로 진행되었다.

우선 레오폴트는 파울루에서 해나를 호위했던 비밀 경호 두 명을 베네치아로 급파했다. 차비께서 놀라시지 않도록 전후 사정을 미리 알려야 했고, 프레데릭의 요청에 따라 그곳에 있다는 해나를 에리카로 데려오기 위함이었다.

시간을 넉넉히 계산해 호위들이 베네치아에 도착할 즈음 레오폴트는 국왕의 홍서를 공표했다. 위기 때마다 전쟁에 뛰어들어 솔선수범하여 나라와 백성을 지켜주었던 영웅. 사람들은 칼 프레데릭 5세가 전쟁에서 스러져 영원히 과거의 인물로 남게 되었음을 받아들이지 못했다. 애통한 눈물을 흘렸고, 구심점을 잃었다며 극히 혼란스러워하였다.

국장이 치러지던 날 당사자인 프레데릭은 해나와 함께 지냈던 왕궁 밖 아담한 저택으로 거처를 옮겼다. 나라 전체가 비통에 잠긴 날이었지만 그에게만큼은 발목을 조이던 족쇄를 풀고 꿈에도 그리던 자유를 얻게 된 날이었다. 마음 같아서는 당장에 에리카를 벗어나 외곽에서 해나와 재회하고 싶었다. 그러나 이제 막 죽음을 면한 상태, 상체를 일으키는 것조차 힘에 겨웠기에 장거리 여행은 불가하였다. 어쩔 수 없이 선택한 곳이 해나에게도, 그에게도 익숙한 두 사람만의 첫 번째 안식처였다. 이곳에서 최소한의 몸 상태를 회복한 뒤 가능한 한 빨리 에리카를 떠나갈 계획이었다.

저택에서는 선왕의 주치의와 메테른 부인이 치료를 담당했고, 피아와 테오가 시중을 들었다. 왕자 시절부터 프레데릭을 호위했던 엄선된 군인들 또한 비밀을 공유하며 그의 곁을 지켰다. 그사이 외부에서는 대관식이 거행되었고, 레오폴트 2세가 새로이 등극하였다. 대비 역시 성명을 발표, 병을 이유로 가문을 이끌 수 없음을 강조한 뒤 보아르 백작이 가문의 수장이 되어 헤젠부르크 공작위에 올랐음을 공식화하였다.

모든 것은 순조롭게 흘러갔다. 앞으로는 모두가 새로 얻은 이름으로 각자의 자리에 적응하는 일만 남은 줄 알았는데……, 베네치아에서 돌아온 호위들의 보고는 일련의 평화를 부수고 프레데릭을 패닉으로 몰아넣었다.

"그게 무슨 말이, 으윽……."

"전하!"

여름이 기울고 차가운 바람이 불어오는 10월의 어느 밤. 프레데릭은 레오폴트와 수하들이 가져온 소식에 다급히 몸을 일으키다 가슴께를 부여잡고 사지를 뒤틀었다.

"전하, 고정하십시오!"

"……자세히 말해보라. 그 아이의 행방을 알 수가 없다니? ……해나가 베네치아에 가지 않았다는 것이냐!"

기겁하여 달려드는 의원을 밀쳐내고 프레데릭은 통증을 참느라 갈라진 목소리를 내었다.

"해나 님의 소식이 제노바에 당도하면 그쪽에서 베네치아 쪽에 따로 기별을 넣게 되어 있었다고 합니다. 한데 전쟁이 끝나도 이렇다 할 소식이 없어 양측에서는 안 오는 것으로 여기고 있었던 모양입니다."

"허면 랄프라는 자에게서는 아무런 연통도 없었다는 것인가!"

몸을 웅크리고 관자놀이에 혈관이 돋도록 고함을 쳐대는 프레데릭은 위태로워 보였다. 이대로 두었다간 큰일이 날 듯싶어 레오폴트가 얼른 앞으로 나섰다.

"진정하십시오. 일단 프랑스로 이동한 건 확인하였습니다. 다만 해나 님이 도중에 위중한 병을 얻어 소식이 어긋난 듯 보입니다."

지난여름 베네치아에서 당도한 급신을 받고 레오폴트는 잠시 혼란에 빠졌다. 이탈리아의 상황을 사실대로 알려야 할까, 일단은 보류한 뒤 수하들을 보내 정확한 사태를 파악해야 할까. 레오폴트는 잠깐의 머뭇거림 끝에 후자를 택했다. 프레데릭은 절대안정이 필요했고 다소나마 충격을 줄여주기 위해서는 여인의 자취에 관한 일말의 단서라도 가지고 있어야 했다.

하지만 아무리 여행 경로를 추석해 뒤져보아도 뚜렷하게 얻어낸 실마리가 없었다. 더군다나 프레데릭은 날짜를

꼽으며 기다리다가 여인의 도착이 늦어지는 이유를 물어오기 시작하였다.

더는 보고를 늦출 수 없다고 생각한 레오폴트는 급파했던 호위들을 불러들여 사실을 실토하고 지금까지의 일들을 숨김없이 털어놓았다.

랄프라는 사내가 파리의 상단 분점에 들러 해나의 치료비 명목으로 거금을 가져간 일. 파리에서 그들의 행적을 추적하던 중 해나로 추정되는, 이국의 여인을 진찰한 적이 있다던 의원을 찾아낸 일. 그녀의 병세. 그리고 이 모든 걸 처음부터 밝힐 수 없었던 나름대로의 이유까지도.

"안정을 취하셔야 할 시기에 안 좋은 소식으로 해악을 끼칠까, 차마 말씀드리지 못하였습니다. 백방으로 찾고 있으니 조만간 무슨 소식이 당도할 것입니다."

레오폴트는 최선을 다해 프레데릭을 안심시키고 싶어 했으나 그런 것이 통할 리가 없었다. 혈색이 창백해진 프레데릭은 일순간 극심한 공황 상태에 이르렀다.

"잊으셨습니까? 나는 이미 죽은 사람입니다. 그 아이, 내가 죽었다고 믿고 있을 거란 말입니다!"

찾는 데만 급급하다 미처 생각지 못한, 어쩌면 또 다른 불행을 초래할 수 있는 결정적 오해.

당혹스러움을 감추지 못하던 레오폴트는 곧 그마저도 잊고 빠르게 프레데릭에게로 달려들었다. 불안정한 호흡을 쏟아내다 가슴을 움켜쥐고 고꾸라지는 모습이 심상치가 않았다.

프레데릭이 발작을 일으키며 쓰러진 다음 날, 그의 오랜 수족이었던 테오가 자진하여 프랑스로 향했다. 주군께 내쳐진 이후 새로 맡게 된 행정직을 사임하고 저택까지 쫓아왔던 그. 주군의 눈길 한 번 받지 못하였지만, 묵묵히 버티며 자리를 지키더니 일이 터지자마자 당연히 그래야 하는 것처럼 자원하여 나섰다.

실수를 만회하기 위함인지, 진정으로 이국의 여인을 찾고 싶어 하는 것인지. 감춰진 저의는 알 수 없으나 능력만큼은 으뜸이었기에 아무도 그의 뜻을 막지 않았다.

오랜 세월 까다로운 주군을 보필한 실력자답게 테오는 파리가 아닌 곧장 마르세유로 향했다. 파리와 그 주변은 이미 수색이 진행되고 있었으므로 예상 경로를 뽑아 머물렀을 만한 곳을 택했던 것이다. 예상은 적중했고, 테오는 그곳에서 해나를 진찰했던 또 다른 의원을 금방 찾아낼 수 있었다.

"거의 초주검이 되어 있었습니다. 즉시 사혈을 행해 살려보려 하였는데 돈이 아까운지 보호자라는 사내가 치료를 거부하더군요. 개인적 소견으로, 병자는 지금쯤 죽지 않았을까 예상해 봅니다."

테오는 헛소리를 늘어놓는 의원을 일별한 뒤 돈을 쥐여주었고, 그자는 해나를 진료했던 맨션의 주소를 내어주었다. 곧바로 달려간 그곳에서는 덴마크에서 요양을 왔다는 어느 남작 부부가 머무르고 있었다. 친절한 그들은 기꺼이 맨션 관리인의 연락처를 내주었으나 추적은 막다른 골목에 다다랐다.

"목적지는커녕 떠나는 모습도 보지 못하였습니다. 애초에 선금을 받고 빌려준 것이었고, 그분들이 고용했던 하녀 아이의 연락을 받고 가봤더니 집을 비운 상태였습니다. 테이블 위에 하녀 아이의 주급만 덩그러니 올려놓았더군요. 서신에도 그동안 고마웠다는 말 외엔 아무것도 없었습니다. 벌써 보름도 더 전의 일이지요."

테오는 안타까움에 탄식을 흘렸다. 조금만 더 빨리 움직였다면 만날 수 있었다는 소리일까. 마지막으로 얼굴을 맞대었을 때 여인에게 퍼부은 모진 말이 메아리처럼 머릿속을 두들겨 하루에도 몇 번씩 얼굴이 화끈거렸다. 그녀에게 지고 있는 빚이 너무나 크기에 테오는 실망감을 접어두고 마르세유를 기점으로 옹플뢰르까지 샅샅이 뒤지며 프랑스를 종단해 나갔다.

몇 년 전까지만 해도 파울루에 있는 왕실의 여름 별궁은 주민들의 기피 대상이었다. 일정 거리까지 접근 불가 지역으로 묶여 있기도 하였지만 파울루의 거주민과 유람객은

자진하여 별궁의 접근을 꺼리기도 하였다. 특유의 황량하고 을씨년스러운 분위기에 음습한 사연을 품은 거대한 성을 파울루의 절경을 망치는 흉물이라 숙덕거렸다.

부정적이었던 시선이 변한 건 과시하듯 세워진 바로크식 건축물이 사라지고 그 자리에 르네상스 양식의 새로운 건축물이 세워졌을 때였다. 울창한 숲을 관통하는 물줄기를 끼고 둥근 곡선을 살린 우아한 건축물은 단숨에 사람들의 마음을 사로잡았다.

특히 성의 주인이 바뀌어 하인과 하녀들을 대거 고용, 실내 장식과 정원의 비경이 외부로 알려지자 관심은 더욱 고조되었다. 게다가 언제인지도 모르게 그곳에서 요양을 시작했다던 성의 주인, 그에 대한 소문이 암암리에 퍼지며 사람들은 성에 대한 호기심을 누르지 못하고 안달들이었다. 이전보다 사유지가 확대되어 접근이 훨씬 어렵게 되었음에도 미련을 버리지 못하고 주변을 어슬렁어슬렁. 사람들은 자연히 성에 일자리를 얻거나 일감을 얻어 가고 싶어 했고, 치열한 경쟁 끝에 고용된 이들은 하루가 다르게 콧대가 높아졌다.

"거의 다 된 거 같지?"

어느 이른 봄, 해가 서산을 넘어가고 있는 시각. 성 안에 전문적으로 마련된 약제실의 분위기가 묘하게 들떠 올랐다. 정확히는 공작의 주치의를 제외한 전원, 그러니까 약제실의 조수와 이곳에 배정된 하녀, 하인들이 그러했다.

"직접은 못 가실 테고, 누구한테 시키실까?"

"제발 나한테 시켜주셨으면 좋겠다!"

하녀들은 설렘을 담아 소곤거렸고, 조수와 하인들은 은근히 자신이 호명되기를 기대했다.

현재 벌어지고 있는 미세한 동요의 원인은 의원의 손에서 조제되고 있는 공작의 탕약 때문이었다. 에리카에서 저명한 의원이었다던 주치의는 언제나 공작의 탕약 수발을 직접 들었다. 문제는 그가 며칠 전 눈길에서 넘어져 발목을 접질리는 바람에 운신이 어렵게 되었다는 점이었다. 그리하여 요 며칠 성의 가정부가 탕약 수발을 대신해왔는데 공교롭게도 그녀는 오늘 오전, 공작의 심부름을 나가 돌아오지 않고 있었다. 공작을 근거리에서 모시는 몇몇 호위도 오후 내내 보이지 않던 차라 약제실에는 괜한 기대감이 몽실몽실 피어올랐다.

젊은 나이에 거머쥔 부와 권력, 날카로우면서도 기품 있는 이목구비, 함부로 접근할 수 없는 절제된 분위기. 멀리서도 느껴지는 절대적 권위에 모두가 성의 주인을 가까이서 뵙기를 선망했다. 안타깝게도 그는 항상 본가에서 함께 온 소수의 수족에게만 둘러싸여 지냈다. 약 시중을 드는 것도, 식사 시중을 드는 것도, 심지어 그의 침실과 응접실, 서재를 청소하는 것마저 그들 외에는 누구에게도 허용되지 않았다.

하지만 오늘, 그의 곁에는 최소한의 호위만 남겨져 있고 그들은 절대 공작의 곁을 떠나는 법이 없었다. 이것은 가까이서 공작 각하를 뵐 수 있는 절호의 기회. 약이 식기 전에 누군가 공작께 가져다드려야 하므로 모두의 신경이 의원에게로 집중되는데, 똑똑, 경쾌한 노크와 함께 불청객이 들이닥쳤다.

"피아!"

"늦지 않았죠?"

"딱 맞춰 왔네. 조금만 늦었으면 내가 절뚝거리며 각하를 뵈러 갈 뻔했어."

예상을 깬 가정부의 등장에 실망했던 이들은 의원의 대답에 크게 낙심하고 말았다. 애초에 저희에겐 기회조차 없었다는 사실에 허탈감이 밀려왔다. 되도록 각하의 눈에 띄지 않게 하라는 것이 고용 조건이었으나 아쉬움을 털어내는 게 쉽지는 않았다. 이들은 그저 젊은 나이에 공작의 신임을 받고 가정부 자리를 꿰찬 피아가 부럽기만 하였다.

"죄송합니다. 예상 시각보다 배가 늦게 들어와 어쩔 수가 없었어요. 참, 각하께서 촉진은 내일 아침에 받으시겠답니다."

"알겠네. 하룻밤 정도야 미뤄도 상관없지."

"그럼, 올라가보겠습니다."

약제실의 분위기가 어떠한지 알 리 없는 피아는 은쟁반에 탕약과 말린 과일을 담아 매끄럽게 문을 빠져나갔다. 난간의 기둥 하나하나가 섬세하게 조각된 계단을 따라 공작께서 대부분의 시간을 보내시는 2층에 올랐다. 그에게로 가는 길은 입구부터 날카로운 눈빛의 호위들이 지키고 있었다. 평범한 복장을 하고 있지만, 그들은 전장에서 국왕을 호위하던 최정예 군인들이었다.

피아는 그들에게 가볍게 묵례를 한 뒤 서재로 향했다. 정중한 노크와 함께 안으로 들어선 그녀는 처음으로 보이는 광경에 미소가 사라지고 눈가에 애달픈 감정이 스쳤다.

공작은 거대한 창가 앞에 서서 정원을 굽어보고 있었다. 일말의 미동 없이 반듯하게 서 있는 뒷모습이 마치 생명력 없는 조각상과도 같았다.

"전하, 탕약 드실 시간입니다."

"거기 두어라."

주군은 한 번 돌아보지 않고 말했다. 어제 저녁부터 식사를 제대로 하지 못한 그는 아침도 거의 거르다시피 하였다. 곁에서 지켜보지 못하였으나 모두가 외출한 동안에도 자리에 앉아 있지 못하고 온종일 창가를 서성거렸을 것이다. 저러시는 이유를 잘 알기에 피아는 안쓰러움을 감추지 못했다. 수도 없이 실망하면서도 또다시 기대하게 되는 마음. 흑수정처럼 맑고도 깊었던 새까만 눈동자의 그녀가 피아는 오늘따라 유난히도 그리웠다.

안타까운 마음을 뒤로하고 피아가 들고 있던 쟁반을 테이블 위에 조심히 내려놓는데 문 두드리는 소리가 실내에 울렸다. 필시 아침나절에 마을로 내려간, 주군께서 애타게 기다리고 계신 소식을 가져온 호위들일 것이다.

내내 밖을 주시하고 있던 프레데릭이 재빨리 몸을 돌렸다. 문이 열리고 호위들이 안으로 들어서자 얼굴에 긴장한 기색이 역력히 드러났다.

"알아보았느냐?"

"예, 전하. 하지만 그분은 아니었습니다."

수하의 대답에 잔뜩 힘을 주고 있던 프레데릭은 순식간에 망연한 얼굴을 하였다. 그러면서도 그들의 답에 쉬이 수긍하지 못했다.

"……그럴 리가 없다. 아무리 싸매고 있어도 내가 그 아이를 몰라봤을 리 없어!"

"이 고장에 자리 잡은 지 1년밖에 되지 않은 것도 맞고, 늘 전신을 덮는 망토에 후드까지 쓰고 있어 여인의 얼굴을 본 사람이 없다는 것도 사실이었습니다. 그러나 알아보니 그 여인, 성에서 종종 일감을 얻어 가는 동네 주민의 먼 친척이었습니다."

"거짓말이다. 그렇다면 더더욱 그렇게 싸매고 다닐 이유가 없지 않으냐."

프레데릭의 음성은 숫제 간절한 바람과도 같았다. 에리카에서 근 1년을 누워 지냈던 그는 이곳으로 옮겨와 또다시 병마와 씨름하며 1년을 보냈다. 내처 실내에서만 머물다 의원으로부터 외부로 나가 조금씩 걸어도 좋다는 동의를 받은 건 불과 얼마 전의 일. 프레데릭은 하루 중 가장 따뜻한 시간에 운동 삼아 산책을 나갔다. 해나가 이곳에 머물 때 자주 가보았다던, 겨울 꽃이 피어 있는 외딴곳까지. 그 아이가 걷던 길을 따라 천천히 걸어 다녔다.

우연히 그녀를 보게 된 건 어제 오후, 산책을 시작한 지 한 달 정도가 지났을 무렵이었다. 생각에 젖어 평소보다 더 느리게 걷던 프레데릭은 문득 고개를 들다 꿈을 꾸고 있는 듯 착각에 빠졌다. 멀찌감치 떨어진 저 앞, 한 여인이 산책의 최종 목적지인 겨울 꽃 앞에 앉아 있었다. 비록 망토에 후드를 쓰고 있어 얼굴을 보지 못하였어도 애련함이 묻어나는 뒷모습은 저절로 한 사람을 연상케 하였다.

밤마다 다양한 모습으로 내 앞에 찾아오는 너. 허공을 향해 두 팔을 벌리다 잠에서 깰 때면 공허한 마음에 새벽이 밝도록 다시 잠들지 못했다. 지금 이것 또한 그때와 같은 상황이 아닐지…….

불현듯 맞닥트린 현실을 믿지 못하고 주춤거리는 사이 기척을 느낀 여인은 그를 피해 후다닥 나무 사이로 뛰어들었다. 멀어지는 여인의 뒷모습을 멍하니 바라보며 프레데릭은 이것이 꿈도 아니고 그녀가 해나임을 확신했다. 머리카락 한 올까지 전부 가리고 있다 하나 해나 특유의 분위기와 몸짓을 그가 모를 리 없었다. 당장에 소리쳐 그녀를 불렀어야 했는데 아직 큰 소리를 내는 게 힘에 부치고 지팡이에 몸을 의지하고 있어 뒤를 쫓지 못했다. 거리를 두고 쫓아오던 호위들이 금세 따라갔지만, 여인은 흔적도 없이 사라지고 없었다.

전신을 가리고 다니는 여인이 이 고장에 나타난 지는 1년밖에 되지 않았다는 사실을 성에 고용된 하인들을 통해 확인할 수 있었다. 그 말을 전해 들은 프레데릭은 가슴이 떨려 어젯밤 제대로 잠을 이루지 못했다. 많이 아팠다던 해나가 몸을 추스르고 움직였을 것을 고려하면 시기적으로도 맞아떨어졌다. 확신에 찬 프레데릭은 온종일 기대감에 부풀어 행복한 상상을 하였는데 이제 와 그녀가 아니었다니. 도저히 받아들일 수 없었다.

"제대로 알아본 게 맞는 것인가?"

"여인이 이곳으로 이주한 이유는 얼굴과 상체에 심각한 화상을 입었기 때문이라고 합니다."

"화상?"

"젊은 여인이 끓는 기름을 잘못 다루어 눈에 띄는 흉터가 남았고, 깊은 상심으로 마음에 병을 앓았다고 합니다. 보다 못한 여인의 부모가 휴양차 작은 도시로의 이주를 권해 친척이 사는 이곳으로 오게 되었답니다. 사람들과 마주치는 것을 극히 꺼려해 친척 집에 거주하는 것도 마다하고 산 중턱의 작은 집에서 혼자 살고 있을 정도라 합니다."

알고 보니 해나가 코앞에서 살고 있었다는 꿈같은 소리가 아닌, 누구나 납득할 수 있는 현실적이고도 타당한 이야기. 프레데릭은 기운이 빠졌다.

……그런 것이었나? 세상 모든 여인이 그 아이로 보여

괜한 방정을 떨었던 것인가.

피곤함이 양어깨를 짓눌러 프레데릭은 지팡이에 몸을 의지해 소파로 가 앉았다. 거의 눕듯이 상체를 소파에 기대고 머리를 완전히 뒤로 젖혔다.

"혹시 모르니 내일 오전, 여인을 찾아가 얼굴을 확인하고 숲에는 발을 들이지 못하도록 주의를 주겠습니다."

"그럴 것 없다. 조용히 머물다 가는 것 같으니 드나들게 놔두어라."

생활이 자유롭지 못했던 해나는 금지된 숲에 드나들며 갑갑한 마음을 다스렸다. 얼굴에 화상을 입었다던 여인 또한 그때의 해나처럼 마음 둘 곳이 필요했을 것이다. 애타게 찾고 있는 그녀는 아니었지만 여인의 안식처만큼은 빼앗고 싶지 않았다. 어제부터 신경의 날을 세웠던 프레데릭은 완전히 탈진해 식어가는 탕약을 앞에 두고 힘없이 눈을 감았다.

프레데릭은 하루도 빠짐없이 산책에 나섰다. 계절이 바뀌고 카이란은 지고 없지만, 목표 지점은 언제나 같은 곳. 가끔 깊은 생각에 잠겨 그곳을 지나칠 때면 한참을 걷다가 제자리로 되돌아오곤 하였다.

해나를 찾아 유럽 각지에 사람을 풀어놓은 게 어언 2년. 랄프라는 사내의 행방이라도 찾을 수 있으면 좋으련만 그도 해나도 감쪽같이 자취를 감추고 없었다. 가끔은 해나가 극단적인 선택을 하지 않았을까 두려움이 밀려오기도 하였다. 차마 그러지 못하였다면 부모를 잃은 충격에 어둠 속을 헤매었을 때처럼 홀로 고통받고 있을지도 모를 일이었다.

프레데릭은 시간도 공간도 사라진, 막막한 곳을 헤매는 기분이었다. 그럴 때면 이렇게 정처 없이 걸으며 심란한 마음을 다잡고서 그녀를 믿어야 한다고 최면을 걸었다. 때때로 강단 있는 모습으로 그를 놀라게 했던 해나가 이 잠깐의 이별을 의연한 자세로 버텨주고 있을 거라고. 어디에서 지내든 그와의 기억을 추억하며 꿋꿋이 살아가고 있을 거라 굳게 믿었다.

"전하."

혼자만의 생각에 잠겨 한참을 걷던 프레데릭은 뒤에서 들려온 목소리에 걸음을 멈췄다.

"너무 많이 걸으셨습니다."

"……."

"주장(拄杖)도 없이 그리 걸으시다간 몸에 무리가 올 것입니다. 부디 건강을 생각하여주십시오."

그러고 보니 지팡이에서 자유로워진 이후 이토록 오래도록 걸은 건 처음이었다. 얼마나 걸었는지 호흡도 상당히 거칠어져 있었다. 상념을 털어낸 프레데릭은 고개를 들어 주위를 살피다 시선을 한쪽으로 향했다. 이렇게 외딴곳에 집이 있다니.

“여기는?”

“넉 달 전 전하께서 알아보라 하셨던 그 여인이 홀로 사는 집일 것입니다.”

“그렇군.”

감정 없이 돌아섰던 프레데릭은 이내 미간을 찌푸리며 다시 몸을 돌렸다. 성과 마을을 한눈에 굽어볼 수 있어 눈이 즐거운 곳이나 여인 홀로 살기에는 무척이나 외진 곳이었다.

해나가 어딘가에서 이리 살고 있다고 생각하면 상상만으로도 소름이 끼쳤다.

“여인 홀로 살기에는 위험하지 않겠느냐?”

“성 바로 뒤편이라 함부로 해코지하지 못할 것입니다.”

“유람객이 특히나 많은 지역이다. 잠시 머물다 지나는 사람 중 어떠한 자들이 섞여 있을 줄 알고?”

“성 주변의 경계를 서면서 이곳도 같이 돌아보게 하겠습니다.”

“저 집에 그 어떤 불길한 일도 벌어져서는 아니 된다.”

“예, 전하.”

너 또한 어딘가에서 누군가의 친절한 호의 속에 제발 안전하기를. 아프지 않고, 추위에도 더위에도 고생하지 않고, 그저 든든한 울타리 안에서 우리가 재회하는 그날까지 편안하기를.

자꾸만 떠오르는 그리운 얼굴 하나에 프레데릭은 무겁

게 내려앉은 마음으로 발길을 돌렸다.

시간은 잘도 흘렀다. 해나의 행방은 여전히 오리무중인 가운데 몇 번의 계절이 지나고 새로 맞이한 겨울도 차차 기울고 있었다. 그나마 달라진 것이 있다면 프레데릭이 서서히 건강을 회복하고 있다는 점. 그마저도 평범한 이들에 비하면 병색이 완연해 상황은 여전히 답보 상태에 머물러 있었다.

출구가 안 보이는 지루한 나날이 계속되었다. 이러한 생활에 결정적 변화를 맞은 건 얼마 전 테오에게서 해나가 에리카에 있는 것 같다는 한 통의 서신을 받았을 때부터였다. 여차하면 청국까지 뒤질 요량으로 상단과 연계해 세부 사항을 검토하던 프레데릭은 계획을 전면 수정, 며칠 내 이곳 생활을 정리하고 에리카로 돌아가기로 하였다. 그의 얼굴을 알고 있는 수없이 많은 귀족과 군인들이 밀집해 있는 곳, 웬만해선 발을 들여놓지 않으려 하였던 그곳으로 프레데릭은 해나의 흔적을 찾아 2년 만에 은밀한 귀환을 결심한 것이다.

에리카로 출발하기 이틀 전. 해나의 소식을 듣자마자 흥분하기 시작한 피아가 며칠째 채비를 한다며 성 안을 분주히 뒤집어놓았다. 설레는 마음을 다잡지 못하는 건 프레데릭 역시 같았다. 아무것도 손에 잡히지 않아 발길이 닿는 대로 숲길을 걷다가 정오가 한참 지나서야 성으로 돌아왔다.

후문을 통해 정원으로 들어선 그가 베스티뷜에 들어서 2층으로 뻗어 있는 계단으로 향하는데 어디선가 여인들의 두런거림이 들려왔다.

"가짜 아니야? 이게 진짜라면 값이 어마어마할 텐데."

두 명의 하녀가 성의 주인이 오는 줄도 모르고 계단 앞에 버티고 서서 머리를 맞댄 채 무언가를 열심히 들여다보고 있었다.

"열어봤어?"

"아니. 방법을 모르겠어. 힘을 주면 될 거 같기는 한데 생채기라도 날까 봐 조심스러워. 어떡하지? 피아 님께 여쭈어볼까, 아니면 우리가 그냥……."

"뭐하는 것이냐!"

반짝이는 무언가에서 눈을 떼지 못하던 두 하녀는 갑자기 들려온 피아의 날카로운 고함에 펄 듯이 놀랐다. 눈을 크게 뜨고 고개를 드는데 그 순간 마주친 깊은 바닷빛의 눈동자와 시선이 정면으로 마주쳤다. 하녀는 벌어진 입을 다물지 못했다. 늘 궁금하고 가까이서 뵙고 싶었던 성의 주인이 기척도 없이 약 다섯 보 앞으로 다가오고 있었다. 너무 놀라 몸이 굳어버렸던 하녀들은 옆에서 불쑥 튀어나온 피아에 의해 한쪽으로 비켜섰다.

"송구합니다, 각하."

피아가 고개 숙여 깍듯이 사죄하자 프레데릭은 아무 일

도 없었던 듯 무심히 그 앞을 지나쳤다.

뒤늦게 실수하였음을 깨달은 두 하녀가 안도의 숨을 내쉬는데 계단을 오르려던 프레데릭이 돌연 걸음을 멈췄다. 다시 돌아서는 그의 안색은 이상하리만치 창백했다. 피아와 호위가 괜찮으시냐고 몇 번을 물어도 프레데릭은 아무런 반응 없이 고개를 조아리고 있는 하녀들 앞으로 다가갔다. 그러고는 무엇을 보았는지 두 다리가 멈칫, 얼굴은 사색이 되었고 너른 어깨가 가늘게 떨렸다.

"무엇이 잘못되었습니까?"

파리하게 질려 있는 주군이 걱정되어 피아가 다시 한 번 여쭈었지만 묵묵부답이었다.

경직된 시선으로 프레데릭이 응시하고 있는 것은 피아 바로 옆에 서 있는 하녀의 손가락. 정확히는 그녀의 손에 걸려 있는, 다이아몬드가 별처럼 박혀 있는 타원형의 백금 펜던트였다.

"각하."

주변에서 아무리 걱정을 표해도 정지된 그의 세상에는 오직 반짝이는 은빛 펜던트만이 존재했다.

프레데릭은 미세하게 떨리는 손을 앞으로 뻗었다. 공작께서 제게로 손을 뻗으시는 줄 알고 하녀는 한껏 긴장했다.

천천히 손을 뻗던 프레데릭은 손끝이 그녀에게 닿을 무렵 달랑거리는 펜던트를 순식간에 낚아채 손안에 쥐었다.

소음이 사라진 그의 세상에서 정체 모를 이명이 귓바퀴를 강타했다. 식은땀이 솟아나 머릿속을 적시고 현기증을 일으켰다. 프레데릭은 더 살펴볼 필요도 없이 펜던트를 펼쳤고, 급속도로 증가한 심박수에 거친 숨을 토하며 상체를 구부렸다.

"각하!"

누군가의 비명이 늘어지듯 천천히 밀려들다 흐지부지 메아리가 되어 사라졌다. 고요해진 프레데릭의 세상에는 오직 한 사람의 목소리만 맑고도 차분하게 울리고 있었다.

「전하는 저를, 저는 전하를 바라보고 있는 것 같습니다.」

2층의 서재. 프레데릭은 주치의의 권고에 따라 천천히 심호흡하면서도 시선을 문에서 떼지 못했다. 사람이 도착할 때까지 잠시만이라도 누워 계시라 아무리 권해도 요지부동이었다. 펜던트를 쥐고서 발걸음 소리가 들려오지 않을까 신경을 온통 바깥쪽으로 기울였다.

수많은 생각이 충돌하고 심장이 제멋대로 질주해 이대로 누워버리면 영영 눈을 뜨지 못할 것 같았다. 어쩌면 해나가 가까이 있을지도 모른다는 기대에 격하게 달아오르다, 누군가 그녀를 해하고 고가로 보이는 펜던트를 훔쳐온 것일 수도 있다는 생각에 오금이 저렸다. 그답지 않게 근거 없는 논리에 빠져 허우적허우적, 프레데릭은 쉴 새 없이 천국과 지옥을 오가며 감정적 급류에 휘말렸다.

어느덧 하늘 위로 고운 노을이 퍼져가는 시각, 침착하던 피아마저 기다림에 지칠 만큼 긴 시간이 흘렀다. 말없이 곁을 지키던 의원이 손수건을 챙겨 들고 앉지도 못한 채 서성이는 주군에게 다가갔다. 반듯한 이마에 방울방울 맺혀 오른 식은땀을 닦아주는데 밖에서 투박한 소음이 들렸다. 끊어질 듯 팽팽한 긴장감이 실내를 가득 메우더니, 문이 열리고 마을로 내려갔던 호위가 드디어 모습을 드러냈다.

"찾던 아이가 마침 외출 중이라 시간이 지체되었습니다. 송구합니다."

고개를 깊숙이 숙였던 그가 옆으로 물러나자 아담한 체구의 한 소녀가 겁을 잔뜩 먹고 안으로 들어섰다. 주눅이 들어 어깨를 움츠린 소녀는 눈물을 터트릴 듯 울먹거리다 프레데릭이 입을 떼기도 전 눈을 질끈 감고 호소했다.

"각하, 소인은 절대로 그것을 훔치지 않았습니다!"

"그렇다면 말해보라. 이 펜던트가 어디에서 난 것이냐? 주웠다는 말은 안 하는 것이 좋을 것이다."

"그것이……."

"너를 탓하려는 게 아니다. 허나 거짓말을 하는 순간, 너를 포함한 네 가족 모두가 곤란해질 것이다."

소녀가 대답을 망설이며 우물거리자 프레데릭은 미리 단속에 나섰다. 작은 입에서 쏟아질 대답을 기다리느라 목이 타들고 진이 빠질 것 같았다.

"그건……, 애나……, 그건 먼 친척 언니의 것입니다."

"친척? ……애나."

관절이 드러날 정도로 꽉 쥔 주먹이 눈에 띄게 떨렸다. '애나'라는 이름은 뒤늦게 어떠한 기억을 떠올리게 하였고, 그에게 단비와도 같은 확신을 선사해주었다.

"두 해 전부터 우리 고장에서 같이 살게 된 언니인데……, 반짝이는 게 너무 예뻐 소인이 잠시 빌렸던 것입니다."

그 또한 아주 오래전, 스스로 그 이름을 입에 올린 적이 있었으니까.

「네, 이름.」

「해나…… 입니다.」

「애나?」

「해, 나.」

절대로 잊을 수 없는 그 새벽, 어린 해나의 목소리가 아련히 되살아나 한 여인을 떠올리게 하였다.

전신을 가린 망토, 깊이 눌러쓴 후드, 산 중턱에 위치한 초라한 오두막, 카이란 앞에 쪼그리고 앉아 있던 가냘픈 몸집.

너를, 눈앞에 너를 두고 내가…….

"부탁입니다. 펜던트를 돌려주십시오. 화상 때문에 얼굴을 드러내지 못하는 언니가 많이 속상해하고 있습니다."

벌벌 떨어대던 소녀가 급기야 눈물을 펑펑 쏟아내기 시작했다.

마찬가지로 눈가가 짓무른 프레데릭은 그대로 소녀를 지나쳐 서재를 나갔다.

"각하!"

손가락에 펜던트를 휘감고, 입고 있는 차림 그대로, 계단을 내려와 정원을 가로질러 산 중턱으로 뻗어 있는 눈길을 걸었다.

혹시라도 네가 목숨을 버렸을까 하루에도 몇 번씩 두려움에 몸을 떨었다. 나 없는 곳에서 어둠 속을 헤매다 돌이킬 수 없는 사고를 당했을까 불쑥불쑥 식은땀이 솟았다. 이러다 영영 어긋나버리면 어찌하나, 수도 없이 악몽에 시달리다 끝끝내 잠들지 못하고 하얗게 밤을 지새웠다. 이렇게 가까이, 차마 내 곁을 떠나지 못하고 서성이는 것도 모르고.

한눈에 알아보았는데.

너일 거라 확신까지 하였는데.

한 번의 엇나간 판단으로 긴 시간을 허비하고 너를 힘들게 방치하였으니.

프레데릭은 정신없이 걸었다. 시간도 공간도 사라져 막막했던 세상에 또렷이 돋아난 오직 하나의 길만을 따라. 잠깐의 사이 또다시 어긋나버릴까 가슴이 조마거렸다. 눈앞을 뿌옇게 흐리는 방해물이 있었지만, 그때마다 차가운 바람이 불어와 시야를 틔워주고 걸음을 재촉했다.

저 앞, 작고도 소박한 오두막이 보인다. 한 소년이 목조

건물을 빙 돌아서 달려 나오고 있었다. 벌꿀색 머리칼이 인상적인 소년은 울타리를 나서 옆으로 나 있는 비좁은 갓길로 뛰어들었다.

걸음이 빨라진 프레데릭은 소년이 튀어나온 길을 따라 건물을 돌아 뒤쪽으로 가보았다. 뒷마당을 한눈에 담아보니 시야를 가득 메우는 건 하얗고 풍성하게 피어 있는 겨울꽃. 그 앞에 후드를 쓰지 않은 익숙한 뒷모습의 한 여인이 쪼그리고 앉아 있었다. 격한 감정이 눈시울을 뒤덮어 프레데릭은 더 이상 나아갈 수 없었다.

지쳐 보이는 그녀가 천천히 움직였다. 웅크렸던 몸을 억지로 일으켜 힘없이 뒤를 돌아보았다. 윤기가 흐르는 새까만 머리칼이 바람을 타고 산들산들, 그녀의 등과 허리를 지나 허공에서 나부꼈다. 동시에 맞부딪친 두 개의 시선.

"해나."

두 사람이 다시 하나가 되는 시간. 어떠한 미래도 원하는 대로 설계할 수 있는 새로운 출발점. 그토록 꿈꾸던 출발점에 나란히 서기까지, 얼마나 많은 일을 겪어야 했는지.

충격으로 경직되었던 새까만 눈동자에 투명한 눈물이 어린 건 순식간이었다.

"……칼."

네가 불러주는, 처음으로 들어보는 나의 이름.

상상 속에서만 들을 수 있었던 아련한 목소리가 그의 가슴을 찢었다. 고여 있던 눈물이 중량을 이기지 못하고 흘러내리자 어느새 달려온 해나가 그의 얼굴을 더듬었다. 두 뺨을, 이마를, 머리를, 마지막으로 그의 가슴을. 눈물이 범벅된 얼굴로, 차갑게 식은 손을 덜덜 떨면서 그가 실재하는 것인지 확인했다.

가까이서 전해지는 해나의 체향이 귀하고도 소중해 프레데릭은 여린 몸체를 으스러지도록 끌어안았다. 긴 시간, 망망대해를 홀로 표류하다 안전한 대지에 발을 디딘 이 기분.

그가.

그녀가.

너무나 그리웠다.

Outro 2

헤젠부르크 공작 부처

헤젠부르크의 옛 수도 헤젠. 그 도심에 위치한 트리샤의 모자 가게에는 오늘도 몇몇 부인이 모여앉아 수다에 여념이 없었다. 이곳은 융베르크 미망인이 모자를 직접 디자인하고 홀로 꾸려가는 조그마한 상점, 주로 형편이 넉넉한 상인과 평민을 대상으로 운영하는 곳이었다.

초반에는 규모가 작은데다 미망인 또한 무뚝뚝해 손님들은 불쾌감을 내비치며 발길을 돌렸다. 골치가 아픈 건 미망인이 만드는 모자가 하나같이 귀족들의 그것처럼 우아하고 맵시가 있다는 사실이었다. 한 번이라도 이곳에서 모자를 구입했던 부인들은 쓸데없이 눈이 높아져 어쩔 수 없이 다시 미망인을 찾을 수밖에 없었다.

돈을 쓰면서도 언짢음을 무릅써야 하는 상황이라니. 부인들은 약이 올라 작당을 하였다. 쌀쌀맞고 아니꼬운 미망인의 태도를 저희만의 방법으로 길들이기 시작한 것이다. 방법은 간단하고도 유치했다. 너덧 명이 함께 모자를 맞추러 방문해 마음에 드는 디자인을 천천히 고르며 차 시중을 들게 하는 것이다.

뻣뻣한데다 손님들의 비위를 절대 맞추는 법이 없던 미망인은 기이하게도 부인들의 그러한 요구만은 말없이 들어주었다. 차를 준비해달라고 하면 원하는 대로 끓여주었고 간단한 파이나 쿠키도 요구하는 대로 가져다주었다. 무표정하고 화장기 하나 없는 얼굴이었으나 저희에 비해 아름답고 고상한 분위기를 가진 그녀, 소위 고까움을 자아내는 미모의 미망인이 저희의 한마디에 이리저리 움직이는 모습에서 부인들은 묘한 쾌감을 느꼈다.

미망인을 실컷 부려먹은 부인들은 어느새 자신들의 수다에 골몰해 있었다. 할 만큼 다 하였으니 처음부터 찍어둔 모자를 맞추고 일어나려던 차에 누군가의 입에서 흥미로운 화젯거리가 흘러나온 것이다. 화제의 대상은 줄곧 해외에만 거주하다 이번에 이곳으로 완전히 이주해 온 헤젠부르크 공작 일가. 부인들은 눈을 반짝이며 각자 주워들은 이야기를 하나씩 꺼내놓기에 바빴다.

"재산이 그렇게 어마어마하다면서요?"

"헤젠부르크 가문이 워낙 알짜배기잖아요. 공작위에 오르시며 선대의 재산을 전부 물려받으셨으니 당연한 거겠지요."

"그것도 그렇지만 사업 수완이 뛰어나셨답니다. 가문의 재산을 물려받기 전에 이미 막대한 재산을 소유하고 계셨다더라고요. 게다가 공작부인 역시 어느 먼 나라의 공주님인가 공녀님인가, 아무튼 지참금도 엄청나게 가져오셨을 테니 재산도 크게 불어났을 겁니다."

5년 전 전쟁이 막을 내리며 배신 행위가 드러난 헤젠부르크의 고위 귀족들은 전부 숙청되었다. 그나마 정도를 지켰던 힘 있는 가문은 합병 이후 에리카로 이주해 현재 이곳에 남아 있는 귀족이라곤 존재감이 미미했던 한미한 가문이 전부였다. 자연히 오랜만에 등장한, 그것도 왕실보다 정통성을 인정받는 헤젠부르크 가문의 귀환은 초미의 관심사가 될 수밖에 없었다.

"모습을 드러내실까요? 원체 외국으로만 다니시며 은둔생활을 하셨으니. 소문으로는 헤젠부르크 가문의 용모를 그대로 이어받으셨다 하던데. 멀리서라도 한 번 뵈었으면 좋겠습니다."

"우리 바깥양반 말로는 각하께서 번잡스러운 걸 특히 싫어하신다네요. 외국에서도 대리인을 내세워 여태껏 가문을 잘 이끄신 것처럼 앞으로도 계속 그러실 거랍니다. 그래도 아드님을 보시고 본가로 아예 이주해 오셨으니 한 번씩은 모습을 보여주시겠지요. ……에구머니, 시간이 벌써 이렇게 지났네!"

짐짓 아는 체하며 차를 마시던 한 부인이 무심코 시각을 확인하다 눈을 휘둥그렇게 뜨고 허둥거렸다. 시간 가는 줄 모르고 대화에 동참했던 다른 부인들 역시 찻잔을 내려놓고 수선스레 자리를 박차고 일어났다.

그들은 미망인에게 주문을 확인한 뒤 실컷 어지럽힌 테

이블만 남겨놓고 뿔뿔이 흩어져버렸다.

순식간에 정적을 되찾은 상점 안, 미망인은 표정 없는 얼굴로 테이블을 치우다 느릿하게 손을 거두었다. 제자리에 서서 생각에 잠겨든 그녀는 약간의 의구심을 드러내며 고개를 갸웃했다.

그녀가 알기로 보아르 백작은 성년을 맞지 못하고 요절했다. 백작이 공작위를 이어받아 헤젠부르크 가문을 이끌고 있다는 소문을 처음으로 접했을 때, 그녀는 생사의 기로에 서 있었기에 사사로이 신경 쓸 여력이 없었다. 최근 공작의 이주와 관련해 매일같이 그가 사람들의 입에 오르내릴 때에도 그동안 착각을 했나 보다, 무심히 넘겨왔다.

그런데 오늘 부인들의 대화를 듣고 있자니 미심쩍은 생각을 떨칠 수가 없었다. 딱히 있어도 그만, 없어도 그만인 손님들이었으나 그들에게 꾸준히 티와 티 푸드를 제공하는 건 바깥소식을 듣기 위함이었다. 혈혈단신 상점을 홀로 꾸려가다 보니 돌아가는 외부 정세를 정확히 파악할 필요가 있었다. 부인들은 대부분 상인 계급의 아내였기에 그들이 떠드는 말들은 인쇄물로 배포되는 소식보다 언제나 빠르고 정확했다.

오늘도 그들은 부군에게서 전해 들은 최신 소식을 자랑스레 떠드는 것으로 방문을 마무리 지었다. 귀를 세우고 부인들의 이야기에 집중했던 그녀는 들으면 들을수록 솟구치는 의문을 지울 수가 없었다. 물론 백작이 살아 있을 수는 있다. 자신이 흘려들은 정보가 잘못된 것일 수도 있었을 테니까. 하지만 그는 분명 완치가 불가능한 심각한 유전병을 앓고 있었다. 잉글랜드의 저택에 누워 하루하루 병과의 사투를 벌여야 할 그가 유럽 곳곳을 돌며 사업체를 꾸리고 있었다니.

아버지의 정보가 잘못된 것이었을까?

고개가 저절로 갸우뚱거렸다.

그녀, 미망인의 이름은 트리샤 융베르크. 혼인을 하면서 남편이 만들어준 법적 이름으로, 비밀로 간직하고 있는 그녀의 진짜 이름은 마벨 아우구스타 레이튼이었다.

마벨은 2년 전 왕궁을 벗어나자마자 차가운 강물에 몸을 던졌다. 그녀를 살린 건 마침 근처를 지나던 중년의 사내. 몇 해 전 아내와 두 아이를 한꺼번에 병으로 잃은 뒤 가족도 없이 홀로 모자 가게를 운영하던 자였다.

「당신이 누구인지 알고 있습니다.」

따뜻한 방에서 눈을 뜨고 서서히 기력을 찾아갈 무렵 사내에게서 흘러나온 한마디는 마벨을 공포로 몰아넣었다.

「두려워 마십시오! 재판받는 모습을 우연히 보게 되었을 뿐입니다. 사람들은 당신을 비난하고 악녀로 매도하였지만 솔직히 저는……, 당신의 얼굴밖에 안 보였습니다.」

사내는 잠시 머뭇대는가 싶더니 눈을 질끈 감고 대뜸 청혼부터 하였다.

「저와 함께 사는 게 어떠시겠습니까? 압니다. 말도 안 되는 소리이지요. 하지만 어차피 저는 곧 죽을 겁니다. 의원의 말로는 몸속의 어떤 장기가 하루가 다르게 썩어가고 있다고 합니다.」

무섭기도 하고 징그럽기도 하여 몸을 웅크렸던 마벨은 충격적인 고백에 얼굴을 굳히고 그를 바라보았다. 전체적으로 수척한 외양과 창백한 안색이 확실히 보통의 건강한 사내들과는 차이가 있었다.

「얼마 안 되지만 저는 집도 있고 점포도 따로 가지고 있습니다. 원하시면 하녀도 한 명쯤은 고용할 수 있을 겁니다.」

「…….」

「저와 조금만 살아주시면 제가 가진 모든 것을 당신께 드리겠습니다. 상점을 이어받아 모자 가게를 계속 운영할 수도 있으시겠지요. 수단과 방법을 가리지 않고 당신의 신분 역시 다른 사람으로 바꿔드리겠습니다. 여기서 저를 거절하신다면……, 당신이 먹고살기 위해 할 수 있는 일이라곤 하녀 일밖에 없음을 명심하십시오.」

사내의 청혼을 받은 다음 날 새벽, 마벨은 그곳을 도망쳐 몸을 던졌던 바로 그 강가에 다시 섰다. 사내의 말은 조금도 틀리지 않았다. 후견인도 없는 미혼의 그녀가 법적으로 할 수 있는 일이란 귀족이나 부유한 상인에게 고용되어 하녀 자리를 얻는 게 전부일 터였다. 평생 손에 물 한 방울 묻히지 않고 살아온데다 얼굴이 알려진 그녀로서는 불가능한 일이었다. 무엇보다 자존심이 허락지 않았다. 그렇다고 그런 사내와 혼인하는 건 상상도 할 수 없으니 이제 남은 길은 죽음밖에 없다고 마벨은 굳게 믿었다.

문제는 뜻하지 않게 찾아왔다. 막상 다시 투신을 하려니 처음 몸을 던졌을 때 겪었던 끔찍한 고통의 기억이 생생히 되살아나 겁을 먹게 하였다. 살갗이 찢길 듯한 추위와 눈이 빠질 것같이 무자비하게 죄어들었던 수압. 몸은 본능적으로 움츠러들었다.

마벨은 강가에 서서 한참을 주저했다. 사는 것만큼 죽는 것 또한 쉽지 않을 거라던 레오폴트의 충고가 기막히게 들어맞는 순간이었다.

두 번이나 죽을 용기가 없음을 인정한 마벨은 자포자기 심정으로 사내에게 돌아가 청혼을 수락했다. 두 사람은 간단히 식을 올린 뒤 유론의 어촌으로 이주했다.

조금만 참으면 그가 죽고 사업을 이어받을 수 있겠지, 하녀보다는 상점을 운영하는 미망인이 훨씬 나아, 솔직히 그런 심정으로 한 혼인이었지만 예상은 보기 좋게 빗나갔다. 마벨은 1년 하고도 6개월간 지옥 같은 결혼 생활을 견뎌야 했다.

금방 죽을 것처럼 골골거리면서도 사내는 유난히 색을 밝혔다. 1년이 넘도록 밤이고 낮이고, 숨 쉬는 것조차 힘들어하면서도 끈질기게 마벨의 육체를 탐했다. 애먼 데 기력을 쏟아부은 사내는 어느 날 침대에서 일어나다 그대로 고꾸라져버렸다. 드디어 해방인가, 마벨은 은근히 기대까지 하였으나 그는 산송장이 되어 반년이 넘도록 병수발을 시키다 눈을 감았다.

생각해보면 사내의 청혼은 다분히 계산적이었다. 어차피 가족도 없이 홀로 죽으면 몇 푼의 재산은 전부 나라에 귀속될 판이었다. 차라리 마벨과 혼인해 젊고 아름다운 여체를 실컷 탐하다 병수발을 들게 하는 게 이득이라 판단했을 것이다. 결국 두 사람은 필요한 것을 주고받은 셈이었다.

마벨은 남편의 장례를 마친 즉시 집과 점포를 정리해 헤젠부르크로 이주했다. 남편이 사경을 헤맬 때부터 준비해 온 일이라 그가 죽고 사업할 수 있는 권리를 상속받자마자 일사천리로 실행에 옮겼다.

헤젠으로 이주해 온 지 어언 반년, 아는 이들은 모조리 처단되어 아무도 없는 이곳에서 마벨은 상복 속에 신분을 감추고 철저히 이주민이 되어 살아가고 있었다.

찻잔을 정리한 뒤 곧바로 상점 문을 닫고 거리로 나섰다. 외출을 최대한 자제하기 위해 1층을 상점으로, 2층을 가정집으로 이용하고 있으나 끼니 해결을 위해 장을 봐야 하는 건 어쩔 수 없었다. 베일이 달린 검은색 모자를 써 얼굴을 가리고 사람들이 거리로 쏟아져 나오는 시각을 피해 마벨은 최대한 일찍 장이 열린 곳으로 향했다.

6월 초순, 불어오는 산들바람이 가볍고 부드러웠다. 5년 전 비명이 난무했던 이곳은 베르덴의 지원과 도시민들의 노력으로 예전의 모습을 되찾고 있었다. 오랜 세월 경제 분야에 치중했던 지역적 특성을 살려 금융과 무역의 파이를 이전보다 더 크고 탄탄하게 키우는 중이었다. 헤젠부르크 공작가는 상공인들의 유입을 적극 지원하였고, 외국과의 교류 또한 활발히 추진해 수많은 이국인이 심심찮게 눈에 띄었다.

한없이 평화롭고 조금은 이색적이기까지 한 거리의 풍경. 모두가 평온하고 흡족해하는 모습이지만 그 속에 숨겨진 뼈아픈 그늘은 엄연히 존재했다. 이를테면 저만치, 허름한 차림의 두 남녀가 길을 지나다 우연히 눈이 마주치자 황급히 시선을 피해 모르는 척 각자의 길을 걸었다. 마벨이 알아볼 정도로 명망 높은 귀족가의 자녀들이었으나 하루아침에 모든 것을 잃고 도시의 빈민으로 전락한 사람들.

공식적으로 매국의 죄를 물었다 하나 그것이 전부가 아님을 저들도 알고 마벨도 알고 있었다. 그들의 몰락은 빌헬민 공주가 퍼주는 뇌물에 눈이 멀어 정당성을 가진 여대공에게 등을 돌렸을 때부터 이미 시작되었던 것. 귀족 시절, 개개인의 허영과 오만이 빚어낸 결과였기에 그들은 매끼니를 걱정하면서도 차마 도움을 구걸하지 못하고 음지에서 시들어가고 있었다. 어쩌다 길에서 마주쳐 서로를 알아본다 하여도 곧바로 시선을 피해주는 것으로 과거의 신분을 철저히 숨겨야 할 만큼 전락한 것이다.

보고 싶지 않아도 어쩔 수 없이 목격하게 되는 섬뜩한 광경. 마벨은 뻐근해진 가슴을 달래며 서둘러 번화가의 큰 거리로 들어섰다. 두리번거림을 삼가고 오로지 광장을 향해 빠르게 걷는데 저 앞, 한 고급 의상실의 문이 열리며 말쑥하게 차려입은 사내가 밖으로 나섰다. 여유로운 자태로 포켓 시계를 확인한 그는 대기 중인 마차에 오르기 위해 걸음을 떼었다. 그러다 주춤, 마차에 오르기 전 동작을 멈추고 정확히 마벨을 돌아보았다.

"……!"

사내와 눈이 마주치는 순간 무릎의 힘이 풀린 마벨은 저도 모르게 신음을 터트릴 뻔하였다.

테오!

얼굴을 덮은 얇은 베일이 참으로 쓸모없게 느껴졌다. 하지만 마벨을 진짜 놀라게 한 건 그다음이었다. 테오는 그녀를 향해 정중하게 묵례를 하더니 헤젠부르크 가문의 문장이 새겨진 마차를 타고 느긋하게 그곳을 떠나갔다.

귓가의 솜털이 오소소 일어나고 피부에 도톨도톨 소름이 돋았다. 우연히 길에서 마주친 사실이 놀랍기는 했지만 그럴 수 있었다. 생각지도 못했으나 알고 보니 가까운 데 자리를 잡은 게 이상할 건 없었다.

그렇지만 한 가지, 결코 받아들일 수 없는 건 오싹하도록 아무렇지 않은 테오의 저 담담함. 어찌하여 그는 눈이 마주치고도 전혀 놀라지 않았던 것일까.

혼란에 빠져든 마벨은 이내 말아 쥔 주먹을 바르르 떨었다.

'왜냐하면……, 처음부터 나의 종적을 알고 있었기 때문에?'

세상의 사물이 뱅글뱅글 휘돌아 눈앞이 어지러웠다. 마벨은 길 한복판에 서서 무너지지 않으려 안간힘을 쓰다가 끝내 눈물을 견디지 못하고 미친 듯이 걸음을 떼었다.

모든 것을 알고 있었단 말인가?

나의 과거를, 나의 행적을, 나의 현재까지도?

그 말고 또 누가, 어디까지 알고 있는 것일까?

어설픈 자결 시도와 나이 많은 중년 사내와의 혼인, 치욕스러웠던 그와의 육체 관계. 온전히 잊고 싶은 부끄러운 과거를 저들이 적나라하게 알고 있다는 생각에 수치심이 몰려들었다. 눈물이 끝도 없이 넘치고 울먹임에 가슴이 들썩거렸다. 테오가 왜 헤젠부르크 가문의 마차를 이용하고 있는지 생각할 틈도 없었다.

이성을 잃고 걷기만 하던 마벨이 한참 후에 발을 들인 곳은 유려한 경관이 인상적인 조용한 산책로였다. 숨고 싶다는 생각에 발길이 닿는 대로 걷다 보니 어린 시절 언니들과 자주 찾던 헤젠부르크 가문의 사유지까지 달려와버렸다. 사람들의 발길을 타지 않아 깔끔하게 관리되어 있는 곳. 마벨은 헤젠으로 이주한 뒤 혼자서 걷고 싶을 때마다 남몰래 이곳을 찾아오곤 하였다.

관목 안쪽으로 들어가 커다란 나무에 기대어 나오는 대로 눈물을 쏟아내었다. 얼마나 진을 빼며 울었는지 고개를 들 수 없을 만큼 체력이 고갈되었다. 마벨이 무릎 위로 힘없이 이마를 기대고 있는데,

"……."

어디선가 젊은 두 남녀의 유쾌한 웃음소리가 산뜻하게 울렸다. 여기는 사유지인데다 헤젠부르크 가문에 대한 경외심으로 헤젠 시민 역시 함부로 접근하지 못하는 곳이었다. 그런 곳에서 저리도 당당히 웃을 수 있다는 건…….

'헤젠부르크 공작 부처?'

얼굴 한 번 본 적 없지만, 촌수를 따지자면 그는 마벨의 팔촌 오라비 정도가 되었다. 헤젠부르크 가문의 용모를 그대로 이어받았다는 공작과 먼 나라의 귀한 신분이라는 공작부인. 호기심을 누르지 못한 마벨은 눈물을 훔치고 관목 사이를 내다보다가,

"헉!"

벌어지는 입을 손으로 얼른 틀어막았다. 그런 다음 시야를 흐리는 눈물을 깔끔히 훔쳐내고 다시 한 번 밖을 내다보았다. 곧이어 의미심장한 느낌이 함축된 가느다란 신음이 그녀에게서 '하' 하고 흘러나왔다.

……그렇게 된 것이었나?

놀라움은 충격으로, 충격은 다시 씁쓸함으로, 감정은 큰

폭을 그리며 가파르게 변해갔다. 그러면서도 마벨은 두 사람에게서 눈을 떼지 못했다.

쾌적한 바람, 온화한 햇살 아래 두 사람은 다정하게 손을 잡고 산책로를 걸었다. 눈부신 백금발과 탐스러운 흑발이 강렬한 조화를 이루는 가운데 그도 그녀도 싱그러운 미소를 담뿍 머금고 있었다. 소곤소곤 대화를 나누고, 친밀한 눈웃음을 교환하고, 맞잡은 손을 앞뒤로 살짝살짝 흔들며. 마벨의 두 눈에서 이유 모를 눈물이 주르륵 떨어지도록 그들은 한 줄기 균열 없이 행복해 보였다.

두 사람이 저 멀리, 까마득한 소실점이 되어 사라질 때까지 마벨은 하염없이 그들을 응시하며 생각에 잠겼다.

만약 뒤늦게 깨달은 나의 교만과 약자들의 아픔을 공녀 시절에도 알았더라면. 그랬다면 내게도 다른 기회가 주어졌을까? 최소한 지금과는 다른, 조금 더 나은 삶을 살고 있었을까?

'아니. 그런 일은 있을 수 없다.'

문득 고개를 쳐드는 감상적인 생각을 마벨은 스스로 뭉개버렸다.

과거, 부모님을 포함한 그 누구에게서도 마벨은 잘못을 지적받은 적이 없었다. 오직 사람들의 섬김 속에 둘러싸여 수치란 으레 내가 아닌 타인의 몫이라고 여기며 살았다. 내가 하면 타당했고, 내가 당하면 부당한 일이었다. 이렇게 되지 않았다면 평생토록 몰랐을 이치. 설사 일말의 가능성이 있다 해도 과거란 본래 바뀔 수 없는 불변의 시간이니 이런 상상 자체가 어리석은 짓이었다.

고요해진 사위, 마벨은 자리에서 일어나 옷자락에 묻은 풀잎을 털어냈다. 돌이킬 수 없는 과거를 묻어두고 이제는 현재를 살아가야 할 시간.

그나마 얻게 된 작금의 평화를 지키기 위해 마벨은 방금 본 장면을 머릿속에서 깨끗이 지우기로 하였다. 그녀가 명심해야 할 것은 오직 하나, 상복이라는 단단한 보호막 아래 안정을 되찾은 자신의 현재 이름이었다.

'내 이름은 트리샤 융베르크. 유론의 어촌 출신으로 헤젠부르크에서 반년째 모자 점포를 운영 중인 미망인이다.'

하늘 위로 둥실 떠 있는 구름이 새하얀 솜털처럼 아늑해 보인다. 선명하고 파란 색감의 하늘과 나뭇잎 사이로 온온하게 비껴드는 초여름의 햇볕. 연둣빛을 띠던 나뭇잎은 점점 더 짙은 색으로 물들어 바람 속에 상쾌한 내음을 폴폴 실어 날랐다.

지난 2년 베네치아에서 요양하다 얼마 전 헤젠부르크로 이주한 칼과 해나. 두 사람은 줄곧 그래왔듯 느지막한 오후, 선선한 바람을 맞으며 푸르른 산책로를 걸었다. 칼이, 해나가 가장 좋아하는 시간.

이제 일곱 달에 접어든 아들을 재우다가도 칼이 손을 내밀면 해나는 아기를 유모와 피아에게 맡기고 산책을 따라나섰다. 들꽃과 신록, 신선한 공기도 좋았지만 특히 해나를 행복하게 하는 건 칼과 나란히 걷고 있는 지금 이 순간. 그가 곁에서 숨을 쉬고, 손을 잡고, 환히 웃고 있는 모습이 해나에게는 안식이요, 참된 행복이었다.

"산책 다녀오십니까?"

"일은?"

"해결되었습니다."

산책을 끝내고 실내로 들어서니 에리카에 갔던 테오가 언제 왔는지 베스티빌에 서서 두 사람을 반겼다.

주군을 농락한 죄로 매몰차게 내쳐졌던 테오. 해나는 그런 테오를 몰래 베네치아로 불러들였고 완강했던 칼에게 그를 받아들이라 설득하였다. 그럴 수밖에 없었던 테오의 입장을 이해하면서도 서운하지 않았던 건 아니었다. 그럼에도 복잡한 감정을 단순화하고 테오에게 손을 내민 건 순전히 칼을 위해서였다.

왕자 시절부터 그의 곁을 지키며 가족보다도 더 가족 같았던 사람, 테오의 빈자리가 어쩐지 칼을 쓸쓸하게 하는 것 같았다. 더불어 칼의 사업과 공적 업무를 총괄해줄 믿을 만한 사람이 필요하기도 하였다. 해나는 유능하고 주군의 모든 비밀을 알고 있으며 극히 충성스러운 테오가 제격이라고 믿었다.

마치 기다리고 있던 사람처럼 테오는 해나의 연락을 받자마자 득달같이 달려왔다. 주군의 냉대와 무시도 당연시 여겼다. 그러면서도 좋은 머리를 이용, 탁월한 실력을 발휘해 자신이 곁에 있어야 할 이유를 제대로 증명했다. 칼은 은근히 그를 든든해하였고, 해나는 자신이 옳은 판단을 하였음에 뿌듯해하였다.

이번에도 테오는 저택을 구입하는 문제로 에리카에 다녀왔다. 칼의 모후가 헤젠부르크로 오게 되면 마파엘과 지내게 될 곳으로 성과 가깝고, 아늑한 숲 한가운데에 있어 조용히 지내기에 안성맞춤인 곳이었다. 저택의 주인이 수도로 이주하고도 매매 의사가 전혀 없어 애를 태웠지만 테오는 상단 일을 해결할 겸 에리카까지 쫓아가 기어이 구매에 성공했다.

"참, 그곳에도 다녀왔습니다. 잘 관리되고 있으니 아무 걱정 마십시오."

칼에게 결과를 보고한 테오는 뒤이어 해나에게도 한 가지 소식을 알려주었다.

그가 말하는 그곳이 얀의 묘지임을 알아들은 해나는 천천히 고개를 주억거렸다.

"매번 고맙습니다. 그러잖아도 궁금하였습니다."

"저 또한 원해서 찾아가는 곳입니다."

가볍게 미소 지은 해나는 그대로 칼을 올려다보았다.

"먼저 올라가보겠습니다. 테오와 얘기 나누세요."

"그래."

예리하게 날아드는 칼의 시선이 느껴졌지만 해나는 생긋 웃으며 발길을 돌렸다. 두 사람은 상단의 일과 레오폴트의 전언으로 아마 서재로 들어가 오래도록 나오지 않을 것이다.

계단을 올라 2층에 발을 디딘 해나는 서재와 반대쪽으로 나 있는 복도로 향했다. 그리고 모퉁이를 한 번 꺾었을 때 걸음을 멈추고 심호흡을 하였다. 오랜만에 얀의 묘지 얘기를 들으니 서늘한 감정이 휘몰아쳐 마음이 진정되질 않았다. 아기에게 가봐야 하는데 자꾸만 울컥울컥, 가슴속에 아픈 파문이 일었다.

2년 전 칼과의 재회 직후 해나는 산중 오두막의 비좁은 침대에서 그를 부둥켜안고 잠이 들었다. 다음 날 해나가 눈을 뜬 곳은 성에 있는 그의 호화롭고 푹신한 침대 위였다. 칼은 아침 늦도록 해나의 곁을 지켰고 전날의 눈물로 부어오른 눈가를 조심히 쓸어주었다. 살며시 입을 맞추며 꿈을 꾸듯 그런 말을 하였다.

「돌아가자. ……우리 집으로.」

애초에 칼은 다음 날 에리카로 향할 예정이었다. 그는 일정을 바꾸지 않았고, 해나는 하룻밤을 더 지낸 뒤 칼의 손을 잡고, 피아와 호위들에게 둘러싸여 배에 올랐다.

다시 돌아갔던 에리카의 아담한 저택. 다시는 가보지 못

할 거라 여겼던 그곳으로 칼과 함께 돌아간 게 벅차도록 기뻤다. 이것이 꿈은 아닐까, 자다가도 몇 번씩 깨어나 그를 확인할 정도로 행복한 나날이었다.

조금씩 의아함을 품게 된 건 칼이 베네치아 여행 계획을 세워놓고 차일피일 미루었을 때부터. 모후께서 기다리고 계실 텐데 외출조차 자유롭지 못한 에리카에서 그는 왜 떠나지 못하고 주저하는 것일까. 무엇이 자꾸 그의 발목을 잡는 것일까. 궁금증을 참을 수 없어 어느 밤 해나는 진지하게 물었고, 칼은 다음 날 출발 일시를 확정했다.

여행을 하루 앞두고 그는 해나의 손을 잡고 어딘가로 이끌었다. 그가 인도하는 대로 따라가본 뒤에야 해나는 칼이 주춤거렸던 이유를 완벽히 이해할 수 있었다. 그곳은 나라에 공을 세운 이들이 영면해 있는 국립묘지로 얼마 전 랄프를 따라 몰래 찾아와 헌화했던 얀의 묘지가 있는 곳이었다.

파울루에서 듣게 된, 선왕을 구하기 위해 뛰어들었다 최후를 맞이한 어느 용감한 군인의 이야기. 해나는 군인의 이름을 듣자마자 충격으로 주저앉고 말았다. 슬픔을 견디지 못하고 한동안 아무것도 하지 못한 채 구슬픈 눈물만 쏟아내었다. 그에게 퍼부었던 모진 말들은 부메랑이 되어 돌아왔고, 행복했던 어린 시절의 기억이 새록새록 돋아나 절망에 빠졌다.

이미 충분히 울었다고 생각했는데 칼에게서 직접 당시

의 상황을 전해 들으니 뜨거운 눈물이 쉴 새 없이 흘렀다. 얀의 묘지 앞에서 그는 어떠한 사과도, 위로의 말도 하지 않았다. 그저 맞잡고 있는 손을 힘주어 잡아주며 충분히 울 수 있도록 기다려주었다.

해나 역시 끝내 입을 열지 못했다. 얀에게 미안하단 말을 해야 할지, 고맙다는 말을 해야 할지, 네 목숨이나 챙기지 바보같이 왜 그랬느냐 안타까워해야 할지, 알 수가 없었다.

다만 한 가지 해나가 진실로 바랐던 건, 내세라는 게 정말로 존재한다면 그곳에서만은 얀이 어떠한 번뇌 없이 오직 편안하기를. 훗날 언제가 될지 모르지만 그 또한 바란다면. 당신과 나, 핏줄로 이어진 진짜 오누이로 태어나 이생에서 못다 한 인연을 이어갈 수 있기를.

얀……, 나의 오라버니.

물기가 스며든 토양의 신선한 흙내가 날 때면 해나는 가끔 그를 떠올리곤 하였다.

해나는 쌔근쌔근 잠들어 있는 아기를 하염없이 바라보다 간간이 소리 없는 웃음을 지었다. 아기 특유의 향기가, 달큼하고 오물거리는 작은 입술이 간질간질 사랑스럽다. 아무리 보아도 질리지 않는 단 하나의 무언가가 있다면 그것은 바로 아기의 잠든 모습일 것이다.

태어난 지 일곱 달에 접어든 아들은 새까만 눈동자와 머리칼이 해나를, 전체적인 생김새와 분위기는 칼을 닮았다. 자랄수록 얼굴도 바뀌는 법이니 더 지켜봐야 알겠으나 해나는 아들의 얼굴에서 칼의 아기 때 모습을 종종 엿보고 있었다. 특히 칼이 아기를 안고 어르고 있을 때면 유난히도 닮은 생김새가 해나를 설핏 웃음 짓게 하였다.

또한 해나는 아들이 평화롭게 자는 모습을 지켜보며 그 옛날, 어머니의 마지막 선택을 이해했다. 그녀 자신도 아들을 위해서라면 그곳이 지옥일지라도 기꺼이 뛰어들 준비가 되어 있었다. 부모님의 희생이 없었다면, 그리하여 해나가 고향에서 살아남을 수 없었다면 절대로 태어나지 못했을 아이. 당신들의 숭고한 희생 덕에 이 못난 딸, 귀한 아들을 얻고 행복하게 잘 살고 있노라고. 할 수만 있다면, 아버지와 같이 누군가 은밀히 어머니의 무덤도 만들어주었다면, 부모님의 무덤 앞에 찾아가 꼭 한 번 아들을 보여드리고 싶었다.

“어머, 아직도 여기에 계시는 겁니까!”

부모님 생각에 눈물짓던 해나는 불쑥 들려온 목소리에 어깨를 움츠렸다. 눈물을 슬쩍 훔치고 돌아보니 피아와 아기의 유모가 눈을 동그랗게 뜨고 그녀를 바라보고 있었다.

“아드리안 님은 저희에게 맡기시고 서두르십시오. 각하께서 아까부터 후원에서 기다리고 계십니다. 설마 잊어버린 건 아니시겠지요?"

"시간이 벌써 그렇게 되었나?"

"예, 압니다. 아드리안 님을 보고 있으면 시간이 어떻게 가는지도 모르게 흘러버리지요."

피아의 너스레에 해나는 작은 웃음을 터트렸다. 그러면서도 불편한 점이 없는지 아기의 주변을 살피는 걸 잊지 않았다. 충분히 늦어버렸기에 지체할 시간은 없었다. 아기의 머리에 작은 입맞춤을 남기고 하녀 하나를 앞세워 서둘러 밖으로 나섰다.

멋스러운 등불이 후원의 운치를 더해주고 있는 밤. 칼은 널찍한 벤치에 느긋이 상체를 기대어 해나가 다가오는 모습을 물끄러미 주시했다. 푹신한 보료와 등을 받치고 있는 큼지막한 쿠션이 편안해 보였다. 그러나 여유로운 자세와 달리 그는 팔걸이에 손을 얹고 검지를 까딱까딱, 무엇이 마음에 안 드는지 미간에는 미세한 주름이 잡혀 있었다. 마음이 급해진 해나는 거의 뛰다시피 당도해 화려하게 세팅된 티 테이블과 어딘지 불편해 보이는 칼을 번갈아 보았다.

차가운 아이스바인, 우아하게 차려진 디저트, 그것들을 한층 돋보이게 하는 꽃을 이용한 테이블 스타일링. 엄청난 준비를 해놓고서 그는 한마디 반기는 말도 없이 해나를 뚫어져라 쳐다보기만 하였다. 적잖이 심기가 불편한 상태임을 작정하고 드러내려 하는 것 같았다. 늦어서 그런가 보다, 해나가 대수롭지 않게 여기며 방긋 웃는데 하인과 하녀들이 물러나자 그에게서 삐딱한 목소리가 흘러나왔다.

"약속을 어겼어."

"송구합니다. 시간이 가는 걸 미처 확인하지 못하였습니다."

"무슨 약속을 어겼는지도 모르고. 이러면 곤란해."

늦었기 때문에 화가 난 게 아니었단 말인가. 생글거리던 해나는 금세 당혹감에 휩싸였다. 혹시 또 약속을 잊어버렸나 하여 가슴이 덜컥 내려앉았다.

해산 후 자꾸 깜빡하는 버릇에, 그것도 하필이면 칼과의 소소한 약속을 잊어버려 곤란할 때가 한두 번이 아니었다. 그럴 때마다 작게 한숨을 내쉬며 다시 일러주는 그였는데 어쩐지 오늘은 입을 다문 채 해나를 응시하고만 있었다.

무언의 압박이 극도의 초조감을 일으켰다. 해나는 순한 눈동자를 이리저리 굴리다 무심코 엄지손가락의 끝부분을 입술로 가져가 지그시 깨물었다. 그러자 칼은 할 수 없다는 듯 고개를 살짝 저으며 언짢아진 이유를 토설했다.

"아픈 것, 슬픈 것, 견디는 것. 뭐든지 같이 하기로 한 거 아니었나?"

뜻밖의 대답에 잠시 멀뚱거렸던 해나는 곧바로 떠오르는 게 있어 '아' 하고 작은 소리를 내었다. 어제 얀의 묘지에 관해 들었을 때 세심히 살피던 그의 시선이 퍼뜩 머릿속을 스쳤다.

"어제 저녁, 어젯밤, 오늘 아침, 오늘 오후. 만반의 준비를 하고 기다렸어. 울적해한다면 자연스레 달래주고, 속상함을 토로하면 기분을 풀어줄 참이었지. 원한다면 에리카에 한 번 다녀와도 좋겠다고 생각했어. 결국 한 마디 말도 없이 과장되게 생글거리더군."

"말씀드리지 않아도 잘 아시니까요."

정확한 이유를 듣고 한결 여유로워진 해나가 부드럽게 답했다.

"아니. 내가 그걸 어떻게 알지?"

"칼."

"말하기 싫으면 적어도 티를 내줄 수 있는 거잖아. 이번 일은 뻔하니까 그럴 수 있다 쳐. 다른 때에는? 표현하지 않으면 모르고 넘어갈 때가 훨씬 많을 거고, 나는 그런 게 싫다고 분명히 말했을 텐데."

"그래서 앉으라는 말도 안 해주시는 건가요? 저한테 화가 많이 나서?"

"몰랐나? 처음부터 옆에 와 앉아주길 기다렸어. 이미 알고 있는 줄 알았는데."

해나는 까르르 웃어버리고 말았다. 말하지 않아도 잘 알지 않느냐는 대답을 똑같이 받아치며 우회적으로 비꼬는 그가 재미있었다. 뒤끝을 보인 게 유치하다고 느꼈는지 칼의 얼굴 위로 약간의 민망함이 떠올랐다. 어쩌다 한 번씩 보이는 그의 저런 모습이 해나를 항상 웃게 하였다.

유쾌한 웃음소리가 시원한 밤공기와 어울려 청량한 울림을 만들어내었다. 웃음을 가득 머금은 해나는 몸을 맡기듯 그의 옆으로 파고들었다. 가느다란 두 팔로 단단한 허리를 휘감자 칼은 팔을 올려 해나의 작은 어깨를 감싸 안았다. 조금의 틈도 없이 서로가 한 몸인 듯 밀착된 두 사람. 피부 위로 전해지는 기분 좋은 온기가 마음을 절로 풀어지게 하였다.

"너에 대한 그 어떤 것도, 내가 모르게 만들지 마."

"저에 대한 모든 것을 당신은 알고 계십니다."

해나는 그의 가슴 위로 편안히 머리를 기대며 나른하게 말했다.

"어제는 테오가 있어서 그랬던 것입니다. 그가 있는 앞에서 티를 낼 수 없었고, 그다음에는 아드리안을 챙기느라 분주하였습니다. 밤에는……, 아시지 않습니까, 우리 아기가 낮 동안 저를 얼마나 운동시키는지."

"자느라 정신이 없었겠지."

"예."

어느덧 마음을 누르고 전적으로 제 편을 들고 있는 그의 대답에 해나는 저절로 미소가 그려졌다. 그러면서도 아직은 감돌고 있는 얀에 대한 마음을 스스럼없이 털어놓았다.

"오랜만에 얀에 관한 소식을 들으니 가슴이 아릿하기는 하였습니다."

"그래. 그랬겠지."

해나가 얀에 관해서라면 가슴이 내려앉는 것처럼, 칼 역시 자신을 대신해 그가 희생되었다는 죄책감에서 자유롭지 못했다. 그가 왜 그렇게까지 했는지 솔직히 지금도 이해할 수 없었다.

서로의 아픔을 잘 알고 있는 두 사람은 누가 먼저랄 것도 없이 상대를 꽉 끌어안았다. 그러면 기적이 일어난다. 상처를 이해해주는 사람이 있어 마음이 편해지고, 모든 것을 나눌 수 있는 그가, 그녀가 있기에 행복을 느낀다.

당신이 곁에 있어 얼마나 다행인지…….

산산한 바람이 불어오는 아름다운 초여름의 밤. 두 사람은 크고 푹신한 쿠션 위로 등을 기대어 하얗게 쏟아지는 밤하늘의 별을 올려다보았다.

깨어 있되 아무것도 의식하지 못하는 소녀의 손을 잡고 쓸쓸히 밤하늘을 올려다보아야 했던 소년. 별자리를 가르쳐주시던 부모님을 잃고 다시는 밤하늘의 별을 느긋이 완상하지 못할 거라 여겼던 소녀. 절대로 닿을 수 없을 것 같던 두 아이가 끈질기게 서로를 돌아보다 인연을 만들고, 오늘 이렇게 일상 속의 행복을 공유하고 있다. 아무렇지 않게 속마음을 털어놓고, 상대의 말에 진지하게 귀를 기울이며, 마음 깊이 서로에게 공감하다 다정하게 손을 잡고 밤하늘의 은하수를 감상한다.

두 사람이 한결같이 원하는 건 오직 하나.

내가 속해 있고, 내가 머무르다, 조용히 떠나갈 최후의 그곳이 당신의 품속이기를.

그리하여 오늘도.

나는 너에게.

너는 나에게.

우리는 서로에게, 다만 현재가 되어 살아가기를.

– fin.

p.s.

작가 후기

소복하게 눈꽃이 내려앉은 겨울의 숲과 호수. 그 한가운데 동화 속 풍경처럼 그림같이 자리한 고요한 성 하나. 육중한 문을 지나 화려한 복도를 걸어 아늑한 방으로 들어서면 밝은 빛을 흩뿌리는 크리스털 샹들리에 아래 나란히 걸려 있는 두 점의 초상화. 고풍스러운 프레임 속 주인공은 날카롭지만 우아한 분위기가 인상적인 사내. 그리고 탐스러운 흑발이 아름다운, 서정적인 기품이 흐르는 여인. 막연하게 떠오르는 그림 하나로 '윈터 블루스'를 시작했습니다.

여인이 왜 흑발의 동양인이어야 했는지 명확히 설명할 순 없습니다. 오래전 재미있게 읽었던 '베니스의 개성상인'이라는 책의 영향이 남았던 것일 수도 있고, 조선에 표착한 박연이나 헨드릭 하멜에 관한 글을 읽을 때마다 그 반대의 경우도 있지 않았을까, 가끔 생각했던 것이 무의식중에 튀어나온 것일 수도 있습니다.

초상화 속 사내는 평상시 좋은 글감이라 여겼던 스웨덴의 칼 12세를 떠올렸습니다. 15세에 즉위. 18세에 모국을 분할하려는 열강을 상대로 북방전쟁을 시작, 한때 러시아의 표트르 대제, 덴마크의 프레데리크 4세, 폴란드의 아우구스트 2세를 제압한 강력한 군인왕.

어린 나이에 즉위해 여색을 멀리하고 전쟁왕, 혹은 군사 천재로 명성을 떨치다 독신으로 전장에서 단명한 그가, 그의 일생이 이야기의 소재로 제격이라 생각하였습니다.

실재 인물에 허구의 스토리를 덧입히는 게 얼마나 어려운 일인지 잘 알면서 호기롭게 시놉시스를 작성하기 시작했습니다. '스웨덴'이라는 국명과 '칼 12세'라는 이름도 무식할 정도로 당당히 가져와 사용하였습니다. 능력은 금방 바닥을 드러냈고, 두 사람의 이야기는 한동안 파일 속에 묻을 수밖에 없었습니다.

역사적 사실은 건드리지 말자. 처음 세웠던 기준을 지키기엔 칼 12세가 너무나 완벽한 군인이었다는 게 높은 장벽이었습니다. 실제로 그는 원정을 대비해 차가운 맨바닥에서 잠을 자거나 마구간에서 건초만 덮고 잠을 잤다는 일화가 전해지고 있을 정도로 뛰어난 군인이었습니다.

전장에서 삶 대부분을 보내다 몇 번의 패배 끝에 전쟁 중에 총상을 입고 생을 마감한 인물. 전쟁을 일으킨 이래 궁에서 지낸 시간이 극히 짧아 아무리 캐릭터를 잡아도 사건과 로맨스를 전개하는 데 무리가 따랐습니다. 아마도 참신한 생각을 떠올리지 못한 글 쓰는 이의 역량 부족, 상상력의 부재가 가장 큰 원인이었을 겁니다.

묵혀두었던 이야기를 다시 꺼낸 건 그로부터 한참 뒤. 이번에는 다른 방식으로 접근해보았습니다. 스웨덴과 칼 12세를 모델로 한 북유럽 가상의 나라, 허구의 인물. 드라마에서 실재 인물을 둘러싸고 가상의 인물을 만들어 이야기를 전개하듯, 실제 세상에 가상의 나라와 인물을 만들어 18세기라는 큰 틀 안에서 여러 가지 현상이나 사건을 가져와 하나의 스토리로 버무렸습니다. 시누아즈리 열풍, 인쇄물을 이용한 여론 조작, 북방전쟁(본문에서 프레데릭이 눈보라를 이용해 적을 공격하는 건 '나르바 전투'에서 칼 12세가 실제로 써먹었던 전술입니다), 아들에 한해서 토지와 신분을 균등하게 상속했다는 게르만 족의 관습 등등.

어쩌면 그 과정에서 처음 상상했던 것과는 이야기가 많이 달라졌는지도 모르겠습니다. 어딘지 어설프고 이대로 괜찮을까, 마지막까지 고민도 많았습니다. 아직은 글을 엮는 솜씨가 부족해 그런 것일 수도, 글 쓰는 이라면 누구나 마지막에 갖게 된다는 아쉬움이 커서일 수도 있습니다. 하지만 '그만 쓸까.' 중간에 포기하고 싶을 때마다 머릿속에서 떠나지 않았던 두 점의 초상화. 칼과 해나가 함께하는 그날을 맞이하며 '윈터 블루스'를 끝마친 것으로 우선은 위안을 삼고자 합니다.

저에게만큼은 오래전, 북유럽 어딘가에서 실제로 존재했던 인물들처럼 여겨지는 칼과 해나. 두 사람이 서로를 마음 깊이 아끼고 연모하다 훗날 두 점의 초상화로 남아 영원히 함께하는 모습을 상상하며. 저 역시 길었던 여정을, 아쉬움과 후회를, 자꾸만 들춰보게 되는 원고에 대한 미련을 이쯤에서 그만 접을까 합니다.

다음에는 더 발전된 글 솜씨로 찾아뵙길 바라며 함께해 주신 분들께 감사의 인사를 올립니다.

2016년 겨울,
서은수 드림